U0106252

檀作文 譯注

聲律啟蒙

【重校本】

中華書局

目錄

前言

舊時科舉，詩賦取士，講究押韻、對偶、辭藻、典故等文章技巧。這些技巧，需要專門訓練。尤其是宋元以來，人們的口語音與詩賦押韻所要求的書面音並不一致，必須通過專門訓練來強化韻部記憶。適應這些需求，聲律啟蒙一類的書便應運而生。今天雖然不再詩賦取士，文章體式也與舊時大相徑庭，但想要更全面地理解古人作品，仍然需要掌握這些知識。當下正值傳統文化復興期，聲律啟蒙一書引起較大關注，儼然成為暢銷書。

當前在中國內地市場上流行的聲律啟蒙一書，版本不下百數十種，但實際上都源於同一底本，即「光緒癸未（光緒九年，一八八三）新鐫」「墨耕堂藏板」聲律啟蒙。這是因為近幾十年來較早的影印本（海南人民出版社原版蒙學叢書本，一九八九）、整理本（岳麓書社傳統蒙學叢書本，一九八七）及注釋本（袁慶述聲律啟蒙與詩詞格律詳解，海南出版社，二〇〇五），均以這一底本為母本。清後期流行的聲律啟蒙版本，並不只有這一種。以蕭齋所藏及寓目為據，清後期聲律啟蒙版本，從署名方式來看，大抵有三個系列：一、蔣本，內頁書名聲律啟蒙撮要，署貴陽蔣太史鑒定，邵陵車萬育甫著，湘潭夏大觀次臨刪補、王之幹忠遂箋釋。卷首有蔣允焄序文。蕭齋所藏光緒十六年（一八九〇）文昌書局刊本，即屬此種。二、聶本，內頁書名聲律啟蒙撮要，署衡山聶銑敏蓉峰重訂，邵陵車萬育雙亭著，湘潭夏大觀楓江箋。光緒癸未新鐫墨耕堂藏板本，即此種。三、鍾本，內頁書名廣漢鍾氏增訂音義聲律啟蒙撮要，署邵陵車萬育雙亭著，湘潭夏大觀楓江箋；封面題督學使者聶鑒定，廣漢鍾氏增訂音義。這三個系列，都是兩卷本，凡三十篇（上、下平聲各十五篇），共九十首（每篇各三首），正文差別不大（幾可忽略不計）。鍾本可視為聶本的附屬衍生品，是在聶本的基礎上加了音義。蔣本比聶本多一篇序文，主要差別在著者和注者署名。這三個系列，都將聲律啟蒙撮要原文的作者認定為車萬育。對於注者，聶本和鍾本認定是夏大觀；蔣本則認為夏大觀的工作是刪補，箋注出於王之幹之手。車萬育是康熙朝進士，蔣允君是乾隆朝進士，夏大觀是乾隆朝拔貢，聶銑敏、王之幹是嘉慶朝進士。這幾位，除蔣允君是貴陽人之外，其他幾位都是湖南人，且家鄉（邵陽、湘潭、衡山）相距不遠。筆者以為，無論是蔣本還是聶本，作者及注者署名，極有可能出於託偽。聲律啟蒙撮要一書，流行於同、光時期，很有可能是湖南一帶書商所為。聲律啟蒙撮要一書的著者不是車萬育，該書舊注亦未必出於夏大觀、王之幹之手。理由有二：一是公私各家書目皆不言車萬育著是書，亦不言夏大觀、王之幹注此書；同時代人有關此三人的文字，亦不提他們和聲律啟蒙的關係。二是早在元代就有聲律發蒙一書，明代即有注解本。內容方面，聲律發蒙是聲律啟蒙撮要的母本。車萬育、夏大觀、王之幹等人，所做的至多不過是整理增刪工作。

四庫全書總目提要子部類書類存目，著錄聲律發蒙二種。其一為聲律發蒙（五卷，內府藏本），提要曰：「元祝明撰，潘瑛續，明劉節校補。據高儒百川書志云：『聲律啟蒙二卷，元博陵安平隱者祝明文卿撰。自一字七字至（按：不甚通順，蓋因沿襲百川書志原書之誤。當將「至」移於「七」前），隔句各押一韻，對偶渾成，音響自合，共九十首。』則此編前二卷為明書，後三卷瑛所續也。瑛不知何許人。節有春秋列傳，已著錄。其書每一韻，先列韻字與注，而後列雜言對屬之語。蓋為初學發蒙而作，無所當於著述。百川書志所云，未免過情之譽也。」其二為別本聲律發蒙（六卷，編修周永年家藏本），提要曰：「元祝明撰。原書二卷。此本作五卷，蓋後人所分（按：恐非，當係後人增三卷）。末附歌一卷，題曰黄石居士撰，不知為誰。每卷又題馬崇儒重訂，亦不知何許人。據書中前後題識，蓋嘉靖中衡王府醫正也。」四庫全書總目提要撰者所見聲律發蒙二種，係明人整理本，原作者是元人祝明無疑。

四庫全書存目叢書收錄有聲律發蒙一書，底本係國家圖書館所藏明萬曆二十一年（一五九三）涂時相刻本。該本署名：元祝明、潘瑛撰，明劉節輯。涂時相本聲律發蒙，共五卷，上平聲、下平聲、上聲、去聲、入聲，各一卷。平聲、入聲，每篇四段；上聲、去聲，每篇三段。該書卷首載有劉節寫於正德十六年（一五二一）春的聲律發蒙小引：「聲律發蒙五卷。前二卷，安平素菴祝先生文卿所作。後三卷，則四明潘瑛景輝氏續而成之者也。木行書肆舊矣。予嘗日取課稚子音，因其訛傳，病中輒校訂，間增補至三百首，庶足愚幼者歲肄云。」百川書志云祝明所作聲律發蒙共九十首，應當只有平聲三十韻部，每篇（每一韻部）各三段（首）。潘瑛續作，當是續上、去、入三聲部分。劉節在整理該書時，又有補作，對三十個平聲韻部各篇皆增加了一段。

千頃堂書目（卷三）小學類，著錄有王暹聲律發蒙解注一書。下云：「字希白，將樂人。洪武丙子舉人。授廣西興安縣學訓導，歷官翰林院編修。」康熙本雲南府志（卷二十一）載有李澄中所作蘭隱君祠堂記一文，云「庚午冬，余自滇南奉使回，至楊林遲客。聞其地有蘭先生者，諱茂，字廷秀，號止庵，明洪武時人。所著有……聲律發蒙……等書」。據此可知，聲律發蒙在明中葉以前即有劉節本、王暹本、蘭茂本三種版本。蘭茂本，雖然同名，但內容上屬於另外一個系列。該書用韻以東鐘、山寒合部，不是「平水韻」系統。明人李開先所作續對又序（李忠麓閒居集，文卷六）一文云：「今世人生七八歲，出就小學，先習對句，然後講書作文。所傳聲律發蒙……皆為童子科設也。」可見聲律發蒙一書在明中葉頗為流行，且與童子科有關。但明末直至清中葉，聲律發蒙一書的影響似又沉寂了。「四庫全書」只在子部存目著錄該書，且評價甚低。該書再次流行，則已到清後期。且已改頭換面，書名變成聲律啟蒙撮要，作者變成了車萬育。清後期流行的聲律啟蒙撮要不過是刺取明本聲律發蒙的平聲二卷而已。聲律啟蒙撮要每篇三段，大部分內容，直接抄自明本。但也有一些改動。這些改動，或許出自車萬育之手；或許是書商倩人所為，而偽冒車萬育之名。

因清後期的兩卷本聲律啟蒙撮要較為通行，我們這次的注釋整理工作，亦以光緒癸未新鐫墨耕堂藏板聲律啟蒙撮要為底本，而以他本校對。整理的原則是尊重該書的編寫原則，即突出押韻、對偶、辭藻、典故四方面特徵。

我們對該書原文做了嚴格的校勘工作。通行本聲律啟蒙撮要有數處出韻，凡出韻處，皆係清人妄改聲律發蒙原書所致。我們參考聲律發蒙原書，對這些出韻字皆做了改動。改動的原則是儘可能只改動一個字，即找一個葉韻的字替換出韻的字。上平五微篇，通行本「虎節對龍旗」，「旗」字出韻，改為「旂」。上平十一真篇，通行本「冉冉一溪冰」，「冰」字出韻，改為「春」。上平十二文篇，「虎也真百獸尊」，「尊」字出韻，改為「君」。下平三肴篇，通行本「蟋蟀對螵蛸」，「螵蛸」之「蛸」在下平「二蕭」部，出韻，改「螵蛸」為「蠨蛸」（「蠨蛸」之「蛸」，在下平「三肴」部）。下平九青篇，通行本「漁火對禪燈」，「燈」字出韻，改為「扃」。下平十蒸篇，通行本「燕雀對鵬鶤」，「鶤」字出韻，改「鵬鶤」為「鶤鵬」。下平十四鹽篇，通行本「雨綿綿」，「綿」字出韻，故改「雨綿綿」為「月纖纖」。下平十五咸篇，通行本「翠巘對蒼崖」，「崖」字出韻，改為「巖」。下平六麻篇，「凸對凹」，嚴格來說，「凹」字不在詩韻「六麻」部，但清人有「凹」「窊」二字互相借代、讀「凹」作「窊」的慣例，我們在注釋中對此詳加考訂辨析，但未改「凹」作「窊」，這是考慮「凸對凹」在形音義上對偶性更強的緣故。

從對偶的角度考慮，我們對原書做了一處改動。下平九青篇，長對句「倦繡佳人，慵把鴛鴦文作枕；吮毫畫者，思將孔雀寫為屏」，通行本作「繡倦」，與下句「吮毫」不成對偶，故改為「倦繡」。此外，尚有一處對偶不規範，但未改。上平二冬篇，「春對夏，秋對冬」，「秋」「冬」二字皆平聲，不宜對偶，但因此句是以四季之名作對，別無可改，且明五卷本聲律發蒙即有此句，故我們在注中詳加辨析，但未改動原文。

從典故的角度，我們發現通行本聲律啟蒙撮要有數處錯誤。如上平三江篇第二段的「道旁繫頸子嬰降」，通行本聲律啟蒙撮要作「道旁繫劍子嬰降」，將季札「繫劍」和子嬰「繫頸」兩個典故用混了。且明涂時相本此句作「道旁繫頸子嬰降」，故我們徑改「繫劍」為「繫頸」。上平十二文篇第三段「蔡茂對劉蕡」一句，通行本聲律啟蒙撮要作「蔡惠對劉蕡」，但據後漢書，當作「蔡茂」。且明涂時相本作「蔡茂」，故我們徑改「蔡惠」為「蔡茂」。另，上平四支篇第三段「張駿曾為槐樹賦」，槐樹賦的作者應是西涼武昭王李暠，而非前涼世祖張駿。但清後期通行本聲律啟蒙撮要的這一錯誤，是沿襲明涂時相本的，故我們在注釋中對此給以詳細考辨，但並未改動聲律啟蒙原文。

清後期通行本聲律啟蒙撮要有舊題夏大觀注六七百條，但終嫌過簡，且多有不確。我們這次重新做注，重點放在語典出處和歷史典故的考訂兩方面。凡語典，必注明其文獻出處，若為經書或子史類尤為知名且有古注的，亦詳列古注之訓詁。凡歷史典故，必查證相關文獻原始記載，對於能說明問題的原文，亦詳加徵引，並用白話文概括大意，以便於讀者理解。因古詩文講究辭藻，語詞方面多似固定搭配的習用語。凡古詩文習用語，我們一般也特意指出，並適當舉例。個別詞語和典故，我們未查到出處，但舊注有箋釋，我們照錄舊注，並加以說明。因舊注出於明清人之手，有些文獻，舊注作者或許見過，但後來失傳了，我們無從得見。

考慮到聲律啟蒙一書的特殊性質，我們對該書原文中的所有入聲字，用字右加黑點的方式加以標識。

筆者關注聲律啟蒙一書有年，並堅持用該書對青少年進行詩詞格律啟蒙教育，在字音方面，曾與曾少力、高松、黃慕嚴、張孝進諸君多有討論，本書的整理注釋工作，亦得到雒誦堂諸同仁田應壯、劉潔、李子琳諸君尤其是拙荊萬希女史的幫助。在此一並致謝。

自知才疏學淺，難免貽笑方家。望大德諸君有以教我。

檀作文

戊戌仲秋於京西雒誦堂

卷上　上平聲十五部

上平一東

【題解】

本篇共三段，皆為韻文。每段韻文，由若干句對仗的聯語組成。每句皆押「平水韻」上平聲「一東」韻。此後諸篇，體例同此。《聲律啟蒙》共三十篇，對應於「平水韻」的三十個平聲韻部。

本篇每句句末的韻腳字，「風」「空」「蟲」「弓」「東」「宮」「紅」「翁」「同」「童」「窮」「銅」「通」「融」「虹」等，在傳統詩韻（「平水韻」）裏，都歸屬於上平聲「一東」這個韻部（也就是說，在「平水韻」系統裏，它們的韻母是一樣的）。這些字，在普通話裏，韻母大多是「ong」（也有個別是「eng」），聲調有讀第一聲的，有讀第二聲的。「平水韻」的平聲，對應於普通話聲調的陰平（第一聲）和陽平（第二聲）。「平分陰陽」，是中古音向近代音演變過程中出現的語音現象。

本篇每句，都是用對偶的修辭方法寫成。對仗從短到長，有一字對、二字對、三字對、四字對、五字對、六字對、七字對、十字對、十一字對。四字（含四字）以上的長對，可按節奏拆分為多個二字對、三字對。此後諸篇，體例同此。

以本篇第一段為例：「雲對雨」「雪對風」，屬於一字對。「晚照對晴空」「來鴻對去燕」「宿鳥對鳴蟲」「嶺北對江東」，屬於二字對。「三尺劍，六鈞弓」，屬於三字對。「人間清暑殿，天上廣寒宮」，屬於五字對。「兩岸曉煙楊柳綠，一園春雨杏花紅」，屬於七字對。「兩鬢風霜，途次早行之客；一蓑煙雨，溪邊晚釣之翁」，屬於十字對。最後一個十字對，可以拆分為一個四字對加一個六字對：「兩鬢風霜」與「一蓑煙雨」相對，屬於四字對；「途次早行之客」與「溪邊晚釣之翁」相對，屬於六字對。五字對的「人間清暑殿，天上廣寒宮」，可以按節奏拆分成一個二字對加一個三對：「人間」與「天上」相對，屬於二字對；「清暑殿」與「廣寒宮」相對，屬於三字對。其餘可以類推。

作為古詩文常用修辭格的對偶，要求：字數相同，（節奏字）平仄相反，詞性相類，詞義相關。節奏字指拆分後的最小節奏單位（二字拍或三字拍）的後一個字。對偶的節奏字，在字音上必須平仄相反。以「人間清暑殿，天上廣寒宮」這句為例：拆分後的二字拍，「人間」的「間」是平聲字，「天上」的「上」是仄聲字，平仄相反；拆分後的三字拍，「清暑殿」的「殿」是仄聲字，「廣寒宮」的「宮」是平聲字，平仄相反。詞性相類，即要求名詞對名詞，動詞對動詞，形容詞對形容詞。詞義相關，即要求類型大抵一致，如「雲對雨」「雪對風」，是天象對天象；「來鴻對去燕」「宿鳥對鳴蟲」，是動物對動物；「三尺劍，六鈞弓」，是兵器對兵器；「清暑殿」對「廣寒宮」，是宮殿對宮殿。此外，對偶尚要求構詞法相同。如「晚照對晴空」，是形容詞加名詞的偏正結構相對。其餘可以類推。

需要注意的是，聲律啟蒙的字音是以「平水韻」為標準的。「平水韻」屬於中古音系統。誦讀聲律啟蒙時，需要注意古入聲字和古今異讀字兩類現象。入聲，是中古音四個聲調種類之一，與「平」「上」「去」三個聲調並列。其聲短促，一發即收。入聲，與上聲、去聲，同屬於仄聲。現代普通話裏沒有入聲字，但很多方言裏還保留了入聲字。「入派三聲」，是中古音向近代音演變過程中出現的語音現象。中古入聲，在普通話裏分別讀為陰平、陽平、上聲和去聲。這意味着，普通話裏讀任何一個聲調的字，都有可能是古入聲字。因此，我們判斷聲律啟蒙一書的對偶是否成立，不能以該字的普通話讀音為標準，而要看它在「平水韻」裏是哪一個聲調。譬如：本篇第二段的「沿對革」，「革」字今讀陽平，按普通話字音，「革」和「沿」是平對平，不能成為對偶。但「革」字在中古音裏是入聲字，「革」對「沿」是仄對平。「沿對革」，從聲調上講，對偶成立。聲律啟蒙中，這樣的例子不勝枚舉，諸君可依理類推。我們用加黑點的方式對聲律啟蒙原文所有入聲字進行標識，諸君可以自檢。

入聲字之外，尚須注意古今異讀現象。譬如本篇第二段的十字對「塵慮縈心，懶撫七弦綠綺；霜華滿鬢，羞看百鍊青銅」這句，從節奏拆分上，「羞看」與「懶撫」對偶。普通話字音，「看」讀去聲，與「撫」字是仄對仄，對偶不能成立。但在「平水韻」裏，「看」字平、去兩讀（不別義），且以平聲為首選，「看」對「撫」是平對仄，對偶可以成立。對於聲律啟蒙一書中的古今異讀字，我們一般會在每篇「題解」部分專門提醒，諸君可以留意。

（一）

雲對雨，雪對風。
晚照對晴空。
來鴻對去燕，宿鳥對鳴蟲①。
三尺劍②，六鈞弓③。
嶺北對江東④。
人間清暑殿⑤，天上廣寒宮⑥。
兩岸曉煙楊柳綠⑦，一園春雨杏花紅。
兩鬢風霜，途次早行之客⑧；一蓑煙雨，溪邊晚釣之翁。

【注釋】

①宿鳥：歸巢棲息的鳥。唐吳融西陵夜居：「林風移宿鳥，池雨定流螢。」

②三尺劍：古劍長三尺，故稱劍為「三尺劍」。史記高祖本紀：「吾以布衣提三尺劍取天下，此非

天命乎？」

③六鈞弓：指強弓。鈞，古代重量單位，三十斤為一鈞。六鈞，一百八十斤。六鈞弓，須用力六鈞才能張滿，較拉滿普通弓費力，箭矢射程也更遠。左傳定公八年：「士皆坐列，曰：『顏高之弓六鈞。』皆取而傳觀之。」晉杜預注：「顏高，魯人。三十斤為鈞。六鈞，百八十斤。古稱重，故以為異強。」後因以「六鈞弓」指強弓。

④嶺北：特指五嶺以北地區。今湖南、江西南部和廣西、廣東北部交界處的越城嶺、都龐嶺、萌渚嶺、騎田嶺、大庾嶺，統稱五嶺。江東：指今安徽蕪湖以下的長江下游南岸地區。因長江流至蕪湖、南京之間，作西北、東南走向，故自秦漢以來，泛稱長江此段南岸地區為「江東」。

⑤清暑殿：宮殿名。晉孝武帝時建。因盛夏時節常有清風，可以避暑，故以為名。晉書孝武帝紀：「（太元）二十一年（三九六）春正月，造清暑殿。」晉孝武帝所建清暑殿，南朝諸帝沿用，乃一時宮殿之最，多見於文人詩賦歌詠。至於宋史儒林傳所載「上（按：理宗）初御清暑殿，（真）德秀因經筵侍上」，此清暑殿則為南宋所建，非晉孝武帝時舊物。

⑥廣寒宮：神話傳說裏月亮中的宮殿名。錦繡萬花谷引漢東方朔十洲記：「冬至後，月養魄於廣寒宮。」唐宋詩文，多以廣寒宮代指月中仙宮。舊題柳宗元龍城錄明皇夢遊廣寒宮載唐玄宗八月十五遊月中，見一宮府，名「廣寒清虛之府」。

⑦曉煙：早晨的雲霧。

⑧途次：旅途中的住宿處，亦指半路上。次，停留，引申為停留之處。

【譯文】

雲對雨，雪對風。
傍晚的夕陽對晴朗的天空。
飛回的大雁對離開的燕子，歸巢的鳥兒對鳴叫的蟲兒。
三尺長的寶劍對六鈞重的強弓。
嶺北地區對江東一帶。
人間有涼爽的清暑殿，天上有寂寞的廣寒宮。
河兩岸晨霧繚繞，顯得楊柳格外青綠；園子裏春雨迷濛，襯得杏花越發紅豔。
飽經風霜、兩鬢斑白的旅人，於清晨趕路；暮色降臨，斜風細雨裏，身披蓑衣的老翁，在溪邊垂釣。

（二）

沿對革①，異對同。
白叟對黃童②。
江風對海霧，牧子對漁翁。
顏巷陋③，阮途窮④。

冀北對遼東⑤。

池中濯足水⑥，門外打頭風⑦。

梁帝講經同泰寺⑧，漢皇置酒未央宮⑨。

塵慮縈心⑩，懶撫七弦綠綺⑪；霜華滿鬢⑫，羞看百鍊青銅⑬。

【注釋】

①沿：沿襲，因循。革：更改，改換。

②白叟：白髮老翁。黃童：即黃口小兒，指幼兒。「黃口」一詞，本指雛鳥。雛鳥的喙有一圈黃邊，故以黃口喻指年齡幼小。

③顏巷陋：顏指顏回（前五二一—前四八一，一說前四九〇），字子淵，春秋末期魯國人。以德行著稱，是孔子最得意的弟子，不幸早死，後世尊為「復聖」。史記仲尼弟子列傳記載顏回「少孔子三十歲」，又說「回年二十九，髮盡白，蚤死」。有些學者據此推算顏回生於公元前五二一年，卒於公元前四九〇年。但有些學者認為史記只是說顏回二十九歲頭髮全白，並非說他死於這一年，根據其他材料，推算顏回卒於公元前四八一年。孔子稱讚他：「一簞食，一瓢飲，在陋巷，人不堪其憂，回也不改其樂。賢哉，回也。」（見論語雍也）。後人因以「顏巷陋」喻指生活困苦。

④阮途窮：阮指晉代文人阮籍（二一〇—二六三），字嗣宗，陳留尉氏（今河南尉氏）人。是名列「建安七子」之一的阮瑀之子。曾官步兵校尉，世稱「阮步兵」。好老莊，縱酒談玄，與嵇康齊名，為「竹林七賢」之一。工詩文，後人輯有阮步兵集。途，指道路。窮，窮盡，盡頭。晉書阮籍傳云：「（籍）時率意獨駕，不由徑路，車跡所窮，輒慟哭而反。」說阮籍常常獨自駕車，任意亂馳，走到前面沒路可走時，便痛哭返回。後人因以「阮途窮」喻指窮途末路。

⑤冀北：冀指冀州，古九州之一，包括今山西全省、河北西北部、河南北部、遼寧西部。冀北自古以產良馬著名，借指人才薈萃之地。遼東：遼河以東的地區，即今遼寧省的東部和南部。

⑥濯足水：用來洗腳的水。濯，洗。孟子離婁上：「有孺子歌曰：『滄浪之水清兮，可以濯我纓；滄浪之水濁兮，可以濯我足。』」楚辭漁父：「漁父莞爾而笑，鼓枻而去，歌曰：『滄浪之水清兮，可以濯吾纓；滄浪之水濁兮，可以濯吾足。』」孟子與屈原，同為戰國時期人。可見這首歌在戰國時代廣泛流傳。

⑦打頭風：逆風。唐白居易小舫：「黃柳影籠隨棹月，白暇香起打頭風。」

⑧梁帝：指南朝梁武帝蕭衍（四六四—五四九），字叔達，小字練兒，南蘭陵（今江蘇常州武進區）人。南朝梁的開國之君。仕齊為雍州刺史，鎮守襄陽。齊末，皇室內亂，蕭衍起兵入京，獨攬大權，封梁王，後逼迫齊和帝蕭寶融禪位，即位為帝，改國號梁。死於侯景之亂。在位四十八年，廟號高祖。同泰寺：寺名，在金陵（即今江蘇南京）。梁武帝蕭衍所建，今不存。一說即今雞鳴寺。梁武帝篤信佛法，曾數度捨身同泰寺，並親自在同泰寺宣講佛法。

⑨漢皇：指漢高祖劉邦（前二五六？—前一九五），字季，沛郡豐邑（今江蘇豐縣）人。西漢王朝

的建立者。秦末為泗水亭長。秦二世元年（前二〇九），陳勝起義，劉邦起兵響應，稱沛公。秦滅後，劉邦戰勝項羽，即皇帝位，建立漢朝。未央宮：漢代長安宮殿名。劉邦曾在殿前置酒，大宴群臣。

⑩塵慮：指功名利祿等俗念。縈心：纏繞心頭。

⑪綠綺：古代四大名琴之一。後泛指名琴。太平御覽琴部引晉傅玄琴賦敘：「齊桓公有鳴琴曰號鐘，楚莊有鳴琴曰繞樑，中世司馬相如有綠綺，蔡邕有焦尾，皆名器也。」

⑫霜華：霜花，借指白髮。華，通「花」。

⑬百鍊青銅：指精鍊的銅鏡。晉王嘉拾遺記方丈山：「有池方百里，水淺可涉，泥色若金而味辛。以泥為器，可作舟矣。百鍊可為金，色青，照鬼魅猶如石鏡，魑魅不能藏形矣。」後人因稱精鍊的銅鏡為「百鍊鏡」。唐白居易所作「新樂府辭」有百鍊鏡詩，曰：「百鍊鏡，鎔範非常規。」

【譯文】

沿襲對革新，迴異對雷同。

白髮的老翁對黃口的小兒。

江邊的風對海上的霧，放牧的孩童對打魚的老翁。

顏回居住在陋巷，阮籍痛哭於窮途。

冀州北部對遼河以東。

池中清水可用來洗腳，門外逆風阻人遠行。

梁武帝蕭衍常於同泰寺和高僧講經論佛，漢高祖劉邦曾在未央宮和群臣設宴歡飲。俗事煩心，懶得彈七弦古琴；白髮滿鬢，不願照青銅寶鏡。

（三）

貧對富，塞對通①。野叟對溪童②。鬢皤對眉綠③，齒皓對脣紅④。天浩浩⑤，日融融⑥。佩劍對彎弓⑦。半溪流水綠，千樹落花紅。野渡燕穿楊柳雨⑧，芳池魚戲芰荷風⑨。女子眉纖，額下現一彎新月⑩；男兒氣壯，胸中吐萬丈長虹⑪。

【注釋】

①塞：堵塞。

②野叟：村野老人。古詩文習用語。唐杜荀鶴亂後山居：「野叟並田鋤暮雨，溪禽同石立寒煙。」

溪童：溪邊玩耍的孩童。宋司馬光疊石溪二首：「野老相迎拜，溪童乍見驚。」

③鬢皤（pó）：兩鬢斑白。皤，白色。古人多用「皤皤」「皤然」形容老年人鬚髮斑白的樣子，亦代指年老。說文解字：「皤，老人白也。」漢書敍傳下：「營平皤皤，立功立論。」唐顏師古注：「皤皤，白髮貌也。」眉綠：指眉毛顏色好，呈青黑之色。唐宋詩詞常用，如宋晏殊紅窗聽詞「淡薄梳妝輕結束。天意與、臉紅眉綠」，宋陸游睡起詩「洗面宮眉綠」。

④齒皓：牙齒潔白。皓，潔白。楚辭大招：「朱脣皓齒，嫭以姱只。」漢王逸章句：「皓，白。嫭、姱，好貌也。言美人朱脣白齒，嫭眄美姿，儀狀姱好可近，而親侍左右也。」

⑤浩浩：形容廣闊宏大的樣子。詩經小雅雨無正：「浩浩昊天，不駿其德。」唐孔穎達疏：「浩浩然，廣大之旻天。」中庸：「浩浩其天。」宋朱子章句：「浩浩，廣大貌。」

⑥融融：形容日光和暖，明媚的樣子。南朝宋鮑照採桑：「藹藹霧滿閨，融融景盈幕。」唐張籍春日行：「春日融融池上暖，竹牙出土蘭心短。」

⑦彎弓：挽弓，拉弓。漢賈誼過秦論上：「胡人不敢南下而牧馬，士不敢彎弓而報怨。」

⑧野渡：荒郊或村野的渡口。古詩文習用語。唐韋應物滁州西澗：「春潮帶雨晚來急，野渡無人舟自橫。」

⑨芰（ㄐㄧˋ）荷：指菱葉與荷葉。芰，古書上指菱。一說兩角為菱，四角為芰。楚辭離騷：「製芰荷以為衣兮，集芙蓉以為裳。」漢王逸章句：「芰，菱也。秦人曰薢茩。荷，芙蕖也。」

⑩新月：古人詩文常以纖眉比喻新月，如唐齊己湘妃廟「新月如眉生闊水」；故亦可以新月喻女子纖眉，如唐李白越女詞「長干吳兒女，眉目豔新月」，唐褚亮詠花燭「靨星臨夜燭，眉月隱輕紗」。

⑪萬丈長虹：形容壯士氣盛，猶如萬丈長虹。文選七上（曹植）七啟：「若夫田文、無忌之儔，乃上古之俊公子也。皆飛仁揚義，騰躍道藝。遊心無方，抗志雲際。凌轢諸侯，驅馳當世。揮袂則九野生風，慷慨則氣成虹霓。」唐李善注引劉劭趙郡賦曰：「煦氣成虹霓，揮袖起風塵。」

【譯文】

貧窮對富貴，阻塞對暢通。

村野老翁對溪邊幼童。

斑白的鬢髮對青黑的眉毛，牙齒潔白對口脣鮮紅。

天空廣闊無邊，陽光和暖明媚。

佩帶寶劍對雙手挽弓。

小溪裏流水綠得清澈見底，樹林中落花紅得淒豔動人。

野外的渡口煙雨迷濛，燕子在細柳碧楊中穿梭；開滿荷花的池塘香風飄散，魚兒在紅花綠葉間嬉戲。

女子眉毛纖細，額頭下像是生出一彎月牙兒；男兒志氣雄壯，胸中仿佛可以吐出萬丈長虹。

上平二冬

【題解】

本篇共三段，皆為韻文。每段韻文，由若干句對仗的聯語組成。每句皆押「平水韻」上平聲「二冬」韻。

本篇每句句末的韻腳字，「冬」「鐘」「松」「龍」「蛩」「蜂」「雍」「峰」「濃」「庸」「舂」「茸」「恭」「鏞」「農」「蓉」「宗」「慵」等，在傳統詩韻（「平水韻」）裏，都歸屬於上平聲「二冬」這個韻部。這些字，在普通話裏，韻母大多是「ong」（也有個別是「eng」）；聲調有讀第一聲的，有讀第二聲的。需要注意的是：「二冬」和「一東」這兩個韻部的字，在普通話系統裏韻母雖然沒有區別，但在「平水韻」系統裏，卻屬於兩個不同的韻部，只能算鄰韻。填詞時可以通押，寫近體詩時不可通押。

本篇第一段的一字對「秋對冬」，「秋」和「冬」都是平聲字，嚴格來講，在聲律上對偶是不成立的。若以「夏」字替「秋」，「夏對冬」，聲律上對偶可以成立。但上句既然是「春對夏」，上下句明顯是四季並列，故不宜改動。是以此處，我們並不改動《聲律啟蒙》的原文。

但提醒諸君，「秋對冬」，對仗不合格，只是為了行文方便。這是聲律啟蒙全書在對仗方面唯一的一處破例。

「觀山對玩水」一句，「玩」字今讀平聲，和同是平聲的「觀」字，在聲律上對偶不能成立；但在「平水韻」裏，「玩」字讀去聲，「玩」和「觀」是仄對平，對偶成立。

七字對「春日園中鶯恰恰，秋天塞外雁雝雝」一句，「恰恰」對「雝雝」，是疊字對疊字。疊字對疊字，是對仗的基本要求。

第二段三字對「花灼爍，草蒙茸」一句，「灼爍」對「蒙茸」，是聯綿字對聯綿字。聯綿字對聯綿字，亦是對仗的基本要求。「灼爍」和「蒙茸」，都是疊韻聯綿字，且偏旁各自相同（「灼爍」都是「火」字旁，「蒙茸」都是「草」字頭）。

（一）

春對夏，秋對冬。①

暮鼓對晨鐘②。

觀山對玩水，綠竹對蒼松。

馮婦虎③，葉公龍④。

舞蝶對鳴蛩⑤。
銜泥雙紫燕⑥，課蜜幾黃蜂⑦。
春日園中鶯恰恰⑧，秋天塞外雁雝雝⑨。
秦嶺雲橫⑩，迢遞八千遠路⑪；巫山雨洗⑫，嵯峨十二危峰⑬。

【注釋】

①「秋」「冬」二字皆平聲，不宜對偶。因此句是以四季之名作對，別無可改。這種做法，只能算是一時的權宜之計，不可效仿。又，涂時相本，亦作「春對夏，秋對冬」。

②暮鼓、晨鐘：古代寺廟建有鐘樓和鼓樓，用以報時。日出敲鐘，日落擊鼓。後因以「晨鐘暮鼓」謂時日推移，亦用以比喻令人警覺的話語。語本唐李咸用山中：「朝鐘暮鼓不到耳，明月孤雲長掛情。」宋陸游短歌行：「百年鼎鼎世共悲，晨鐘暮鼓無休時。」

③馮婦虎：馮婦，春秋時晉國的大力士，善於打虎。後成為善士，不再打虎。有一次眾人打虎，老虎負隅頑抗，沒有人敢上前搏鬥。馮婦乘車正好路過，眾人就叫他來。馮婦於是捋袖下車，上前打虎。馮婦因此被士人恥笑，認為他放棄了做善士的追求，重操舊業。語本孟子盡心下：「晉人有馮婦者，善搏虎，卒為善士。則之野，有眾逐虎。虎負嵎，莫之敢攖。望見馮婦，趨而迎之。馮婦攘臂下車，眾皆悅之。其為士者笑之。」

④葉公龍：葉公，春秋時期楚國人，他很喜歡龍，家裏到處雕的、畫的都是龍。後來天上的真龍聽說了，就從天而降想看個究竟，沒想到葉公見了真龍，竟嚇得魂不附體，倉惶逃走。「葉公好龍」比喻表面上愛好某事物，實際上並不是真正愛好。出自新序雜事第五：「子張見魯哀公，七日而哀公不禮，託僕夫而去曰：『臣聞君好士，故不遠千里之外，犯霜露，冒塵垢，百舍重趼，不敢休息以見君，七日而君不禮，君之好士也，有似葉公子高之好龍也。葉公子高好龍，鈎以寫龍，鑿以寫龍，屋室雕文以寫龍。於是夫龍聞而下之，窺頭於牖，拖尾於堂。葉公見之，棄而還走，失其魂魄，五色無主。是葉公非好龍也，好夫似龍而非龍者也。今臣聞君好士，不遠千里之外以見君，七日不禮，君非好士也，好夫似士而非士者也。詩曰：「中心藏之，何日忘之。」敢託而去。』」

⑤蛩（qióng）：蟋蟀。

⑥紫燕：燕名。也稱「越燕」。體形小而多聲，頷下紫色，營巢於門楣之上，分佈於江南。唐顧況悲歌：「紫燕西飛欲寄書，白雲何處逢來客。」

⑦課蜜：採蜜。古詩文習用語。宋周密浣溪沙：「花徑日遲蜂課蜜，杏梁風軟燕調雛。」

⑧恰恰：自然和諧的樣子，形容鶯叫聲。唐杜甫江畔獨步尋花之六：「留連戲蝶時時舞，自在嬌鶯恰恰啼。」

⑨雝雝：大雁相和的鳴叫聲。詩經邶風匏有苦葉：「雝雝鳴雁，旭日始旦。」毛傳：「雝雝，雁聲和也。」

⑩秦嶺：山名。又名秦山、終南山，位於今陝西省境內。

⑪迢遞：遙遠的樣子。此句語本唐韓愈左遷至藍關示姪孫湘：「一封朝奏九重天，夕貶潮州（一作『陽』）路八千。欲為聖朝除弊事，肯將衰朽惜殘年。雲橫秦嶺家何在，雪擁藍關馬不前。知汝遠來應有意，好收吾骨瘴江邊。」

⑫巫山：山名。在今四川、湖北兩省邊境，北與大巴山相連，形如「巫」字，故名。長江穿流其中，形成三峽。

⑬嵯峨：形容山勢高峻的樣子。楚辭（淮南小山）招隱士：「山氣巃嵸兮石嵯峨，溪谷嶄巖兮水曾波。」漢王逸章句：「嵯峨，巀嶭，峻蔽日也。」十二危峰：巫山之上，群峰迭起，相傳其中最著名的有十二峰。唐李端巫山高：「巫山十二峰，皆在碧虛中。」但峰名說法不一。據宋祝穆方輿勝覽載十二峰為：望霞、翠屏、朝雲、松巒、集仙、聚鶴、淨壇、上升、起雲、飛鳳、登龍、聖泉。元劉壎隱居通議地理據蜀江圖則為：獨秀、筆峰、集仙、起雲、登龍、望霞、聚鶴、棲鳳、翠屏、盤龍、松巒、仙人。（參閱清顧祖禹讀史方輿紀要卷六六。）危峰，高峻的山峰。古詩文習用語。南朝宋謝靈運山居賦：「傍危峰，立禪室，臨浚流，列僧房。」

【譯文】

春對夏，秋對冬。

黃昏的鼓聲對清晨的鐘鳴。

遊覽名山對賞玩溪水，翠綠色的竹子對蒼青色的松樹。

馮婦打虎，葉公好龍。

飛舞的蝴蝶對鳴叫的蟋蟀。
紫燕雙雙銜泥築巢，黃蜂數隻採花釀蜜。
春天的花園裏黃鶯「恰恰」歡唱，深秋的塞外大雁「嗈嗈」哀鳴。
高峻的秦嶺，雲遮霧罩，八千里山路綿延；秀美的巫山，雨過初晴，十二座高峰聳立。

（二）

明對暗，淡對濃。
上智對中庸①。
鏡奩對衣笥②，野杵對村舂③。
花灼爍④，草蒙茸⑤。
九夏對三冬⑥。
臺高名戲馬⑦，齋小號蟠龍⑧。
手擘蟹螯從畢卓⑨，身披鶴氅自王恭⑩。

五老峰高⑪，秀插雲霄如玉筆⑫；三姑石大⑬，響傳風雨若金鏞⑭。

【注釋】

①上智：上等智慧（的人）。論語陽貨：「子曰：『唯上知（智）與下愚不移。』」中庸：指中等、平庸（的人）。漢書陳勝項籍傳：「陳涉，甕牖繩樞之子，甿隸之人，遷徙之徒也，材能不及中庸，非有仲尼、墨翟之知，陶朱、猗頓之富。」

②鏡奩：鏡匣，多用來放女子梳妝的用具。衣笥（sì）：盛放衣物的方形器具，多用竹子編成。

③杵：舂米的木棒。舂：把糧食或藥物放在石臼或乳缽裏搗掉皮殼或搗碎。

④灼爍：光彩明豔的樣子。古文苑（宋玉）舞賦：「珠翠灼爍而照曜兮，華袿飛髾而雜纖羅。」宋章樵注：「灼爍，鮮明貌。」漢蔡邕彈棋賦：「榮華灼爍，萼不韡韡。」

⑤蒙茸：形容草木叢生、鬱鬱葱葱的樣子。唐羅鄴芳草：「廢苑牆南殘雨中，似袍顏色正蒙茸。」

⑥九夏：指夏天。夏季三個月，有九旬（十天），故稱九夏。古詩文習用語。晉陶潛榮木詩序：「日月推遷，已復九夏。」唐李世民賦得夏首啟節：「北闕三春晚，南榮九夏初。」三冬：指冬天。冬天三個月，故稱三冬。唐楊炯李舍人山亭詩序：「三冬事隙，五日歸休。」

⑦戲馬：臺名，在彭城（今江蘇徐州）。相傳項羽曾在此處馳馬遊樂。南齊書志第一禮上：「宋武為宋公，在彭城，九日出項羽戲馬臺。」

⑧蟠龍：指蟠龍齋，又名「盤龍齋」，初為東晉桓玄所建，後為劉毅所居。晉書劉毅傳：「初，桓玄於南州起齋，悉畫盤龍於其上，號為盤龍齋。毅小字盤龍，至是，遂居之。俄進拜衛將軍、

開府儀同三司。」

⑨擘（bò）：掰，剖開。蟹螯：螃蟹變形的第一對腳。狀似鉗，用以取食或自衛。畢卓：生卒年不詳，字茂世，新蔡（今安徽臨泉）鮦陽人。晉代名士。大興（按：亦作「太興」，晉元帝年號，起於三一八年，訖於三二一年）末年任吏部郎，酷愛喝酒，並因為醉酒而丟了官職，他曾經說：左手擘蟹螯，右手執酒杯，在酒池中拍浮，便可以終此一生。此句語本世說新語任誕：「畢茂世云：『一手持蟹螯，一手持酒杯。拍浮酒池中，便足了一生。』」

⑩鶴氅（chǎng）：用鳥的羽毛製成的外套。亦用來指稱道袍。王恭（？—三九八）：字孝伯，太原晉陽（今山西太原晉源區）人。東晉孝武帝（司馬曜）定皇后（王法慧）之兄。太元十五年（三九〇），王恭以中書令都督青兗幽并冀五州諸軍事，任前將軍、兗青二州刺史，鎮守京口（今江蘇鎮江）。晉孝武帝死，晉安帝（司馬德宗）立，會稽王司馬道子執政，寵信王國寶。隆安元年（三九七），王恭起兵討王國寶，司馬道子殺王國寶，王恭乃罷兵。次年，王恭以討伐王愉、司馬尚之兄弟為名，再次起兵，因部將劉牢之叛變，而兵敗被殺。王恭相貌英俊，曾身披鶴氅，乘着車子從雪中經過，孟昶看見了，讚歎他如神仙一般。此句語本世說新語企羨：「孟昶未達時，家在京口。嘗見王恭乘高輿，被鶴氅裘。於時微雪，昶於籬間窺之，歎曰：『此真神仙中人！』」

⑪五老峰：山峰名，不止一處。因五峰形如五位老人並肩聳立，故稱。最著名的，在江西廬山。太平御覽引潯陽記曰：「廬山頂上有一池，水池中有三石雁，霜落則飛。山北有五老峰，於廬山最為峻極，橫隱蒼穹，積石巖巉，迴壓彭蠡，其形勢如河中虞鄉縣前五老之形，故名之。」

唐李白望廬山五老峰：「廬山東南五老峰，青天削出金芙蓉。九江秀色可攬結，吾將此地巢雲松。」另，白嶽（齊雲山）亦有五老峰，明人尹臺、胡應麟等有詩詠之。

⑫如玉筆：舊注引李青蓮詩「五老峰為筆，洋瀾作硯池」。今按，李白詩文集實無此二句，當為後人偽託。

⑬三姑石：山峰名，不止一處。因三峰並立，如三個妙齡女子，故名。據初學記、太平御覽等書記載，在今安徽黟縣屏山村，初學記州郡部江南道引輿地志曰：「黟縣東有靈山，山有三峰，名為三姑山。三年一遇野火，自燒；百姓放火，輒降雨不燃。」太平御覽地部十一靈山引郡國志曰：「歙縣有靈山，天欲雨，先聞鼓角聲。此山上有圓石如車蓋，縣以鼓鳴為候，一鳴令還，不鳴令不去。山一名三姑山，三年一野火，燒數未滿，人燒之即雨。」又今福建武夷山、安徽齊雲山皆有三姑峰，屢為宋明以來文人歌詠。又，今江西都昌境內有三姑山，俗稱彭家嘴，離廬山不遠。舊注引地輿志「南康有三姑石，響聲若金鏞」，都昌宋元時期屬南康軍（路）。以地理位置而言，若上聯「五老峰」指廬山五老峰，則下聯「三姑石」當指今都昌三姑山。但明人尹臺、胡應麟等遊白嶽（齊雲山）詩，亦以「五老」「三姑」對舉。且尹臺於其詩「帝敕三姑辭寶輦，仙招五老戲瑤屏」聯下，自注云：「五老、三姑、寶輦，皆峰名。」則本篇之「五老峰」「三姑石」亦可指齊雲山諸峰。另，廬山近處長江中有大姑（孤）山、小姑（孤）山、彭郎磯及石鐘山，石鐘山得名與「金鏞」相關。諸山實為江中磯石，因大而稱山。聲律啟蒙作者將三姑山之名，石鐘山聲如洪鐘之傳說，廬山腳下大姑、小姑、彭郎山之江景，附會捏合於一處，而為此聯，亦未可知。

⑭金鏞：青銅鑄造的大鐘。宋蘇軾石鐘山記：「水經云：『彭蠡之口有石鐘山焉。』酈元以為下臨深潭，微風鼓浪，水石相搏，聲如洪鐘。」

【譯文】

明亮對昏暗，淡薄對濃厚。
聰明絕頂對凡俗平庸。
鏡匣對衣箱，郊野搗米杵對荒村舂米臼。
鮮花嬌豔奪目，綠草鬱鬱葱葱。
炎夏對寒冬。
高高的臺子名叫戲馬，小小的書齋號稱蟠龍。
好酒成性的畢卓，手持蟹螯、逍遙自在；風流儒雅的王恭，身披鶴氅、雪中乘車。
高聳的五老峰，如數支玉筆一樣直插雲霄；闊大的三姑石，在風雨中傳出洪鐘般的聲音。

（三）

仁對義，讓對恭。

禹、舜對羲、農①。

雪花對雲葉②，芍藥對芙蓉③。
陳後主④，漢中宗⑤。
繡虎對雕龍⑥。
柳塘風淡淡，花圃月濃濃。
春日正宜朝看蝶，秋風那更夜聞蛩⑦。
戰士邀功，必藉干戈成勇武⑧；逸民適志⑨，須憑詩酒養疏慵⑩。

【注釋】

①禹：即夏禹，是夏代開國君主。據史記夏本紀，禹名文命，是黃帝之玄孫、帝顓頊之孫，因治理洪水有功，受舜帝禪讓而為天子。世稱為「大禹」。舜：即虞舜。據史記五帝本紀，舜名重華，二十歲即以孝順聞名於天下，三十歲時被堯帝從民間選拔重用，五十歲時攝行天子事，後受堯帝禪讓，六十一歲即位為天子。即位三十九年，南巡，崩於蒼梧之野。羲、農：指伏羲氏和神農氏，都是傳說中上古時期賢明的君主。相傳伏羲氏始畫八卦，教民漁獵；神農氏曾嘗百草，教民稼穡。

②雲葉：雲片，雲朵。古詩文習用語。南朝陳張正見初春賦得池應教：「春光落雲葉，花影發晴枝。」

③芍藥：多年生草本植物。五月開花，花大而美，供觀賞，根可入藥。詩經鄭風溱洧：「維士與女，伊其相謔，贈之以勺藥。」勺藥即「芍藥」。後因以「芍藥」表示男女愛慕之情。芙蓉：蓮花的別名。戰國屈原離騷：「製芰荷以為衣兮，集芙蓉以為裳。」漢王逸章句：「芙蓉，蓮花也。」宋洪興祖補注：「爾雅曰：荷，芙蕖。注云：別名芙蓉。本草云：其葉名荷，其華未發為菡萏，已發為芙蓉。」芍藥對芙蓉，是聯綿字對聯綿字。

④陳後主：指南朝陳國最後一位皇帝陳叔寶（五五三—六〇四），字元秀，小字黃奴，吳興長城（今浙江長興）人。陳宣帝陳頊長子。五八二—五八九年在位，奢侈荒淫，不理國政，為隋所滅。國亡被俘，後病死於洛陽。曾作玉樹後庭花等豔體詩，是中國歷史上著名的昏君。事見陳書後主本紀。

⑤漢中宗：指西漢宣帝劉詢（前九一—前四九），原名劉病已，漢武帝劉徹曾孫，戾太子劉據之孫，史皇孫劉進之子，西漢第十位皇帝，前七四—前四九在位，凡二十五年。謚號孝宣皇帝，廟號中宗。在位期間，國泰民安，史稱「宣帝中興」。事見漢書宣帝紀。

⑥繡虎：指三國時期魏國陳思王曹植。類說引玉箱雜記：「曹植七步成章，號繡虎。」繡，謂其詞華雋美。虎，謂其才氣雄傑。後遂以「繡虎」稱擅長詩文、辭藻華麗者。雕龍：戰國時期齊國人騶奭富於文辭，善於雄辯，人們稱他「雕龍」。史記孟子荀卿列傳：「騶衍之術迂大而閎辯；奭也文具難施；淳于髡久與處，時有得善言。故齊人頌曰：『談天衍，雕龍奭，炙轂過髡。』」南朝宋裴駰集解引漢劉向別錄曰：「騶衍之所言五德終始，天地廣大，盡言天事，故曰『談天』。騶奭修衍之文，飾若雕鏤龍文，故曰『雕龍』。」

⑦那更：況又、再加上之意。更，又，再。張相詩詞曲語辭匯釋：「那更，猶云況更也；兼之也。」

⑧干戈：泛指兵器，也代指戰爭、戰亂。干，即盾，防禦性兵器，主要用來抵擋刀箭。戈，進攻的兵器，橫刃，用青銅或鐵製成，裝有長柄。

⑨逸民：指遁世隱居的人。論語微子：「逸民：伯夷、叔齊、虞仲、夷逸、朱張、柳下惠、少連。」魏何晏集解：「逸民者，節行超逸也。」宋朱子集注：「逸，遺逸。民者，無位之稱。」適志：指遵從自己的內心，過舒適自得的生活。莊子齊物論：「昔者莊周夢為胡蝶，栩栩然胡蝶也，自喻適志與。」晉郭象注：「自快得意，悅豫而行。」

⑩疏慵：懶散。唐白居易曉寢：「莫強疏慵性，須安老大身。」

【譯文】

仁德對義氣，謙讓對恭敬。

夏禹、虞舜對伏羲、神農。

雪花對雲朵，芍藥對芙蓉。

陳後主對漢中宗。

號稱繡虎的曹植對被稱為雕龍的騶奭。

清風吹過柳塘，非常柔和；月光籠罩花圃，十分明亮。

春光明媚，正適合清晨觀賞蝴蝶飛舞；秋風蕭瑟，哪堪晚上又聽到蟋蟀哀鳴。

戰士建功立業，要憑藉戰爭來展現勇猛威武；隱士實現心願，需要在品詩飲酒中培養疏朗散淡的氣象。

上平三江

【題解】

本篇共三段，皆為韻文。每段韻文，由若干句對仗的聯語組成。每句皆押「平水韻」上平聲「三江」韻。

本篇每句句末的韻腳字，「窗」「江」「缸」「幢」「缸」「邦」「逄」「淙」「撞」「雙」「摐」等，在傳統詩韻（「平水韻」）裏，都歸屬於上平聲「三江」這個韻部。這些字，在普通話裏，韻母大多含「ang」（「淙」字，普通話裏只有一個平聲音，讀cóng。但在「平水韻」系統裏，卻有三個音，分屬於冬、江、絳三個韻，但不別義。本篇之「淙」，若按葉韻讀，則音cáng），介音（韻頭）有的是「i」，有的是「u」；聲調多數讀第一聲或第二聲。按：「碧油幢」的「幢」字是多音字，有平、去二讀。王力古漢語字典等工具書認為「幢」字：指「張掛於舟車上的帷幕」時，唸去聲zhuàng；指「作儀仗用的以羽毛為飾的旗幟」時，唸平聲chuáng。但唐詩實際用例，「碧油幢」的「幢」，從來都是讀作平聲。佩文韻府亦將「碧油幢」詞條，列於平聲江韻「幢」字下，而非去聲絳韻「幢」字下。故，筆者主張「碧油幢」

之「幢」唸平聲 chuáng。「鐘撞」之「撞」字，今讀去聲，音 zhuàng；在「平水韻」系統裏，該字既可讀仄聲（屬絳韻），亦可讀平聲（屬江韻），不別義。「撞」字在本篇讀平聲，音 chuáng。

需要注意的是：普通話「ang」韻母的字，並不都屬於「平水韻」上平聲「三江」韻；更多的屬於下平聲「七陽」韻。「三江」和「七陽」屬於鄰韻，填詞時可以通押，寫近體詩時不可通押。「三江」韻字少，是窄韻；「七陽」韻字多，是寬韻。

本篇「寶劍對金缸」「宿火對寒缸」之「缸」字，或作「釭」。按：「缸」「釭」二字可通用。「缸」非「水缸」之缸。金缸（金釭），指古代宮殿壁間橫木上的飾物。寒缸（寒釭），指寒燈。明清人頗喜用「金缸」代「金釭」。

本篇第二段的「道旁繫頸子嬰降」，通行本聲律啟蒙撮要作「道旁繫劍子嬰降」，將季札「繫劍」和子嬰「繫頸」兩個典故用混了。且明涂時相本此句作「道旁繫頸子嬰降」，故我們徑改「繫劍」為「繫頸」。

（一）

樓對閣，戶對窗①。

巨海對長江。

蓉裳對蕙帳②，玉斝對銀釭③。
青布幔④，碧油幢⑤。
寶劍對金釭⑥。
忠心安社稷⑦，利口覆家邦⑧。
世祖中興延馬武⑨，桀王失道殺龍逄⑩。
秋雨瀟瀟⑪，漫爛黃花都滿徑⑫；春風裊裊⑬，扶疏綠竹正盈窗⑭。

【注釋】

①戶：門。說文解字：「半門曰戶。」戶的本義是半邊門，亦泛指門。

②蓉裳：用芙蓉製成的下衣。戰國屈原離騷：「製芰荷以為衣兮，集芙蓉以為裳。」宋朱子集注：「比也。……言被服益潔，修善益明也。」後用以借喻君子品行高潔。蕙帳：用香草編成的帷帳。古詩文習用語。南朝齊孔稚珪北山移文：「蕙帳空兮夜鶴怨，山人去兮曉猿驚。」後用以借指隱士的居室。蕙，一名薰草，是一種芳香植物，與蘭並稱。

③玉斝（jiǎ）：玉製的酒器，圓口，有三足。後多用作酒杯的美稱。古詩文習用語。文選（劉孝標）廣絕交論：「分雁鶩之稻粱，沾玉斝之餘瀝。」唐李善注引說文：「斝，玉爵也。」銀釭（gāng）：

銀白色的燈盞、燭臺。古詩文習用語。宋晏幾道鷓鴣天：「今宵剩把銀釭照，猶恐相逢是夢中。」

④幔：布帛製成，遮蔽門窗的簾子。

⑤碧油幢（chuáng）：青綠色的油布車帷。南齊時公主所用，唐以後御史及其他大臣多用之。南齊書輿服志：「自輦以下，二宮御車，皆綠油幢，絳繫絡。御所乘，雙棟。其公主則碧油幢云。」隋書禮儀志五：「烏漆輪轂黃金雕裝，上加青油幢。」唐方干上越州楊巖中丞：「試把十年辛苦志，問津同拜碧油幢。」「幢」字是多音字，有平、去二讀。古漢語研究界（以王力古漢語字典為代表）以廣韻、集韻為根據，認為「幢」字：指「張掛於舟車上的帷幕」時，唸去聲（zhuàng）；指「作儀仗用的以羽毛為飾的旗幟」時，唸平聲（chuáng）。此處雖是車簾之意，卻借chuáng音。因此，有人認為此處「碧油幢」對「青布幔」，和下文的「蓋對幢」，皆是「借對」中的「借音對」（漢字往往一字多義，又有多音字。對仗中有一個修辭格，是通過借義或借音的手段來達成對仗的，傳統稱之為「借對」或「假對」）。但從格律詩的實際用例來看，並非如此。唐詩中「碧油幢」的「幢」，從來都是讀作平聲。如唐張仲素塞下曲五首其二：「獵馬千行（一作「群」）雁幾雙，燕然山下碧油幢。傳聲漢北單于破，火照旌旗夜受降。」佩文韻府亦將「碧油幢」詞條，列於平聲江韻「幢」字下，而非去聲絳韻「幢」字下。故，筆者主張「碧油幢」之「幢」唸平聲（chuáng），不取「借對」之說。

⑥金釭：又作「金缸」，古代宮殿壁間橫木上的飾物。漢班固西都賦：「金釭銜璧，是為列錢。」漢書外戚傳下孝成趙皇后：「壁帶往往為黃金釭，函藍田璧。」唐顏師古注：「服虔曰：『釭，壁

中之橫帶也。』晉灼曰：『以金環飾之也。』師古曰：『壁帶，壁之橫木露出如帶者也。於壁帶之中，往往以金為釭，若車釭之形也。其釭中着玉璧、明珠、翠羽耳。』」初學記居處部牆壁第十一引之，作「壁帶往往為黃金缸」。唐崔國輔白紵辭：「壁帶金釭皆翡翠，一朝零落變成空。」明清人頗喜用「金缸」代「金釭」，如明張寧和孫廷珍侍御短檠歌：「中庭燒檠多更長，金缸列錢繞屋光。」明楊慎楚妃引：「金缸銜壁隨珠燭，美人如月嬉華屋。」又，金缸，或「金釭」，亦指金色的燈盞、燭臺。文選（謝莊）宋孝武宣貴妃誄：「庭樹驚兮中帷響，金釭曖兮玉座寒。」唐劉良注：「金釭，謂金盞置燈也。」唐溫庭筠詠寒宵：「委墜金釭（一作『缸』）燼，闌珊玉局棋。」因前文已有「釭」字作韻腳，為避免重複，故此處用「缸」而不用「釭」。

⑦社稷：代指國家。社為土神，稷為穀神，傳統中國以農為本，故以社稷代指國家。孟子盡心上：「有安社稷臣者，以安社稷為悦者也。」宋朱子集注：「言大臣之計安社稷，如小人之務悦其君，眷眷於此而不忘也。」

⑧利口覆家邦：指相信奸佞之人，會使國家敗亡。語出論語陽貨：「子曰：『惡紫之奪朱也，惡鄭聲之亂雅樂也，惡利口之覆家邦者。』」宋朱子集注：「利口，捷給。覆，傾敗也。」利口，指能言善辯的奸佞之人。

⑨世祖：指東漢光武帝劉秀（前六—五七），字文叔，南陽蔡陽（今湖北棗陽）人。劉邦九世孫。新莽地皇三年（二二）起兵，更始三年（二五）稱帝，建立東漢政權。廟號世祖，謚光武帝。因其恢復漢室，被稱為中興之主。事見後漢書光武帝紀。中興：中途振興，轉衰為盛。特指恢復並非由本人失去的帝位。宋陸游南唐書蕭儼傳：「儼獨建言：『帝王，已失之，已得之，謂之

反正；非己失之，自己復之，謂之中興。』」延：邀請任用。馬武（？—六一）：字子張，南陽湖陽（今河南唐河）人。東漢開國功臣，漢光武帝「雲臺二十八將」之一。王莽末年加入綠林軍；劉玄更始時，任侍郎，從劉秀破王尋等，拜振威將軍。後歸劉秀，常為先鋒。劉秀即位，馬武任侍中、騎都尉，與蓋延、耿弇等擊劉永、龐萌、隗囂，以功封楊虛侯。明帝初，拜捕虜將軍，破西羌。永平四年（六一）卒。

⑩桀王：指夏朝末代亡國之君夏桀，名履癸。暴虐荒淫。湯起兵伐桀，敗之於鳴條，流死於南巢。事見史記夏本紀。龍逄（páng）：即關龍逄，夏末忠臣，因敢於直言進諫，為桀忌恨，後被桀囚禁殺害。

⑪瀟瀟：風雨急驟貌。語本詩經鄭風風雨：「風雨瀟瀟，雞鳴膠膠。」毛傳：「瀟瀟，暴疾也。」亦形容淒清、冷寂貌。唐劉長卿石梁湖有寄：「瀟瀟清秋暮，裊裊涼風發。」

⑫漫爛：聯綿詞，亦可寫作「爛漫」，形容山花鮮明燦爛的樣子。黃花：此處特指菊花。

⑬裊裊：微風吹拂貌。楚辭九歌湘夫人：「裊裊兮秋風，洞庭波兮木葉下。」宋蘇軾海棠：「東風裊裊泛崇光，香霧霏霏月轉廊。」

⑭扶疏：聯綿詞，形容枝葉繁茂紛披的樣子。

【譯文】

樓對閣，門對窗。

浩瀚無邊的大海對奔流不息的長江。

荷花製成的衣裳對香草編製的帷帳，玉製的酒器對銀製的燈盞。
青黑的織布帳幕對碧綠的油布車簾。
鋒利的寶劍對耀眼的金缸。
大臣忠心耿耿可保社稷安寧，小人巧言令色能使國家顛覆。
漢代的中興世祖劉秀重任大將馬武，夏朝的殘暴君王桀殺害忠臣關龍逄。
秋雨瀟瀟，菊花明媚燦爛，開滿小徑；春風裊裊，翠竹葉茂枝繁，遮蔽門窗。

（二）

旌對旆①，蓋對幢②。
故國對他邦。
千山對萬水，九澤對三江③。
山岌岌④，水淙淙⑤。
鼓振對鐘撞⑥。
清風生酒舍，白月照書窗。

陣上倒戈辛紂戰⑦，道旁繫頸子嬰降⑧。

夏日池塘，出沒浴波鷗對對；春風簾幕，往來營壘燕雙雙⑨。

【注釋】

①旌：古代的一種旗子，旗杆頂上用五色羽毛做裝飾。旆（pèi）：古代旗幟末端形如燕尾的垂旒飄帶，也泛指旗子。

②蓋：車蓋，古代車上遮雨蔽日的篷。狀如傘，有柄。幢：張掛於舟車上的油布帷幕。隋書禮儀志五：「王公加禮者，給油幢絡車，駕牛。」

③九澤：古代九大湖泊，說法不一。爾雅釋地提到「十藪」：「魯有大野，晉有大陸，秦有楊陓，宋有孟諸，楚有雲夢，吳越之間有具區，齊有海隅，燕有昭余祁，鄭有圃田，周有焦護。」周禮夏官職方式提到九州澤藪：揚州有具區，荊州有雲夢，豫州有圃田，青州有望諸，兗州有大野，雍州有弦蒲，幽州有貕養，冀州有楊紆，并州有昭余祁。呂氏春秋有始覽：「何謂九藪？吳之具區，楚之雲夢，秦之陽華，晉之大陸，梁之圃田，宋之孟諸，齊之海隅，趙之鉅鹿，燕之大昭。」九澤亦可泛指九州湖泊。尚書禹貢：「九山刊旅，九川滌源，九澤既陂。」（偽）孔傳釋「九澤」為「九州之澤」。九澤亦可特指北方的湖泊。淮南子時則訓：「北方之極，自九澤窮夏晦之極，北至令正之谷。」漢高誘注：「九澤，北方之澤。夏，大也。晦，暝也。」三江：三條河流的並稱。具體是哪三條，說法不一。尚書禹貢：「三江既入，震澤底定。」唐陸德明經典

釋文：「韋昭云：『謂吳松江、錢唐江、浦陽江也。』吳地記云：『松江東北行七十里，得三江口，東北入海為婁江，東南入海為東江，並松江為三江。』」

④岌岌：形容高聳的樣子。戰國屈原離騷：「高余冠之岌岌兮，長余佩之陸離。」漢王逸章句：「岌岌，高貌。」

⑤淙淙：象聲詞，形容水流的聲音。晉陶潛祭從弟敬遠文：「淙淙懸溜，曖曖荒林。」「淙」字，普通話裏只有一個平聲音，讀cóng。但在「平水韻」系統裏，卻有三個音，分屬於冬、江、絳三個韻，但不別義。此處，若按葉韻讀，則音cáng。

⑥鼓振：擊鼓聲。振，敲鼓。鐘撞（chuáng）：撞鐘聲。撞，今讀去聲，音zhuàng；在詩韻（「平水韻」）系統裏，既可讀仄聲（屬絳韻），亦可讀平聲（屬江韻），不別義。「撞」字在此處讀平聲，音chuáng。

⑦倒戈：倒轉武器向己方進攻，指叛變。尚書武成：「前徒倒戈，攻於後以北，血流漂杵。」辛紂：即商代最後一個君主帝辛。史記殷本紀：「帝乙崩，子辛立，是為帝辛。天下謂之紂。」商紂王因行暴政，被周武王所伐滅。據尚書武成，武王伐紂，戰於牧野，商紂王的前軍臨陣倒戈叛變，商軍大敗。

⑧繫頸：通行本聲律啟蒙撮要皆作「繫劍」，實誤。據文義，當作「繫頸」。且明涂時相本作「繫頸」。聲律啟蒙的編者（或刊刻者）或許覺得「繫劍」與「倒戈」為工對，才改「繫頸」為「繫劍」。但從語典來看，「繫劍」顯然是錯的。「繫劍」語出史記吳太伯世家：「季札之初使，北過徐君。徐君好季札劍，口弗敢言。季札心知之，為使上國，未獻。還至徐，徐君已死，於是乃

解其寶劍，繫之徐君塚樹而去。」「繫頸」語出史記秦始皇本紀：「子嬰為秦王四十六日，楚將沛公破秦軍入武關，遂至霸上，使人約降子嬰。子嬰即繫頸以組，白馬素車，奉天子璽符，降軹道旁。」南朝宋裴駰集解引漢應劭曰：「繫頸者，言欲自殺也。」「繫頸以組，白馬素車，奉天子璽符，降軹道旁」，是天子投降儀式。繫頸以組，指把絲繩套在頸上，表示伏罪投降。子嬰（？—前二〇六）：秦始皇長子扶蘇之子。趙高殺秦二世，立子嬰為王，去帝號。子嬰殺趙高。在位四十六天，劉邦兵至霸上，子嬰投降。後為項羽所殺。

⑨營壘：此處指燕子築巢。營，營造。壘，本為古代軍中作防守用的牆壁，此處指燕巢。宋王炎陪留宰遊灌溪回飲縣圃六絕其一：「泥融紫燕欲營壘，日暖黃蜂爭取花。」

【譯文】

旌旗對旆旗，車蓋對車帷。故鄉對異邦。

千山對萬水，九澤對三江。

山峰高聳，水流悅耳。

擊鼓聲對敲鐘聲。

清風吹拂酒舍，明月映照書窗。

商紂王的士兵在戰場上，倒轉武器起義；秦王子嬰將繩套在頸上，在道邊向漢軍投降。

夏天的池塘，成對的鷗鳥出沒水中，洗澡嬉戲；春風吹動簾幕，成雙的燕兒來往穿梭，忙於築巢。

（三）

銖對兩[1]，隻對雙。華嶽對湘江[2]。朝車對禁鼓[3]，宿火對寒缸[4]。青瑣闥[5]，碧紗窗[6]。漢社對周邦[7]。笙簫鳴細細[8]，鐘鼓響摐摐[9]。主簿棲鸞名有覽[10]，治中展驥姓惟龐[11]。蘇武牧羊，雪屢餐於北海[12]；莊周活鮒，水必決於西江[13]。

【注釋】

①銖（zhū）、兩：古代重量單位。二十四銖為一兩。銖、兩比喻極輕微的分量。

②華嶽：即西嶽華山。位於陝西華陰渭河盆地南，為五嶽中的西嶽，因突起突落形如蓮花，故稱

為「華山」。湘江：為湖南省四大河流之一。經永州、衡陽，合瀟水、蒸水，北流經長沙注入洞庭湖。

③朝車：古代君臣行朝夕禮及宴飲時出入用車。禮記玉藻：「君羔幦虎犆；大夫齊車鹿幦豹犆，朝車；士齊車鹿幦豹犆。」漢鄭玄注：「臣之朝車與齊車同飾。」呂氏春秋贊能：「（管仲）至齊境，桓公使人以朝車迎之。」後漢書輿服志上：「公、列侯、中二千石、二千石夫人，會朝若蠶，各乘其夫之安車，右騑，加交絡帷裳，皆皂。非公會，不得乘朝車，得乘漆布輜軿車，銅五末。」唐于濆古宴曲：「雉扇合蓬萊，朝車回紫陌。」禁鼓：設置在宮城譙樓上報時的鼓。禁，指帝王所居之地。續資治通鑑宋真宗咸平五年：「（謝）德權因條上衢巷廣袤及禁鼓昏曉，皆復長安舊制。」

④宿火：隔夜未熄的火。古詩文習用語。唐韋應物郡齋卧疾絕句：「香爐宿火滅，蘭燈宵影微。」寒缸：亦作「寒釭」，指寒燈。古詩文習用語。唐白居易不睡：「焰短寒釭盡，聲長曉漏遲。」

⑤青瑣闥（tà）：宮門。借指皇宮、朝廷。南朝梁范雲古意贈王中書：「攝官青瑣闥，遙望鳳凰池。」亦指富貴人家的門窗。青瑣，原指裝飾皇宮門窗的青色連環花紋。後借指宮廷，泛指豪華富麗的房屋建築。亦指刻鏤成格的窗戶。漢書元后傳：「曲陽侯根驕奢僭上，赤墀青瑣。」唐顏師古注引孟康曰：「以青畫戶邊鏤中」，並申之曰：「青瑣者，刻為連環文，而青塗之也。」闥，小門。

⑥碧紗窗：裝有綠色薄紗的窗。唐白居易傷春詞：「深淺簷花千萬枝，碧紗窗外囀黃鸝。殘妝含淚下簾坐，盡日傷春春不知。」

⑦漢社：指漢朝。社，土地神，也指祭土神的地方，歷代王朝建國必先立社壇，消滅別國也先毀

其社壇，因此，社也是國家政權的標誌。周邦：指周朝。邦，泛指國家，亦指古代諸侯的封國。尚書武成：「惟先王建邦啟土。」

⑧笙簫：笙和簫，泛指管樂器。笙，一般用十三根長短不同的竹管製成。說文解字：「笙，十三簧，象鳳之身也。」

⑨鐘鼓：鐘和鼓，古代禮樂器。詩經周南關雎：「窈窕淑女，鐘鼓樂之。」摐摐（chuāng）：象聲詞，形容鐘鼓玉石撞擊發出的聲音。

⑩主簿棲鸞：語出後漢書循吏列傳：「枳棘非鸞鳳所棲，百里豈大賢之路？今日太學曳長裾，飛名譽，皆主簿後耳。」主簿，古代官名，漢代中央及郡縣官署多置之。其職責為主管文書，辦理事務。至魏晉時漸為將帥重臣的主要僚屬，參與機要，總領府事。此後各中央官署及州縣雖仍置主簿，但任職漸輕。鸞，傳說鳳凰一類的神鳥。覽：指仇覽，一名香，字季智，陳留考城（今河南蘭考）人。仇覽胸懷大志，曾在考城令王渙署中做主簿，王渙治民嚴厲，認為他少鷹鸇之志，他則主張以德化人寬厚治民，認為做鷹鸇，不若鸞鳳。王渙勉勵他說：「荊棘叢可不是鸞鳳棲身之地啊，你這樣的賢人在小縣做主簿太屈才了。」並將自己一個月的俸祿送給他做盤纏，送他到太學讀書。

⑪治中展驥：語出三國志蜀書龐統傳：「先主領荊州，統以從事守耒陽令，在縣不治，免官。吳將魯肅遺先主書曰：『龐士元非百里才也，使處治中、別駕之任，始當展其驥足耳。』」治中，古代官名。為州刺史的助理，主管文書檔案。驥，良馬。龐：指龐統（一七九—二一四），字士元，襄陽（今屬湖北）人。與諸葛亮齊名，號為「鳳雛」。劉備得荊州，任命他做耒陽令，因政

績差而免官。諸葛亮、魯肅盛讚其才，劉備升他做治中從事，與諸葛亮並為軍師中郎將。後從備入蜀，取劉璋，圍攻雒城時，中流矢而卒。

⑫「蘇武牧羊」二句：語本漢書李廣蘇建傳：「單于愈益欲降之，乃幽武置大窖中，絕不飲食。天雨雪，武臥囓雪與旃毛並嚥之，數日不死。匈奴以為神，乃徙武北海上無人處，使牧羝，羝乳乃得歸。別其官署常惠等，各置他所。武既至海上，廩食不至，掘野鼠去草實而食之。杖漢節牧羊，臥起操持，節旄盡落。」蘇武（前一四〇？—前六〇），字子卿，京兆杜陵（今陝西西安）人。代郡太守蘇建之子。漢武帝天漢元年（前一〇〇），蘇武奉命持節出使匈奴，被扣留；居匈奴十九年而不肯降，杖漢節牧羊於北海之濱。漢昭帝始元六年（前八一），蘇武獲釋回朝，官拜典屬國。漢宣帝神爵二年（前六〇），病卒，年八十餘。甘露三年（前五一），漢宣帝命人畫蘇武像於麒麟閣，以表彰其功德。北海，即今俄羅斯貝加爾湖。

⑬「莊周活鮒（fù）」二句：語本莊子外物：「莊周家貧，故往貸粟於監河侯。監河侯曰：『諾。我將得邑金，將貸子三百金，可乎？』莊周忿然作色曰：『周昨來，有中道而呼者，周顧視車轍中，有鮒魚焉。周問之曰：「鮒魚來！子何為者邪？」對曰：「我，東海之波臣也。君豈有斗升之水而活我哉？」周曰：「諾。我且南游吳越之王，激西江之水而迎子，可乎？」鮒魚忿然作色曰：「吾失我常與，我無所處，吾得斗升之水然活耳，君乃言此，曾不如早索我於枯魚之肆。」』」大意為，莊子家貧，向監河侯借貸，沒想到監河侯卻對他說，等我收到稅金後，借給你三百金。莊周因此很生氣，說，昨天我在來的路上，聽到車轍下的小坑窪裏有一條鯽魚在呼救。牠說牠是從東海而來，希望我能拿斗升之水救救牠。我對牠說，好吧，我將去游說吳王、越王，

讓他們引西江的水救你。鯽魚很生氣，說，那你倒不如早點到乾魚市場去找我。莊周（約前三六九—前二八六，一說約前三六八—前二六八），即莊子，戰國時宋國蒙人。與孟子年代相去不遠，嘗為漆園吏。是繼老子之後的道家思想代表人物。所著莊子一書，主張逍遙無為、安時處順，倡導齊物我、一是非，影響極大，被道家學派尊為南華經。鮒，即鯽魚。西江，古人多稱長江中下游為西江。唐李白夜泊牛渚懷古：「牛渚西江夜，青天無片雲。」唐元稹相憶淚：「西江流水到江州，聞道分成九道流。」

【譯文】

銖對兩，單對雙。

華山對湘江。

君臣朝會所坐的車對宮城報時敲的鼓，隔夜的火對閃着寒光的燈。

宮門上刻有青色連環的花紋，窗戶上糊着綠色透明的薄紗。

漢家社稷對周朝邦國。

笙簫相和，異常清細；鐘鼓齊鳴，何等雄壯。

東漢仇覽即便做主簿這類小官，也像棲息的鳳凰一樣胸懷大志；三國龐統只有做治中一類的高官，才能施展出他千里馬般的才華。

蘇武被困匈奴放羊，經常吞吃北海的冰雪來充飢；莊周要救困在車轍裏的鯽魚，必須決堤引西江的大水。

上平四支

【題解】

本篇共三段，皆為韻文。每段韻文，由若干句對仗的聯語組成。每句皆押「平水韻」上平聲「四支」韻。

本篇每句句末的韻腳字，「詩」「兒」「絲」「夔」「鷥」「蘼」「時」「碑」「遲」「棋」「錐」「羆」「璃」「葵」「移」「旗」「鸝」「眉」「吹」「龜」等，在傳統詩韻（「平水韻」）裏，都歸屬於上平聲「四支」這個韻部。這些字，在普通話裏，韻母大多含「i」（「兒」字今音 er，但中古音裏並沒有擬音為 er 的韻母，「兒」字在「四支」韻，按葉韻音，應讀 ní。作為姓仍讀 ní，一般寫作「兒」。漢代名人，即有兒寬。「倪」字，今音 ní，其聲符即「兒」），有的是「i」，有的是「ei」，有的是「ui」；聲調有讀第一聲的，有讀第二聲的。

需要注意的是：普通話「i」韻母的字，並不都屬於「平水韻」上平聲「四支」韻，也有可能屬於上平聲「五微」韻、「八齊」韻、「十灰」韻。它們屬於鄰韻，填詞時可以通押，寫近體詩時不可通押。

本篇第二段的七字對「去婦因探鄰舍棗，出妻為種後園葵」一句，「探」字今讀去聲，但在「平水韻」裏「卻」是平、去二讀（不別義），且以平聲為首選。在「平水韻」系統裏，「探」和「種」，是平對去，在聲律上對偶可以成立。

本篇第三段「張駿曾為槐樹賦」，經考證，槐樹賦的作者應是西涼武昭王李暠，而非前涼世祖張駿。清後期通行本聲律啟蒙撮要的這一錯誤，是沿襲明涂時相本的。故我們在注釋中對此給以詳細考辨，但並不改動聲律啟蒙原文。

（一）

茶對酒，賦對詩①。
燕子對鶯兒。
栽花對種竹，落絮對游絲②。
四目頡③，一足夔④。
鴝鵒對鷺鷥⑤。
半池紅菡萏⑥，一架白荼蘼⑦。

幾陣秋風能應候⑧，一犁春雨甚知時⑨。

智伯恩深⑩，國士吞變形之炭⑪；羊公德大⑫，邑人豎墮淚之碑⑬。

【注釋】

①賦：中國古典文學的一種文體，需要押韻，多用鋪陳手法，盛行於兩漢。晉陸機文賦：「詩緣情而綺靡，賦體物而瀏亮。」

②落絮：落下的絲絮。比喻飄落的柳絮或雪花。古詩文習用語。宋晏殊蝶戀花：「滿眼游絲兼落絮。紅杏開時，一霎清明雨。」游絲：飄蕩在空中的細絲，多為蜘蛛等蟲類所吐。古詩文習用語。南朝梁沈約三月三日率爾成篇：「游絲映空轉，高楊拂地垂。」

③四目頡：頡，傳說中漢字的創造者，黃帝的史官，有四隻眼睛。論衡骨相：「蒼頡四目，為黃帝史。」

④一足夔（kuí）：夔，舜的臣子，精通音律。舜曾說過「一夔足矣」，意思是像夔這樣的臣子，得到一個就足夠了，後人誤傳為夔只有一隻腳。韓非子外儲說左下說二：「哀公問於孔子曰：『吾聞夔一足，信乎？』曰：『夔，人也，何故一足？彼其無他異，而獨通於聲。堯曰：「夔一而足矣，使為樂正。」故君子曰：「夔有一足。」非一足也。』」呂氏春秋慎行覽察傳、孔叢子論書亦有類似記載。

⑤鴝鵒（qú yù）：鳥名。俗稱八哥。亦寫作「鸜鵒」。春秋昭公二十五年：「有鸜鵒來巢。」楊伯峻注：「鸜同鴝，音劬。鸜鵒即今之八哥，中國各地多有之。」鷺鷥：即白鷺。因其頭頂、胸、

肩、背部皆生長毛如絲，故稱「鷺鷥」。

⑥菡萏（hàn dàn）：荷花的別稱。詩經陳風澤陂：「彼澤之陂，有蒲菡萏。」毛傳：「菡萏，荷花也。」爾雅釋草：「荷，芙渠。其莖茄，其葉蕸，其本蔤，其華菡萏，其實蓮，其根藕，其中的，的中薏。」

⑦荼蘼：亦作「酴醾」，落葉小灌木，春末夏初時開花，花白色，有香氣，供觀賞。

⑧應候：順應時令節候。晉陸雲寒蟬賦序：「處不巢居，則其儉也；應候守節，則其信也。」候，物候，指動植物隨季節氣候變化而變化的週期現象，亦泛指時令。素問：「岐伯曰：『五日謂之候，三候謂之氣，六氣謂之時，四時謂之歲。』」古人把五天稱為「一候」，一年七十二候。現代氣象學上仍沿用。

⑨一犁春雨：因春雨宜於耕種，故謂之「一犁春雨」。宋人謝耕道曾畫一犁春雨圖，聞名一時，陸游、趙師秀等名詩人爭相題詠。

⑩智伯：即智襄子智瑤（前五〇六—前四五三），姬姓，智氏，名瑤，因智氏出於荀氏，故又稱「荀瑤」，春秋末期晉國六卿之首，時人尊稱其智伯（又寫作「知伯」）。晉出公十七年（前四五八），與趙、魏、韓四分范氏、中行氏地為邑。後與韓、魏攻趙襄子，於晉出公二十二年（前四五三）反被趙襄子聯合韓、魏而滅。謚襄，故又稱「智襄子」。

⑪國士：一國中最優秀的人，此處指豫讓。豫讓最初是中行氏的門客，因為不被重用，所以轉而投奔智伯，得到智伯的禮遇。後來智伯被趙襄子殺害，豫讓為了替智伯報仇，用漆塗在身上，使自己生瘡癩，又吞炭而使自己聲音變得嘶啞，以防止趙襄子認出自己從而有所防備。行刺失

敗之後，趙襄子問他為什麼單單替智伯報仇，他回答說，（智伯）以國士遇我，我故以國士報之。另外，我們常說的「士為知己者死，女為説己者容」，也是豫讓在為智伯報仇之前表明心志的話。史記刺客列傳記其事。變形之炭：語出史記刺客列傳：「居頃之，豫讓又漆身為厲，吞炭為啞，使形狀不可知，行乞於市。」嚴格來說，「吞炭」只能「變聲」，「漆身」才能「變形」。聲律啟蒙此處是混而言之。

⑫羊公：指西晉功臣羊祜（二二一—二七八），字叔子，泰山南城（今山東平邑）人。蔡邕外孫、司馬師之妻弟。初以上計吏仕魏，鍾會被誅後，漸居要職，官至中領軍，掌兵權。晉武帝代魏之後，官拜尚書右僕射、衛將軍。泰始五年（二六九），遷都督荊州諸軍事。在州墾田屯糧，與吳將陸抗使命交通，各保分界，傳為一時美談。官至征南大將軍，封南城侯。在官清儉。咸寧四年（二七八）卒。臨終，舉杜預自代。晉書有傳。

⑬墮淚之碑：羊祜鎮守荊州，頗得百姓愛戴。他死後，襄陽百姓在峴山為他建廟立碑，大家看到碑都忍不住流淚，杜預於是給碑取名叫「墮淚碑」。晉書羊祜傳：「襄陽百姓於峴山祜平生遊憩之所建碑立廟，歲時饗祭焉。望其碑者莫不流涕，杜預因名為墮淚碑。荊州人為祜諱名，屋室皆以門為稱，改戶曹為辭曹焉。」

【譯文】

茶對酒，賦對詩。

燕子對黃鶯。

栽花對種竹，飄落的柳絮對游蕩的蛛絲。
傳説倉頡有四隻眼，夔只有一隻腳。
八哥對鷺鷥。
半池紅色的荷花，一架白色的荼蘼。
幾陣秋風吹過，真能順應節候；一場春雨灑落，分明曉得農時。
智伯對豫讓有非比尋常的知遇之恩，因此豫讓漆身吞炭改變聲音形貌為他報仇；羊祜對百姓十分仁德，所以百姓在他死後為他立碑且見碑落淚。

（二）

行對止，速對遲。
舞劍對圍棋①。
花箋對草字②，竹簡對毛錐③。
汾水鼎④，峴山碑⑤。
虎豹對熊羆⑥。

花開紅錦繡，水漾碧琉璃⑦。

去婦因探鄰舍棗⑧，出妻為種後園葵⑨。

笛韻和諧，仙管恰從雲裏降；櫓聲咿軋⑩，漁舟正向雪中移。

【注釋】

①圍棋：下圍棋。「圍」在此處是動詞。

②花箋：華麗精美的信紙。南朝陳徐陵玉臺新詠序：「三臺妙跡，龍伸蠖屈之書；五色花箋，河北膠東之紙。」草字：草書。漢字字體的一種，結構簡省、筆畫連綿。

③竹簡：古代用以書寫、記事的竹片。後漢書宦者傳蔡倫：「自古書契多編以竹簡，其用縑帛者謂之為紙。」晉荀勖穆天子傳序：「汲縣民不準盜發古塚所得書也，皆竹簡素絲編，以臣勖前所考定古尺度其簡，長二尺四寸，以墨書，一簡四十字。」毛錐：毛筆的別稱。因其形如錐，束毛而成，故名。舊五代史漢書史弘肇傳：「弘肇又厲聲言曰：『安朝廷，定禍亂，直須長槍大劍，至如毛錐子，焉足用哉！』三司使王章曰：『雖有長槍大劍，若無毛錐子，贍軍財富，自何而集？』」

④汾水鼎：據史記封禪書，漢文帝時方士新垣平預言汾陰將出寶鼎，後漢武帝時果在汾陰掘得寶鼎，漢武帝因此改年號為「元鼎」。汾水，即汾河，在今山西省境內，黃河第二大支流。源於山

西寧武管涔山麓，貫穿山西省南北，在河津附近匯入黃河。山海經載：「管涔之山……汾水出焉。西流注入河。」汾者，大也，汾河因此而得名。

⑤峴山碑：即墮淚碑。參前注。

⑥熊羆（pí）：熊和羆。皆為猛獸。比喻勇士或雄師勁旅。尚書牧誓：「尚桓桓，如虎如貔，如熊如羆。」尚書康王之誥：「則亦有熊羆之士，不二心之臣，保乂王家。」爾雅釋獸：「羆，如熊，黃白文。」晉郭璞注：「似熊而長頭高腳，猛憨多力，能拔樹木，關西呼曰豭羆。」

⑦碧琉璃：亦作「碧瑠璃」。碧綠色的琉璃。亦喻指碧綠色的光瑩透明之物。唐宋詩多用來形容綠水。唐李涉題水月臺：「水似晴天天似水，兩重星點碧琉璃。」宋歐陽修浣溪沙：「溶溶春水浸春雲，碧瑠璃滑淨無塵。」

⑧去婦因探鄰舍棗：典出漢書王吉傳：「始吉少時學問，居長安。東家有大棗樹垂吉庭中，吉婦取棗以啖吉。吉後知之，乃去婦。東家聞而欲伐其樹，鄰里共止之，因固請吉令還婦。里中為之語曰：『東家有樹，王陽婦去；東家棗完，去婦復還。』其厲志如此。」大意為，王吉曾因妻子偷摘鄰居家的幾個棗子而休妻，後來在鄰里的勸阻下夫婦才重歸於好。王吉（？—前四八），字子陽，琅邪皋虞（今山東即墨）人。西漢大儒，兼通「五經」，曾官昌邑王（劉賀）中尉。昌邑王被立為帝僅二十七天，以行淫亂廢，王吉因常忠言諫王得免死罪。漢宣帝時，王吉官任博士、諫大夫，曾上疏議論宣帝得失，後以病辭歸。王吉與貢禹為友，皆以德行聞名，世稱「王陽在位，貢公彈冠」。漢元帝初立，命使者徵用王吉與貢禹。王吉年老，未至京，死於途中。去婦，指休妻。探，此處指偷摘。「探」字在普通話裏只有去聲一個讀音，但在「平水韻」裏卻是

平、去兩讀，與下文相對應的「種」字是平對仄。

⑨出妻為種後園葵：典出史記循吏列傳公儀休：「（公儀休）食茹而美，拔其園葵而棄之。見其家織布好，而疾出其家婦，燔其機，云『欲令農士工女安所仇其貨乎？』」公儀休是春秋時期魯國博士，官至宰相，廉潔奉法，禁止食祿者與小民爭利。公儀休吃到自家種的葵菜，又見自家織的布很精美，認為這是在和園夫、織女爭利，於是怒而拔去葵菜，並休妻出門。出妻，指休妻。葵，即冬葵，一年生草本植物，果實扁圓形。種子、根、莖、葉均可入藥，嫩葉可食。

⑩咿軋：象聲詞。此處形容搖櫓發出的聲音。

【譯文】

行動對停止，快速對遲緩。

舞劍對下棋。

精美的信箋對遒勁的草書，竹簡對毛筆。

汾水邊曾出過寶鼎，峴山上豎有墮淚碑。

虎和豹對熊與羆。

鮮花盛開，紅如錦繡；水波蕩漾，碧如琉璃。

漢代王吉休妻，是因為她私自摘了鄰家的棗；春秋時魯國公儀休出妻，是因為她在後園種植葵菜和農夫爭利。

笛聲音節和諧，如同仙樂從雲中飄來；櫓聲咿呀作響，漁夫正把小船搖向落雪的江面。

（三）

戈對甲，鼓對旗。
紫燕對黃鸝。
梅酸對李苦①，青眼對白眉②。
三弄笛③，一圍棋④。
雨打對風吹。
海棠春睡早⑤，楊柳晝眠遲⑥。
張駿曾為槐樹賦⑦，杜陵不作海棠詩⑧。
晉士特奇⑨，可比一斑之豹⑩；唐儒博識⑪，堪為五總之龜⑫。

【注釋】

①梅酸：典出世說新語假譎：「魏武行役，失汲道，軍皆渴，乃令曰：『前有大梅林，饒子，甘酸，可以解渴。』士卒聞之，口皆出水，乘此得及前源。」曹操行軍，找不到水源飲用，就哄

騙士兵說前方有大片梅林，可以解渴。李苦：典出世說新語雅量：「王戎七歲，嘗與諸小兒遊。看道邊李樹多子折枝。諸兒競走取之，唯戎不動。人問之，答曰：『樹在道邊而多子，此必苦李。』取之，信然。」王戎七歲時，跟小朋友們一起玩，看見路邊李子樹結滿果子，小朋友搶着摘，王戎說這李子的味道一定是苦的。不然不會在路旁長這麼多果子而沒有人摘。

②青眼：指對人喜愛或器重。與「白眼」相對。眼睛平視則見黑眼珠，上視則見白眼珠。典出世說新語簡傲「嵇康與呂安善」。南朝梁劉孝標注引晉百官名：「嵇喜字公穆，歷揚州刺史，康兄也。阮籍遭喪，往弔之。籍能為青白眼，見凡俗之士，以白眼對之。及喜往，籍不哭，見其白眼，喜不懌而退。康聞之，乃齎酒挾琴而造之，遂相與善。」阮籍藐視禮俗，以白眼對凡夫俗子，以青眼待喜歡的人。阮籍母親去世，嵇喜（嵇康之兄）來弔唁，阮籍對他以白眼；嵇康來弔唁，阮籍以青眼相迎。白眉：語出三國志蜀書馬良傳：「馬良，字季常，襄陽宜城人也。兄弟五人，並有才名，鄉里為之諺曰：『馬氏五常，白眉最良。』良眉中有白毛，故以稱之。」三國時蜀國馬良眉有白毛，他兄弟五人都有才名，且都以「常」為字，但馬良最傑出，因此當時人說：「馬氏五常，白眉最良。」後因以「白眉」喻兄弟或儕輩中的傑出者。

③三弄笛：吹奏笛子或笛曲的一段、一章，稱作「一弄」。典出世說新語任誕：「王子猷出都，尚在渚下。舊聞桓子野善吹笛，而不相識。遇桓於岸上過，王在船中，客有識之者，云是桓子野。王便令人與相聞云：『聞君善吹笛，試為我一奏。』桓時已貴顯，素聞王名，即便回下車，踞胡牀，為作三調。弄畢，便上車去。客主不交一言。」東晉桓伊善吹笛，與王徽之路上相逢，應王之邀，吹奏三章。後人據此創作「梅花三弄」笛曲，描寫傲霜鬥雪的寒梅，曲中主調重複出現三次。

④一圍棋：即下一局圍棋。典出南朝梁任昉述異記：「信安郡石室山，晉時王質伐木至，見童子數人棋而歌，質因聽之。童子以一物與質，如棗核。質含之，不覺飢。俄頃，童子謂曰：『何不去？』質起視，斧柯盡爛。既歸，無復時人。」後人以此喻光陰迅速。唐李洞贈徐山人：「知歎有唐三百載，光陰未抵一先棋。」

⑤海棠春睡：語出太真外傳：「上皇登沉香亭，詔太真妃子。妃子時卯醉未醒，命力士從侍兒扶掖而至。妃子醉顏殘妝，鬢亂釵橫，不能再拜。上皇笑曰：『豈是妃子醉，真海棠睡未足耳。』」後人多用「海棠春睡」形容女子睡眼惺忪、嬌媚無比的樣子。

⑥楊柳晝眠：典出三輔故事：「漢苑中有柳，狀如人形，號曰人柳，一日三眠三起。」後人因有「柳眠」之說。唐李賀沙路曲：「柳臉半眠丞相樹，佩馬鈴釘踏沙路。」唐韓偓早起探春：「煙柳半眠藏利臉，雪梅含笑綻香脣。」

⑦張駿（三〇七—三四六）：字公庭。張寔子，十六國時前涼國君。嗣其叔張茂為涼州牧西平公，並受前趙封涼王之號。全盛時，盡有隴西之地。在位凡二十二年。謚文王，廟號世祖。槐樹賦：晉書涼武昭王傳：「先是，河右不生楸、槐、柏、漆，張駿之世，取於秦隴而植之，終於皆死，而酒泉宮之西北隅有槐樹生焉，玄盛又著槐樹賦以寄情，蓋歎僻陋遐方，立功非所也。亦命主簿梁中庸及劉彥明等並作文。」據此，可知作槐樹賦的應是西涼武昭王李暠，而非前涼世祖張駿。李暠（三五一—四一七），字玄盛，小字長生，隴西成紀（今甘肅秦安）人。晉安帝隆安四年（四〇〇），據敦煌、酒泉，稱涼公，建立西涼政權。在位凡十七年。謚武昭王，廟號太祖。李暠寫槐樹賦，旨在抒發偏安一隅、難以建功立業的情感。

⑧杜陵：指唐代詩人杜甫，杜甫家住長安杜陵，晚年自稱「杜陵野老」。不作海棠詩：宋人注意到杜甫沒有寫過海棠詩，對此問題非常關注。蘇軾贈黃州官妓詩云：「恰似西川杜工部，海棠雖好不吟詩。」楊萬里海棠四首其四云：「豈是少陵無句子，少陵未見欲如何？」成書於宋代的古今詩話云：「杜子美母名海棠，子美諱之，故杜集中絕無海棠詩。」其實，古今詩話說杜甫因母名海棠而避諱不寫海棠詩的說法，純屬附會。海棠非中原本土花卉，傳入較晚，盛唐時期尚未成為主流觀賞花卉，不獨杜甫，盛唐時代其他大詩人也沒寫過海棠詩。

⑨晉士：指晉人王獻之（三四四—三八六），字子敬，琅邪臨沂（今山東臨沂）人。善書法，與父王羲之齊名，並稱「二王」。

⑩一斑之豹：語出世說新語方正：「王子敬數歲時，嘗看諸門生摴蒲，見有勝負，因曰：『南風不競。』門生輩輕其小兒，乃曰：『此郎亦管中窺豹，時見一斑。』」王獻之從小聰慧，幾歲時看人博弈，便能推斷結果，卻因年幼被人輕視，說他不過是用管窺豹，只看見豹身上的一塊斑紋。

⑪唐儒：指唐朝大儒殷踐猷，他學問廣博，被賀知章稱為「五總龜」，意思是他無所不知。

⑫五總之龜：語出新唐書儒學（中）：「殷踐猷，字伯起，陳給事中不害五世從孫。博學，尤通氏族、曆數、醫方。與賀知章、陸象先、韋述最善，知章嘗號為『五總龜』，謂龜千年五聚，問無不知也。」據說龜每長二百年，就能生出兩條尾巴，稱一總；到千歲的時候，共有五總，稱「一聚」。五總的龜無所不知，因此人們常用「五總之龜」來比喻人的學識廣博。

【譯文】

兵器對鎧甲，戰鼓對旌旗。

紫燕對黃鸝。

梅子酸對李子苦，阮籍的青眼對馬良的白眉。

奏三遍笛曲，下一局圍棋。

雨打對風吹。

海棠春日早早入睡，楊柳白天睡到很晚。

張駿曾經寫過槐樹賦，杜甫從來不作海棠詩。

東晉王獻之從小聰慧，時人形容他管中窺豹，只見一斑；唐朝殷踐猷學識廣博，可以稱得上「五總之龜」。

上平五微

【題解】

本篇共三段，皆為韻文。每段韻文，由若干句對仗的聯語組成。每句皆押「平水韻」上平聲「五微」韻。

本篇每句句末的韻腳字，「稀」「飛」「微」「肥」「磯」「璣」「衣」「歸」「非」「依」「飢」「巍」「威」「旂」等，在傳統詩韻（「平水韻」）裏，都歸屬於上平聲「五微」這個韻部。這些字，在普通話裏，韻母大多含「i」，有的是「i」，有的是「ei」，有的是「ui」；聲調有讀第一聲的，有讀第二聲的。

需要注意的是：普通話「i」韻母的字，並不都屬於「平水韻」上平聲「五微」韻；也有可能屬於上平聲「四支」韻、「八齊」韻、「十灰」韻。它們屬於鄰韻，填詞時可以通押，寫近體詩時不可通押。

本篇第三段五字對「虎節對龍旂」一句，清後期通行本聲律啟蒙撮要作「龍旗」。雖然，今人多將此二字視為異體字，但「旗」字在「四支」韻，「旂」在「五微」韻，當以「旂」字為是。且明涂時相本聲律發蒙作「旂」。

（一）

來對往，密對稀。
燕舞對鶯飛。
風清對月朗①，露重對煙微②。
霜菊瘦③，雨梅肥④。
客路對漁磯⑤。
晚霞舒錦繡，朝露綴珠璣⑥。
夏暑客思欹石枕⑦，秋寒婦念寄邊衣⑧。
春水才深⑨，青草岸邊漁父去⑩；夕陽半落⑪，綠莎原上牧童歸⑫。

【注釋】

①朗：明亮。
②露重：古詩文習用語。露本不重，但因新枝纖細柔弱，故顯露重。南朝梁庾仲容《詠柿詩》：「風生

樹影移，露重新枝弱。」南朝宋鮑照與謝尚書莊三聯句：「風輕桃欲開，露重蘭未勝。」

③霜菊：傲霜的秋菊。菊花秋天開，已下霜，故稱「秋菊」。唐白居易寄王祕書：「霜菊花萎日，風梧葉碎時。」瘦：宋人詩詞喜言菊瘦。如蘇轍次韻張去華院中感懷：「臨階野菊偏能瘦，倚檻青松解許長。」陸游初冬：「雨荒園菊枝枝瘦，霜染江楓葉葉丹。」

④雨梅肥：語出唐杜甫陪鄭廣文遊何將軍山林十首其五：「綠垂風折筍，紅綻雨肥梅。」後人詩詞裏的「梅肥」，可指梅花，亦可指梅子，而以後者為多。宋文天祥翠玉樓觀雪：「柳眼驚何老，梅花覺半肥。」指梅花肥。宋盧祖皋浣溪沙：「中酒情懷滋味薄，肥梅天氣帶衣慵。日長門巷雨餘風。」此「肥梅天氣」，指梅雨季節。

⑤客路：指旅途。古詩文習用語。唐王灣次北固山下：「客路青山外，行舟綠水前。」漁磯：可供垂釣的水邊巖石。磯，水邊的石灘或突出的大石。古詩文習用語。唐戴叔倫過故人陳羽山居：「峰攢仙境丹霞上，水繞漁磯綠玉灣。」

⑥珠璣：珠寶玉石。璣，不圓的珠子。漢東方朔七諫：「玉與石其同匱兮，貫魚眼與珠璣。」

⑦欹：本字作「攲」，本義是斜、傾、側；又同「倚」。此處是動詞，倚靠之義。「欹枕」是唐詩常用詞彙，如元稹晚秋：「誰憐獨欹枕，斜月透窗明。」

⑧邊衣：戍守邊關的人穿的衣服。北周王褒和張侍中看獵：「獨嗟來遠客，辛苦倦邊衣。」府兵制時代，士兵的衣服由家人製作寄送。入秋，妻子要為戍邊的丈夫寄寒衣。唐裴說聞砧詩，詩題一作寄邊衣：「時聞寒雁聲相喚，紗窗只有燈相伴。幾展齊紈又懶裁，離腸恐逐金刀斷。」宋許棐寄衣曲：「蘆花風緊雁飛飛，便寄邊衣也是遲。妾把剪刀猶覺冷，況君披甲枕戈時。」都是寫這一習俗。

⑨春水才深：三國志吳書吳主傳：「（建安）十八年正月，曹公攻濡須，權與相拒月餘。曹公望權軍，歎其齊肅，乃退。」裴注引吳曆曰：「權為箋與曹公，說：『春水方生，公宜速去。』」又唐杜甫南鄰：「秋水才深四五尺，野航恰受兩三人。」聲律啟蒙「春水才深」四字，係嫁接三國志「春水方生」與杜詩「秋水才深」語典而成。

⑩漁父：漁翁。

⑪夕陽半落：古詩文習用語，宋人常用。如丘葵晚行書所見：「夕陽半落紅猶在，寒月初升白未勻。」陳允平一寸金：「水滿萍風作。闌干外、夕陽半落。」張孝祥菩薩蠻：「吳波細捲東風急，斜陽半落蒼煙濕。」

⑫綠莎：綠色的莎草，泛指綠草地。莎，莎草，也叫香附子，可以入藥。古詩文習用語。唐元稹和樂天題王家亭子：「風吹筍籜飄紅砌，雨打桐花蓋綠莎。」前蜀韋莊睹軍回戈：「御苑綠莎嘶戰馬，禁城寒月搗征衣。」

【譯文】

前來對遠去，濃密對稀疏。
燕子飛舞對黃鶯飛翔。
風兒清爽對月兒明亮，露水濃重對煙霧輕微。
經霜的秋菊細弱清瘦，雨後的紅梅飽滿圓潤。
異鄉的道路對水邊的石頭。

天邊的晚霞像舒展的錦繡，早晨的露水像凝結的珍珠。

夏日炎炎，趕路的行人想要斜靠着石頭休息；秋天漸冷，在家的婦人惦記着給戍守邊關的丈夫寄寒衣。

春天的河流才剛漲水，打魚的老翁就沿着長滿青草的河岸駕船遠去；傍晚的夕陽尚未全落，放牧的兒童就趕着牛羊從長滿莎草的原野歸來。

（二）

寬對猛[1]，是對非。
服•美對乘肥[2]。
珊瑚對玳瑁[3]，錦繡對珠璣[4]。
桃灼•灼•[5]，柳依依[6]。
綠•暗對紅稀[7]。
窗前鶯並語[8]，簾外燕雙飛。

漢致太平三尺劍⑨，周臻大定一戎衣⑩。

吟成賞月之詩，只愁月墮⑪；斟滿送春之酒⑫，惟憾春歸。

【注釋】

①寬：指政策寬容。猛：指政策嚴苛。左傳昭公二十年載鄭子產謂子太叔之言：「唯有德者能以寬服民，其次莫如猛。夫火烈，民望而畏之，故鮮死焉。」

②服美：穿華貴的衣服。乘肥：「乘肥馬」的簡稱，指坐着駿馬駕的車子。語出論語雍也：「赤之適齊也，乘肥馬，衣輕裘。」後世遂以「乘肥衣輕」比喻奢華的生活。此句「服美」與論語「衣輕裘」意思相當。

③珊瑚：由海洋生物珊瑚蟲分泌的石灰質骨骼聚結而成的東西，狀如樹枝，多為紅色，也有白色或黑色的。鮮豔美觀，可做裝飾品。漢班固西都賦：「珊瑚碧樹，周阿而生。」明李時珍本草綱目金石八珊瑚：「珊瑚生海底，五七株成林，謂之珊瑚林。居水中直而軟，見風日則曲而硬，變紅色者為上，漢趙佗謂之火樹是也。亦有黑色者不佳，碧色者亦良。昔人謂碧者為青琅玕，俱可作珠。」玳瑁：亦作「瑇瑁」，一種海洋動物，形似龜。甲殼黃褐色，有黑斑和光澤，可做裝飾品。甲片可入藥。漢司馬相如子虛賦：「其中則有神龜蛟鼉，瑇瑁鱉黿。」

④錦繡：花紋色彩精美鮮豔的絲織品。墨子公輸：「舍其錦繡，鄰有短褐，而欲竊之。」亦用以比喻美麗或美好的事物。唐劉禹錫酬樂天見貽賀金紫之什：「珍重和詩呈錦繡，願言歸計並園廬。」

⑤灼灼：形容花開得茂盛。詩經周南桃夭：「桃之夭夭，灼灼其華。」毛傳：「灼灼，花之盛也。」

⑥依依：形容楊柳枝葉紛披、隨風搖動的樣子。詩經小雅采薇：「昔我往矣，楊柳依依。」

⑦綠暗、紅稀：形容暮春時綠蔭幽暗、紅花凋謝的景象。唐韓琮暮春滻水送別：「綠暗紅稀出鳳城，暮雲樓閣古今情。」

⑧鶯並語：指黃鶯和鳴。鶯語，指鶯的啼鳴聲。古詩文常用語。晉孫綽蘭亭：「鶯語吟修竹，游鱗戲瀾濤。」唐白居易寒食日過棗團店：「酒香留客住，鶯語和人詩。」

⑨三尺劍：漢高祖劉邦說自己奪得天下，全靠手中的三尺劍。見前注（「一東」篇）。

⑩臻（zhēn）：至，達成。大定：指一統天下。一戎衣：一穿上軍裝，泛稱用兵作戰。戎衣，軍服。或云，「衣」當作「殷」，謂一用兵而勝殷。一，亦作「壹」。尚書武成：「一戎衣，天下大定。」（偽）孔傳：「衣，服也。一着戎服而滅紂。」中庸：「武王纘大王、王季、文王之緒，壹戎衣而有天下。」漢鄭玄注：「戎，兵也。衣，讀如殷，聲之誤也。齊人言殷聲如衣。……壹戎殷者，壹用兵伐殷也。」唐孔穎達疏：「鄭必以衣為殷者，以十一年觀兵於孟津，十三年滅紂，是再着戎服，不得稱一戎衣，故以衣為殷。」今人或主張「壹」通「殪」，「衣」通「殷」，戎即大，「一戎衣」即滅大商。

⑪月墮：即月落。古詩文習用語。唐姚合杏溪十首渚上竹：「詩人月下吟，月墮吟不休。」

⑫送春：送別春天。唐代文人有在三月晦日（三十日）送春的風雅傳統。唐白居易有送春歸詩，題注：「元和十一年三月三十日作。」詞曰：「送春歸，三月盡日日暮時。去年杏園花飛御溝綠，何處送春曲江曲。今年杜鵑花落子規啼，送春何處西江西。」

【譯文】

為政寬容對政令嚴苛，正確對錯誤。
穿華美的衣服對坐駿馬拉的車子。
珊瑚對玳瑁，錦繡對珠璣。
桃花繁盛鮮豔，柳條婀娜纏綿。
葉子濃綠發暗對紅花稀疏可憐。
窗前黃鶯兩兩和鳴，簾外燕子比翼雙飛。
漢高祖劉邦一統天下，靠的是手持三尺利劍；周武王取得太平，全憑着身披一襲戎裝。
吟成賞月的詩篇，只愁着那月兒轉瞬即落；斟滿送春的美酒，只可惜這春光即將離去。

（三）

聲對色①，飽對飢。
虎節對龍旂②。
楊花對桂葉，白簡對朱衣③。

尨也吠④，燕于飛⑤。
蕩蕩對巍巍⑥。
春暄資日氣⑦，秋冷藉霜威⑧。
出使振威馮奉世⑨，治民異等尹翁歸⑩。
燕我弟兄，載詠棣棠韡韡⑪；命伊將帥，為歌楊柳依依⑫。

【注釋】

①聲：音樂。色：女色。聲色連用，多指歌妓舞女。禮記月令：「（仲夏之月）止聲色，毋或進。」唐孔穎達疏：「止聲色者，歌樂華麗之事，為助陰靜，故止之。」

②虎節：雕刻成虎頭形的符節，周代山國使者出行時所持的符節。周禮地官掌節：「凡邦國之使節，山國用虎節，土國用人節，澤國用龍節，皆金也。」漢鄭玄注：「使節，使卿大夫聘於天子諸侯，行道所執之信也。土，平地也。山多虎，平地多人，澤多龍，以金為節，鑄象焉。」清孫詒讓正義引清江永曰：「此即小行人之虎、人、龍節，列國之使，各用其虎、人、龍節，以為行道之信。觀其用虎節，知其自山國而來，人、龍亦然。」虎節後來多用作兵符，是調兵的憑證。一般是銅質虎形，分左、右兩半，朝廷存右半，統帥持左半，作調動軍隊的憑證用。龍

旂：是畫有兩龍蟠結的旗幟。天子儀仗之一。詩經商頌玄鳥：「龍旂十乘，大糦是承。」鄭箋：「交龍為旂。」周禮考工記輈人：「龍旂九斿，以象大火也。」漢鄭玄注：「交龍為旂，諸侯之所建也。」唐賈公彥疏：「九斿，正謂天子龍旂。」清後期通行本聲律啟蒙撮要，此處作「龍旗」。但「旗」字在「四支」韻，「旂」在「五微」韻，當以「旂」字為是。且，明涂時相本聲律發蒙作「旂」。

③白簡：古代御史彈劾官員時使用白簡上疏，故用以指彈劾性的奏章，亦可指代御史。晉書傅玄傳：「玄天性峻急，不能有所容；每有奏劾，或值日暮，捧白簡，整簪帶，竦踴不寐，坐而待旦。」朱衣：大紅色的公服。古代王公及高級官員所穿。禮記月令：「（孟夏之月）天子居明堂左個，乘朱路，駕赤騮，載赤旂，衣朱衣，服赤玉。」資治通鑒宋文帝元嘉三十年：「甲子，宮門未開，劭以朱衣加戎服上，乘畫輪車，與蕭斌共載，衞從如常入朝之儀。」元胡三省注：「朱衣，太子入朝之服。」後漢書蔡邕傳：「臣自在宰府，及備朱衣，迎氣五郊，而車駕稀出。」晉書禮志下：「太元中，尚書符問王公已下見皇太子儀及所衣服。侍中領國子博士車胤議：『朝臣宜朱衣褠幘，拜敬，太子答拜。』」唐朝時四品、五品官所穿的緋服，亦稱「朱衣」。後遂以「朱衣」代指入仕、升官。

④尨（máng）：一種多毛的狗。吠：狗叫。詩經召南野有死麕：「無使尨也吠。」毛傳：「尨，狗也。」說文解字：「尨，犬之多毛者。」

⑤燕于飛：燕子比翼雙飛。于，詞頭，無實義。詩經邶風燕燕：「燕燕于飛，差池其羽。」

⑥蕩蕩：形容廣大、浩大、博大的樣子。尚書洪範：「無偏無黨，王道蕩蕩。」論語泰伯：「大哉

堯之為君也……蕩蕩乎，民無能名焉。」宋朱子集注：「蕩蕩，廣遠之稱也。」巍巍：形容山勢高聳的樣子。亦用以形容人崇高偉大。論語泰伯：「巍巍乎！舜、禹之有天下也，而不與焉。」三國曹魏何晏集解：「巍巍，高大之稱。」

⑦春暄：春暖。亦指春暖之時。古詩文習用語。南朝宋謝莊宋孝武帝哀策文：「雨零露湛，冬暖春暄。」詩經豳風七月：「春日遲遲。」唐孔穎達疏：「人遇春暄，則四體舒泰。」暄，日光帶來的溫暖。資：藉助。

⑧霜威：寒霜肅殺的威力，即霜寒。古詩文習用語。南朝齊謝朓高松賦：「豈凋貞於歲暮，不受令於霜威。」

⑨出使振威馮奉世：指西漢馮奉世出使西域大振國威一事。馮奉世（？—前三九），字子明，上黨潞（今山西潞城）人，徙居杜陵（今陝西西安）。三十多歲開始學習春秋和兵法。漢宣帝時，受命出使西域，遇上莎車國作亂，殺害漢朝使者及所置莎車王，馮奉世當機立斷，調發西域諸國兵馬五千人，大破莎車，威震西域。宣帝封他光祿大夫、水衡都尉。漢元帝時，率軍擊破隴西羌，升任左將軍光祿勳。漢書有傳。

⑩治民異等尹翁歸：指尹翁歸為官政績優秀，位居前列。語出漢書尹翁歸傳。異等，特等，指成績超乎尋常。尹翁歸（？—前六二），字子兄（kuàng），河東平陽（今山西臨汾）人。漢宣帝時，官至東海太守、右扶風，為官清廉，治民有方，家無餘財，頗得時譽。元康四年（前六二）卒，漢宣帝下詔褒獎，稱讚他「廉平鄉正，治民異等」。漢書有傳。

⑪「燕我弟兄」二句：指詩經小雅常棣一詩的主旨是燕樂兄弟。燕，通「宴」，宴請。毛詩序：「常

棣，燕兄弟也。閔管、蔡之失道，故作常棣焉。」載，則。棣棠，「棠棣」之倒文。亦可寫作「常棣」「唐棣」。木名，即郁李。因詩經小雅常棣是「燕兄弟」之詩，故後世多以棠棣代指兄弟情誼。韡韡（wěi）：形容花朵光明華美的樣子。詩經小雅常棣：「常棣之華，鄂不韡韡。凡今之人，莫如兄弟。」毛傳：「韡韡，光明也。」

⑫「命伊將帥」二句：指詩經小雅采薇是天子命將帥出征時所奏的樂歌。毛詩序：「采薇，遣戍役也。文王之時，西有昆夷之患，北有玁狁之難。以天子之命，命將率，遣戍役，以守衛中國。故歌采薇以遣之。」伊，他。楊柳依依，語出詩經小雅采薇。

【譯文】

聲優對歌妓，飽足對飢餓。

虎形的兵符對繡龍的旗子。

楊樹的花對桂樹的葉，御史用的白色疏簡對大官穿的紅色官服。

狗兒叫，燕子飛。

江河蕩蕩對山嶺巍巍。

春天暖和是依靠陽光的照耀，深秋寒冷是藉重冰霜的嚴寒。

馮奉世出使西域，使西漢國威大振；尹翁歸治理百姓，政績異常優等。

設宴款待兄弟，歌詠詩經小雅常棣「常棣之華，鄂不韡韡。凡今之人，莫如兄弟」的詩句，希望家族和睦；任命將帥出征，演唱詩經小雅采薇中「昔我往矣，楊柳依依。今我來思，雨雪霏霏」的詩句，祈盼三軍早日凱旋。

上平六魚

【題解】

本篇共三段，皆為韻文。每段韻文，由若干句對仗的聯語組成。每句皆押「平水韻」上平聲「六魚」韻。

本篇每句句末的韻腳字，「虛」「書」「車」「驢」「魚」「如」「漁」「徐」「裾」「渠」「舒」「墟」「梳」等，在傳統詩韻（「平水韻」）裏，都歸屬於上平聲「六魚」這個韻部。這些字，在普通話裏，韻母大多是「u」或「ü」（「車」字，今音 chē，特指象棋棋子時，讀 jū。在「平水韻」裏，「車」字二音，分屬上平「六魚」、下平「六麻」兩個韻部，不別義）；聲調有讀第一聲的，有讀第二聲的。

需要注意的是：普通話「u」韻母和「ü」韻母的字，並不都屬於「平水韻」上平聲「六魚」韻，也有可能屬於上平聲「七虞」韻。它們是鄰韻，填詞時可以通押，寫近體詩時不可通押。

（一）

無對有，實對虛。
作賦對觀書。
綠窗對朱戶[①]，寶馬對香車[②]。
伯樂馬[③]，浩然驢[④]。
弋雁對求魚[⑤]。
分金齊鮑叔[⑥]，奉璧藺相如[⑦]。
擲地金聲孫綽賦[⑧]，回文錦字竇滔書[⑨]。
未遇殷宗，胥靡困傅巖之築[⑩]；既逢周后，太公舍渭水之漁[⑪]。

【注釋】

①綠窗：綠色紗窗。指女子居室。古詩文習用語。唐李紳鶯鶯歌：「綠窗嬌女字鶯鶯，金雀婭鬟年十七。」亦指貧女的居室，與紅樓相對（紅樓為富家女子居室）。唐白居易秦中吟議婚：「紅樓

富家女，金縷繡羅襦……綠窗貧家女，寂寞二十餘。」朱戶：古代帝王賞賜諸侯或有功大臣的朱紅色的大門，古為「九錫」之一種。韓詩外傳卷八：「諸侯之有德，天子錫之。一錫車馬，再錫衣服……六錫朱戶。」亦可泛指朱紅色大門，代指富貴人家。戶，一扇門。古詩文習用語。

②寶馬、香車：指名貴的良馬、華麗的車子，借指富貴之家出行的排場。古詩文習用語。唐沈佺期上巳日祓禊渭濱應制：「寶馬香車清渭濱，紅桃碧柳禊堂春。」此處「車」屬「六魚」韻，讀jū。

③伯樂馬：伯樂，春秋時人，姓孫，名陽。善於相馬，曾經為秦穆公相馬，認為求良馬不難，求真正的千里馬難。一般的良馬「可形容筋骨相」；相天下絕倫的千里馬，則必須「得其精而忘其粗，在其內而忘其外」。見列子說符。莊子馬蹄：「及至伯樂，曰：『我善治馬。』」唐陸德明釋文：「伯樂，姓孫，名陽，善馭馬。」

④浩然驢：相傳孟浩然曾經在灞橋冒着風雪騎驢尋梅，並且說他作詩的靈感多得自風雪中的驢子背上。五代孫光憲北夢瑣言卷七載：「唐相國鄭綮雖有詩名，本無廊廟之望。……或曰：『相國近有新詩否？』對曰：『詩思在灞橋風雪中驢子上，此處何以得之。』蓋言平生苦心也。」但歷代文人更相信「詩思在灞橋風雪中驢子上」，是孟浩然的風雅之事。唐唐彥謙憶孟浩然：「郊外凌兢西復東，雪晴驢背興無窮。句搜明月梨花內，趣入春風柳絮中。」宋王庭珪贈寫真徐濤：「會貌詩人孟浩然，便覺灞橋風雪起。」金趙秉文春山詩意圖：「何年身入畫圖傳，似是三生孟浩然。詩句工夫驢背上，醉鄉田地酒旗邊。」金李純甫灞陵風雪：「蹇驢駝着盡詩仙，短策長鞭似有緣。政在灞陵風雪裏，管是襄陽孟浩然。」明張岱夜航船：「孟浩然情懷曠達，常冒雪騎驢

尋梅，曰『吾詩思在灞橋風雪中驢背上』。」

⑤弋雁：射雁。弋，帶有繩子的箭，用來射飛禽。詩經鄭風女曰雞鳴：「將翱將翔，弋鳧與雁。」鄭箋：「弋，繳射也。」

⑥分金：即管、鮑分金。春秋時齊國管仲和鮑叔牙一塊兒做買賣，每次分紅時，管都多留給自己，鮑對此不僅不怪，反而說管這不是貪，而是窮，是需要。後以此比喻相知的深厚。語出史記管晏列傳：「管仲曰：『吾始困時，嘗與鮑叔賈，分財利多自與，鮑叔不以我為貪，知我貧也。吾嘗為鮑叔謀事而更窮困，鮑叔不以我為愚，知時有利不利也。吾嘗三仕三見逐於君，鮑叔不以我為不肖，知我不遭時也。吾嘗三戰三走，鮑叔不以我怯，知我有老母也。公子糾敗，召忽死之，吾幽囚受辱，鮑叔不以我為無恥，知我不羞小節而恥功名不顯於天下也。生我者父母，知我者鮑子也。』」鮑叔，即鮑叔牙，春秋時齊國人，與管仲為莫逆之交。後來管、鮑二人分保公子糾與公子小白。齊襄公死，公子糾與公子小白爭奪君位，公子糾被殺，公子小白回國即位，即齊桓公。鮑叔牙力勸桓公釋管仲之囚，桓公任管仲為相，終成霸業。事見史記管晏列傳。

⑦奉璧：指藺相如奉璧入秦之事。戰國時趙惠文王得到楚和氏璧，秦昭王致書趙王，願以十五城換璧。當時秦強趙弱，惠文王擔心趙國給秦國璧而秦國不給趙國城，藺相如願奉璧前往，說：「城入趙而璧留秦；城不入，臣請完璧歸趙。」見史記廉頗藺相如列傳。後即以「歸趙」「奉璧」等比喻物歸原主。藺相如，戰國時趙國大臣。原為趙宦者令繆賢舍人。趙惠文王時，秦昭王強索和氏璧，說以十五城為交換。藺相如奉命帶璧入秦，當庭據理力爭，終於完璧歸趙，以功拜

上大夫。趙惠文王二十年（前二七九），隨趙王與秦王在澠池相會，使趙王未受屈辱，升上卿，位在廉頗之上。廉頗意欲羞侮之，藺相如容忍謙讓，使廉頗愧悟，登門謝罪，成為刎頸之交。事見史記廉頗藺相如列傳。

⑧擲地金聲：晉孫綽寫成天臺山賦，對友人范榮期說：「卿試擲地，當作金石聲。」范起初不信，打開來一讀，果然讚不絕口。事見世說新語文學、晉書孫綽傳。金石，鐘磬之類的樂器。後以「擲地金聲」形容辭章優美。孫綽（三一四—三七一）：字興公，太原中都（今山西平遙）人，徙居會稽（今浙江紹興）。東晉文學家，文名冠於一時。歷任征西將軍（庾亮）參軍、太學博士、尚書郎、建威長史、右軍長史、永嘉太守、散騎常侍，官至廷尉卿、領著作郎。年五十八，卒。

⑨回文錦字：東晉十六國時期前秦女子蘇蕙，曾經把回文詩作為圖案製成彩錦寄給流放遠方的丈夫竇滔，內容非常凄楚感人。晉書列女傳：「竇滔妻蘇氏，始平人也，名蕙，字若蘭，善屬文。滔，苻堅時為秦州刺史，被徙流沙，蘇氏思之，織錦為回文旋圖詩以贈滔。宛轉循環以讀之，詞甚悽惋，凡八百四十字，文多不錄。」後遂以「回文錦字」喻妻子之書信或情書，亦指婦女的詩文佳作。唐李白代贈遠：「織錦作短文，腸隨回文結。」回文，即回文詩，是一種順着讀倒着讀都通順的詩文。如南朝齊王融春遊回文詩：「枝分柳塞北，葉暗榆關東。垂條逐絮轉，落蕊散花叢。池蓮照曉月，幔錦拂朝風。低吹雜綸羽，薄粉豔妝紅。離情隔遠道，歎結深閨中。」倒過來讀，不僅文字通順，且押韻，還是一首完整的詩。

⑩「未遇殷宗」二句：是說賢人傅說在被殷高宗武丁發現並重用之前，還在傅巖服勞役。相傳武

丁做夢得到一名賢臣，派人四處尋訪，終於在傅巖找到相貌相符之人，名叫「說」。尚書說命上：「王宅憂，亮陰三祀。既免喪，其惟弗言。群臣咸諫於王曰：『嗚呼！知之曰明哲，明哲實作則。天子惟君萬邦，百官承式。王言惟作命；不言，臣下罔攸稟令。』王庸作書以誥曰：『以台正於四方，台恐德弗類，茲故弗言。恭默思道，夢帝賚予良弼，其代予言。』乃審厥象，俾以形旁求於天下。說築傅巖之野，惟肖。爰立作相，王置諸其左右。」史記殷本紀：「武丁夜夢得聖人，名曰說。以夢所見視群臣百吏，皆非也。於是乃使百工營求之野，得說於傅險中。是時，說為胥靡，築於傅險。見於武丁，武丁曰是也。得而與之語，果聖人，舉以為相，殷國大治。故遂以傅險姓之，號曰傅說。」殷宗，指殷高宗，即商王武丁。武丁乃帝小乙之子，帝盤庚之姪，相傳少時生活在民間，知稼穡之艱難。即位後，重用傅說、甘盤等賢臣，勵精圖治，商王朝得以復興，史稱「武丁中興」。在位五十九年，廟號高宗。「夏商周斷代工程」將其在位時間定為前一二五〇年—前一一九二年。胥靡，是古代的一種刑罰，把多個人繫聯在一起服勞役。這裏是指受胥靡之刑的人，即傅說。呂氏春秋求人：「傅說，殷之胥靡也。」漢高誘注：「胥靡，刑罪之名也。」漢書楚元王傳：「二人諫，不聽，胥靡之，衣之赭衣，使杵臼雅舂於市。」唐顏師古注：「聯繫使相隨而服役之，故謂之胥靡，猶今之役囚徒以鎖聯綴耳。」傅巖，亦稱「傅險」，古地名。位於今山西平陸東，相傳商代賢士傅說曾服役版築於此，故稱。後因以泛指棲隱之處或隱逸之士。尚書說命上：「說築傅巖之野。」（偽）孔傳：「傅氏之巖，在虞虢之界，通道所經，有澗水壞道，常使胥靡刑人築護此道。說賢而隱，代胥靡築之以供食。」史記殷本紀：「得說於傅險中。是時，說為胥靡，築於傅險。」唐司馬貞索隱：「舊本作『險』，亦作『巖』

也。」唐張守節正義引地理志：「傅險即傅說版築之處。所隱之處，窟名聖人窟，在今陝州河北縣北七里，即虞國、虢國之界。又有傅說祠。」清顧祖禹讀史方輿紀要山西三平陽府：「傅巖，縣（平陸縣）東三十五里，即殷相傅說隱處，俗名聖人窟。其地亦曰隱賢社。」築，以木杵搗土使結實。古時修建城牆等工事，用夾板夾住泥土，用木杵把土砸實，稱為「版築」。

⑪「既逢周后」二句：是說姜太公遇到周文王之後，就不再在渭水河邊釣魚。典出史記齊太公世家：「呂尚蓋嘗窮困，年老矣，以漁釣奸周西伯。西伯將出獵，卜之，曰『所獲非龍非彲，非虎非羆；所獲霸王之輔』。於是周西伯獵，果遇太公於渭之陽，與語大說，曰：『自吾先君太公曰「當有聖人適周，周以興」。子真是邪？吾太公望子久矣。』故號之曰『太公望』，載與俱歸，立為師。」既，已，已經。周后，指周文王。后，君，王。周文王（前一一五二？—前一〇五六？），姓姬，名昌。周太王（古公亶父）之孫，王季之子，周武王、周公旦之父；殷時為西方諸侯之長，稱西伯。曾被紂囚於羑里，後獲釋。在位五十年，三分天下有其二，為其子武王滅商奠定了基礎。事跡見史記周本紀。太公，指西周開國功臣姜尚，姜姓，呂氏，名尚。因周文王初得他時，說「吾太公望子久矣」，故稱「太公望」，俗稱「姜太公」。輔佐周文王、武王父子，武王時尊為師尚父。足智多謀，長於用兵。武王滅商後，封太公望於齊，都營丘，為齊之始祖。渭水，即渭河，發源於甘肅省，經陝西省流入黃河。

【譯文】

無對有，真實對虛無。

寫賦對讀書。

綠色的窗對紅色的門，健壯的馬對華麗的車。

春秋時期的伯樂擅長相馬，唐朝詩人孟浩然喜愛騎驢。

射雁對釣魚。

齊國的鮑叔牙能夠慷慨分金，戰國的藺相如可以完璧歸趙。

孫綽說自己所作的天臺山賦文辭華美，擲在地上可以發出金石撞擊的聲音；竇滔的妻子寄給丈夫的信是一幅錦緞，用纏綿感人的回文詩圖案織成，一往情深。

沒有遇到殷高宗武丁之前，傅說還是一個在傅巖服役建築的犯人；遇到周文王之後，姜太公就捨棄了在渭水邊釣魚隱居的生活。

（二）

終對始，疾對徐①。

短褐對華裾②。

六朝對三國③，天祿對石渠④。

千字策⑤，八行書⑥。

有若對相如⑦。
花殘無戲蝶，藻密有潛魚⑧。
落葉舞風高復下⑨，小荷浮水捲還舒⑩。
愛見人長，共服宣尼休假蓋⑪；恐彰己吝，誰知阮裕竟焚車⑫。

【注釋】

①疾：速度快。徐：速度慢。

②短褐：粗布短衣。古代貧賤者或僮豎之服。墨子非樂上：「昔者齊康公興樂萬，萬人不可衣短褐，不可食糠糟。」清孫詒讓閒詁：「短褐，即裋褐之借字。」荀子大略：「衣則豎褐不完。」唐楊倞注：「豎褐，僮豎之褐，亦短褐也。」晉陶潛五柳先生傳：「短褐穿結，簞瓢屢空，晏如也。」褐，指粗布或粗布衣。最早用葛、獸毛製成，後通常指大麻、獸毛的粗加工品，古時貧賤人穿。華裾：指華麗的衣服。唐李賀高軒過：「華裾織翠青如蔥，金環壓轡搖玲瓏。」裾，衣服的前後襟。

③六朝：三國吳、東晉和南朝的宋、齊、梁、陳，相繼建都建康（吳名建業，今江蘇南京），史稱為六朝。三國：指東漢後出現的魏、蜀、吳鼎立的歷史時期。從二二〇年曹丕稱帝始，到二八〇年吳亡止。或將漢獻帝在位的年代（一八九－二二〇）亦計入該期。亦以指魏、蜀、吳三個

國家。南朝宋裴松之上三國志表：「臣前被詔，使採三國異同，以注陳壽三國志。」

④天祿：指天祿閣，漢宮中藏書閣名。漢高祖時創建，在未央宮內。三輔黃圖未央宮：「天祿閣，藏典籍之所。漢宮殿疏云：『天祿、麒麟閣，蕭何造，以藏祕書，處賢才也。』」成帝、哀帝及王莽時，劉向、劉歆、揚雄等曾先後校書於此。石渠：指石渠閣，西漢皇室藏書之處，在長安未央宮殿北。三輔黃圖閣：「石渠閣，蕭何造。其下礱石為渠以導水，若今御溝，因為閣名。所藏入關所得秦之圖籍。至於成帝，又於此藏祕書焉。」

⑤千字策：宋代殿試考策論，宋神宗時期，限定字數為一千字，稱為千字策。宋史選舉志一科目上：「熙寧三年，親試進士，始專以策，定著限以千字。」

⑥八行書：指書信。過去的信箋、詩箋一般有九道豎格，可以寫八行。後漢書竇章傳：「更相推薦。」唐李賢注引漢馬融與竇伯向（章）書曰：「孟陵奴來，賜書，見手跡，歡喜何量，見於面也。書雖兩紙，紙八行，行七字。」近代多指請託的信件。

⑦有若（前五〇八？—？）：孔子弟子，春秋時期魯國人。史記仲尼弟子列傳說：「有若少孔子四十三歲。」而孔子世家七十二弟子解說：「有若，魯人，字子有，少孔子三十六歲。為人強識，好古道也。」孟子滕文公上載：「子夏、子張、子游以有若似聖人，欲以所事孔子事之。」史記仲尼弟子列傳亦云：「孔子既沒，弟子思慕，有若狀似孔子，弟子相與共立為師，師之如夫子時也。」可見孔子死後一段時間內，有若在孔門弟子中位望極高，故論語中，孔門弟子，僅有若、曾參稱有子、曾子。相如：歷史上有兩個名叫「相如」的大名人，一是戰國時期趙國大臣藺相如，一個是指西漢大文學家司馬相如。藺相如，見前注。司馬相如（約前一七九—前

一一八），字長卿，蜀郡成都（今屬四川）人。漢景帝時為武騎常侍，因病免。依附梁孝王，從枚乘等遊。後於臨邛遇新寡家居的卓文君，攜以私奔。漢武帝讀相如所作子虛賦而善之，召為郎。後為中郎將，奉使通西南夷，有功。拜孝文園令，病免。司馬相如是偉大的漢賦作家，代表作有子虛賦、上林賦等。史記、漢書皆為立傳。

⑧藻密有潛魚：語出詩經小雅魚藻：「魚在在藻，有頒其首。」毛傳：「魚以依蒲藻為得其性。」鄭箋：「藻，水草也。魚之依水草，猶人之依明王也。明王之時，魚何所處乎？處於藻。既得其性則肥充，其首頒然。此時人物皆得其所，正言魚者以潛逃之類，信其著見。」藻密，指水藻密集，宜於魚兒潛伏。宋劉克莊春日即事六言其二：「藻密難呼金鯽，柳疏未囀黃鸝。」潛魚，指隱伏在水下活動的魚兒。

⑨舞風：隨風飄舞。

⑩捲還舒：捲起又展開。捲、舒，多用以形容雲或樹葉，也用以比喻人在社會上的進退、隱顯。

⑪「愛見人長」二句：典出孔子家語致思：「孔子將行，雨而無蓋。門人曰：『商也有之。』孔子曰：『商之為人，甚吝於財。吾聞與人交，推其長者，違其短者，故能久也。』」孔子下雨天出門，學生建議向子夏借傘。孔子說子夏為人吝嗇，如果向他借傘，而他不願意借，就會彰顯他的吝嗇。與人交往，應該彰顯別人的長處而非短處。這樣，友情才能長久。見（xiàn），顯現，展現。宣尼，指孔子（前五五一—前四七九），名丘，字仲尼，魯國陬邑（今山東曲阜）人。是春秋末期思想家、政治家、教育家，儒家學派創始人。先世為宋國貴族，移居魯國。孔子曾任魯國中都宰，官至司寇，因不滿魯國執政季桓子所為，離開魯國而周遊衛、宋、陳、蔡、

齊、楚等國，皆不為所用。晚年返魯，刪定詩、書，聚徒講學，傳授禮、樂，相傳弟子三千，賢者七十餘人。今存論語一書，是他和弟子的談話記錄。其學說以「仁」為核心，以「禮」為規範。漢代以後，儒家學說被奉為正統。孔子被尊為聖人，歷代加封「大成至聖文宣王」「至聖先師」「大成至聖文宣先師」等號。休假蓋，指孔子不向弟子子夏借傘一事。休，停，止。假，借。蓋，傘。

⑫「恐彰己吝」二句：典出世說新語德行：「阮光祿在剡，曾有好車，借者無不皆給。有人葬母，意欲借而不敢言。阮後聞之，歎曰：『吾有車而使人不敢借，何以車為？』遂焚之。」阮裕為人豪爽，樂於助人。他有一輛好車，別人來借，沒有不給的。有人安葬母親，想要向阮裕借車，因為怕被拒絕而不敢開口。阮裕聽後說，我有好車竟使別人不敢借，還要車作什麼？於是命人把車子燒毀了。

阮裕，字思曠，陳留尉氏（今河南尉氏）人。初為王敦主簿，因看出王敦有不臣之心，而終日酗酒，王敦認為他徒有虛名，令他出任溧陽令，不久以公事免官，因此免遭王敦之禍。後任尚書郎，歷官臨海太守、東陽太守、散騎常侍、國子祭酒，官至金紫光祿大夫，年六十二卒。晉書有傳。

【譯文】

結束對開始，快速對遲緩。

粗布短衣對華貴衣裳。

六朝對三國，天祿閣對石渠閣。

千字一篇的策論，八行一頁的信箋。

孔門弟子有若對趙國名臣藺相如。

凋零的花朵旁不再有飛舞的蝴蝶，茂密的水藻下有很多潛藏的魚兒。

枯落的樹葉在風中飛上又飛下，新生的荷葉浮在水面時捲時舒。

喜歡展現別人的長處，人們都佩服孔子不向子夏借雨傘；怕彰顯自己的吝嗇，誰曾想到阮裕竟然燒毀自己的馬車。

（三）

麟對鳳，鱉對魚。

內史對中書[1]。

犁鋤對耒耜[2]，畎澮對郊墟[3]。

犀角帶[4]，象牙梳。

駟馬對安車[5]。

青衣能報赦⑥，黃耳解傳書⑦。

庭畔有人持短劍⑧，門前無客曳長裾⑨。

波浪拍船，駭舟人之水宿⑩；峰巒繞舍，樂隱者之山居。

【注釋】

①內史：古代官名。周至隋皆有內史，但歷代職能差別頗大。周代內史，協助天子管理爵祿廢置等政務。見周禮春官內史。左傳襄公十年：「使周內史選其族嗣，納諸霍人，禮也。」晉杜預注：「內史，掌爵祿廢置者。」秦代內史，掌治理京師。漢景帝分置左右內史。漢武帝太初元年改右內史為京兆尹，左內史為左馮翊。見漢書百官公卿表上。史記蒙恬列傳：「始皇二十六年，蒙恬因家世得為秦將，攻齊，大破之，拜為內史。」西漢初年在諸侯王國置內史，掌民政。歷代沿置，至隋始廢。清錢大昕十駕齋養新錄卷六：「漢制，諸侯王國以相治民事，若郡之有太守也。晉則以內史行太守事，國除為郡，則復稱太守，然二名往往混淆，史家亦互稱之。」隋文帝改中書省為內史省，置內史監、令各一員。隋煬帝改為內書省。唐高祖武德初復為內史省，三年改為中書省。後亦用以稱中書省的官員。參閱通志職官三、舊唐書職官志二。中書：既是官署名，又是官名。作為官署名，中書即中書省，為隋唐時期三省之一，負責起草發佈詔令。宋代的政事堂，亦稱「中書」。作為官名，中書可指中書令，亦可指中書舍人。

②耒耜：上古時候用來翻土的農具，形狀像現在的鐵鍬。耒是耒耜的柄，耜是耒耜下端的起土部分。禮記月令：「（孟春之月）天子親載耒耜，措之於參保介之御間。」漢鄭玄注：「耒，耜之上曲也。」亦用作農具的總稱。一說耒、耜為兩種農具。參閱徐中舒耒耜考。

③畎澮：田間的小水溝，泛指溪流、溝渠。尚書益稷：「予決九川，距四海，濬畎澮，距川。」漢鄭玄注：「畎澮，田間溝也。」漢書李尋傳：「今汝、潁畎澮皆川水漂踴，與雨水並為民害。」唐顏師古注：「畎澮，小流也。」郊墟：郊外，村野荒丘之間。唐韓愈符讀書城南：「時秋積雨霽，新涼入郊墟。」

④犀角帶：用犀牛角作裝飾的衣帶，一般為官員專用。宋史輿服志五：「太宗太平興國七年正月，翰林學士承旨李昉等奏曰：『奉詔詳定車服制度，請從三品以上服玉帶，四品以上服金帶，以下升朝官、雖未升朝已賜紫緋、內職諸軍將校，並服紅鞓金塗銀排方。雖升朝着綠者，公服上不得繫銀帶，餘官服黑銀方團胯及犀角帶。貢士及胥吏、工商、庶人服鐵角帶。』」

⑤駟馬：指駕一車的四匹馬。亦指顯貴者所乘的駕四匹馬的高車，表示地位顯赫。唐許渾將赴京師留題孫處士山居詩之一：「應學相如志，終須駟馬回。」安車：指古代可以坐乘的小車。古車立乘，此為坐乘，故稱安車。供年老的高級官員及貴婦人乘用。高官告老還鄉或徵召有重望的人，往往賜乘安車。安車多用一馬，禮尊者則用四馬。周禮春官巾車：「安車，雕面鷖總，皆有容蓋。」漢鄭玄注：「安車，坐乘車。凡婦人車皆坐乘。」漢書張禹傳：「為相六歲，鴻嘉元年，以老病乞骸骨，上加優再三乃聽許。賜安車駟馬，黃金百斤，罷就第。」

⑥青衣能報赦：典出晉書載記第十三，傳說前秦國君苻堅正草擬詔書準備大赦天下，一隻蒼蠅繞

着筆尖盤旋，驅之復還。旨意未及下達，外界竟傳開了，苻堅於是派人調查。都說是一個青衣人在街市上大喊「官欲大赦」。苻堅於是醒悟青衣人就是之前的蒼蠅。青衣，青色或黑色的衣服。漢以後，多為地位低下者所穿。此處指蒼蠅。赦，即大赦，指由皇帝發佈命令，赦免若干罪犯，或予以減刑。

⑦黃耳解傳書：典出晉書陸機傳：「初機有駿犬，名曰黃耳，甚愛之。既而羈寓京師，久無家問，笑語犬曰：『我家絕無書信，汝能齎書取消息不？』犬搖尾作聲。機乃為書以竹筒盛之而繫其頸，犬尋路南走，遂至其家，得報還洛。其後因以為常。」因為晉代陸機的小狗黃耳能替主人送信，後世便以「黃耳」喻指信使。書，書信。

⑧短劍：匕首。刺客慣用的兵刃。漢書鄒陽傳：「匕首竊發。」唐顏師古注：「匕首，短劍也。其首類匕，便於用也。」舊注認為此句是荊軻刺秦王的典故，但「庭畔」與「持」等字皆難落實，今不取。

⑨門前無客曳長裾：典出漢書鄒陽傳：「臣聞交龍襄首奮翼，則浮雲出流，霧雨咸集。聖王底節修德，則遊談之士歸義思名。今臣盡智畢議，易精極慮，則無國不可奸；飾固陋之心，則何王之門不可曳長裾乎？」西漢初期，鄒陽在吳王劉濞門下做門客，曾上書吳王，說自己如果出賣才智事人，則天下哪個諸侯國都會給個職位；如果巧飾言行，哪個諸侯王門下不可拖着長裾逍遙自在地討生活啊？客，門客。寄食於貴族門下並為之服務的人。曳長裾，形容拖着長裾、大搖大擺走來走去的樣子。長裾，長衣，亦指長袖。

⑩水宿：指在舟中或水邊過夜。文選（謝靈運）遊赤石進帆海詩：「水宿淹晨暮，陰霞屢興沒。」唐呂延濟注：「水宿，宿於舟中也。」

【譯文】

麒麟對鳳凰，鱉對魚。

內史對中書。

犁和鋤對耒和耜，田間水溝對郊外土堆。

犀牛角裝飾的衣帶，象牙做成的髮梳。

四匹馬拉的站乘的車對一匹馬拉的舒適小車。

蒼蠅變的青衣人能散佈苻堅大赦的消息，黃耳小狗可以幫主人陸機傳遞家信。

庭邊有手持匕首來行刺的刺客，門前沒有拖着長裾大搖大擺的門客。

巨浪拍打小船，船夫在水上居住，讓人驚心動魄；群峰環繞着房舍，隱士在山中的生活，令人心曠神怡。

上平七虞

【題解】

本篇共三段，皆為韻文。每段韻文，由若干句對仗的聯語組成。每句皆押「平水韻」上平聲「七虞」韻。

本篇每句句末的韻腳字，「珠」「烏」「鳧」「鬚」「朱」「沽」「愚」「壺」「雛」「廚」「梧」「爐」「株」「吳」「夫」「榆」「晡」「狐」「鬚」「都」「衢」等，在傳統詩韻（「平水韻」）裏，都歸屬於上平聲「七虞」這個韻部。這些字，在普通話裏，韻母大多是「u」或「ü」；聲調有讀第一聲的，有讀第二聲的。

需要注意的是：普通話「u」韻母和「ü」韻母的字，並不都屬於「平水韻」上平聲「七虞」韻，也有可能屬於上平聲「六魚」韻。它們是鄰韻，填詞時可以通押，寫近體詩時不可通押。

（一）

金對玉，寶對珠。玉兔對金烏①。孤舟對短棹②，一雁對雙鳧③。橫醉眼④，撚吟鬚⑤。李白對楊朱⑥。秋霜多過雁⑦，夜月有啼烏⑧。日暖園林花易賞，雪寒村舍酒難沽⑨。人處嶺南，善探巨象口中齒⑩；客居江右⑪，偶奪驪龍頷下珠⑫。

【注釋】

①玉兔：指神話中月亮裏的白兔。亦代指月亮。楚辭天問：「厥利維何，而顧菟在腹？」漢王逸章句：「言月中有菟，何所貪利，居月之腹，而顧望乎？菟，一作兔。」晉傅咸擬天問：「月中何

有？玉兔搗藥。」金烏：指太陽。傳說太陽中有三足金烏，所以用金烏代指太陽。淮南子精神訓：「日中有踆烏，而月中有蟾蜍。」漢高誘注：「踆，猶蹲也，謂三足烏。」東漢王充論衡說日：「儒者曰：『日中有三足烏，月中有兔、蟾蜍。』」漢劉楨清慮賦：「玉樹翠葉，上棲金烏。」

②棹：划船用的小槳。亦指小船。

③一雁對雙鳧：典出古文苑（偽）蘇武別李陵詩：「雙鳧俱北飛，一雁獨南翔。」後人遂以「雙鳧一雁」為感傷離別之詞。唐白居易與元九書：「故興離別，則引雙鳧一雁為喻；諷君子小人，則引香草惡鳥為比。」鳧，水鳥，俗稱「野鴨」，似鴨，雄的頭部綠色，背部黑褐色，雌的全身黑褐色，常群游湖泊中，能飛。

④醉眼：指酒醉後迷離的眼神。古詩文習用語。唐杜甫九日登梓州城：「弟妹悲歌裏，乾坤醉眼中。」

⑤撚吟鬚：撚着翦鬚思索詩句。唐盧延讓苦吟：「吟安一個字，撚斷數莖鬚。」

⑥李白（七〇一—七六二）：唐代大詩人，字太白，號青蓮居士。祖籍隴西成紀（今甘肅秦安），其先人隋末竄於碎葉（今吉爾吉斯斯坦托克馬克），今人多主張李白即出生於此。唐中宗神龍元年（七〇五）隨家遷居綿州昌隆縣（今四川江油）清廉鄉。李白在蜀中度過青少年時代，玄宗開元十二年（七二四）出蜀漫遊，天寶元年（七四二）奉詔入京，供奉翰林，三載（七四四）賜金還山，復漫遊各地。天寶末年，安祿山叛亂，李白應召入永王李璘幕府，王室內訌，李璘兵敗被殺，李白受累入獄，獲釋不久又被定罪流放夜郎；肅宗乾元二年（七五九）三月於途中白帝城遇赦，返回江夏，重遊洞庭、皖南。寶應元年（七六二）卒於當塗（今屬安徽馬鞍山）。因李白曾官翰林供奉，故世稱「李翰林」；因賀知章譽其為「天上謫仙人」，後人又稱其「李謫

仙」。楊朱：先秦道家學派代表人物之一，戰國初魏國人。又稱「楊生」「楊子」「楊子居」。後於墨子，前於孟子。反對墨子兼愛、尚賢之說，其說主「重己」「貴生」，不以物累形，拔一毫而利天下不為。孟子斥為異端。著述不傳，言行散見孟子、莊子、荀子、韓非子、呂氏春秋等書中。

⑦秋霜多過雁：北方霜降前後有鴻雁從塞北過境南飛。夢溪筆談雜誌一：「北方有白雁，似雁而小，色白，秋深則來。白雁至則霜降，河北人謂之『霜信』。杜甫詩云：『故國霜前白雁來』，即此也。」胡道靜校證：「白雁非普通之白化個體，而為另一獨立雁種，蓋今稱『雪雁』者是。」

⑧夜月有啼烏：月夜裏聽見烏鴉啼叫，倍感淒涼。烏夜啼為樂府舊題，又為古曲名、詞牌名、曲牌名。樂府舊題烏夜啼，屬清商曲辭西曲歌。舊唐書音樂志二：「烏夜啼，宋臨川王義慶所作也。元嘉十七年，徙彭城王義康於豫章。義慶時為江州，至鎮，相見而哭，為帝所怪，徵還宅，義慶大懼。妓妾夜聞烏啼聲，扣齋閣云：『明日應有赦。』其年更為南兗州刺史，作此歌。故其和云：『籠窗窗不開。烏夜啼，夜夜望郎來。』今所傳歌似非義慶本旨。」作為琴曲名的烏夜啼，即烏夜啼引，與西曲歌義同事異。樂府詩集琴曲歌辭四烏夜啼引引唐李勉琴說：「烏夜啼者，何晏之女所造也。初，晏繫獄，有二烏止於舍上。女曰：『烏有喜聲，父必免。』遂撰此操。」烏夜啼又為唐教坊曲名，南唐後主李煜用為詞牌名；又為曲牌名，屬南呂宮，南北曲均有，北曲較多用，字數與詞牌不同，多用在套曲中玄鶴鳴曲牌之後。

⑨沽：買。多指買酒。

⑩「人處嶺南」二句：據說大象會精心埋藏脫落的牙齒。嶺南人熟悉大象的習性，因此善於尋獲

珍貴的象牙。初學記獸部象引三國吳萬震南州異物志：「俗傳象牙歲脫，猶愛惜之，掘地而藏之。人欲取，當作假牙潛往易之，覺則不藏故處。」嶺南，指五嶺以南的地區，即廣東、廣西一帶。五嶺，見前「嶺北」注。齒，此處指象牙。

⑪江右：指長江下游以西地區，後來稱江西省為江右。

⑫驪龍頷下珠：出自驪龍頷下的寶珠，價值千金，很難得到。後人也用「驪珠」來形容珍貴的人或物。典出莊子列禦寇：「河上有家貧恃緯蕭而食者，其子沒於淵，得千金之珠。其父謂其子曰：『取石來鍛之！夫千金之珠，必在九重之淵而驪龍頷下，子能得珠者，必遭其睡也。使驪龍而寤，子尚奚微之有哉！』」驪，黑色。

【譯文】

黃金對美玉，寶貝對珍珠。

月亮稱玉兔對太陽號金烏。

孤舟對短槳，單飛的大雁對雙飛的野鴨。

醉酒人斜着眼睛，吟詩客撚動髯鬚。

詩仙李白對哲人楊朱。

秋天霜降，大雁成群飛過；夜月初升，烏鴉不時啼叫。

春日和暖，園林裏隨處可以賞花；冬天嚴寒，偏僻的村舍無處可以買酒。

住在嶺南的人，擅長獲取長在大象口中的巨齒；住在江西的人，偶爾可以得到藏在驪龍頷下的夜明珠。

（二）

賢對聖，智對愚。
傅粉對施朱①。
名韁對利鎖②，挈榼對提壺③。
鳩哺子④，燕調雛⑤。
石帳對郇廚⑥。
煙輕籠岸柳，風急撼庭梧⑦。
鸜眼一方端石硯⑧，龍涎三炷博山爐⑨。
曲沼魚多⑩，可使漁人結網；平田兔少，漫勞耕者守株⑪。

【注釋】

①傅粉：搽粉。「傅粉何郎」典出世說新語容止：「何平叔美姿儀，面至白；魏明帝疑其傅粉。正夏月，與熱湯餅。既噉，大汗出，以朱衣自拭，色轉皎然。」南朝梁劉孝標注引魏略曰：「晏性

自喜，動靜粉帛不去手，行步顧影。」施朱：指塗脂抹粉。傅粉施朱，謂打扮得很妖豔。語出戰國楚宋玉登徒子好色賦：「着粉則太白，施朱則太赤。」南朝梁費昶行路難詩之二：「蛾眉偃月徒自妍，傅粉施朱欲何為？」北齊顏之推顏氏家訓勉學：「梁朝全盛之時，貴遊子弟，多無學術……無不熏衣剃面，傅粉施朱。」舊唐書張易之傳：「由是兄弟俱侍宮中，皆傅粉施朱，衣錦繡服。」

②名韁：比喻性說法，因功名能束縛人，故稱「名韁」。漢東方朔與友人書：「不可使塵網名韁拘鎖，怡然長笑，脫去十洲三島，相期拾瑤草，吞日月之光華，共輕舉耳！」利鎖：比喻性說法，因利益能束縛人，故稱「利鎖」。名韁利鎖，謂功名利祿如束縛人的韁繩和鎖鏈。宋柳永夏雲峰：「向此免、名韁利鎖，虛費光陰。」

③挈（qiè）榼（kē）：提着酒壺或食盒。挈，提。榼，古代用來盛酒的器具，亦泛指盒一類的器物。唐白居易長齋月滿寄思黯：「明朝齋滿相尋去，挈榼抱衾同醉眠。」提壺：提着酒壺。晉陶潛遊斜川：「提壺接賓侶，引滿更獻酬。」

④鳩哺子：鳩鳥哺育孩子。據說鳲鳩餵食雛鳥，早上從大的開始餵，晚上從小的開始餵。典出詩經曹風鳲鳩：「鳲鳩在桑，其子七兮。」毛傳：「鳲鳩之養其子，朝從上下，莫從下上，平均如一。」後世遂以「鳩哺」比喻慈母養育之恩。明吾丘瑞運甓記翦逆聞喪：「半生鳩哺，一旦烏傷，難見我的慈親面也。」

⑤燕調雛：燕子訓練幼鳥學飛。調，調教，訓練。雛，幼鳥。宋周密浣溪沙：「花徑日遲蜂課蜜，杏粱風軟燕調雛。」舊注引竹溪閒話：「燕雛將長，其母調之使飛。」

⑥石帳：指石崇的錦步障。西晉石崇，為了炫富，曾經用織錦做步帳五十里。世說新語汰侈：「王君夫以飴糒澳釜，石季倫用蠟燭作炊。君夫作紫絲布步障碧綾裏四十里，石崇作錦步障五十里以敵之。石以椒為泥，王以赤石脂泥壁。」後人遂以「石帳」代指裝飾奢華。石崇（二四九—三〇〇），字季倫，因生於青州，故小名齊奴，渤海南皮（今屬河北滄州）人。大司馬石苞子。因伐吳有功，封安陽鄉侯。晉惠帝時，任南中郎將、荊州刺史，領南蠻校尉，加鷹揚將軍，因劫掠往來商客而致富。後任太僕、征虜將軍、衞尉等職；與潘岳等諂事外戚賈謐，號為「二十四友」。永康元年（三〇〇），賈后、賈謐被趙王倫所殺，中書令孫秀誣陷石崇謀反，趙王倫矯詔殺石崇及其外甥歐陽建。石崇性情豪放奢靡，曾於河陽置金谷別館，富甲天下；又曾與貴戚王愷（字君夫）鬥富。石崇有寵妓名綠珠，孫秀求之不與，石崇被捕時，綠珠跳樓而死。郇（xún）廚：「郇公廚」「郇國廚」的簡稱。唐代韋陟，襲封郇國公。生活奢靡，廚中多美味佳餚有。唐馮贄雲仙雜記卷三：「韋陟廚中，飲食之香錯雜，人入其中，多飽飫而歸。語曰：『人欲不飯筋骨舒，夤緣須入郇公廚。』」後因以「郇公廚」稱膳食精美。

⑦撼：搖動。

⑧鸜眼：即鴝鵒眼，指石上的圓形斑點。端硯以有鴝鵒眼者為名貴。故「鸜眼」亦借指硯臺。鸜，鸜鵒，又作「鴝鵒」，即八哥，見前注。宋朱敦儒西江月：「琴上金星正照，硯中鸜眼相青。」剪燈餘話武平靈怪錄：「嘗擅文房四寶稱，盡誇鴝眼勝金星。」舊注引磯譜：「端溪磯石有鸜鵒眼。」端石硯：即端硯。因產於唐代端州（今廣東肇慶）而得名，是中國四大名硯之一，與甘肅洮硯、安徽歙硯、山西澄泥硯齊名。清屈大均廣東新語石語端石對端硯的礦坑有詳細記

載，屢屢提及鴝鵒眼，如：「相傳下巖舊坑卵石，色黑如漆，細潤有眼，眼中有暈，或六七眼相連。扣之清越，研之無聲，着墨不熱無泡，良久微浸，若油黷發，此至慶曆間已少。中巖在山半，名半邊巖。其卵石紫嫩肝色，細潤有眼，小如綠豆，有條紋或白或綠，扣之及研皆無聲。外有黃膘包絡，久用鋒芒不退，宋時此坑取之亦竭矣。中巖新坑，石色淡紫，眼如鴝鵒，有暈。其嫩者扣之無甚聲，磨墨有微聲，久用鋒芒退乏，此不及下巖遠甚。上巖舊坑有青紫，新坑石皆灰色，紫而粗燥，眼如雞眼大，扣之磨墨皆無聲，有松板紋。久用光如鏡面，比中巖又遠不及。」

⑨龍涎：即龍涎香，是抹香鯨病胃的分泌物。類似結石，從鯨體內排出，漂浮海面或沖上海岸。為黃、灰乃至黑色的蠟狀物質，香氣持久，是極名貴的香料。宋劉過沁園春美人指甲：「見鳳鞋泥污，偎人強剔，龍涎香斷，撥火輕翻。」博山爐：香爐名。因爐蓋上的造型似傳聞中的海中名山博山而得名。一說像華山，因秦昭王與天神博於是，故名。後作為名貴香爐的代稱。西京雜記卷一：「長安巧工丁緩者……又作九層博山香爐，鏤為奇禽怪獸，窮諸靈異，皆自然運動。」

⑩曲沼：曲池，曲折迂迴的池塘。北魏楊炫之洛陽伽藍記沖覺寺：「斜峰入牖，曲沼環堂，樹響飛嚶。」

⑪漫勞：徒勞，空使。耕者守株：典出韓非子五蠹：「宋人有耕者，田中有株，兔走觸株，折頸而死，因釋其耒而守株，冀復得兔，兔不可復得，而身為宋國笑。」說有個宋國人，耕地的時候，遇見一隻兔子撞在地裏的樹樁上撞死了，於是他便一直在樹樁那裏等，希望能再次撿到兔子。

成語「守株待兔」就是由此而來，比喻死守狹隘經驗，不知變通。漢王充論衡宣漢：「以已至之瑞，效方來之應，猶守株待兔之蹊，藏身破罝之路也。」亦用以比喻妄圖不勞而獲。株，指露出地面的樹根，俗稱樹樁。

【譯文】

賢德對崇高，聰明對愚笨。

撲白粉對抹胭脂。

名聲是束縛人的繩子對利益是拘束人的鎖，拿着食盒對手提酒壺。

鳩鳥餵養幼子，燕子訓練幼鳥。

西晉石崇的錦帳對唐代韋陟的廚房。

煙氣淡淡籠罩着河兩岸的柳樹，大風劇烈吹搖院中的梧桐樹。

一方端州產的帶鴝鵒眼斑點的硯臺，燃燒龍涎香，飄出三炷香煙的博山爐。

曲折的池塘裏魚很多，可讓漁夫撒網捕魚；平坦的田野裏野兔很少，空使農夫在樹邊等待。

（三）

秦對趙①，越對吳②。

釣客對耕夫③。
箕裘對杖履④，杞梓對桑榆⑤。
天欲曉，日將晡⑥。
狡兔對妖狐⑦。
讀書甘刺股⑧，煮粥惜焚鬚⑨。
韓信武能平四海⑩，左思文足賦三都⑪。
嘉遁幽人⑫，適志竹籬茅舍⑬；勝遊公子⑭，玩情柳陌花衢⑮。

【注釋】

①秦：古國名。嬴姓，相傳是伯益的後代。在今陝西和甘肅一帶。秦襄公始立國，孝公時，成為戰國七雄之一。秦王政時統一天下，建立秦王朝。趙：古國名。戰國七雄之一。在今山西北部、河北西部和南部一帶。後為秦所滅。

②越：古國名。也稱「於越」，姒姓，相傳始祖為夏少康庶子無餘。封於會稽。春秋末，越王句踐臥薪嘗膽，終滅強吳，稱霸一時；戰國時，為楚所滅。吳：古國名。相傳為周太王長子太伯

所建，在今江蘇南部和浙江北部，後擴展至淮河下游一帶。春秋末年，吳王闔閭及其子夫差時期，盛極一時，為天下霸主，後被越王句踐所滅。

③釣客：垂釣的人。古詩文習用語。唐薛能邊城寓題：「蠶市歸農醉，漁舟釣客醒。」

④箕裘：指繼承父業。禮記學記：「良冶之子，必學為裘；良弓之子，必學為箕。」唐孔穎達疏：「積世善冶之家，其子弟見其父兄世業鋾鑄金鐵，使之柔合以補治破器，皆令全好，故此子弟仍能學為袍裘，補續獸皮，片片相合，以至完全也……善為弓之家，使干角撓屈調和成其弓，故其子弟亦睹其父兄世業，仍學取柳和軟撓之成箕也。」良冶、良弓，指善於冶金、造弓的人。意謂子弟由於耳濡目染，往往繼承父兄之業。後因以「箕裘」比喻祖上的事業。杖履：對老人的敬稱。古代禮儀，五十歲的老人得扶杖；又古人入室必脫鞋於外，而長者可入室而後脫鞋。所以杖履為敬老之詞。宋蘇軾夜坐與邁聯句：「樂哉今夕遊，復此陪杖履。」

⑤杞梓：杞樹和梓樹，都是優良木材。比喻優秀人才。典出左傳襄公二十六年：「晉卿不如楚，其大夫則賢，皆卿材也。如杞梓、皮革，自楚往也。雖楚有材，晉實用之。」晉杜預注：「杞、梓，皆木名。」晉書陸機陸雲傳論：「觀夫陸機、陸雲，實荊衡之杞梓，挺珪璋於秀實，馳英華於早年。」宋司馬光送李汝臣同年謫官導江主簿：「良工構明堂，必不遺杞梓。」桑榆：桑樹與榆樹。日落時光照桑榆樹端，因以指日暮。又以比喻事情的靠後階段，或比喻晚年。太平御覽卷三引淮南子：「日西垂，景在樹端，謂之桑榆。」後漢書馮異傳：「始雖垂翅回谿，終能奮翼黽池。可謂失之東隅，收之桑榆。」

⑥日將晡：指天快晚了。日晡，又作「日餔」，是古人計時用語。因古人申時而食，故指申時。申

時，相當於現代計時的下午三時至五時。史記呂太后本紀：「日餔時，遂擊產，產走。」

⑦狡兔：古人因為野兔善於藏身，故稱之為「狡兔」。「狡兔三窟」典出戰國策齊策四：「狡兔有三窟，僅得免其死耳；今君有一窟，未得高枕而臥也；請為君復鑿二窟。」後以「狡兔三窟」喻藏身處多，便於避禍。「狡兔死，走狗烹」典出史記越王句踐世家：「范蠡遂去，自齊遺大夫種書曰：『蜚鳥盡，良弓藏；狡兔死，走狗烹。越王為人長頸鳥喙，可與共患難，不可與共樂。子何不去？』種見書，稱病不朝。」史記淮陰侯列傳：「上令武士縛信，載後車。信曰：『果若人言，「狡兔死，良狗亨；高鳥盡，良弓藏；敵國破，謀臣亡」。天下已定，我固當亨！』上曰：『人告公反。』遂械繫信。至雒陽，赦信罪，以為淮陰侯。」又，「牽黃犬，逐狡兔」，比喻逍遙自在的生活。典出史記李斯列傳：「（秦）二世二年七月，具斯五刑，論腰斬咸陽市。斯出獄，與其中子俱執，顧謂其中子曰：『吾欲與若復牽黃犬俱出上蔡東門逐狡兔，豈可得乎！』遂父子相哭，而夷三族。」妖狐：古人認為狐狸妖媚，故稱「妖狐」。用以比喻淫蕩、諂媚的女子；或謂以陰柔手段迷惑人。晉書石勒載記下：「大丈夫行事當礌礌落落，如日月皎然，終不能如曹孟德、司馬仲達父子，欺他孤兒寡婦，狐媚以取天下也。」唐駱賓王代李敬業以武后臨朝移諸郡縣檄：「掩袂工讒，狐媚偏能惑主。」

⑧刺股：典出戰國策秦策一：「（蘇秦）乃夜發書，陳篋數十，得太公陰符之謀，伏而誦之，簡練以為揣摩。讀書欲睡，引錐自刺其股，血流至足，曰：『安有說人主，不能出其金玉錦繡、取卿相之尊者乎？』期年，揣摩成，曰：『此真可以說當世之君矣。』」戰國時策士蘇秦游說秦王，上書十次，未被採用，資用乏絕，歸家發憤讀書。每當夜裏犯睏的時候，就用錐子刺自己的大

腿。後因以「刺股」指勤學苦讀。

⑨焚鬚：典出新唐書李勣傳：「（勣）性友愛，其姊病，嘗自為粥而燎其鬚。姊戒止。答曰：『姊多疾，而勣且老，雖欲數進粥，尚幾何？』」唐代開國功臣李勣的姐姐生病，他親自為姐姐煮粥，煮粥的時候，鬍鬚被爐火燒到而不惜。後因以「煮粥焚鬚」喻手足之愛。

⑩韓信（？—前一九六）：西漢開國大臣，著名軍事家，淮陰（今江蘇淮安）人。韓信早年家貧，常從人寄食，曾受胯下之辱。秦末參加項羽部隊，因不受重用，改投劉邦，被拜為大將軍。楚漢戰爭中，劉邦採納他的建議，攻佔關中。劉邦、項羽在滎陽相持時，他率軍襲擊項羽側翼，佔據黃河下游地區。後被劉邦封為齊王。前二〇二年於垓下（今安徽靈璧南）擊滅項羽。楚漢戰爭結束後，被解除兵權，降為淮陰侯。後被呂后設計誘殺。平四海：指平定天下。四海，古人認為中國四境有海環繞，各按方位為「東海」「南海」「西海」和「北海」，但亦因時而異，說法不一。尚書益稷：「予決九川，距四海。」孟子告子下：「禹之治水，水之道也，是故禹以四海為壑。」遂以四海指天下、全國各處。尚書大禹謨：「文命敷於四海，祗承於帝。」史記高祖本紀：「大王起微細，誅暴逆，平定四海，有功者輒裂地而封王侯。」

⑪左思（二五〇？—三〇五？）：字太沖，齊國臨淄（今山東淄博）人。西晉文學家。後人輯有左太沖集。賦三都：指左思曾作三都賦。三都，指蜀都、吳都、魏都。晉書文苑傳載左思用十年時間，精心撰寫三都賦，得當時名流皇甫謐揄揚，名聲大作，「於是豪貴之家競相傳寫，洛陽為之紙貴」。

⑫嘉遁：舊時謂合乎正道的退隱，合乎時宜的隱遁。周易遁：「嘉遁貞吉，以正志也。」三國志魏

志管寧傳：「在乾之姤，匿景藏光，嘉遁養浩，韜韞儒墨，潛化傍流，暢於殊俗。」幽人：幽隱之人，隱士。周易履：「履道坦坦，幽人貞吉。」唐孔穎達疏：「幽人貞吉者，既無險難，故在幽隱之人守正得吉。」後漢書逸民傳序：「光武側席幽人，求之若不及。」

⑬適志：指舒適自得。莊子齊物論：「昔者莊周夢為胡蝶，栩栩然胡蝶也，自喻適志與。」晉郭象注：「自快得意，悅豫而行。」竹籬茅舍：常指鄉村中因陋就簡的屋舍，詩文中多代指隱士居所。宋王安石清平樂：「雲垂平野，掩映竹籬茅舍。」

⑭勝遊：快意的遊覽。唐劉禹錫奉和裴侍中將赴漢南留別座上諸公：「管弦席上留高韻，山水途中入勝遊。」金元好問探花詞：「美酒清歌結勝遊，紅衣先為渚蓮愁。」

⑮玩情：同寄情、怡情。柳陌花衢：同「柳巷花街」，喻指妓院或妓院聚集之處。宋孟元老東京夢華錄序：「新聲巧笑於柳陌花衢，按管調弦於茶坊酒肆。」宋羅燁醉翁談錄柳屯田耆卿：「至今柳陌花衢，歌姬舞女，凡吟詠謳唱，莫不以柳七官人為美談。」陌，本為東西向的田間小路，亦泛指街道。衢，四通八達的大街。

【譯文】

秦國對趙國，越國對吳國。

漁父對農夫。

繼承父業用「箕裘」對尊敬長者用「杖履」，「杞梓」指少年才俊對「桑榆」指暮年老邁。

天快要亮了，太陽即將落山。

狡猾的兔子對妖媚的狐狸。
蘇秦讀書，甘心用錐子刺自己的腿；李勣煮粥，不怕火苗燒到自己的鬍鬚。
韓信勇武有謀可以平定天下，左思文才超群能夠寫出三都賦。
適時隱退的人，喜歡隱居在竹籬茅舍過遂心自在的生活；熱衷遊樂的貴族子弟，整天遊蕩在花街柳巷嬉戲玩樂。

上平八齊

【題解】

本篇共三段，皆為韻文。每段韻文，由若干句對仗的聯語組成。每句皆押「平水韻」上平聲「八齊」韻。

本篇每句句末的韻腳字，「溪」「堤」「雞」「西」「霓」「嘶」「齊」「啼」「泥」「圭」「鼙」「梯」「棲」「妻」「犀」「低」「閨」等，在傳統詩韻（「平水韻」）裏，都歸屬於上平聲「八齊」這個韻部。這些字，在普通話裏，韻母大多含「i」，有的是「i」，有的是「ui」；聲調有讀第一聲的，有讀第二聲的。

需要注意的是：普通話「i」韻母的字，並不都屬於「平水韻」上平聲「八齊」韻；也有可能屬於上平聲「四支」韻、「五微」韻、「十灰」韻。它們屬於鄰韻，填詞時可以通押，寫近體詩時不可通押。

（一）

巖對岫[1]，澗對溪。

遠岸對危堤[2]。

鶴長對鳧短[3]，水雁對山雞。

星拱北[4]，月流西[5]。

漢露對湯霓[6]。

桃林牛已放[7]，虞阪馬長嘶[8]。

叔姪去官聞廣、受[9]，弟兄讓國有夷、齊[10]。

三月春濃，芍藥叢中蝴蝶舞；五更天曉，海棠枝上子規啼[11]。

【注釋】

①岫：山谷，亦可指峰巒。

②危堤：指高高的水壩。因高而顯得危險。

③鶴長：指鶴的腿很長。鳧短：指野鴨的腿很短。鳧，野鴨。莊子駢拇：「鳧脛雖短，續之則憂；鶴脛雖長，斷之則悲。」後用「鶴長鳧短」比喻事物各有特點，並不整齊劃一。

④拱北：拱衛北極星。語本論語為政：「為政以德，譬如北辰，居其所，而眾星共之。」後因以喻拱衛君王或四裔歸附。唐羅鄴春晚渡河有懷：「萬里山河星拱北，百年人事水歸東。」

⑤月流西：指月亮向西偏斜。流西，指日月星辰向西運行。中國古人稱日月星辰運行皆為「西流」。魏曹丕燕歌行其一：「明月皎皎照我牀，星漢西流夜未央。」晉劉琨重贈盧諶詩：「功業未及建，夕陽忽西流。」晉傅玄兩儀詩：「日月西流景東征。」唐金立之秋夕：「寒露已催鴻北去，火雲漸散月西流。」

⑥漢露：漢武帝迷信神仙，在建章宮築神明臺，立銅仙人舒掌捧銅盤承接甘露，想要服食長生。漢書郊祀志上載漢武帝：「其後又作柏梁、銅柱、承露仙人掌之屬矣。」唐顏師古注：「三輔故事云：『建章宮承露盤高二十丈，大七圍，以銅為之，上有仙人掌承露，和玉屑飲之。』」湯霓：成湯征伐天下，百姓期待他就好像大旱的時候盼望看見雨前雲彩和雨後彩虹一樣。孟子梁惠王下：「民望之，若大旱之望雲霓也。」漢趙岐注：「霓，虹也，雨則虹見，故大旱而思見之。」宋孫奭疏：「雲霓，虹也。」

⑦桃林：古地區名。在今河南靈寶以西、陝西潼關以東地區。周武王克商之後，將戰馬放歸華山之南，將運載輜重的牛放歸桃林郊野，以示不再動用武力。尚書武成：「乃偃武修文，歸馬於華山之陽，放牛於桃林之野，示天下弗服。」（偽）孔傳：「山南曰陽，桃林在華山東，皆非長養牛馬之地，欲使自生自死，示天下不復乘用。」史記留侯世家：「放牛桃林之陰，以示不復輸

積。」唐劉禹錫述舊賀遷寄陝虢孫常侍：「關頭古塞桃林靜，城下長河竹箭回。」

⑧虞阪：古地名。在今山西平陸一帶。初學記州郡部：「戰國策曰：騏驥駕鹽車上虞阪。今按：在安邑縣界。」按：傳世本戰國策，「虞阪」作「太行」。戰國策楚策四汗明見春申君：「汗明曰：『君亦聞驥乎？夫驥之齒至矣，服鹽車而上太行。蹄申膝折，尾湛胕潰，漉汁灑地，白汗交流；中阪遷延，負轅不能上。伯樂遭之，下車，攀而哭之，解紵衣以冪之。驥於是俯而噴，仰而鳴，聲達於天，若出金石聲者，何也？彼見伯樂之知己也。』」伯樂一日路過虞阪，見到一匹成年千里馬因為主人不識貨而被用來拉鹽車，眼看這匹馬步履艱難，伯樂不由上前抱住馬脖子，失聲痛哭，那匹馬也仰天長嘶，似乎是找到了知音。

⑨叔姪去官聞廣、受：漢書雋疏于薛平彭傳：「廣謂受曰：『吾聞「知足不辱，知止不殆」，「功遂身退，天之道也」。今仕官至二千石，宦成名立，如此不去，懼有後悔，豈如父子相隨出關，歸老故鄉，以壽命終，不亦善乎？』受叩頭曰：『從大人議。』即日父子俱移病。滿三月賜告，廣遂稱篤，上疏乞骸骨。上以其年篤老，皆許之，加賜黃金二十斤，皇太子贈以五十斤。公卿大夫故人邑子設祖道，供張東都門外，送者車數百兩，辭決而去。及道路觀者皆曰：『賢哉二大夫！』或歎息為之下泣。」疏廣做太子太傅，他的姪兒疏受做太子少傅，疏廣對姪子說：我聽說人要是懂得滿足就不會受辱，如果知道適可而止就不會困頓，「功成身退」是天道，如今我們身居高位，功成名就，如果還賴着不走，恐怕有禍，不如早點歸隱故鄉。姪子深表贊同，於是雙雙辭官而去。去官，辭官。廣、受，指漢代疏廣、疏受叔姪。

⑩弟兄讓國有夷、齊：史記伯夷列傳：「伯夷、叔齊，孤竹君之二子也。父欲立叔齊，及父卒，叔

齊讓伯夷。伯夷曰：『父命也。』遂逃去。叔齊亦不肯立而逃之。國人立其中子。」孤竹君要立叔齊為君，孤竹君死後，叔齊要讓位給伯夷，伯夷不同意，說這是父親的意思，並且逃走了。叔齊不願為君，也逃走了。後來二人雙雙不食周粟，餓死在首陽山。讓國，讓出國君之位。夷、齊，指伯夷、叔齊，是殷商末年孤竹君的兩個兒子。

⑪子規啼：子規是杜鵑鳥的別名。傳說子規為蜀帝杜宇的魂魄所化，常夜鳴，聲音淒切，故藉以抒悲苦哀怨之情。埤雅釋鳥：「杜鵑，一名子規。」唐杜甫子規：「兩邊山木合，終日子規啼。」

【譯文】

巖石對山洞，山澗對溪流。
遠處的河岸對高高的堤壩。
長腿的仙鶴對短腿的野鴨，棲息水草的大雁對覓食山林的野雞。
眾星環繞北極，月亮向西落下。
漢武帝用金莖玉盤接露水，百姓像久旱盼雨雲一樣期待商湯。
桃林郊野可見周武王放歸的軍中載重的牛，千里馬在虞阪看到伯樂後放聲嘶鳴。
漢朝疏廣、疏受叔姪兩人一同辭官歸隱，商周之際的伯夷、叔齊兩兄弟互相推讓國君的位子。
三月裏春光正好，蝴蝶在芍藥叢中飛舞；五更時天色將明，杜鵑鳥在海棠樹枝上鳴叫。

（二）

雲對雨，水對泥。

白璧對玄圭①。

獻瓜對投李②，禁鼓對征鼙③。

徐稚榻④，魯班梯⑤。

鳳翥對鸞棲⑥。

有官清似水⑦，無客醉如泥⑧。

截髮惟聞陶侃母⑨，斷機只有樂羊妻⑩。

秋望佳人，目送樓頭千里雁；早行遠客，夢驚枕上五更雞⑪。

【注釋】

①白璧：平圓形中間有孔的白玉，古代在典禮時用作禮器，亦可作飾物。管子輕重甲：「禺氏不朝，請以白璧為幣乎？」玄圭：一種黑色的玉器，上尖下方，古代用以賞賜建立特殊功績的

人。尚書禹貢：「禹錫玄圭，告厥成功。」（偽）孔傳：「玄，天色，禹功盡加於四海，故堯賜玄圭以彰顯之，言天功成。」宋蔡沈集傳：「水色黑，故圭以玄雲。」漢書王莽傳上：「伯禹錫玄圭，周公受郊祀，蓋以達天之使，不敢擅天之功也。」

②獻瓜：用陸贄諫止唐德宗賞路獻瓜果者官典故。新唐書及資治通鑑皆載此事。新唐書陸贄傳：「道有獻瓜果者，帝嘉其意，欲授以試官。贄曰：『爵位，天下公器，不可輕也。』」資治通鑑：「上在道，民有獻瓜果者，上欲以散試官授之，訪於陸贄，贄上奏，以為：『爵位恆宜慎惜，不可輕用。起端雖微，流弊必大。獻瓜果者，止可賜以錢帛，不當酬以官。』」投李：典出詩經衞風木瓜：「投我以木李，報之以瓊玖，匪報也，永以為好也。」後用「投李」比喻贈人禮物。

③禁鼓：見前註。征鼙：出征的鼓聲，亦比喻戰事。鼙，戰鼓。前蜀毛文錫甘州遍詞之二：「邊聲四起，愁聞戍角與征鼙。」

④徐稚榻：典出後漢書徐稚傳：「徐稚字孺子，豫章南昌人也。家貧，常自耕稼，非其力不食。恭儉義讓，所居服其德。屢辟公府，不起。時陳蕃為太守，以禮請署功曹，稚不免之，既謁而退。蕃在郡不接賓客，唯稚來特設一榻，去則縣之。」徐稚（九七—一六八），字孺子，豫章南昌（今屬江西）人。家貧，而以賢德聞名。陳蕃做豫章太守時，曾經專門為他準備了一張榻，徐稚走後就把榻懸掛起來。「徐稚榻」後用作禮賢下士之典。榻，狹長而較矮的牀形坐具。

⑤魯班梯：墨子公輸盤：「公輸盤為楚造雲梯之械，成，將以攻宋。子墨子聞之，起於齊，行十日十夜而至於郢，見公輸盤。」魯班即公輸盤，春秋末期魯國人，曾經為楚國製造雲梯以便進攻宋國，被墨子阻止。

⑥鳳翥：鳳凰飛舞。翥，鳥向上高飛。多搭配二字，作成語用。「鳳翥龍翔」，形容姿態優美。「鳳翥鸞翔」，形容女子婚姻美滿。鸞棲：鸞鳥棲止。比喻賢士在位。晉書苻堅載記上：「百姓歌之曰：『長安大街，夾樹楊槐。下走朱輪，上有鸞棲。英彥雲集，誨我萌黎。』」又與「鳳食」二字搭配，而為成語「鳳食鸞棲」。鸞鳳非竹實不食，非梧桐不棲。比喻高位或帝位。

⑦清似水：形容為官清廉，內心清白。典出漢書鄭崇傳：「崇又以董賢貴寵過度諫，由是重得罪。數以職事見責，發疾頸癰，欲乞骸骨，不敢。尚書令趙昌佞諂，素害崇，知其見疏，因奏崇與宗族通，疑有奸，請治。上責崇曰：『君門如市人，何以欲禁切主上？』崇對曰：『臣門如市，臣心如水。願得考覆。』上怒，下崇獄，窮治，死獄中。」西漢尚書僕射鄭崇因漢哀帝欲大肆封賞外戚而多次進諫，得罪哀帝與權貴，漢哀帝責問鄭崇說：「到你家門前求見的人多得好比市場的人，你憑什麼要阻止君上行事呢？」鄭崇回答說：「臣門如市，臣心如水。」

⑧醉如泥：醉得癱成一團，扶都扶不住。形容大醉的樣子。語本漢官儀載周澤事。後漢書儒林傳下周澤「（永平）十二年，以澤行司徒事，如真。澤性簡，忽威儀，頗失宰相之望。數月，復為太常。清潔循行，盡敬宗廟。常卧疾齋宮，其妻哀澤老病，窺問所苦。澤大怒，以妻干犯齋禁，遂收送詔獄謝罪。當世疑其詭激。時人為之語曰：『生世不諧，作太常妻，一歲三百六十日，三百五十九日齋。』」唐李賢注：「漢官儀此下云：『一日不齋醉如泥。』」初學記職官部下引漢應劭漢官（儀）曰：「北海周澤為太常，恆齋。其妻憐其年老疲病，窺內問之。澤大怒，以為干齋。掾吏叩頭爭之，不聽，遂收送詔獄，並自劾。論者非其激發。諺曰：『居代不諧，為太常妻。一歲三百六十日，三百五十九日齋。一日不齋，醉如泥。既作事，復低迷。』」藝文類聚

職官部、太平御覽亦皆引之，而文字稍有出入。

⑨截髮惟聞陶侃母：晉代陶侃的母親因為家貧，曾經剪斷頭髮賣錢，用來招待陶侃的朋友。典出晉書列女傳：「陶侃母湛氏，豫章新淦人也。初，侃父丹娉為妾，生侃，而陶氏貧賤，湛氏每紡績資給之，使交結勝己。侃少為尋陽縣吏，嘗監魚梁，以一坩鮓遺母。湛氏封鮓及書，責侃曰：『爾為吏，以官物遺我，非惟不能益吾，乃以增吾憂矣。』鄱陽孝廉范逵寓宿於侃，時大雪，湛氏乃徹所卧新薦，自銼給其馬，又密截髮賣與鄰人，供餚饌。逵聞之，歎息曰：『非此母不生此子！』侃竟以功名顯。」陶侃（二五九—三三四），字士行，祖籍鄱陽（今江西都昌），徙居潯陽（今江西九江）。東晉名將，官至荊、江二州刺史，都督八州軍事，封長沙郡公，卒謚桓，追贈大司馬。是東晉大詩人陶淵明的曾祖父。

⑩斷機只有樂羊妻：東漢樂羊曾經遠遊求學，一年之後就回來了，妻子問他原因，他說是因為想家。妻子於是拿刀割斷了織機上的布匹，說他外出求學，還沒學成就回來，就好像把沒織完的布割斷一樣。樂羊感到十分慚愧，於是重新回去苦讀，七年不歸，終於成就學業。典出後漢書列女傳：「河南樂羊子之妻者，不知何氏之女也。羊子嘗行路，得遺金一餅，還以與妻，妻曰：『妾聞志士不飲盜泉之水，廉者不受嗟來之食，況拾遺求利，以污其行乎！』羊子大慚，乃捐金於野，而遠尋師學。一年來歸，妻跪問其故。羊子曰：『久行懷思，無它異也。』妻乃引刀趨機而言曰：『此織生自蠶繭，成於機杼，一絲而累，以至於寸，累寸不已，遂成丈匹。今若斷斯織也，則捐失成功，稽廢時月。夫子積學，當日知其所亡，以就懿德。若中道而歸，何異斷斯織乎？』羊子感其言，復還終業，遂七年不反。妻常躬勤養姑，又遠饋羊子。」斷機，截斷織布機上的布匹。

⑪五更雞：五更時報曉的雞鳴。漢郭憲洞冥記卷三：「有司夜雞，隨鼓節而鳴不息，從夜至曉，一更為一聲，五更為五聲。亦曰五時雞。」

【譯文】

雲對雨，水對泥。

潔白的玉璧對烏黑的玉圭。

獻上木瓜對贈送李子，皇城裏晚上禁止通行的鼓對軍隊出征時敲的戰鼓。

陳蕃專為徐稚設的坐榻，魯班為楚國造的雲梯。

鳳凰高飛對鸞鳥棲息。

為官一方，理當清廉似水；無客來訪，不妨爛醉如泥。

剪頭髮換酒菜來招待客人的，只聽說陶侃的母親曾這樣做過；剪斷織機上的布勸導丈夫專心求學的，也只有東漢樂羊的妻子。

秋天在高樓上眺望遠方的女子，目送大雁向千里之外飛去；準備早起趕遠路的行人，五更時被報曉的雞鳴聲從夢中驚醒。

（三）

熊對虎，象對犀。

霹靂對虹霓①。

杜鵑對孔雀②，桂嶺對梅溪③。

蕭史鳳④，宋宗雞⑤。

遠近對高低。

水寒魚不躍，林茂鳥頻棲。

楊柳和煙彭澤縣⑥，桃花流水武陵溪⑦。

公子追歡⑧，閒驟玉驄遊綺陌⑨；佳人倦繡⑩，悶欹珊枕掩香閨⑪。

【注釋】

①霹靂：又急又響的雷。漢枚乘七發：「其根半死半生，冬則烈風漂霰飛雪之所激也，夏則雷霆霹靂之所感也。」虹霓：為雨後或日出、日沒之際天空中所現的七色圓弧。常有內外二環，內環

稱虹，也稱「正虹」「雄虹」；外環稱霓，也稱「副虹」「雌虹」或「雌霓」。戰國楚宋玉高唐賦：「仰視山顛，肅何千千，炫耀虹霓。」

②杜鵑：鳥名。又名杜宇、子規。相傳為古蜀王杜宇之魂所化。春末夏初，常晝夜啼鳴，其聲哀切。南朝宋鮑照擬行路難詩之六：「中有一鳥名杜鵑，言是古時蜀帝魂。其聲哀苦鳴不息，羽毛憔悴似人髡。」也是花名。又名映山紅、紅躑躅。唐李紳新樓詩杜鵑樓：「杜鵑如火千房拆，丹檻低看晚景中。」明胡震亨唐音癸籤詁箋五：「潤州鶴林寺杜鵑，今俗名映山紅，又名紅躑躅者，此花在江東，瀰山亙野，殆與榛莽相仍。」

③桂嶺：古地名。因山嶺多桂而得名。隋開皇十八年（五九八），改興安縣為桂嶺縣，屬賀州郡，唐代襲用。地當今廣西壯族自治區賀州八步區桂嶺鎮。又，唐人常將「桂陽嶺」簡稱「桂嶺」，劉禹錫度桂嶺歌：「桂陽嶺，下下復高高。人稀鳥獸駭，地遠草木豪。寄言千金子，知余歌者勞。」又，唐詩中常提及「小桂嶺」，劉禹錫送僧方及南謁柳員外：「南登小桂嶺，卻望歸塞鴻。」

梅溪：旁植梅樹的溪水。宋范成大天平先隴道中時將赴新安掾：「霜橋冰澗淨無塵，竹塢梅溪未放春。」梅溪作為小溪名及地名，也很常見，有多處。宋人衞宗武有過安吉梅溪二首詩，此梅溪即今浙江湖州安吉梅溪鎮。宋人王十朋號梅溪，則因其生於溫州樂清（今浙江樂清）四都左原梅溪村。

④蕭史：春秋時期秦國人，善於吹簫，曾經教秦穆公的女兒弄玉吹簫，兩人結成夫妻，曾經吹簫引來鳳凰，穆公為他們建造了鳳臺使他們居住，後來兩人乘着鳳凰飛走了。藝文類聚靈異部上引列仙傳曰：「蕭史，秦繆公時，善吹簫，能致白鵠孔雀。公女字弄玉，好之，以妻焉，遂教

弄玉作鳳鳴。居數十年，鳳皇來止其屋。為作鳳臺，夫婦止其上，不下數年，一旦皆隨鳳皇飛去。故秦氏作鳳女祠，雍宮世有簫聲。」

⑤宋宗：指晉代兗州刺史宋處宗，他曾經得到一隻長鳴雞，把雞裝在籠子裏放在窗前，時間長了，雞竟然能與人講話，而且言談很高妙，處宗的學問因此而大有長進。後人就用「雞窗」來代指讀書窗。藝文類聚鳥部引幽明錄曰：「晉兗州刺史沛國宋處宗，嘗買得一長鳴雞，愛養甚至，恆籠着窗間，雞遂作人語，與處宗談論，極有言智，終日不輟，處宗因此言巧大進。」

⑥彭澤：地名。在今江西。陶潛曾做彭澤縣令，在自己家門前種過五棵柳樹，號五柳先生。

⑦武陵溪：即桃花源。晉宋之際的大詩人陶潛，在桃花源記中寫過東晉太元（按：是東晉孝武帝司馬曜的第二個年號，起於三七六年，訖於三九六年，共計二十一年）年間一個捕魚為業的武陵人，誤入桃花源的故事：「晉太元中，武陵人捕魚為業，緣溪行，忘路之遠近。忽逢桃花林，夾岸數百步，中無雜樹，芳草鮮美，落英繽紛，漁人甚異之。復前行，欲窮其林。林盡水源，便得一山。山有小口，仿佛若有光，便舍船從口入。初極狹，才通人，復行數十步，豁然開朗。土地平曠，屋舍儼然，有良田美池桑竹之屬，阡陌交通，雞犬相聞。其中往來種作，男女衣着，悉如外人，黃髮垂髫，並怡然自樂。」後以「武陵源」借指避世隱居的地方。藝文類聚引南朝宋劉義慶幽明錄曰：「漢帝永平五年，剡縣劉晨、阮肇，共入天臺山，度山，出一大溪，溪邊有二女子，姿質妙絕，遂留半年，懷土求歸，既出，親舊零落，邑屋改異，無復相識，訊問得七世孫。」後世文人往往將這兩個故事混用。如：唐王渙惆悵詩十二首其十：「晨肇重來路已迷，碧桃花謝武陵溪。」武陵，古郡名。漢高祖五年（前二〇二）改秦所置黔中郡為武陵郡，

後世沿用，地當今湖南常德一帶。

⑧追歡：尋歡作樂。古詩文習用語。唐谷神子博異志許漢陽：「客中止一宵，亦有少酒，願追歡。」宋蘇軾去歲與子野遊逍遙堂：「往歲追歡地，寒窗夢不成。」

⑨驟：疾馳。玉驄：即玉花驄，泛指駿馬。古詩文習用語。唐韓翃少年行：「千點斑斕噴玉驄，青絲結尾繡纏鬃。」綺陌：繁華的街道。亦指風景美麗的郊野道路。古詩文習用語。南朝梁簡文帝登烽火樓詩：「萬邑王畿曠，三條綺陌平。」唐劉滄及第後宴曲江：「歸時不省花間醉，綺陌香車似水流。」

⑩倦繡：倦於刺繡，繡花繡累了。

⑪攲：又作「敧」，斜倚。「悶攲」為古詩文習用語。宋楊澤民法曲獻仙音：「靜聽寒砧，悶攲孤枕，蟾光夜深窺戶。」珊枕：珊瑚做的枕頭。泛指材質華貴的枕頭。「珊枕」「珊瑚枕」為古詩文習用語。唐劉皂長門怨：「珊瑚枕上千行淚，不是思君是恨君。」唐權德輿玉臺體十二首其四：「淚盡珊瑚枕，魂銷玳瑁牀。」香閨：指年輕女子的內室。古詩文習用語。唐陶翰柳陌聽早鶯：「乍使香閨靜，偏傷遠客情。」

【譯文】

狗熊對老虎，大象對犀牛。

響雷對彩虹。

杜鵑對孔雀，長滿桂樹的山嶺對岸邊種着梅花的溪流。

春秋時秦國蕭史能夠吹簫引來鳳凰，晉代的宋處宗養過一隻會說話的雞。遠近對高低。

河水寒冷時，魚兒不再躍出水面；茂盛樹林裏，有很多鳥兒棲息。

彭澤縣的柳枝在煙霧中隨風輕搖，武陵人到過的溪邊有桃花飄落隨流水遠去。

貴族子弟尋歡作樂，騎着駿馬在如畫的郊野遊玩；閨中女子繡花繡累了，關上房門倚在珊瑚枕上休息。

上平九佳

【題解】

本篇共三段，皆為韻文。每段韻文，由若干句對仗的聯語組成。每句皆押「平水韻」上平聲「九佳」韻。

本篇每句句末的韻腳字，「淮」「崖」「釵」「喈」「鞋」「諧」「齋」「挨」「差」「娃」「階」「哇」「排」「街」「蝸」「懷」「柴」「埋」等，在傳統詩韻（「平水韻」）裏，都歸屬於上平聲「九佳」這個韻部。這些字，在普通話裏，韻母有的是「ɑ」（一般配零聲母，相當於「ɑ」有介音「u」。「蝸」字，今音 wō；但在「平水韻」裏兩讀，一屬上平「九佳」韻，一屬下平「六麻」韻，若按葉韻讀，皆音 wā），有的是「ai」，有的是「ie」（「ie」韻母的，聲母一般是「j」或「x」）；聲調有讀第一聲的，有讀第二聲的。

需要注意的是：普通話「ɑ」「ai」「ie」等韻母的字，並不都屬於「平水韻」上平聲「九佳」韻；也有可能屬於上平聲「十灰」韻，或下平聲「六麻」韻。「九佳」韻的字，有一部分和上平聲「十灰」韻是鄰韻，另一部分和下平聲「六麻」韻是鄰韻。填詞時可以通押，寫近體詩時不可通押。

第二段一字對「等對差」的「差」是個多音字，在「平水韻」裏，有三個平聲讀音：一在「支韻」，今音cī；一在「麻韻」，今音chā；一在「佳韻」，今音chāi。表差等之義，在「支韻」，音cī，表差使之義，在「佳韻」，音chāi。此處「差」字是等差之義，本應為「四支」韻部，但借了「九佳」韻差使之「差」的音，對偶手法上屬於「借對」。古人寫詩，往往有此借音之法。聲律啟蒙中，不止一次用到這種借音方法。

（一）

河對海，漢對淮①。
赤岸對朱崖②。
鷺飛對魚躍③，寶鈿對金釵④。
魚圉圉⑤，鳥喈喈⑥。
草履對芒鞋⑦。
古賢嘗篤厚⑧，時輩喜詼諧⑨。

孟訓文公談性善⑩，顏師孔子問心齋⑪。

緩撫琴弦，像流鶯而並語⑫；斜排箏柱⑬，類過雁之相挨⑭。

【注釋】

①漢：漢江，簡稱「漢」，是長江最大的支流。淮：淮河，簡稱「淮」。源於河南桐柏山，流經安徽、江蘇兩省入洪澤湖。

②赤岸：泛指土石呈赤色的崖岸。楚辭（東方朔）七諫自悲：「哀高丘之赤岸兮，遂沒身而不反。」漢王逸注：「楚有高丘之山，其岸峻嶮，赤而有光明。」又用作地名或山名。地名赤岸，位置不可考。文選（枚乘）七發：「凌赤岸，篲扶桑，橫奔似雷行。」唐李善注：「此文勢似在遠方，非廣陵也。」漢趙曄吳越春秋越王無余外傳：「於是周行寓內，東造絕跡，西延積石，南踰赤岸，北過寒谷。」山名赤岸，一在今江蘇六合東南。南齊書高帝紀上：「治新亭城壘未畢，賊前軍已至……自新林至赤岸，大破之。」宋王象之輿地紀勝淮南東路真州：「赤岸，其山巖與江岸數里土色皆赤。」一在今四川成都新都區南。文選（郭璞）江賦：「（長江）源二分於崌崍，流九派乎潯陽；鼓洪濤於赤岸，淪餘波乎柴桑。」于光華注引大清一統志：「赤岸山，在成都府新都縣南一十七里，中江支流經此。」朱崖：紅色山崖。唐陸龜蒙秋熱：「午氣朱崖近，宵聲白羽隨。」亦用作地名，同「珠崖」。在海南海口瓊山區東南。漢武帝元鼎六年（前一一一）定越地，以為南海、蒼梧、鬱林、合浦、交趾、九真、日南、珠厓、儋耳郡。後珠厓等郡數反叛，賈捐

之上疏請棄珠厓，以恤關東，元帝從之，乃罷珠厓郡。事見漢書武帝紀及賈捐之傳。後以「珠厓」泛指邊疆地區。南朝梁劉勰文心雕龍議對：「賈捐之之陳於珠崖，劉歆之辨於祖宗，雖質文不同，得事要矣。」

③鷺飛：「振鷺于飛」的簡稱。出自詩經周頌振鷺：「振鷺于飛，于彼西雝。」唐孔穎達疏：「言有振振然潔白之鷺鳥往飛也……美威儀之人臣而助祭王廟亦得其宜也。」又魯頌有駜：「振振鷺，鷺于下。」毛傳：「鷺，白鳥也，以興潔白之士。」漢鄭玄箋：「潔白之士群集於君之朝。」後因以「振鷺」喻在朝的操行純潔的賢人。魚躍：語出詩經大雅旱麓：「鳶飛戾天，魚躍于淵。」毛傳：「言上下察也。」唐孔穎達疏：「毛以為大王、王季德教明察，著於上下。其上則鳶鳥得飛至於天以遊翔，其下則魚皆跳躍於淵中而喜樂。」後以「魚躍鳶飛」謂世間生物任性而動，自得其樂。

④寶鈿：即花鈿。以金翠珠玉製成的花朵形婦女首飾。唐張東之東飛伯勞歌：「誰家絕世綺帳前，豔粉紅脂映寶鈿。」唐戎昱送零陵妓：「寶鈿香娥翡翠裙，妝成掩泣欲行雲。」新唐書車服志：「（命婦之服）兩博鬢飾以寶鈿。」金釵：婦女插於髮髻的金製首飾，由兩股合成。南朝宋鮑照擬行路難詩之九：「還君金釵玳瑁簪，不忍見之益愁思。」唐溫庭筠懊惱曲：「兩股金釵已相許，不令獨作空成塵。」

⑤圉圉（yǔ）：困頓沒有舒展開的樣子。語出孟子萬章上：「昔者有饋生魚於鄭子產，子產使校人畜之池。校人烹之，反命曰：『始舍之，圉圉焉；少則洋洋焉，攸然而逝。』」漢趙岐注：「圉圉，魚在水羸劣之貌。洋洋，舒緩搖尾之貌。」宋秦觀春日雜興：「娉娉弱絮墮，圉圉文魴馳。」

⑥喈喈：象聲詞，鳥鳴叫的聲音。詩經周南葛覃：「黃鳥于飛，集于灌木，其鳴喈喈。」毛傳：「喈喈，和聲之遠聞也。」南朝宋鮑照擬行路難詩之十三：「春禽喈喈旦暮鳴，最傷君子憂思情。」

⑦草履：草鞋。「草履」多與「黃冠」連用。「黃冠草履」（或作「黃冠草服」「黃冠野服」），指粗劣的衣着，借指平民百姓。有時指草野高逸。明唐順之與洪方洲郎中書：「而所謂磊落超脫者，往往出於黃冠草服之間。」曹亞伯武昌起義宣佈滿清罪狀檄：「黃冠草履之民，誰無尊親之血氣；四海九洲之內，何非故國之山河。」芒鞋：用芒莖外皮編織成的鞋。亦泛指草鞋。唐張祜題靈隱寺師一上人十韻：「朗吟揮竹拂，高揖曳芒鞋。」「芒鞋」多與「竹杖」連用。「竹杖芒鞋」，多借指隱士。宋蘇軾初入廬山三首其三：「芒鞋青竹杖，自掛百錢遊。可怪深山裏，人人識故侯。」

⑧古賢：古代賢人。後漢書方術傳上謝夷吾：「方之古賢，實有倫序。」三國魏曹植上責躬應詔詩表：「以罪棄生，則違古賢夕改之勸。」晉盧諶贈劉琨詩：「桓桓撫軍，古賢作冠。」篤厚：忠實厚道。管子幼官：「藏薄純，行篤厚，坦氣修通。」史記傅靳蒯成列傳論：「蒯成侯周緤操心堅正，身不見疑，上欲有所之，未嘗不垂涕，此有傷心者然，可謂篤厚君子矣。」

⑨時輩：當時有名的人物。後漢書竇章傳：「章謙虛下士，收進時輩，甚得名譽。」唐王維休假還舊業便使：「時輩皆長年，成人舊童子。」詼諧：談吐幽默風趣。漢書東方朔傳：「其言專商鞅、韓非之語也，指意放蕩，頗復詼諧。」亦指戲語、笑話。新唐書隱逸傳陸羽：「嗚咽不自勝，因亡去，匿為優人，作詼諧數千言。」

⑩孟訓文公談性善：典出孟子滕文公上：「滕文公為世子，將之楚，過宋而見孟子。孟子道性善，

言必稱堯舜。」孟，指孟子（約前三七二—前二八九），名軻，字子輿，鄒（今山東鄒城）人。魯公族孟孫氏後裔。受業於子思之門人。曾至齊、魏、宋、滕等國游說，一度任齊宣王客卿。主張行「仁政」，提出「民貴君輕」「人性本善」等學說，反對武力兼並。又倡「良知」「良能」學說，教人存心養性。其言行被編為孟子一書，今存七篇。孟子對後世影響甚大，被認為是孔子之後的儒家大宗師。宋元之際配享孔廟，稱「亞聖」。文公，指滕文公。戰國中期滕國（地在今山東滕州）國君。滕定公子。滕文公還是太子的時候，曾在宋國見過孟子，服膺於孟子學說。滕定公死，滕文公派大臣然友向孟子請教喪禮，後又派大臣畢戰向孟子請教井田制，並親自向孟子請教小國處於齊、楚兩大國之間，如何才能生存的問題。事見孟子一書。性善，孟子認為人性本善。

⑪顏師孔子問心齋：顏回曾經向孔子請教有關心齋的問題。典出莊子人間世：「回曰：『敢問心齋。』仲尼曰：『若一志。無聽之以耳，而聽之以心；無聽之以心，而聽之以氣。耳止於聽耳，心止於符。氣也者，虛而待物者也。唯道集虛。虛者，心齋也。』」顏，顏回。見前注。孔子，見前注（仲尼）。心齋，排除一切思慮與雜念，保持心境的清淨純正。

⑫流鶯：即黃鶯。流，謂其鳴聲婉轉。古人多用黃鶯語形容弦聲。唐韋莊菩薩蠻：「琵琶金翠羽，弦上黃鶯語。」

⑬箏柱：箏上用來調節音高的部分，形狀像人字，可以自由移動，因為箏柱排好之後好像展翅齊飛的雁群一樣，所以也叫雁柱。

⑭過雁：天上飛過的大雁。相挨：依次排列。

【譯文】

黃河對大海，漢江對淮河。

紅色的河岸對紅色的山崖。

白鷺高飛對魚兒躍水，嵌有珠花的寶鈿對金子製成的髮釵。

魚緩緩游動，鳥喈喈鳴叫。

草鞋對芒鞋。

古代的聖賢忠實厚道，現在的人們油嘴滑舌。

孟子教導滕文公「人性本善」的道理，顏回向孔子請教關於「心齋」的問題。

緩緩地撫弄琴弦，琴聲像成雙成對的黃鶯在相和鳴唱；箏柱錯落着斜排，樣子就像大雁南飛時排成的隊伍。

（二）

豐對儉，等對差①。

布襖對荊釵②。

雁行對魚陣③，榆塞對蘭崖④。

挑薺女⑤，採蓮娃⑥。
菊徑對苔階⑦。
詩成六義備⑧，樂奏八音諧⑨。
造律吏哀秦法酷⑩，知音人說鄭聲哇⑪。
天欲飛霜⑫，塞上有鴻行已過⑬；雲將作雨⑭，庭前多蟻陣先排⑮。

【注釋】

①差：差別，差等。「差」是個多音字，在詩韻（「平水韻」）裏，「差」字有三個平聲讀音：一在「支韻」，今音 cī，廣韻：「次也，不齊等也。」一在「麻韻」，今音 chā，說文：「貳也，不相值也。」南唐徐鍇曰：「左於事，是不當值也。」一在「佳韻」，今音 chāi，韻會：「差使也。」此處「差」字是等差之義，本應為「四支」韻部，但借了「九佳」韻差使之「差」的音。古人寫詩，往往有此借音之法。聲律啟蒙中，不止一次用到這種借音方法。

②荊釵：荊枝製作的髻釵。古代貧家婦女常用之。唐李山甫貧女：「平生不識繡衣裳，閒把荊釵亦自傷。」亦借指貧家婦女。宋范成大分歲詞：「荊釵勸酒仍祝願，但願尊前且強健。」成語「荊釵布裙」，出自晉皇甫謐列女傳：「梁鴻妻孟光荊釵布裙。」

③雁行：大雁齊飛時排成的隊伍行列。南朝梁簡文帝雜句從軍行：「邐迤觀鵝翼，參差睹雁行。」亦用以形容排列整齊而有次序。梁書陳伯之傳：「今功臣名將，雁行有序。」亦指朝廷上的排班。南史張緬傳：「殿中郎缺，帝謂徐勉曰：『此曹舊用文學，且雁行之首，宜詳擇其人。』勉舉緬充選。」又用作陣名。橫列展開，似飛雁的行列，故名。銀雀山漢墓竹簡孫臏兵法威王問：「雁行者，所以觸側應□（也）。」銀雀山漢墓竹簡孫臏兵法十陣：「雁行之陣者，所以接射也。」魚陣：指規模較大的魚群。宋錢暄題共樂堂：「環嶂鷺行飛早晚，平波魚陣躍西東。」又指陣法，即魚麗陣。左傳桓公五年：「曼伯為右拒，祭仲足為左拒，原繁、高渠彌以中軍奉公，為魚麗之陳，先偏後伍。伍承彌縫。」晉杜預注引司馬法：「車戰二十五乘為偏，以車居前，以伍次之，承偏之隙而彌縫闕漏也。五人為伍，此蓋魚麗陳法。」宋劉過沁園春御閱還上郭殿帥：「旌旗蔽滿寒空。魚陣整、從容虎帳中。」

④榆塞：又名榆溪（谿）塞、榆林塞，故址一說在今陝西榆林境內，一說在今內蒙古河套東北岸。史記衛將軍驃騎列傳：「遂西定河南地，按榆谿舊塞。」南朝宋裴駰集解引三國曹魏如淳曰：「按，行也。榆谿，舊塞名。」漢書韓安國傳：「後蒙恬為秦侵胡，辟數千里，以河為竟。累石為城，樹榆為塞，匈奴不敢飲馬於河。」後因以「榆塞」泛稱邊關、邊塞。唐駱賓王送鄭少府入遼共賦俠客遠從戎：「邊烽警榆塞，俠客度桑乾。」明清時代指山海關。明夏完淳大哀賦：「出榆塞而草黃，墜犂天而雲黑。」清顧炎武永平：「榆塞晚花重發後，灤河秋雁獨飛初。」

⑤挑薺：採摘薺菜。挑，挑菜，即挖野菜。薺，薺菜。一、二年生草本植物。基出葉叢生，羽狀分裂，葉被毛茸，柄有窄翅。春天抽花薹，花小，白色。嫩葉可供食用。是著名野菜。詩經邶

風谷風：「誰謂荼苦，其甘如薺。」宋朱子集傳：「薺，甘菜。」「挑薺」是古詩文習用語彙。唐卿雲秋日江居閒詠：「檢方醫故疾，挑薺備中餐。」宋劉克莊丙辰元日：「旋遣廚人挑薺菜，虛勞座客頌椒花。」

⑥採蓮娃：採蓮的吳地美女。娃，吳地稱美女為娃。資治通鑑周赧王二十年：「主父初以長子章為太子，後得吳娃，愛之。」元胡三省注：「吳娃……吳楚之間謂美女曰娃。」吳娃採蓮，是古詩詞常用意象及語彙。唐許渾夜泊永樂有懷：「蓮渚愁紅蕩碧波，吳娃齊唱採蓮歌。」唐陳陶賦得古蓮塘：「闔閭宮娃能採蓮，明珠作佩龍為船。」

⑦菊徑：開滿菊花的小徑。多借指隱士居處。作為典故，又作「松菊徑」，或「陶潛菊徑」，典出陶淵明歸去來兮辭：「三徑就荒，松菊猶存。」為古詩文習用語。唐杜牧折菊：「籬東菊徑深，折得自孤吟。」宋劉過挽拙庵楊居士詩其一：「榆邊遊已倦，菊徑晚方歸。」苔階：生有苔蘚的石階。借指幽靜處所。是古詩文習用語。南朝梁簡文帝傷美人：「翠帶留餘結，苔階沒故基。」唐李紳過梅里上家山：「苔階泉溜缺，石甃青莎密。」

⑧六義：亦稱「六詩」，指賦、比、興、風、雅、頌。詩大序：「詩有六義焉：一曰風，二曰賦，三曰比，四曰興，五曰雅，六曰頌。」唐孔穎達疏：「風、雅、頌者，詩篇之異體；賦、比、興者，詩文之異辭耳。大小不同而得並為六義者，賦、比、興是詩之所用，風、雅、頌是詩之成形。用彼三事，成此三事，是故同稱為義，非別有篇卷也。」近人認為：風是各國的歌謠，雅是周王畿的歌曲，頌是廟堂祭祀的樂歌，是詩經的三種體制；賦是敷陳其事，比是指物譬喻，興是借物起興，是詩經的三種表現內容的方法。則多本於朱子詩集傳。後指以詩經為代表的文

學創作的精神和原則。

⑨八音：我國古代對樂器的統稱，通常為金、石、絲、竹、匏、土、革、木八種不同質材所製。尚書舜典：「三載，四海遏密八音。」（偽）孔傳：「八音：金、石、絲、竹、匏、土、革、木。」周禮春官大師：「皆播之以八音：金、石、土、革、絲、木、匏、竹。」漢鄭玄注：「金，鐘、鎛也；石，磬也；土，塤也；革，鼓、鼗也；絲，琴、瑟也；木，柷敔也；匏，笙也；竹，管、簫也。」

⑩造律吏：制定法律的官員。秦法：秦朝的律法。舊注引綱鑑：「漢高入咸陽，哀秦法太酷，約以三章之法。後無以除奸，命蕭何造律，次其輕重。」史記漢高祖本紀載，劉邦入關，與秦父老約法三章事：「召諸縣父老豪桀曰：『父老苦秦苛法久矣，誹謗者族，偶語者棄市。吾與諸侯約，先入關者王之，吾當王關中。與父老約，法三章耳：殺人者死，傷人及盜抵罪。餘悉除去秦法。諸吏人皆案堵如故。』」

⑪鄭聲：指春秋時期鄭國的民間音樂，多歌唱青年男女的愛情生活，孔子認為鄭國的音樂浮靡不正派，背離了雅樂的傳統。論語陽貨：「惡紫之奪朱也，惡鄭聲之亂雅樂也。」朱子認為鄭聲指詩經鄭風。論語衞靈公：「放鄭聲，遠佞人。鄭聲淫，佞人殆。」清劉寶楠正義：「五經異義魯論說鄭國之俗，有溱、洧之水，男女聚會，謳歌相感，故云『鄭聲淫』。」此後，凡與雅樂相背的音樂，甚至一般的民間音樂，均為崇「雅」黜「俗」者斥為「鄭聲」。哇：淫哇，指淫邪之聲（多指樂曲詩歌）。文選（嵇康）養生論：「目惑玄黃，耳務淫哇。」唐李善注：「法言曰：『哇則鄭』；李軌曰：『哇，邪也。』」

⑫飛霜：降霜。晉張協七命：「飛霜迎節，高風送秋。」

⑬鴻行：即雁行。見前注。

⑭作雨：醞釀成雨。

⑮蟻陣：群蟻行進，猶如兵陣，故謂之「蟻陣」。西遊記第六六回：「人如蟻陣往來多，船似雁行歸去廣。」

【譯文】

豐足對節儉，等同對參差。

布做的棉襖對荊木製的髮釵。

雁行陣對魚麗陣，種着榆樹的關塞對長滿蘭草的山崖。

挖薺菜的少女，採蓮蓬的姑娘。

開着菊花的小路對長滿苔蘚的臺階。

詩經中「六義」齊備，演奏的音樂八音和諧。

制定法律的官吏哀歎秦朝的刑法嚴酷，懂得音律的人都認為鄭國的音樂淫靡。

天空即將降霜的時候，邊塞上已經有大雁成行飛過；烏雲集聚成雨之前，庭院裏多有螞蟻成群結隊爬過。

（三）

城對市，巷對街。破屋對空階①。桃枝對桂葉，砌蚓對牆蝸②。梅可望③，橘堪懷④。季路對高柴⑤。花藏沽酒市⑥，竹映讀書齋。馬首不容孤竹扣⑦，車輪終就洛陽埋⑧。朝宰錦衣⑨，貴束烏犀之帶⑩；宮人寶髻⑪，宜簪白燕之釵⑫。

【注釋】

①空階：空寂的臺階。古詩文習用語。漢樂府古八變歌：「枯桑鳴中林，緯絡響空階。」南朝梁何遜臨行與故遊夜別：「夜雨滴空階，曉燈暗離室。」

②砌蚓：臺階縫隙中的蚯蚓。宋王九齡祠龐潁公：「斷砌行春蚓，敗壁號秋蛩。」墻蝸：蝸牛從墻上爬過，涎水的痕跡像是篆文，是古詩文習用語彙和意象。宋文同訪古寺老僧不遇書壁：「蛛絲網窗戶，蝸涎篆墻壁。」宋陳師道春懷示鄰里：「斷墻着雨蝸成字，老屋無僧燕作家。」

③梅可望：指望梅止渴。世說新語假譎載曹操帶兵，錯過飲水點，便和士兵們說前方有梅樹林，梅子可以解渴。士兵們奮力前行，在前方找到了水源。見前注。

④橘堪懷：指陸績懷橘事。三國志吳志陸績傳：「績年六歲，於九江見袁術。術出橘，績懷三枚，去，拜辭墮地。術謂曰：『陸郎作賓客而懷橘乎？』『績跪答曰：『欲歸遺母。』術大奇之。」後以「懷橘」為思親、孝親的典故。

⑤季路（前五四二—前四八〇）：名仲由，字子路，一字季路，春秋時期魯國卞（今山東泗水）人。孔子著名弟子，孔門「十哲」之一。性情直爽，勇敢過人，長於政事，曾為魯國季孫氏家臣，後任衛大夫孔悝邑宰，因不願從孔悝迎立蒯聵為衛公，在衛國內訌中被殺。高柴（前五二一—前三九三）：字子羔，孔子弟子，「七十二賢」之一。孔子曾評論他「柴也愚」，大約性情過於憨厚，不知變通。子路很看重他，曾讓他做費邑宰。

⑥沽酒：有買酒、賣酒二義，這裏是賣酒。漢桓寬鹽鐵論散不足：「古者不粥飪，不市食。及其後，則有屠沽，沽酒市脯魚鹽而已。」唐白居易杭州春望：「紅袖織綾誇柿蒂，青旗沽酒趁梨花。」

⑦孤竹：指孤竹君二子伯夷、叔齊。他們曾經勒住周武王的馬向他進諫阻止伐紂，當時武王士兵要殺他們，姜太公認為他們是忠義之士，所以讓他們離去。事見史記伯夷列傳：「伯夷、叔齊聞

西伯昌善養老，盍往歸焉。及至，西伯卒，武王載木主，號為文王，東伐紂。伯夷、叔齊叩馬而諫曰：『父死不葬，爰及干戈，可謂孝乎？以臣弒君，可謂仁乎？』左右欲兵之。太公曰：『此義人也。』扶而去之。武王已平殷亂，天下宗周，而伯夷、叔齊恥之，義不食周粟，隱於首陽山，採薇而食之。」

⑧車輪終就洛陽埋：典出後漢書張綱傳：「漢安元年，選遣八使徇行風俗，皆耆儒知名，多歷顯位，唯綱年少，官次最微。餘人受命之部，而綱獨埋其車輪於洛陽都亭，曰：『豺狼當路，安問狐狸！』遂奏曰：『大將軍冀，河南尹不疑，蒙外戚之援，荷國厚恩，以芻蕘之資，居阿衡之任，不能敷揚五教，翼讚日月，而專為封豕長蛇，肆其食叨，甘心好貨，縱恣無底，多樹諂諛，以害忠良。誠天威所不赦，大辟所宜加也。謹條其無君之心十五事，斯皆臣子所切齒者也。』書御，京師震竦。」東漢順帝漢安元年（一四二）派遣御史巡查四方，張綱把車輪埋在洛陽都亭，說『豺狼當道，安問狐狸』，意思是暴虐奸邪的人掌握國政，大貪官就在首都洛陽城中，不抓他們，卻去外面抓小貪官，有什麼意義呢？成語「豺狼當道」就是由此而來。

⑨朝宰：指朝廷高官大員。陳書歐陽頠傳：「侯景平，元帝遍問朝宰：『今天下始定，極須良才，卿各舉所知。』群臣未有對者。」錦衣：精美華麗的衣服。舊指顯貴者的服裝。詩經秦風終南：「君子至止，錦衣狐裘。」毛傳：「錦衣，采色也。」唐孔穎達疏：「錦者，雜采為文，故云采衣也。」唐李白越中覽古：「越王句踐破吳歸，義士還家盡錦衣。」

⑩烏犀之帶：即犀角帶，指用黑色犀角作裝飾的腰帶，只有高品級的官員才能使用。唐代大臣裴度赴淮西上任，唐德宗親自為他送行，臨別又賜犀帶給他。事見舊唐書列傳第一百二十。明代

有犀帶獅補之服，指飾以犀角的腰帶和飾以獅子花樣的補子，為上品官的服飾。

⑪宮人：妃嬪、宮女的通稱。周易剝：「貫魚，以宮人寵。」唐李鼎祚集解引隋何妥曰：「夫宮人者，后夫人嬪妾。」左傳昭公十八年：「火作……商成公儆司宮，出舊宮人，寘諸火所不及。」晉杜預注：「舊宮人，先公宮女。」寶髻：古代婦女髮髻的一種。亦泛指婦女髮髻。髻，盤在頭頂的髮結。唐王勃臨高臺：「為君安寶髻，蛾眉罷花叢。」宋柳永瑞鷓鴣：「寶髻瑤簪，嚴妝巧，天然綠媚紅深。」

⑫白燕之釵：即玉燕釵。相傳漢武帝元鼎元年（前一一六）在甘泉宮西建招仙閣，西王母來與之相會，贈武帝玉釵一枚，武帝將它賜給了趙婕妤。到漢昭帝的時候，釵變成白燕飛走了。事見漢郭憲洞冥記卷二：「神女留玉釵以贈帝，帝以賜趙婕妤。至昭帝元鳳中，宮人猶見此釵。黃誅欲之。明日示之，既發匣，有白燕飛升天。後宮人學作此釵，因名玉燕釵，言吉祥也。」初學記寶器部玉第四、太平御覽服用部釵皆引之，文字稍有出入。唐張四遊仙窟：「黃龍透入黃金釧，白燕飛來白玉釵。」

【譯文】

城對市，小巷對大街。
破敗的房屋對空寂的臺階。
桃樹枝對桂樹葉，臺階下的蚯蚓對牆角的蝸牛。
曹操帶兵，望梅可以止渴；陸績孝母，將橘子藏在懷中。

季路對高柴。

鮮花靜靜開在賣酒的鬧市，綠竹掩映着安靜的書房。

士兵不允許孤竹君的兩個兒子伯夷、叔齊拉住馬頭勸阻武王伐紂，東漢張綱悲憤外戚專政，最終還是將車輪埋在洛陽都亭。

朝廷大臣衣着華貴，腰間束着用黑犀牛角裝飾的腰帶；妃嬪宮女髮髻高聳，適宜插上傳說中珍貴的白燕釵。

上平十灰

【題解】

本篇共三段，皆為韻文。每段韻文，由若干句對仗的聯語組成。每句皆押「平水韻」上平聲「十灰」韻。

本篇每句句末的韻腳字，「開」「苔」「台」「魋」「萊」「臺」「災」「雷」「灰」「隈」「醅」「梅」「催」「荄」「哀」「槐」等，在傳統詩韻（「平水韻」）裏，都歸屬於上平聲「十灰」這個韻部。這些字，在普通話裏，韻母有的是「ai」，有的是「uai」，有的是「ei」，有的是「ui」；聲調有讀第一聲的，有讀第二聲的。

需要注意的是：普通話「ai」「uai」「ei」「ui」等韻母的字，並不都屬於「平水韻」上平聲「十灰」韻，也有可能屬於上平聲「四支」韻、「五微」韻、「八齊」韻，或上平聲「九佳」韻。「十灰」韻的字，有一部分和上平聲「四支」韻、「五微」韻、「八齊」韻是鄰韻，另一部分和上平聲「九佳」韻是鄰韻。填詞時可以通押，寫近體詩時不可通押。

第二段的長對「月滿庾樓，據胡牀而可玩；花開唐苑，轟羯鼓以奚催」這句，因為

「玩」字在「平水韻」裏讀去聲，所以和下句的「傕」字是仄對平，聲律上對偶可以成立。

（一）

增對損，閉對開。

碧草對蒼苔。

書籤對筆架，兩曜對三台①。

周召虎②，宋桓魋③。

閬苑對蓬萊④。

熏風生殿閣⑤，皓月照樓臺。

卻馬漢文思罷獻⑥，吞蝗唐太冀移災⑦。

照耀八荒⑧，赫赫麗天秋日⑨；震驚百里⑩，轟轟出地春雷。

【注釋】

①兩曜：指日、月。南朝梁任昉為齊宣德皇后重敦勸梁王令：「四時等契，兩曜齊明。」舊唐書張廷珪傳：「則和氣上通於天，雖五星連珠，兩曜合璧，未足多也。」三台：星名，亦代指三公。晉書天文志上：「三台六星，兩兩而居……在人曰三公，在天曰三台，主開德宣符也。西近文昌二星曰上台，為司命，主壽。次二星曰中台，為司中，主宗室。東二星曰下台，為司祿，主兵，所以昭德塞違也。」

②召虎：即召伯虎。詩經大雅江漢：「江漢之滸，王命召虎。」毛傳：「召虎，召穆公也。」召公奭後裔，名虎，封於召。周厲王暴虐，召虎進諫，厲王不聽。周厲王被國人所逐，流放於彘。太子靖避居於召虎家，虎以己子替死。厲王死，召虎擁立太子靖為宣王。淮夷不服，宣王命召虎率師討平。卒謚穆，稱召穆公。

③桓魋：春秋時期宋國大臣，又稱「向魋」，官任司馬，為宋景公所寵信。孔子周遊列國，離曹過宋時，桓魋欲殺孔子，孔子微服離宋。桓魋後來得罪，從宋國叛逃，先入曹，後奔衛。

④閬苑：閬風之苑，傳說中仙人的住處。唐王勃梓州郪縣靈瑞寺浮圖碑：「玉樓星峙，稽閬苑之全模；金闕霞飛，得瀛洲之故事。」後人用以借指翰林院。清龔自珍己亥雜詩之九三：「金鑾並硯走龍蛇，無分同探閬苑花。」劉逸生注：「後人因翰林院地位清貴，比作閬風之苑。」閬風，即閬風巔。是傳說中神仙居住的地方，在崑崙之巔。語典出自楚辭離騷：「朝吾將濟於白水兮，登閬風而緤馬。」漢王逸注：「閬風，山名，在崑崙之上。」海內十洲記崑崙：「山三角：其一角正北，干辰之輝，名曰閬風巔；其一角正西，名曰玄圃堂；其一角正東，名曰崑崙宮。」蓬

萊：即蓬萊山。古代傳說中的神山名。亦泛指仙境。史記封禪書：「自威、宣、燕昭使人入海求蓬萊、方丈、瀛洲，此三神山者，其傳在勃海中。」後漢書竇章傳：「是時學者稱東觀為老氏臧室、道家蓬萊山。」後因以指祕閣。唐詩習用「蓬萊閣」（亦省作「蓬閣」）指祕書省或祕書監。孟浩然初出關旅亭夜坐懷王大校書：「永懷蓬閣友，寂寞滯揚雲。」杜甫秋日寄題鄭監湖上亭三首之三：「暫阻蓬萊閣，終為江海人。」哭臺州鄭司戶蘇少監：「移官蓬閣後，穀貴歿潛夫。」

⑤熏風：和風，東南風。亦寫作「薰風」。呂氏春秋有始：「東南曰熏風。」漢高誘注：「巽氣所生，一曰清明風。」明徐渭憶潘公詩之一：「記得當時官舍裏，熏風已過荔枝紅。」

⑥卻馬：典出漢書賈捐之傳：「時有獻千里馬者，詔曰：『鸞旗在前，屬車在後，吉行日五十里，師行三十里，朕乘千里之馬，獨先安之？』於是還馬，與道里費，而下詔曰：『朕不受獻也，其令四方毋求來獻。』當此之時，逸遊之樂絕，奇麗之賂塞，鄭、衛之倡微矣。」是說漢文帝時，有人進獻千里馬，漢文帝沒有接受，並且下詔令各地不要再進獻。卻，謝絕，拒絕。漢文：即漢文帝劉恆（前二〇二—前一五七），漢高祖劉邦中子（薄姬所生），初封代王，呂后死，大臣誅諸呂，迎立為帝。在位二十三年（前一八〇—前一五七），輕徭薄賦，與民休息，經濟漸次恢復，社會日趨安定。景帝因之，史稱「文景之治」。

⑦吞蝗：典出唐吳兢貞觀政要務農：「貞觀二年，京師旱，蝗蟲大起。太宗入苑視禾，見蝗蟲，掇數枚而咒曰：『人以穀為命，而汝食之，是害於百姓。百姓有過，在予一人，爾其有靈，但當食我心，無害百姓。』將吞之，左右遽諫曰：『恐成疾，不可。』太宗曰：『所冀移災朕躬，何疾之避！』遂吞之。自是蝗不復為災。」是說唐太宗時，國內發生蝗災，唐太宗於是自己吞

食蝗蟲，以求蝗蟲不要危害百姓。唐太：即唐太宗李世民（五九九—六四九），唐高祖李淵次子。隋末，勸父舉兵反隋，征服四方，成統一大業。高祖武德元年（六一八），為尚書令，進封秦王。先後討平竇建德、劉黑闥、薛仁杲、王世充等割據勢力。九年（六二六），發動玄武門之變，殺兄李建成及弟李元吉，遂立為太子，旋即受禪為帝，尊父為太上皇。在位二十三年（六二六—六四九），謚文皇帝。在位期間，銳意圖治，善於納諫，去奢輕賦，寬刑整武，使海內升平，威及域外，史稱「貞觀之治」。

⑧八荒：八方荒遠的地方。關尹子四符：「知夫此身如夢中身……隨情所見者，可以凝精作物，而駕八荒。」漢書項籍傳贊：「並吞八荒之心。」唐顏師古注：「八荒，八方荒忽極遠之地也。」

⑨赫赫：形容陽光明亮燦爛的樣子。漢揚雄法言五百：「赫赫乎日之光，群目之用也。」麗天：附着於天。語出周易離：「日月麗乎天。」唐孔穎達疏：「日月麗乎天，百穀草木麗乎土者，此廣明附着之義。」晉書地理志上：「星象麗天，山河紀地。」

⑩震驚百里：語典出自周易震：「震：亨。震來虩虩，笑言啞啞。震驚百里，不喪匕鬯。」

【譯文】

增加對減少，關閉對打開。

綠草對青苔。

書籤對筆架，日月兩曜對三台星宿。

周朝有召虎，宋國有桓魋。

閬宮仙苑對蓬萊仙山。

和風吹過殿閣，明月照耀樓臺。

漢文帝不接受進獻的駿馬，並且下令禁止進獻以求減輕百姓負擔；唐太宗吞吃蝗蟲，希望上天能夠轉移災難不要危害百姓。

晴朗的秋日，天上的太陽照耀世界各個地方；春天的響雷從地底傳出，聲音使百里之外的人感到震驚。

（二）

沙對水，火對灰。

雨雪對風雷。

書淫對傳癖①，水滸對巖隈②。

歌舊曲③，釀新醅④。

舞館對歌臺⑤。

春棠經雨放，秋菊傲霜開。

作酒固難忘麴蘖⑥，調羹必要用鹽梅⑦。
月滿庾樓，據胡牀而可玩⑧；花開唐苑，轟羯鼓以奚催⑨。

【注釋】

①書淫：舊時稱嗜書成癖、好學不倦的人為「書淫」。一般指晉人皇甫謐，字士安，自號玄晏先生。亦指南朝梁人劉峻。北堂書鈔引皇甫謐玄晏春秋：「余學或兼夜不寐，或臨食忘餐，或不覺日夕，方之好色，號余曰『書淫』。」晉書皇甫謐傳：「遂不仕。耽玩典籍，忘寢與食，時人謂之『書淫』。或有箴其過篤，將損耗精神。謐曰：『朝聞道，夕死可矣，況命之修短分定懸天乎！』」梁書劉峻傳：「峻好學，家貧，寄人廡下，自課讀書，常燎麻炬，從夕達旦，時或昏睡，爇其髮，既覺復讀，終夜不寐，其精力如此。齊永明中，從桑乾得還，自謂所見不博，更求異書，聞京師有者，必往祈借，清河崔慰祖謂之『書淫』。」傳癖：指西晉杜預，字元凱。典出晉書杜預傳：「時王濟解相馬，又甚愛之，而和嶠頗聚斂，預常稱『濟有馬癖，嶠有錢癖』。武帝聞之，謂預曰：『卿有何癖？』對曰：『臣有左傳癖。』」傳指左傳（春秋左氏傳）。杜預喜愛左傳，著有春秋左傳集解。唐楊炯卧讀書架賦：「士安號於書淫，元凱稱於傳癖。」

②水滸：水邊。詩經大雅緜：「率西水滸，至於岐下。」毛傳：「滸，水厓也。」（按：水滸傳書名即用此語典。）唐王勃九成宮頌序：「獲秦餘於故兆，地擬林光；訪周舊於遺風，山連水滸。」巖隈：深山曲折處。隋煬帝秦孝王誄：「扈駕仁壽，撫席巖隈。」唐王績黃頰山：「別有青溪道，

斜亙碧巖隈。」

③舊曲：古曲，老歌，對「新曲」而言。古詩文習用語。晉書樂志下：「按魏晉之世，有孫氏善弘（按：弘，清李慈銘晉書劄記：「當作引。」）舊曲……朱生善琵琶，尤發新聲。」南朝陳徐陵折楊柳：「江陵有舊曲，洛下作新聲。」

④新醅：新釀的酒。唐白居易問劉十九：「綠蟻新醅酒，紅泥小火爐。」醅，沒過濾的酒。

⑤舞館：舞蹈的場所。古詩文習用語。南朝齊謝朓和伏武昌登孫權故城詩：「舞館識餘基，歌梁想遺囀。」歌臺：表演歌舞的樓臺。古詩文習用語。唐杜牧阿房宮賦：「歌臺暖響，春光融融。」多與「舞榭」連用，「舞榭歌臺」為成語，指供歌舞用的臺榭。唐黃滔館娃宮賦：「舞榭歌臺，朝為宮而暮為沼；英風霸業，古人失而今人驚。」宋辛棄疾永遇樂京口北固亭懷古：「舞榭歌臺，風流總被、雨打風吹去。」

⑥作酒：造酒，釀酒。麴蘖：酒麴，即釀酒用的酵母。尚書說命下：「若作酒醴，爾惟麴蘖。」（偽）孔傳：「酒醴須麴蘖以成。」

⑦調羹：調和羹湯。尚書說命下：「若作和羹，爾惟鹽梅。」後因以「調羹」喻治理國家政事。鹽梅：鹽和梅子。鹽味鹹，梅味酸，均為調味所需。亦喻指國家所需的賢才。

⑧「月滿庾樓」二句：典出晉書庾亮傳：「亮在武昌，諸佐吏殷浩之徒，乘秋夜往共登南樓，俄而不覺亮至，諸人將起避之。亮徐曰：『諸君少住，老子於此處興復不淺。』便據胡牀與浩等談詠竟坐。」晉代庾亮鎮守武昌時，手下幕僚在南樓賞月清談，後來庾亮也坐在胡牀上和他們一起暢談玄理。庾樓，即庾亮樓，指武昌南樓。胡牀，一種可以摺疊的輕便坐具。又稱「交牀」。庾

亮（二八九—三四〇），字元規，潁川鄢陵（今屬河南）人。東晉名臣。其妹庾文君為晉明帝皇后。庾亮年少即有才名。晉明帝時，官至中書監、護軍將軍。明帝卒，庾亮與王導等輔立成帝，任中書令，專朝政，引發蘇峻之亂。成帝咸和四年（三二九），蘇峻之亂平定之後，庾亮求為外任，出鎮蕪湖。咸和九年（三三四），陶侃死，庾亮都督江、荊等六州諸軍事，領江、荊、豫三州刺史，進號征西將軍，遷鎮武昌，握重兵。咸康六年（三四〇）薨，時年五十二。追贈太尉，謚曰文康。庾亮不僅以外戚為東晉重臣，亦是一代名士。

⑨羯鼓：古代打擊樂器的一種。起源於印度，從西域傳入，盛行於唐開元、天寶年間。通典樂四：「羯鼓，正如漆桶，兩頭俱擊。以出羯中，故號羯鼓，亦謂之兩杖鼓。」唐溫庭筠華清宮：「宮門深鎖無人覺，半夜雲中羯鼓聲。」新唐書禮樂志十一：「羯鼓，八音之領袖，諸樂不可方也。」相傳唐玄宗愛好羯鼓，有一次在御花園擊鼓，結果亭外的花都開了。事見唐南卓羯鼓錄：「（玄宗）尤愛羯鼓、玉笛。嘗云：『八音之領袖，不可無也。』嘗遇二月初詰旦，巾櫛方畢，時當宿雨初晴，景物明麗，小殿內庭，柳杏將吐。睹而歎曰：『對此景物，豈得不與他判斷之乎？』左右相目，將命備酒。獨高力士遣取羯鼓，上旋命之，臨軒縱擊一曲，曲名春光好，神思自得。及顧柳杏，皆已發拆。上指而笑謂嬪御曰：『此一事，不喚我作天公可乎？』嬪御侍官皆呼萬歲。」

【譯文】

沙對水，火焰對灰燼。

雨雪對風雷。

「書淫」皇甫謐對「傳癖」杜預，水岸對山角。

唱起舊日的歌曲，釀製新的美酒。

觀舞的場所對聽歌的樓臺。

春天的海棠花在雨後紛紛綻放，秋天的菊花在寒霜中傲然盛開。

釀酒，當然離不開麴糵；調味，一定會用鹽和梅。

月光撒滿南樓，庾亮坐在胡牀上與眾人盡情吟詠玩樂；唐宮園中花朵初放，玄宗敲打羯鼓催促鮮花盛開。

（三）

休對咎①，福對災。

象箸對犀杯②。

宮花對御柳③，峻閣對高臺④。

花蓓蕾⑤，草根荄⑥。

剔蘚對剜苔⑦。

雨前庭蟻鬧⑧，霜後陣鴻哀。

元亮南窗今日傲⑨，孫弘東閣幾時開⑩。

平展青茵⑪，野外茸茸軟草；高張翠幄⑫，庭前鬱鬱涼槐⑬。

【注釋】

①休：吉慶，美善。咎：災禍。「休」「咎」二詞常連用，指吉凶、善惡。漢書劉向傳：「向見尚書洪範，箕子為武王陳五行陰陽休咎之應。」

②象箸：象牙製作的筷子。韓非子喻老：「昔者紂為象箸而箕子怖。」史記龜策列傳：「犀玉之器，象箸而羹。」犀杯：犀牛角做的杯子。清李漁閒情偶寄器玩部酒具：「象與犀同類，則有光芒太露之嫌矣。且美酒入犀杯，另是一種香氣。唐句云：『玉碗盛來琥珀光。』玉能顯色，犀能助香，二物之於酒，皆功臣也。」

③宮花：皇宮庭苑中的花木。唐李白宮中行樂詞之五：「宮花爭笑日，池草暗生春。」科舉時代考試中選的士子在皇帝賜宴時所戴的花，亦稱「宮花」。宋李宗諤絕句：「戴了宮花賦了詩，不容

重見赭黃衣。無憀獨出宮門去，恰似當年下第歸。」御柳：宮禁中的柳樹。唐沈佺期和戶部岑尚書參跡樞揆：「御柳垂仙掖，公槐覆禮闈。」又為某種柳樹專名，產於閩地。明謝肇淛五雜組物部二：「今閩中有一種柳，其葉如松，而垂長數尺，其幹亦與柳不類。俗名為御柳。」

④峻閣：高峻的樓閣。古詩文習用語。晉陸機答張士然詩：「潔身躋祕閣，祕閣峻且玄。」宋蘇舜欽舟中感懷寄館中諸君：「峻閣鬱前起，隱嶙天中央。」高臺：高的樓臺。晉左思吳都賦：「造姑蘇之高臺，臨四遠而特建。」古詩文亦用以比喻京師。文選（曹植）雜詩之一：「高臺多悲風，朝日照北林。」唐李善注引新語：「高臺，喻京師。」

⑤蓓蕾：廣韻：「蓓蕾，花綻貌。」今指含苞未放的花。唐徐夤追和白舍人詠白牡丹：「蓓蕾抽開素練囊，瓊葩薰出白龍香。」宋王安石初到金陵：「夜直去年看蓓蕾，晝眠今日對紛披。」

⑥根荄（gāi）：植物的根。文子符言：「故羽翼美者，傷其骸骨；枝葉茂者，害其根荄；能兩美者，天下無之。」比喻事物的根本、根源。舊唐書元稹白居易傳論：「臣觀元之制策，白之奏議，極文章之壼奧，盡治亂之根荄。」荄，草根。

⑦剔蘚、剜苔：指剔除古碑或器物表面的苔蘚，以便閱讀碑文題識。語出唐韓愈石鼓歌：「剜苔剔蘚露節角，安置妥帖平不頗。」後成為古詩文習用語。唐羅隱錢塘遇默師憶潤州舊遊：「捫苔想豪傑，剔蘚看文詞。」

⑧庭蟻：庭院中的蟻群。古人庭院多種槐樹，槐蔭常有蟻穴。古詩文習用語。宋陸游欲雨二首其一：「徙穴中庭蟻，爭巢後圃鳩。」

⑨元亮：即陶淵明（三六五—四二七），字元亮，更名潛，私謚靖節，潯陽柴桑（今江西九江）

人。晉宋之際文學家，著名隱士。曾為江州祭酒、鎮江參軍，後任彭澤令。因不肯為五斗米折腰向鄉里小人而去職，歸隱田園，至死不仕。南窗今日傲：語出陶淵明歸去來兮辭：「倚南窗以寄傲，審容膝之易安。」南窗，向南的窗子。因窗多朝南，故亦泛指窗子。

⑩孫弘：指西漢丞相公孫弘（前二〇〇—前一二一），字季，一字次卿，菑川薛（今山東壽光）人。少時家貧，牧豕海上。年四十餘始學春秋公羊傳。漢武帝時，以賢良徵為博士，後升內史、御史大夫，深得武帝信任。元朔五年（前一二四），升為丞相，封平津侯。元狩二年（前一二一年），卒於任上，謚獻。東閣：東廂的居室或樓房，亦指向東開的小門。因漢武帝時丞相平津侯公孫弘曾將東閣闢為招賢館，故後人用「東閣」「平津東閣」代指宰相招賢、待客之所。公孫弘東閣招賢，事見漢書公孫弘傳：「弘自見為舉首，起徒步，數年至宰相封侯，於是起客館，開東閣以延賢人，與參謀議。弘身食一肉，脫粟飯，故人賓客仰衣食，奉祿皆以給之，家無所餘。」唐顏師古注：「閣者，小門也。東向開之，避當庭門而引賓客，以別於掾史官屬也。」其事又載西京雜記卷四：「平津侯自以布衣為宰相，乃開東閣營客館以招天下之士。其一曰欽賢館以待大賢，次曰翹材館以待大才，次曰接士館以待國士。其有德任毗贊佐理陰陽者處欽賢之館，其有才堪九列將軍二千石者居翹材之館，其有一介之善、一方之藝居接士之館。而躬自菲薄，所得俸祿以奉待之。」唐李商隱九日詩：「郎君官貴施行馬，東閣無因再得窺。」宋蘇軾九日次韻王鞏：「聞道郎君閉東閣，且容老子上南樓。」

⑪青茵：指青草地，像綠色的褥墊一樣。茵，褥墊，褥席。

⑫翠幄：青色的帳幔。晉左思吳都賦：「藹藹翠幄，裊裊素女。」

⑬鬱鬱：即鬱鬱葱葱，形容樹木枝葉茂盛的樣子。

【譯文】

美善對罪過，福對災。

象牙製的筷子對犀牛角做的酒杯。

皇宮中的花對御苑裏的柳，險峻的樓閣對高高的臺子。

花的蓓蕾，草的根鬚。

剔除苔蘚對挖掉青苔。

下雨前庭院裏搬家的螞蟻非常忙碌，落霜後成行飛過的大雁不時哀鳴。

隱士陶淵明正倚着南窗寄託自己傲然出世的情懷，丞相公孫弘招賢納士的東閣不知什麼時候打開。

野外到處生長着軟軟的細草，好像平整展開的綠色褥墊；庭院前鬱鬱葱葱的槐樹，就像高高掛起的綠色帷幕。

上平十一真

【題解】

本篇共三段，皆為韻文。每段韻文，由若干句對仗的聯語組成。每句皆押「平水韻」上平聲「十一真」韻。

本篇每句句末的韻腳字，「真」「麟」「椿」「人」「秦」「鄰」「神」「貧」「賓」「春」「鱗」「塵」「巾」「薪」「津」「嬪」「鄰」「鈞」「紳」等，在傳統詩韻（「平水韻」）裏，都歸屬於上平聲「十一真」這個韻部。這些字，在普通話裏，韻母有的是「en」，有的是「in」，有的是「ün」，有的是「ün」；聲調有讀第一聲的，有讀第二聲的。

需要注意的是：普通話「en」「in」「un」「ün」等韻母的字，並不都屬於「平水韻」上平聲「十一真」韻，也有可能屬於上平聲「十二文」韻、「十三元」韻，或下平聲「十二侵」韻。尤需注意的是：「十一真」韻的字，和上平聲「十二文」韻、「十三元」韻（一部分）是鄰韻，填詞時可以通押，寫近體詩時不可通押；但和下平聲「十二侵」韻不是鄰韻，不僅寫近體詩時不可通押，填詞時亦不可以通押。這是因為，「十二侵」韻屬於閉口韻，即它的韻母實際上是收[m]尾，而非[n]尾。在中古音系統裏，下平「十二侵」和上平「十一真」「十二文」，它們的韻尾不同。

本篇第一段七字對「野燒焰騰紅爍爍，溪流波皺碧粼粼」一句中的「燒」字，作名詞用，舊讀去聲，和「流」是仄對平，聲律上對偶可以成立。第三段七字對「充國功名當畫閣，子張言行貴書紳」一句中的「行」字，作名詞用，舊讀去聲，與「名」是仄對平，聲律上對偶可以成立。

本篇第三段五字對「萬石對千鈞」一句中的「石」字，是度量單位，今人多將其唸作「dàn」，但這一讀音起源很晚。據唐宋詩詞押韻用例，作為度量單位的「石」字，皆讀入聲而非去聲。

本篇第三段五字對「滔滔三峽水，冉冉一溪春」一句的後五字，通行本聲律啟蒙撮要作「冉冉一溪冰」，但「冰」字在詩韻「平水韻」下平聲「十蒸」韻，不在上平聲「十一真」韻。今改「冰」為「春」，韻義兩諧。

（一）

邪對正，假對真。

獬豸對麒麟①。

韓盧對蘇雁②，陸橘對莊椿③。
韓五鬼④，李三人⑤。
北魏對西秦⑥。
蟬鳴哀暮夏⑦，鶯囀怨殘春⑧。
野燒焰騰紅爍爍⑨，溪流波皺碧粼粼⑩。
行無蹤，居無廬，頌成酒德⑪；動有時，藏有節，論著錢神⑫。

【注釋】

①獬豸（xiè zhì）：傳說中的獨角神獸，能分辨曲直，見人相鬥，則以角觸邪惡無理者，是正義的化身。漢揚孚異物志載：「北荒之中有獸，名獬豸，一角，性別曲直。見人鬥則觸不直者；聞人爭則咋不正者。」中國古代御史大夫等執法官戴的冠，稱獬豸冠；亦用「獬豸」指稱御史。麒麟：古代傳說中的一種動物。形狀像鹿，頭上有角，全身有鱗甲，尾像牛尾。古人以為仁獸、瑞獸，拿牠象徵祥瑞。管子封禪：「今鳳凰麒麟不來，嘉穀不生。」比喻才能傑出的人。晉書顧和傳：「和二歲喪父，總角便有清操，族叔榮雅重之，曰：『此吾家麒麟，興吾宗者，必此子也。』」

②韓盧：狗名。亦作「韓子盧」或「韓獹」。戰國時韓國良犬，色黑。見戰國策秦策三：「以秦卒之勇，車騎之多，以當諸侯，譬若馳韓盧而逐蹇兔也。」宋鮑彪注：「韓盧，俊犬名。博物志：『韓有黑犬，名盧。』」戰國策齊策三：「韓子盧者，天下之壯犬也。」廣雅釋獸：「韓獹。」清王念孫疏證：「初學記引字林云：『獹，韓良犬也……獹，通作盧。』」後亦泛指良犬。宋辛棄疾滿江紅和廓之雪：「記少年，駿馬走韓盧，掀東郭。」亦喻指軍士。清李漁奈何天分擾：「兩下裏分頭逐鹿，各仗韓盧，並倚昆吾。」蘇雁：蘇武曾經用大雁傳信（實為編造）。事見漢書蘇武傳：「昭帝即位數年，匈奴與漢和親。漢求武等，匈奴詭言武死。後漢使復至匈奴，常惠請其守者與俱，得夜見漢使。具自陳過。教使者謂單于，言天子射上林中，得雁，足有繫帛書，言武等在某澤中。使者大喜，如惠語以讓單于。單于視左右而驚，謝漢使曰：『武等實在。』」

③陸橘：指三國時吳國陸績懷藏橘子要帶回去給自己的母親一事。典出三國志吳書陸績傳：「陸績字公紀，吳郡吳人也。父康，漢末為廬江太守。績年六歲，於九江見袁術。術出橘，績懷三枚，去，拜辭墮地，術謂曰：『陸郎作賓客而懷橘乎？』績跪答曰：『欲歸遺母。』術大奇之。」莊椿：祝人長壽之詞。語本莊子逍遙遊：「上古有大椿者，以八千歲為春，八千歲為秋。」唐羅隱錢尚父生日：「錦衣玉食將何報，更俟莊椿一舉頭。」

④韓五鬼：唐代文學家韓愈在送窮文中稱命窮、智窮、學窮、文窮、交窮為「五窮鬼」。送窮文：「主人應之曰：『子以吾為真不知也邪？子之朋儔，非六非四，在十去五，滿七除二。各有主張，私立名字。捩手覆羹，轉喉觸諱。凡所以使吾面目可憎，語言無味者，皆子之志也。其名

曰智窮：矯矯亢亢，惡圓喜方。羞為奸欺，不忍害傷。其次名曰學窮：傲數與名，摘抉杳微，高挹群言，執神之機。又其次曰文窮：不專一能，怪怪奇奇，不可時施，只以自嬉。又其次曰命窮：影與形殊，面醜心妍，利居眾後，責在人先。又其次曰交窮：磨肌戛骨，吐出心肝，企足以待，置我仇冤。凡此五鬼，為吾五患。飢我寒我，興訛造訕。能使我迷，人莫能間。朝悔其行，暮已復然。蠅營狗苟，驅去復還。』」

⑤李三人：李白詩中將自己和影子、明月稱為三人。月下獨酌：「舉杯邀明月，對影成三人。」

⑥北魏、西秦：此處指戰國時期的魏國和秦國。因魏國在北邊，故稱「北魏」；秦國在西邊，故稱「西秦」。

⑦暮夏：舊時稱夏天的最後一個月為「暮夏」，即農曆六月。此時，夏天接近尾聲。

⑧鶯囀：謂黃鶯婉轉而鳴。唐岑參奉和中書舍人賈至早朝大明宮：「雞鳴紫陌曙光寒，鶯囀皇州春色闌。」囀，鳥兒婉轉鳴叫。

⑨野燒：野火。唐嚴維荊溪館呈丘義興：「野燒明山郭，寒更出縣樓。」「燒」作名詞用，舊讀去聲。爍爍：閃耀的樣子。漢李陵錄別詩：「爍爍三星列，拳拳月初生。」

⑩粼粼：水流清澈貌，水石閃映貌。詩經唐風揚之水：「揚之水，白石粼粼。」毛傳：「粼粼，清澈也。」

⑪「行無蹤」三句：語本晉劉伶酒德頌：「行無轍跡，居無室廬。」

⑫論著錢神：語本晉魯褒錢神論：「動靜有時，行藏有節。」

【譯文】

歪斜對正直，虛假對真實。獬豸對麒麟。韓國的名犬對替蘇武傳書的大雁，陸績懷藏的橘子對莊子筆下的椿樹。韓愈在文章裏寫過「五窮鬼」，李白在詩中寫過「對影成三人」。北邊的魏國對西邊的秦國。知了的叫聲好像在哀歎夏天即將過去，黃鶯的鳴叫似乎在怨恨春天轉眼就到盡頭。野外燒荒時騰起紅燦燦的火焰，溪水流動時皺起綠色的波紋。「行無轍跡，居無室廬」，是劉伶寫的酒德頌裏的句子；「動靜有時，行藏有節」，是魯褒的錢神論中寫過的語句。

（二）

哀對樂，富對貧。

好友對嘉賓。

彈冠對結綬①，白日對青春②。

金翡翠③，玉麒麟④。

虎爪對龍鱗⑤。

柳塘生細浪⑥，花徑起香塵⑦。

閒愛登山穿謝屐⑧，醉思漉酒脫陶巾⑨。

雪冷霜嚴，倚檻松筠同傲歲⑩；日遲風暖，滿園花柳各爭春⑫。

【注釋】

①彈冠：彈除帽子上的灰塵，整理帽冠。語出漢書王吉傳：「吉與貢禹為友，世稱：『王陽在位，貢公彈冠。』言其取捨同也。」比喻相友善者援引出仕。結綬：佩繫印綬。謂出仕為官。綬，繫在印信上的絲帶。語出漢書蕭育傳：「（蕭育）少與陳咸、朱博為友，著聞當世。往者有王陽、貢公，故長安語曰：『蕭、朱結綬，王、貢彈冠。』言其相薦達也。」又，「彈冠結綬」為成語，指朋友之間互相援引出仕。

②白日：指太陽，亦指白晝。青春：指春天。春季草木茂盛，其色青綠，故稱。楚辭大招：「青春受謝，白日昭只。」漢王逸注：「青，東方春位，其色青也。」唐杜甫聞官軍收河南河北：「白日放歌須縱酒，青春作伴好還鄉。」

③金翡翠：一般指鑲金的翡翠飾品。唐令狐楚遠別離二首其一：「玳織鴛鴦履，金裝翡翠簪。」又，翡翠即翠鳥。舊時婦女喜用翠羽作裝飾。唐陳子昂感遇詩：「翡翠巢南海，雄雌珠樹林。何知美人意，驕愛比黃金。殺身炎州裏，委羽玉堂陰。旖旎光首飾，葳蕤爛錦衾。豈不在遐遠，虞羅忽見尋。多材信為累，歎息此珍禽。」故「金翡翠」可指翠鳥，唐韋莊歸國遙：「金翡翠，為我南飛傳我意。」亦可指有翡翠鳥圖樣的帷帳或羅罩。唐李商隱無題詩之一：「蠟照半籠金翡翠，麝熏微度繡芙蓉。」劉學鍇、余恕誠集解：「金翡翠，以金線繡成翡翠鳥圖樣之帷帳……或曰金翡翠指有翡翠鳥圖樣之羅罩，眠時用以罩在燭臺上掩暗燭光。」

④玉麒麟：指用玉石雕的麒麟印紐。晉書元帝紀：「於時有玉冊見於臨安，白玉麒麟神璽出於江寧。」亦用以借指符信。宋陸游送陳德邵宮教赴行在二十韻：「同舍事容悅，腰佩玉麒麟。群訣更得志，後來如積薪。」

⑤虎爪：老虎的爪子。亦指虎爪形文飾。後漢書輿服志下：「佩刀……小黃門雌黃室，中黃門朱室，童子皆虎爪文。」又為書體名。晉摯虞決疑要注：「尚書臺召人，用虎爪書，告下用偃波書，皆不可卒學，以防矯詐。」因「虎爪書」為尚書臺召人專用書體，故古代中國的委任狀用虎爪書寫在木板上，稱「虎爪板」。明楊慎丹鉛總錄官爵虎爪板：「宋王微與江湛書云：『所以綿絡累紙，本不營尚書虎爪板也。』古者召、奏用虎爪書。晉宋之代，大臣皆得自辟除官屬，以板召之，謂之板官。」

⑥柳塘：周圍植柳的池塘。唐嚴維酬劉員外見寄：「柳塘春水慢，花塢夕陽遲。」細浪：微小的波紋。唐杜甫城西陂泛舟：「魚吹細浪搖歌扇，燕蹴飛花落舞筵。」

⑦花徑：花間的小路。南朝梁庾肩吾和竹齋詩：「向嶺分花徑，隨階轉藥欄。」香塵：芳香之塵。多指隨女子之步履而起者。語出晉王嘉拾遺記晉時事：「（石崇）又屑沉水之香如塵末，布象牀上，使所愛者踐之。」唐杜牧金谷園：「繁華事散逐香塵，流水無情草自春。」

⑧謝屐：一種前後齒可裝卸的木屐。原為南朝宋詩人謝靈運遊山時所穿，故稱。事見宋書謝靈運傳：「尋山陟嶺，必造幽峻，巖嶂十重，莫不備盡。登躡常着木履，上山則去其前齒，下山去其後齒。」南史謝靈運傳引此作「木屐」。唐李白夢遊天姥吟留別：「腳着謝公屐，身登青雲梯。」

⑨漉：過濾。陶巾：亦作「陶令巾」。指陶潛（淵明）的軟帽。典出宋書隱逸傳陶潛：「郡將候潛，值其酒熟，取頭上葛巾漉酒畢，還復着之。」後因以為文人放誕閒適之典。宋陸游開元暮歸：「日暖登山思謝屐，病餘漉酒負陶巾。」巾，是古人戴在頭頂用來包裹髮髻的絲麻織品。晉代陶淵明釀酒，酒熟之後就用自己頭上戴的葛巾過濾，濾完之後再把葛巾戴到頭上。

⑩松筠：松樹和竹子。禮記禮器：「其在人也，如竹箭之有筠也，如松柏之有心也。二者居天下之大端矣，故貫四時而不改柯易葉。」後因以「松筠」喻節操堅貞。唐武元衡安邑裏中秋懷寄高員外：「欲識歲寒心，松筠更秋綠。」筠，竹子的青皮，借指竹子。

⑪日遲：即日遲遲。形容白日很長，陽光溫暖、光線充足的樣子。詩經豳風七月：「春日遲遲，采蘩祁祁。」宋朱子集傳：「遲遲，日長而暄也。」西京雜記卷四引漢枚乘柳賦：「階草漠漠，白日遲遲。」

⑫花柳：花和柳。花開柳綠，是春天的標誌。唐杜甫遭田父泥飲美嚴中丞：「步屧隨春風，村村自花柳。」

【譯文】

悲哀對快樂，富裕對貧窮。

好朋友對好客人。

彈去帽子上的灰塵對整理繫印的帶子，明亮的太陽對明媚的春天。

鑲金的翡翠，玉製的麒麟。

老虎的爪子對巨龍的鱗甲。

柳枝拂過池塘，產生細細的波紋；開滿鮮花的小路，揚起有香味的塵土。

空閒的時候，愛如謝靈運一樣穿着木屐登山；喝醉的時候，想像陶淵明那樣用頭巾濾酒。

霜雪寒冷，欄杆外的松樹和竹子都能傲然面對冬天；太陽融和春風溫暖，園子裏鮮花開放、柳條泛綠，爭先恐後地展示春天的氣息。

（三）

香對火，炭對薪①。

日觀對天津②。

禪心對道眼③，野婦對宮嬪④。

仁無敵⑤，德有鄰⑥。

萬石對千鈞⑦。

滔滔三峽水⑧，冉冉一溪春⑨。

充國功名當畫閣⑩，子張言行貴書紳⑪。

篤志詩書⑫，思入聖賢絕域⑬；忘情官爵⑭，羞沾名利纖塵⑮。

【注釋】

①薪：柴薪。

②日觀（guàn）：泰山峰名。為著名的觀日之處。北魏酈道元水經注汶水引漢應劭漢官儀：「泰山東南山頂名曰日觀。日觀者，雞一鳴時，見日始欲出。長三丈許，故以名焉。」「觀日」之「觀」，是動詞，讀平聲。「日觀」之「觀」，是名詞，讀去聲。南朝宋顏延之車駕幸京口侍遊蒜山作：「元天高北列，日觀臨東溟。」唐元結窊尊詩：「豈無日觀峰，直下臨滄溟。」唐詩用例，日觀峰之「觀」，皆讀去聲。天津：天河的渡口。楚辭離騷：「朝發軔於天津兮，夕餘至乎西極。」漢王逸注：「天津，東極箕斗之間，漢津也。」亦為橋名，即天津橋，故址在今河南洛陽西南。隋煬帝大業元年（六〇五）遷都，以洛水貫都，有天漢津梁的氣象，因建此橋，名曰「天

津」。隋末為李密燒毀，唐宋屢次改建加固，金以後廢圮。唐白居易和友人洛中春感：「莫悲金谷園中月，莫歎天津橋上春。」

③禪心：佛教用語。謂清靜寂定的心境。南朝梁江淹吳中禮石佛：「禪心暮不雜，寂行好無私。」

道眼：佛教用語。指能洞察一切，辨別真妄的眼力。敦煌變文匯錄維摩詰經問疾品變文：「必使天龍開道眼，教伊八部悟深因。」宋蘇軾與王定國書：「粉白黛綠者，俱是火宅中狐狸、射干之流，願公以道眼照破。」

④野婦：鄉野村婦。宋張耒田家三首其二：「插花野婦抱兒至，曳杖老翁扶背行。」宮嬪：宮女妃嬪，指帝王侍妾。唐和凝宮詞百首其十六：「金殿夜深銀燭晃，宮嬪來奏月重輪。」

⑤仁無敵：即「仁者無敵」，意為仁者無敵於天下。語出孟子梁惠王上：「地方百里而可以王。王如施仁政於民，省刑罰，薄稅斂，深耕易耨。壯者以暇日修其孝悌忠信，入以事其父兄，出以事其長上，可使制梃以撻秦楚之堅甲利兵矣。彼奪其民時，使不得耕耨以養其父母，父母凍餓，兄弟妻子離散。彼陷溺其民，王往而征之，夫誰與王敵？故曰：『仁者無敵。』王請勿疑！」是梁惠王在向孟子請教如何為政時，孟子說的話。

⑥德有鄰：有道德的人一定會有人同他相親近。語出論語里仁：「德不孤，必有鄰。」朱注：「鄰，猶親也。德不孤立，必以類應。故有德者，必有其類從之，如居之有鄰也。」

⑦萬石（shí）：石為古代的度量單位，三十斤為鈞，四鈞為石，一石合一百二十斤。漢代俸祿，以石為單位。郡守俸祿為二千石。漢景帝時大臣石奮及其四子皆位至二千石，號稱「萬石君」。後指一家有五人官至二千石或一家多人為大官者，為「萬石」。漢代三公別稱萬石。後泛指官職高

的人。唐顏師古百官公卿表題解：「漢制，三公號稱萬石，其俸月各三百五十斛穀。」今人多將作為度量單位的「石」字唸作「dàn」，但這一讀音起源很晚。據唐宋詩詞押韻用例，作為度量單位的「石」字，皆讀入聲而非去聲。千鈞：三十斤為一鈞，千鈞即三萬斤。常用來形容器物之重或力量之大。商君書錯法：「烏獲舉千鈞之重，而不能以多力易人。」後多以「千鈞重負」指責任重大，以「千鈞一髮」比喻萬分危急。漢書律曆志：「三十斤為鈞，四鈞為石。」

⑧滔滔：形容水勢奔流迅急。三峽：瞿塘峽、巫峽、西陵峽的合稱。地當長江上游，介於四川、湖北兩省之間，長七百里，兩岸連山，絕無斷處，灘多水急，舟行甚險。

⑨冉冉：形容水流緩慢的樣子。該句句末三字，通行本聲律啟蒙撮要作「一溪冰」，但「冰」字，在詩韻（「平水韻」）下平聲「十蒸」韻，不在上平聲「十一真」。今改「冰」為「春」，則韻義兩諧。又，涂時相本，此句作「滔滔三峽水，陌陌九街塵」。

⑩充國：指西漢大臣趙充國（前一三七—前五二），字翁孫，隴西上邽（今甘肅天水）人，後徙金城令居（今甘肅永登）。善騎射，有謀略，熟知邊情。武帝時，以六郡良家子補羽林，以假司馬從貳師將軍李廣利擊匈奴，以功拜中郎，遷車騎將軍長史。昭帝時，以大將軍護軍都尉率兵平定武都氐人起兵，遷中郎將、水衡都尉。又擊匈奴，擢後將軍。昭帝死，與霍光迎立宣帝，封營平侯。將兵屯邊，匈奴不敢犯。神爵元年（前六一），先零羌叛，趙充國以計破之。甘露二年（前五二）卒，年八十六。謚壯。甘露三年（前五一），漢宣帝命人畫功臣像於麒麟閣，趙充國居其一。事見漢書本傳。畫閣：指漢宣帝命人畫功臣像於麒麟閣一事。

⑪子張（前五〇三—？）：複姓顓孫，名師，字子張，春秋末期陳國人。孔子弟子，位列孔門「七十二賢人」之一。書紳：典出論語衛靈公：「子張問行。子曰：『言忠信，行篤敬，雖蠻貊之邦行矣；言不忠信，行不篤敬，雖州里行乎哉？立，則見其參於前也；在輿，則見其倚於衡也。夫然後行。』子張書諸紳。」孔子的弟子子張曾將孔子「言忠信，行敬篤」的教誨寫在帶子上，以示牢記不忘。書紳，指在衣帶上寫字。紳，束在腰間，一頭垂下的帶子。「言行」之「行」，舊讀去聲，與「功名」之「名」，是仄對平。在聲律上，對偶可以成立。

⑫篤志：專心致志，一心一意。

⑬絕域：隔絕難通的邊遠地方，這裏指學問上難以達到的至高境界。唐韓愈重答張籍書：「吾子不以愈無似，意欲推而納諸聖賢之域，拂其邪心，增其所未高，謂愈之質有可以至於道者。」

⑭忘情：無動於衷，不為所惑。

⑮纖塵：微塵，細塵，比喻微不足道的事務。

【譯文】

焚香對點火，煤炭對木柴。

日觀峰對天津橋。

寂靜安定的心境對瀟灑飄逸的眼界，鄉下的婦女對宮裏的妃嬪。

仁愛者無敵，賢德者有鄰伴。

萬石對千鈞。

三峽水浩浩蕩蕩，小溪緩緩流淌春意。
趙充國功名卓著，有資格享受遺像被畫在麒麟閣的待遇；子張的可貴之處在於能將孔子關於「言行」的教誨寫在衣帶上牢記不忘。
立志鑽研詩書，想要進入聖人賢士的領域；對做官不感興趣，羞於和名利扯上絲毫的關係。

上平十二文

【題解】

本篇共三段，皆為韻文。每段韻文，由若干句對仗的聯語組成。每句皆押「平水韻」上平聲「十二文」韻。

本篇每句句末的韻腳字，「文」「軍」「芬」「熏」「聞」「分」「雲」「曛」「欣」「殷」「蕡」「墳」「群」等，在傳統詩韻（「平水韻」）裏，都歸屬於上平聲「十二文」這個韻部。這些字，在普通話裏，韻母有的是「en」，有的是「in」，有的是「un」，有的是「ün」；聲調有讀第一聲的，有讀第二聲的。

需要注意的是：普通話「en」「in」「un」「ün」等韻母的字，並不都屬於「平水韻」上平聲「十二文」韻，也有可能屬於上平聲「十一真」韻、「十三元」韻，或下平聲「十二侵」韻。尤需注意的是：「十二文」韻的字，和上平聲「十一真」韻、「十三元」韻（一部分）是鄰韻，填詞時可以通押，寫近體詩時不可通押；但和下平聲「十二侵」韻不是鄰韻，不僅寫近體詩時不可通押，填詞時亦不可以通押。這是因為，「十二侵」韻屬於閉口韻，即它的韻母實際上是收[m]尾，而非[n]尾。在中古音系統裏，下平「十二侵」和上平「十一真」「十二文」，它們的韻尾不同。

本篇第三段五字對「蔡茂對劉蕡」一句，清後期通行本聲律啟蒙撮要作「蔡惠對劉蕡」。但據後漢書，當作「蔡茂」。且，明涂時相本作「蔡茂」。故我們改通行本「蔡惠」為「蔡茂」。

第三段長對「鳥翼長隨，鳳兮洵眾禽長；狐威不假，虎也真百獸君」一句末三字，坊本作「百獸尊」，「尊」字在「平水韻」「十三元」部，「君」字在「平水韻」「十二文」部，今改「尊」為「君」，以合韻部，且與說文解字（「虎，山獸之君。」）相合。又，涂時相本，此句作「虎威不假，狐難為百獸君」。

（一）

家對國，武對文。

四輔對三軍①。

「九經」對「三史」②，菊馥對蘭芬③。

歌北鄙④，詠南薰⑤。

邇聽對遙聞⑥。

召公周太保⑦，李廣漢將軍⑧。

聞化蜀民皆草偃⑨，爭權晉土已瓜分⑩。

巫峽夜深⑪，猿嘯苦哀巴地月⑫；衡峰秋早，雁飛高貼楚天雲⑬。

【注釋】

①四輔：官名。相傳古代天子有四個輔佐官，稱「四輔」。具體說法不一。尚書洛誥有「四輔」之稱，尚書益稷有「四鄰」，史記夏本紀作「四輔」。至尚書大傳、賈誼新書始有疑、承、輔、弼（新書作道、弼、輔、承）為「四輔」之說，皆出於秦漢間人的依託。至王莽託古改制，置四輔以配三公，又為其子置師疑、傅承、阿輔、保拂（弼）之官。明太祖曾置春、夏、秋、冬官，亦稱「四輔」。又，四輔為四星並稱之名。說法不一。或指房宿四星。史記天官書：「犯四輔，輔臣誅。」唐司馬貞索隱：「四輔，房四星也。房以輔心，故曰四輔。」或指北極星旁的四星，亦稱「四弼」。宋史天文志二：「四輔四星，又名四弼，在極星側，是曰帝之四鄰，所以輔佐北極，而出度授政也。去極星各四度。」或指東蕃四星。晉書天文志上：「東蕃四星，南第一星曰上相，其北，東太陽門也；第二星曰次相，其北，中華東門也；第三星曰次將，其北，東太陰門也；第四星曰上將：亦曰四輔也。」又，四輔亦可指國都附近的州郡。唐開元中以近

畿之州為四輔，即同、華、岐、蒲四州。見宋王應麟小學紺珠地理類四輔。宋崇寧間所置四輔郡，以潁昌府為南輔，襄邑縣為東輔，鄭州為西輔，澶州為北輔。見宋史徽宗紀二。三軍：周代的制度規定天子有六軍，諸侯大國有三軍（中軍最尊，上軍次之，下軍又次之），一軍為一萬二千五百人，三軍合三萬七千五百人。周禮夏官司馬：「凡制軍，萬有二千五百人為軍。王六軍，大國三軍，次國二軍，小國一軍。」亦可作軍隊的通稱。論語子罕：「三軍可奪帥也，匹夫不可奪志也。」又指步、車、騎三軍。六韜戰車：「步貴知變動，車貴知地形，騎貴知別徑、奇道，三軍同名而異用。」

②「九經」：儒家的九部經典，具體說法不一。漢書藝文志指易、書、詩、禮、樂、春秋、論語、孝經及小學。唐陸德明經典釋文錄指易、書、詩、周禮、儀禮、禮記、春秋、孝經、論語。初學記所引「九經」，與經典釋文略異，有左傳、公羊、穀梁，無春秋、孝經、論語。宋刊白文「九經」則有易、書、詩、左傳、禮記、儀禮、周禮、論語、孟子。「三史」：魏晉六朝以史記、漢書、東觀漢記為「三史」，唐代以後東觀漢記失傳，於是以史記、漢書、後漢書為「三史」。五代齊己酬九經者：「九經三史學，窮妙又窮微。」

③菊馥（fù）：形容菊花香氣馥郁。馥，香氣濃郁。蘭芬：形容蘭花芬芳宜人。

④北鄙：國家的北部邊境地區。傳說殷紂王喜愛北鄙的音樂，因此北鄙之聲也被稱為亡國之音。史記樂書：「紂為朝歌北鄙之音，身死國亡。」淮南子泰族訓：「師涓為平公鼓朝歌北鄙之音，師曠曰：『此亡國之樂也！』」漢劉向說苑修文：「紂為北鄙之聲，其廢也忽焉，至今王公以為笑。」孔子家語辯樂解：「殷紂好為北鄙之聲，其廢也忽焉。」

⑤南熏：舜彈五弦琴，曾經作南風詩，詩中有「南風之熏兮，可以解吾民之慍兮」的句子。後世以南熏為和煦、撫育的意思。

⑥邇：近。

⑦召公：或作邵公、召康公。姬姓，名奭（shì），謚康。西周開國重臣。初受采邑於召。輔佐周武王滅紂，支持周公東征，以功封於北燕，為燕國始祖（實由其子就封地）。成王時任太保一職，與周公分陝而治，治陝以西地。常巡行鄉邑，聽訟決獄治事，深得百姓愛戴。卒後，民思其政，作甘棠詩詠之。

⑧李廣（？—前一一九）：西漢名將，隴西成紀（今甘肅天水）人。文帝時，以良家子從軍擊匈奴，為郎、武騎常侍。景帝時為驍騎都尉。後任隴西、北地、雁門等郡太守。武帝時，入為未央衛尉。後為右北平太守。猿臂善射，愛護士卒。匈奴畏懼，數年不敢犯邊，稱之為飛將軍。元狩四年（前一一九），從大將軍衛青擊匈奴，因迷路誤期被責赴幕府對簿，自剄死。李廣曾七任邊郡太守，前後四十年與匈奴打過七十多次仗，深得士心，卻始終未能封侯。故後人以「李廣未封」「李廣不侯」「李廣難封」慨歎功高不爵，命運乖舛。唐王勃滕王閣序：「馮唐易老，李廣難封。」

⑨聞化蜀民皆草偃：此句寫西漢蜀郡太守文翁，治蜀有方，百姓順服他，像風吹草伏一樣。蜀，地名。今四川一帶。草偃，像草一樣彎曲身體，比喻臣服順從。論語顏淵：「君子之德風，小人之德草，草上之風，必偃。」指在上者能以德化民，則民之向化，猶風吹草僕，相率從善。

⑩爭權晉土已瓜分：此句寫三家分晉之事。春秋晚期，晉國始有六卿：智氏、趙氏、韓氏、范氏、魏氏、中行氏。范氏、中行氏、智氏先後被滅，只剩下趙、魏、韓三家。周威烈王二十三

年（前四〇三），周天子封趙、魏、韓三家為諸侯。周安王二十六年（前三七六），晉公室剩餘土地被趙、魏、韓三家全部瓜分。故趙、魏、韓又號「三晉」。

⑪巫峽：長江三峽之一。一稱大峽。西起重慶巫山大溪，東至湖北巴東官渡口。因巫山得名。兩岸絕壁，船行極險。北魏酈道元水經注江水二：「其間首尾百六十里，謂之巫峽，蓋因山為名也……每至晴初霜旦，林寒澗肅，常有高猿長嘯，屬引淒異，空谷傳響，哀轉久絕。故漁者歌曰：『巴東三峽巫峽長，猿鳴三聲淚沾裳。』」

⑫巴：地名。指今四川東部地區。

⑬「衡峰秋早」二句：衡山七十二峰，其一為雁回峰，相傳大雁南飛，至此迴旋。衡峰，衡山，在今湖南，是五嶽中的南嶽。楚，戰國時期有楚國，在今湖南、湖北一帶，後來就用楚來代指湖南、湖北等地區。

【譯文】

家對國，武力對文化。

四位輔佐大臣對三種常備軍隊。

九種典籍對三部史書，菊花的濃香對蘭花的清芬。

唱北部邊地的歌曲，吟詠舜帝作的南風詩。

近處聽對遠遠地聽。

召公是周朝的太保，李廣是漢代的將軍。

四川的百姓受到教化之後都很順服，晉國的領土因為大臣爭權已被瓜分。巫峽的夜晚十分漫長，猿猴對着巴地的月亮苦苦哀嘯；衡山的秋天來得很早，大雁貼着楚國天空的雲朵高高飛翔。

（二）

欹對正①，見對聞②。

偃武對修文③。

羊車對鶴駕④，朝旭對晚曛⑤。

花有豔，竹成文⑥。

馬燧對羊欣⑦。

山中梁宰相⑧，樹下漢將軍⑨。

施帳解圍嘉道韞⑩，當壚沽酒歎文君⑪。

好景有期，北嶺幾枝梅似雪；豐年先兆，西郊千頃稼如雲⑫。

【注釋】

①欹（qī）：傾斜。

②聞：聽聞。

③偃武：停止使用武力。修文：採取措施加強文治，主要指修治典章制度，提倡禮樂教化等。語典出自尚書武成：「乃偃武修文，歸馬於華山之陽，放牛於桃林之野，示天下弗服。」是說周武王克商之後，將曾在戰場服役的牛馬都放了，向天下表示從今不再有戰爭。

④羊車：宮中用羊牽引的小車。晉書胡貴嬪傳：「（晉武帝）常乘羊車，恣其所之，至便宴寢。宮人乃取竹葉插戶，以鹽汁灑地，而引帝車。」南史潘淑妃傳亦載此，則以為潘淑妃事。後常以羊車降臨表示宮人得寵，不見羊車表示宮怨。羊車，又指輦車。晉書輿服志：「羊車，一名輦車，其上如軺，伏兔箱，漆畫輪軛。武帝時，護軍羊琇輒乘羊車，司隸劉毅糾劾其罪。」羊車又指古代一種裝飾精美的小車。釋名釋車：「羊車。羊，祥也；祥，善也。善飾之車。」隋書禮儀志五：「（羊車）其制如軺車，金寶飾，紫錦幰，朱絲網。馭童二十人，皆兩鬟髻，服青衣，取年十四五者為，謂之羊車小史。駕以果下馬，其大如羊。」晉書衛玠傳：載衛玠「總角乘羊車入市，見者皆以為玉人，觀之者傾都」。後人遂以「羊車過市」比喻男子才美絕倫，引人羨慕注目。鶴駕：傳說仙人王子喬是周靈王的太子，後來騎鶴成仙，後人就稱太子或仙人的車駕為鶴駕。亦作為去世的諱稱。典出舊題漢劉向列仙傳王子喬：「王子喬，周靈王太子晉也。好吹笙，作鳳鳴。遊伊洛間，道士浮丘公接上嵩山。十餘年後，來於山上，告桓良曰：『告我家，七月七日待我緱氏山頭。』果乘白鶴駐山顛，望之不得到，舉手謝時人而去。」太平廣記神仙四

王子喬亦引此，而文字稍有出入。

⑤朝旭：初升的太陽。唐杜甫水閣朝霽奉簡嚴雲安：「崔嵬晨雲白，朝旭射芳甸。」晚曛：落日的餘暉。宋裘萬頃松齋秋詠吹黃存之韻：「據梧枝策事紛紜，樓上看山對晚曛。」

⑥文：通「紋」，美麗的紋路、紋理。

⑦馬燧（七二六—七九五）：字洵美，汝州郟城（今河南郟縣）人。少學兵書戰策，沉勇多算。安祿山反，燧勸范陽留守賈循歸唐，循猶豫不決被殺，燧脫逃。代宗寶應中，累遷鄭、懷、隴、商等州刺史。大曆中，屢破李靈耀、田悅，遷河東節度使。入遷檢校兵部尚書，封豳國公，進同中書門下平章事，封北平郡王。復以平李懷光功，遷光祿大夫，兼侍中，德宗賜宸扆、臺衡二銘，言君臣相成之美。後以擊吐蕃，誤信與盟，致被襲擊。遂罷節度使，解兵權，拜司徒，兼侍中。卒謚莊武。馬燧是中唐名將，與李晟、渾瑊並稱「三大將」。羊欣（三七〇—四四二）：字敬元，泰山南城（今山東平邑）人。王獻之外甥。泛覽經籍，尤長隸書。仕晉為輔國參軍。安帝隆安中，朝廷漸亂，不事司馬元顯、桓玄等權貴，屏居里巷十餘年。入宋，為新安太守，為政以簡惠著稱。好黃老，善醫術，有藥方。宋書有傳。

⑧山中梁宰相：指南朝人陶弘景（四五六—五三六），字通明，丹陽秣陵（今江蘇南京）人。讀書萬卷，善琴棋，工草隸，博通曆算、地理、醫藥等。蕭道成（齊高帝）為相時，引為諸王侍讀，除奉朝請。齊武帝永明十年（四九二），隱居句容句曲山。梁武帝禮聘不出，然朝廷大事，每以咨詢，時稱「山中宰相」。晚號華陽真逸。主張儒、佛、道合流。有本草經集注、肘後百一方等。謚貞白先生。

⑨樹下漢將軍：指東漢開國大將馮異（？—三四），字公孫，潁川父城（今河南寶豐）人。從劉秀安定河北，為偏將軍。性謙讓，諸將爭功時，常退避樹下，軍中號為「大樹將軍」。劉秀稱帝後，被封為陽夏侯，任征西大將軍。後病死軍中。明帝時，被列為「雲臺二十八將」之一。後漢書馮異傳：「異為人謙退不伐，行與諸將相逢，輒引車避道。進止皆有表識，軍中號為整齊。每所止舍，諸將並坐論功，異常獨屏樹下，軍中號曰『大樹將軍』。及破邯鄲，乃更部分諸將，各有配隸。軍士皆言願屬大樹將軍，光武以此多之。」

⑩施帳解圍：典出晉書列女傳：「凝之弟獻之嘗與賓客談議，詞理將屈，道韞遣婢白獻之曰：『欲為小郎解圍。』乃施青綾步鄣自蔽，申獻之前議，客不能屈。」是說王凝之的弟弟王獻之與賓客清談，有時理屈詞窮，嫂子謝道韞便替他解圍，在帳帷後面重述引申王獻之的理論，來客不能將她駁倒。道韞：即謝道韞，陳郡陽夏（今河南太康）人。謝安之兄謝奕女，王羲之次子王凝之之妻。曾在家賞雪，謝安問如何形容雪花，其姪謝朗答「撒鹽空中差可擬」，道韞認為「未若柳絮因風起」，受到謝安稱賞。後世因而稱女子的詩才為「詠絮才」。安帝隆安三年（三九九），孫恩起兵攻會稽，殺會稽內史王凝之，謝道韞曾手刃亂兵數人。謝道韞善屬文，所著詩賦誄頌並傳於世。

⑪當壚：指賣酒。壚，舊時酒店裏安放酒甕的土臺子，亦指酒店。沽酒：賣酒。文君：即卓文君，蜀郡臨邛（今四川邛崍）人。富商卓王孫女。善鼓琴，通音律，受司馬相如琴音之挑，與相如私奔成都；又返臨邛，當壚賣酒。王孫恥之，分與財物，遂成富人。相傳後因相如將納妾，曾作白頭吟一詩以自絕，相如遂止。文君當壚，典出史記司馬相如列傳：「相如與俱之

臨邛，盡賣其車騎，買一酒舍酤酒，而令文君當爐。相如身自着犢鼻褌，與保庸雜作，滌器於市中。」

⑫稼如雲：語典出自文選（李蕭遠）運命論：「褰裳而涉汶陽之丘，則天下之稼如雲矣。」唐李善注：「如雲，言多也。」後人遂用「稼如雲」形容莊稼繁盛。唐白居易與諸公同出城觀稼：「不憂頭似雪，但喜稼如雲。」唐蔣防秋稼如雲：「肆目如雲處，三田大有秋。蔥蘢初蔽野，散漫正盈疇。」

【譯文】

歪斜對正直，目睹對耳聞。

放棄武力對提倡文教。

宮中的小車對太子的車駕，朝陽的光華對落日的餘暉。

花朵有鮮豔的顏色，竹子有細密的紋理。

唐代馬燧對晉代羊欣。

梁朝陶弘景被稱為山中宰相，漢代馮異被稱為大樹將軍。

坐在帳子裏替王獻之解決困境，謝道韞的才華令人讚賞；站在櫃檯前面和司馬相如一起賣酒，卓文君的遭遇和美德令人感歎。

北嶺有幾枝梅樹已經綻開了雪一樣的花朵，很快就可以觀賞美景；西郊上千頃的莊稼長得像雲一樣繁盛，這是豐年的預兆。

（三）

堯對舜①，夏對殷②。
蔡茂對劉蕡③。
山明對水秀，「五典」對「三墳」④。
唐李、杜⑤，晉機、雲⑥。
事父對忠君⑦。
雨晴鳩喚婦⑧，霜冷雁呼群⑨。
酒量洪深周僕射⑩，詩才俊逸鮑參軍⑪。
鳥翼長隨，鳳兮洵眾禽長⑫；狐威不假⑬，虎也真百獸君。

【注釋】

①堯、舜：指上古賢君堯帝和舜帝。堯，又稱「唐堯」。據史記五帝本紀，堯名放勳，乃帝嚳之子、帝摯之弟，以仁德著稱，在位期間，從民間選舉賢人舜，命其攝政，並最終傳位於舜。

堯、舜禪讓，是中國歷史的美談。舜，見前注。

②夏、殷：指夏朝和商朝。夏為帝禹開創，至夏桀時，為商湯王所滅，是中國歷史上第一個王朝。商為商湯王開創，至商紂王時，為周武王所滅。商朝的甲骨文和青銅器，舉世聞名。

③蔡茂（前二四—後四七）：字子禮，河內懷縣（今河南武陟）人。以儒學聞名，西漢哀帝、平帝年間徵試博士，以高等拜議郎，遷侍中。不仕新莽。東漢光武帝建武初年徵拜議郎，遷廣漢太守，官至司徒。曾上書乞禁制貴戚，讚揚洛陽令董宣。蔡茂任廣漢太守時，曾夢見禾穗而又失去，郭賀給他圓夢，說得「禾」復「失」，是為「秩」，乃升官之兆。沒過多久，蔡茂果然升官。後漢書蔡茂傳：「茂初在廣漢，夢坐大殿，極上有三穗禾，茂跳取之，得其中穗，輒復失之。以問主簿郭賀，賀離席慶曰：『大殿者，宮府之形象也。極而有禾，人臣之上祿也。取中穗，是中台之位也。於字禾失為秩，雖曰失之，乃所以得祿秩也。袞職有闕，君其補之。』旬月而茂徵焉，乃辟賀為掾。」舊注：「惠夢得禾復失，郭喬曰：『禾失為秩，當進爵。』果然。」即指此事，但人名不準確。據後漢書，郭賀，字喬卿。蔡茂夢禾，歷代傳為美談，既見於正史後漢書，又為弘明集、搜神記、初學記、藝文類聚、太平御覽諸書所徵引，人名皆無誤，不知聲律啟蒙撮要何以誤作「蔡惠」。「惠」「茂」二字，形、音皆不近，令人費解。劉蕡（？—約八四二）：字去華，幽州昌平（今屬北京）人。唐敬宗寶曆二年（八二六）進士，著名的直言敢諫之士。為學精於左氏春秋。唐文宗大和二年（八二八）策試賢良方正直言極諫科，蕡對策言論激切，極言宦官專橫之禍，考官歎服，而不敢取。同場登科者為之叫屈，云「劉蕡下第，我輩登科，能無厚顏」，請讓功名。後令狐楚、牛僧孺等鎮守地方時，徵召劉蕡為幕僚從事，授祕書郎。終因

宦官誣害，貶為柳州司戶參軍，客死異鄉。兩唐書有傳。唐李商隱哭劉蕡：「上帝深宮閉九閽，巫咸不下問銜冤。黃陵別後春濤隔，湓浦書來秋雨翻。只有安仁能作誄，何曾宋玉解招魂。平生風義兼師友，不敢同君哭寢門。」傳誦一時。亦可見其人於士林之影響。

④「五典」「三墳」：傳說中的上古書名。少昊、顓頊、高辛、唐、虞之書為「五典」。舊注云：「伏羲本山墳作易曰連山，神農本氣墳作易曰歸藏，黃帝本形墳作易曰坤乾」，共稱『三墳』。左傳昭公十二年：「（倚相）能讀『三墳』『五典』『八索』『九丘』。」晉杜預注：「皆古書名。」文選（張衡）東京賦：「昔常恨『三墳』『五典』既泯，仰不睹炎帝帝魁之美。」三國吳薛綜注：「『三墳』，三皇之書也；『五典』，五帝之書也。」漢孔安國尚書序：「伏羲、神農、黃帝之書，謂之『三墳』，言大道也；少昊、顓頊、高辛、唐、虞之書，謂之『五典』，言常道也。」

⑤李、杜：指唐代大詩人李白、杜甫，二人齊名，合稱「李杜」。李白，見前注。杜甫（七一二—七七〇），字子美，河南鞏縣（今河南鞏義）人。唐代著名詩人。其十三世祖杜預，乃京兆杜陵（今陝西西安）人，故杜甫自稱「杜陵布衣」，即指其郡望。十世祖杜遜，東晉時南遷襄陽（今屬湖北），故或稱襄陽杜甫，乃指其祖籍。而杜甫一度曾居長安城南少陵附近，故又嘗自稱「少陵野老」，世稱「杜少陵」。唐肅宗至德二載（七五七），杜甫官任左拾遺，故世稱「杜拾遺」。唐代宗廣德二年（七六四），劍南節度使嚴武聘杜甫為節度使署中參謀，又薦為檢校工部員外郎，故又稱「杜工部」。杜甫現存詩歌一千四百四十餘首。宋人王洙所編杜工部集二十卷，為今存之最早版本。杜甫親身經歷安史之亂，詩作反映社會現實深刻，有「詩史」之譽。杜甫是中國古代詩歌集大成者，被後世尊為「詩聖」。

⑥機、雲：指晉代陸機、陸雲兄弟，二人以文齊名，合稱「二陸」。陸機（二六一—三〇三），字士衡，吳郡吳縣（今江蘇蘇州）人。其祖父陸遜、父親陸抗，皆為東吳名臣。少領父兵為牙門將。吳亡，退居勤學，作辯亡論。晉武帝太康末，與弟陸雲入洛，文才傾動一時。仕晉，曾官平原內史，故世稱「陸平原」。晉惠帝太安二年（三〇三），任後將軍、河北大都督，率軍討伐長沙王司馬乂，兵敗被讒，為成都王司馬穎所殺。有陸士衡集。陸機詩重藻繪排偶，駢文亦佳。是西晉太康時期文壇代表人物。陸雲（二六二—三〇三），字士龍，吳郡吳縣（今江蘇蘇州）人。年十六，舉賢良。晉武帝太康末，隨兄機入洛。仕晉，歷官尚書郎、侍御史、中書侍郎、清河內史等職，世稱「陸清河」。晉惠帝太安二年（三〇三年），與兄陸機同時遇害。今存陸士龍集輯本。

⑦事父、忠君：語本孝經：「資於事父以事母，而愛同；資於事父以事君，而敬同。故母取其愛，君取其敬，兼之者父也。故以孝事君則忠，以敬事長則順。」唐李隆基注，於「故以孝事君則忠」句下云「移事父孝以事於君，則為忠矣」。

⑧雨晴鳩喚婦：據說天將要下雨時，雄鳩佔巢躲雨就會把雌鳩逐出窩去；雨過天晴，雄鳩又會急切地喚雌鳩快回巢。宋歐陽修鳴鳩：「天將陰，鳴鳩逐婦鳴中林，鳩婦怒啼無好音。天雨止，鳩呼婦歸鳴且喜，婦不亟歸呼不已。」嘉泰會稽志鳥部引陸璣毛詩草木魚蟲疏云：「鶻鳩，一名斑鳩，似鵓鳩而大。鵓鳩，灰色，無繡項。陰則屏逐其匹，晴則呼之，語曰『天將雨，鳩逐婦』者是也。」清郝懿行爾雅義疏釋鳥第十七「隹其，鳺鴀」條下亦引陸疏。舊注：「爾雅：鳩天陰則逐其婦，晴則呼之。」實據郝疏。

⑨霜冷雁呼群：秋天大雁南飛時，相互呼叫，提醒同伴不可離群，以共禦霜天寒冷。宋黃庭堅次韻答少章聞雁聽雞：「霜雁叫群傾半枕，夢回兄弟彩衣行。」

⑩周僕射（yè）：指東晉左僕射周顗（yǐ，二六九—三二二），字伯仁，汝南安成（今河南汝南）人。安東將軍周浚子。少有盛名，弱冠襲爵武城侯，拜祕書郎，累遷尚書吏部郎。元帝時，補吏部尚書，拜太子少傅，後轉尚書左僕射，因飲酒無度，往往一醉三日才醒，人稱「三日僕射」。後為大將軍王敦所殺。周顗於王導有恩，王導未能勸阻王敦殺周顗，故曰：「吾雖不殺伯仁，伯仁由我而死。」僕射，官名。秦始置，漢以後因之。漢成帝建始四年（前二九），初置尚書五人，一人為僕射，位僅次尚書令，職權漸重。漢獻帝建安四年（一九九），置左右僕射。唐宋左右僕射為宰相之職。

⑪鮑參軍：指南朝宋代詩人鮑照（約四一四—四六六），字明遠，東海（今山東郯城）人。宋文帝時，官中書舍人。晚年任荊州刺史臨海王劉子頊前軍參軍，故世稱「鮑參軍」。宋明帝泰始二年（四六六）劉子頊起兵謀反失敗，鮑照為亂兵所殺。鮑照以詩文名，長於樂府和七言歌行，擬行路難為其詩代表作，另有蕪城賦、登大雷岸與妹書等名篇。明人輯有鮑參軍集。鮑照詩風俊逸，唐代大詩人李白受其影響甚深。唐杜甫春日懷李白：「清新庾開府，俊逸鮑參軍。」

⑫「鳥翼長隨」二句：傳說鳳凰為飛鳥之長，鳳凰飛的時候所有的鳥都在後面跟隨。大戴禮記易本命：「有翼之蟲三百六十，而鳳凰為之長。」鳥翼長隨，舊注引格物總論云：「鳳飛則禽鳥隨之。」洵，確實。眾禽長，飛禽之長。

⑬狐威不假：指狐狸從老虎那裏借去的威風一點兒也不虛假。典出戰國策楚策一：「虎求百獸而食

之，得狐。狐曰：『子無敢食我也。天帝使我長百獸，今子食我，是逆天帝命也。子以我為不信，吾為子先行，子隨我後，觀百獸之見我而敢不走乎？』虎以為然，故遂與之行，獸見之皆走。虎不知獸畏己而走也，以為畏狐也。」後因以「狐假虎威」喻仰仗別人的威勢或倚仗別人威勢來欺壓人。

【譯文】

唐堯對虞舜，禹夏對殷商。

漢代的蔡茂對唐朝的劉蕡。

山色明媚對水景秀麗，五帝之「五典」對三皇之「三墳」。

唐代有李白和杜甫，晉朝有陸機和陸雲。

侍奉父母對效忠君主。

雨停之後，鳩鳥挈婦將雛；寒霜落下，大雁呼朋引伴。

晉代僕射周顗酒量非常深洪，宋代參軍鮑照詩才俊朗飄逸。

鳥兒都展開翅膀跟着牠飛，鳳凰確實是眾鳥之長；狐狸借去的威風真不是假的，老虎確實是百獸之君。

上平十三元

【題解】

本篇共三段，皆為韻文。每段韻文，由若干句對仗的聯語組成。每句皆押「平水韻」上平聲「十三元」韻。

本篇每句句末的韻腳字，「喧」「源」「暄」「軒」「魂」「門」「村」「言」「孫」「猿」「原」「塤」「園」「恩」「豚」「屯」「昏」等，在傳統詩韻（「平水韻」）裏，都歸屬於上平聲「十三元」這個韻部。這些字，在普通話裏，韻母有的是「an」，有的是「üan」，有的是「en」，有的是「un」；聲調有讀第一聲的，有讀第二聲的。

需要注意的是：普通話「an」「en」「un」「ün」等韻母的字，並不都屬於「平水韻」上平聲「十三元」韻，也有可能屬於上平聲「十一真」韻、「十二文」韻、「十四寒」韻、「十五刪」韻，或下平聲「一先」韻、「十二侵」韻、「十三覃」韻、「十四鹽」韻、「十五咸」韻。尤需注意的是：「十三元」韻的字，一部分和上平聲「十一真」韻、「十二文」韻是鄰韻；一部分和上平聲「十四寒」韻、「十五刪」韻及下平聲「一先」韻是鄰韻。填詞時可以通押，寫近體詩時不可通押。但和下平聲「十二侵」韻、「十三覃」韻、「十四鹽」韻、「十五咸」韻不是鄰韻，不僅寫近體詩時不可通押，填詞時亦不可以通押。這是因為，「十二侵」韻、「十三覃」韻、「十四鹽」韻、「十五咸」韻，屬於閉口韻，即它的韻母實際上是收[m]尾，而非[n]尾。在中古音系統裏，它們的韻尾不同。

（一）

幽對顯，寂對喧。

柳岸對桃源。

鶯朋對燕友①，早暮對寒暄②。

魚躍沼③，鶴乘軒④。

醉膽對吟魂⑤。

輕塵生范甑⑥，積雪擁袁門⑦。

縷縷輕煙芳草渡⑧，絲絲微雨杏花村⑨。

詣闕王通⑩，獻太平十二策⑪；出關老子⑫，著道德五千言⑬。

【注釋】

①鶯朋、燕友：成群結伴的黃鶯和燕子。引申義則為結伴尋春，嬉於鶯鶯燕燕的人。古詩文習用語。元明以來，常「鶯朋燕友」四字連用。

②早暮：早晚。寒暄：冷暖。泛指賓主見面時問候起居冷暖。亦指冬夏。暄，暖。唐皇甫冉巫山峽：「朝暮泉聲落，寒暄樹色同。」

③魚躍沼：語典出自詩經大雅靈臺：「王在靈沼，於牣魚躍。」

④鶴乘軒：即鶴乘坐在軒車上。典出左傳閔公二年：「冬十二月，狄人伐衛。衛懿公好鶴，鶴有乘軒者。將戰，國人受甲者皆曰：『使鶴，鶴實有祿位，余焉能戰！』」衛懿公喜歡鶴，讓鶴乘坐官員的軒車。後代因此常用「鶴乘軒」來比喻因為帝王的寵幸而濫得官位。軒，古代一種前頂較高而有帷幕的車子，供大夫以上乘坐。

⑤醉膽：醉酒後的膽量，形容豪氣。古詩文習用語。宋陸游觀大散關圖有感：「志大浩無期，醉膽空滿軀。」吟魂：詩人的靈魂或夢魂，有時也用來指詩情、詩思。古詩文習用語。唐齊己寄山中諸友：「嵐光生眼力，泉滴爽吟魂。」

⑥輕塵生范甑：典出後漢書獨行傳：「（范冉）遭黨人禁錮，遂推鹿車，載妻子，捃拾自資。或寓息客廬，或依宿樹蔭。如此十餘年，乃結草室而居焉。所止單陋，有時糧粒盡，窮居自若，言貌無改。閭里歌之曰：『甑中生塵范史雲，釜中生魚范萊蕪。』」范冉家裏很窮，有時斷糧，飯

甑因為長時間不用，上面落滿了灰塵。范，指東漢范冉（一一二—一八五），名或作丹，字史雲，陳留外黃（今河南民權）人。曾師事馬融，通「五經」。桓帝時為萊蕪長，遭母憂，不赴。後辟太尉府，議者欲以為侍御史，遂遁出，賣卜於市，生活貧困。後遭黨錮，窮居自若，言貌無改。及黨禁解，三府累辟不就。卒謚貞節先生。後人常以「范丹」指代貧困而有操守的賢士。甑，蒸食炊器。其底有孔，古用陶製，殷周時代有以青銅製，後多用木製。因多用來煮飯，俗名飯甑。

⑦積雪擁袁門：典出後漢書袁安傳「後舉孝廉」唐李賢注引晉周斐汝南先賢傳：「時大雪積地丈餘。洛陽令身出案行，見人家皆除雪出，有乞食者。至袁安門，無有行路，謂安已死。令人除雪入戶，見安僵卧。問：『何以不出？』安曰：『大雪人皆餓，不宜干人。』令以為賢，舉為孝廉。」袁，指東漢名臣袁安（？—九二），字邵公，汝南汝陽（今河南商水）人。微時客洛陽，遇大雪而僵卧，不肯干人，洛陽令舉為孝廉。漢明帝時，任楚郡太守、河南尹，因平斷冤獄、治政嚴明，而名重一時。漢章帝時，升任太僕，官至司徒。漢和帝時，外戚竇氏擅權，袁安守正不移。和帝永元四年（九二），卒於位。子孫世代公卿。汝南袁氏與弘農楊氏，以「四世三公」並稱於世。相傳袁安未出仕之前，遇上下大雪，雪停之後，有不少人出門討吃的，唯有袁安閉門不出，洛陽令問他為什麼不出門乞討，袁安說：「遇上這樣的雪災，大家都挨餓，我實在不敢給人添麻煩。」洛陽令覺得他很難得，就推舉他為孝廉。袁安後來位至三公。

⑧芳草渡：長滿花草的野外渡口。古詩文習用語。唐趙嘏送權先輩歸覲信安：「馬嘶芳草渡，門掩百花塘。」

⑨杏花村：古村落名。在安徽池州城西郊。其地古產名酒。唐杜牧清明：「清明時節雨紛紛，路上

行人欲斷魂。借問酒家何處有，牧童遙指杏花村。」其後杏花村乃有盛名。明清兩代，曾相繼於此築亭、建坊、葺祠。其地古井仍存，井水清冽，有「香泉似酒，汲之不竭」之稱。

⑩詣闕：指到京都，上朝堂。詣，到。闕，宮殿，引申為朝廷。王通（五八四—六一七）：字仲淹，絳州龍門（今山西河津）人。著名儒家學者，門人私謚「文中子」。仕隋為蜀郡司戶書佐。文帝仁壽間至長安上太平十二策。後知所謀不被用，乃歸河汾間以教授為業，受業者以千數，時稱「河汾門下」。薛收、房喬、李靖、魏徵等皆從受王佐之道。嘗仿春秋作元經（一作六經），又著中說（一稱文中子）。

⑪太平十二策：即太平策十二通。王通曾謁見隋文帝，進獻治國安邦的太平策十二通，未被採納。事見唐杜淹文中子世家：「西遊長安，見隋文帝。帝坐太極殿，召而見之。因奏太平之策十有二焉，推帝皇之道，雜王伯之略，稽之於今，驗之於古，恢恢乎若運天下於掌上矣。」

⑫關：特指函谷關。相傳老子西出函谷關，不知所終。史記老子韓非列傳：「老子修道德，其學以自隱無名為務。居周久之，見周之衰，乃遂去。至關，關令尹喜曰：『子將隱矣，強為我著書。』於是老子乃著書上下篇，言道德之意五千餘言而去，莫知其所終。」老子：又稱「老聃」，一名「李耳」。曾為周柱下史。我國古代著名思想家，道家學派的創始人。主張「無為」。

⑬道德五千言：指老子的著作道德經，全篇共約五千字。

【譯文】

幽暗對明顯，寂靜對喧囂。

種着柳樹的河岸對開滿桃花的水源。
黃鶯為朋對燕子作友，早晚對冷暖。
游魚跳出沼澤，白鶴乘坐軒車。
醉後的膽量對詩人的精魂。
范冉煮飯的甑裏落了細微的塵土，袁安的門口堆滿了厚厚的積雪。
長滿綠草的渡口飄起縷縷輕煙，開滿杏花的村莊落着絲絲細雨。
王通曾經向朝廷獻上十二篇太平策，老子西出函谷關之時寫下了五千字的道德經。

（二）

兒對女，子對孫。
藥圃對花村①。
高樓對邃閣②，赤豹對玄猿③。
妃子騎④，夫人軒⑤。
曠野對平原。

匏巴能鼓瑟⑥，伯氏善吹塤⑦。

馥馥早梅思驛使⑧，萋萋芳草怨王孫⑨。

秋夕月明⑩，蘇子黃岡遊赤壁⑪；春朝花發⑫，石家金谷啟芳園⑬。

【注釋】

①藥圃：種植藥材的園子。古詩文習用語。唐王維濟州過趙叟家宴：「荷鋤修藥圃，散帙曝農書。」花村：開滿鮮花的山村。古詩文習用語。唐李洞賦得送賈島謫長江：「筇攜過竹寺，琴典在花村。」

②邃閣：深幽的樓閣。古詩文習用語。唐李世民元日：「高軒曖春色，邃閣媚朝光。」

③赤豹：毛赤而有黑色斑紋的豹。詩經大雅韓奕：「赤豹黃羆。」楚辭九歌山鬼：「乘赤豹兮從文狸。」玄猿：黑猿。漢司馬相如長門賦：「玄猿嘯而長吟。」

③妃子騎：典出唐杜牧過華清宮絕句：「一騎紅塵妃子笑，無人知是荔枝來。」妃子，指楊貴妃。騎，驛站的快馬。楊貴妃喜歡吃荔枝，唐明皇令嶺南地方快馬送到長安。

⑤夫人軒：即魚軒，車用魚皮作裝飾，是古代諸侯夫人乘坐的車。齊桓公曾贈許穆夫人魚軒。左傳閔公二年：「歸夫人魚軒。」晉杜預注：「魚軒，夫人車，以魚皮為飾。」

⑥匏（páo）巴：一作「瓠巴」，古代傳說中的音樂家。列子湯問：「匏巴鼓琴而鳥舞魚躍。」漢

張湛注：「匏巴，古善鼓琴人也。」鼓瑟：彈琴。鼓，彈奏樂器。荀子勸學：「昔者匏巴鼓瑟，而潛魚出聽。」古人常琴瑟並稱，琴、瑟同為弦樂器，琴弦少而瑟弦多，琴七弦，瑟二十五弦。

⑦伯氏善吹塤（xūn）：典出詩經小雅何人斯：「伯氏吹塤，仲氏吹篪。」朱子詩集傳：「伯仲，兄弟也。」伯氏，大哥，長兄。塤，古代陶製樂器，橢圓形，有六個孔，可以吹奏。

⑧馥馥早梅思驛使：典出荊州記：「陸凱與范曄相善，自江南寄梅花一枝詣長安與曄並贈花詩，曰：『折花逢驛使，寄與隴頭人。江南無所有，聊贈一枝春。』」太平御覽引此詩，凡三次。陸凱曾經從江南寄梅花給在長安的范曄，並附詩一首。馥馥，形容香氣濃郁。驛使，驛站傳送文書的人。

⑨萋萋芳草怨王孫：典出楚辭招隱士：「王孫遊兮不歸，春草生兮萋萋。」萋萋，形容草茂盛的樣子。王孫，王者之孫或後代。泛指貴族子弟。亦用作對士人的尊稱。

⑩秋夕：秋天的夜晚。宋蘇軾在前赤壁賦中寫道：「壬戌之秋，七月既望，蘇子與客泛舟，遊於赤壁之下。」故這裏說「秋夕月明」。

⑪蘇子黃崗遊赤壁：指宋代詩人蘇軾曾經與朋友遊覽黃州（今湖北黃岡）境內的赤壁山（又稱「赤鼻山」，下有赤鼻磯），並且寫過前赤壁賦和後赤壁賦。其實，赤壁之戰遺址在今湖北武昌西赤磯山，與漢陽南紗帽山隔江相對。一說，赤壁之戰遺址即湖北蒲圻西之赤壁山。蘇軾所遊黃州赤壁，並非真正的赤壁之戰古戰場遺址。

⑫春朝：春天的白天。

⑬石家：指晉代石崇，見前注。金谷：即金谷園，石崇所建，為一代名園，石崇經常在園中大宴賓客，極盡豪奢。

【譯文】

兒對女，子對孫。

種着藥草的園子對開滿鮮花的村莊。

高聳的樓對深幽的閣，紅色的豹子對黑色的猿猴。

為楊貴妃送鮮荔枝的驛站快馬，贈送給許穆夫人乘坐的魚軒車。

廣闊的田野對平坦的郊原。

匏巴精於彈瑟，長兄擅長吹壎。

聞到早開的梅花那濃郁的香味，就開始希望驛使帶來遠方朋友的信；看到春天茂密的綠草，就會怨恨王孫遠遊不歸。

月色明亮的秋夜，蘇軾在黃崗遊覽赤壁；百花盛開的春朝，石崇打開金谷園的大門。

（三）

歌對舞，德對恩。

犬馬對雞豚①。

龍池對鳳沼②，雨驟對雲屯③。

劉向閣④，李膺門⑤。

唳鶴對啼猿⑥。

柳搖春白晝，梅弄月黃昏⑦。

歲冷松筠皆有節⑧，春暄桃李本無言⑨。

噪晚齊蟬⑩，歲歲秋來泣恨；啼宵蜀鳥⑪，年年春去傷魂。

【注釋】

①犬馬：狗和馬。尚書旅獒：「犬馬非其土性不畜，珍禽奇獸不育於國。」論語為政：「今之孝者，是謂能養。至於犬馬，皆能有養。不敬，何以別乎？」後因以「犬馬之養」為供養父母的謙辭。特指良狗名馬，引申為玩好之物。孟子梁惠王下：「事之以犬馬，不得免焉。」亦為舊時臣子在君主前的自卑之稱或卑幼者在尊長前的自謙之稱。漢末曹操上書讓增封武平侯及費亭侯：「雖有犬馬微勞，非獨臣力，皆由部曲將校之助。」雞豚：雞和豬。古時農家所養禽畜。孟子梁惠王上：「雞豚狗彘之畜，無失其時。」禮記大學：「畜馬乘，不察於雞豚；伐冰之家，不畜牛羊。」漢鄭玄注：「畜馬乘，謂以士初試為大夫也。伐冰之家，卿大夫以上……雞豚牛羊，民之所畜養以為財利者也。」豚，小豬。

②龍池、鳳沼：指皇家園林中的池沼。傳說唐玄宗李隆基登基前住的舊宅興慶宮東側，有一口井忽然湧為小池，常有雲氣，或見黃龍出其中。玄宗即位後將其命名為龍池，於隆慶坊建興慶宮，龍池被包容於內。在今陝西西安興慶公園內。唐沈佺期龍池篇：「龍池躍龍龍已飛，龍德先天天不違。」魏晉南北朝時設中書省於禁苑，掌管機要，接近皇帝，故稱中書省為「鳳凰池」。後世又多以「鳳凰池」指宰相職位，或以鳳池代指朝堂。唐翁綬雜曲歌辭行路難：「君看西漢翟丞相，鳳沼朝辭暮雀羅。」又，古琴琴底有兩個出音孔，上孔曰龍池，下孔曰鳳沼。宋趙希鵠洞天清錄古琴辯：「雷張製槽腹有妙訣，於琴底悉窪，微令如仰瓦，蓋謂於龍池鳳沼之弦，微令有唇，餘處悉窪之。」

③雨驟：雨勢迅猛。南朝梁王湜贈情人：「雨驟行人斷，雲聚獨悲深。」亦可解作雨聚，即雨水聚集意，引申為聚集。唐呂令則義井賦：「川流雨驟，車馬於焉往來；風舉雲搖，帝王由茲行幸。」此處「雨驟」與「雲屯」相對，當為聚集之義。雲屯：如雲之聚集，形容盛多。後漢書劉表傳贊：「魚麗漢軸，雲屯冀馬。」唐高適雜曲歌辭邯鄲少年行：「宅中歌笑日紛紛，門外車馬如雲屯。」成語「雲屯雨集」，形容眾多的人聚集在一起。

④劉向閣：指長安未央宮內的天祿閣，朝廷收藏典籍之所，西漢學者劉向曾在此校閱群書。劉向（約前七七—前六），本名更生，字子政，沛（今江蘇沛縣）人。楚元王劉交（劉邦異母弟）四世孫，劉歆之父。治春秋穀梁，以陰陽休咎論時政得失，屢上書劾奏外戚專權。宣帝時，任散騎諫大夫給事中。元帝時，擢為散騎宗正給事中。後以反對宦官弘恭、石顯專權，議欲罷退之，被譖下獄。成帝即位，得進用，更名向，遷光祿大夫，官至中壘校尉。校閱中祕群書，撰

成別錄，為我國目錄學之祖。有新序、說苑、列女傳等。

⑤李膺門：典出後漢書李膺傳：「是時朝庭日亂，綱紀頹阤，膺獨持風裁，以聲名自高。士有被其容接者，名為登龍門。」後因以「李膺門」「李膺門館」譽稱名高望重之家。李膺（一一〇—一六九），字元禮，潁川襄城（今河南襄城）人。初舉孝廉，歷任青州刺史，漁陽、蜀郡太守，轉護烏桓校尉。漢桓帝永壽二年（一五六），任度遼將軍。延熹二年（一五九）任河南尹，後為司隸校尉。張讓弟朔為野王令，貪殘無道，聞膺威嚴，匿於京師合柱中，膺破柱取朔殺之，諸黃門常侍皆鞠躬屏氣，不敢出言。李膺與太學生郭泰等交遊，反對宦官專權，名重一時，有「天下楷模李元禮」之譽，士人以與其結交為「登龍門」。延熹九年（一六六），第一次黨錮之禍，被宦官誣為結黨，下獄，釋後復遭禁錮。永康元年（一六七），漢靈帝即位，大將軍竇武引以為長樂少府，與陳蕃謀誅宦官，事敗，免官。建寧二年（一六九），黨錮再起，下獄死。

⑥唳鶴、啼猿：皆古詩文習用語。唐盧照鄰山莊休沐：「亭幽聞唳鶴，窗曉聽鳴雞。」唐李世民帝京篇十首其三：「驚雁落虛弦，啼猿悲急箭。」啼猿唳鶴，又作「怨鶴啼猿」，作為典故，與孔稚珪北山移文有關。昭明文選（孔稚珪）北山移文：「惠帳空兮夜鶴怨，山人去兮曉猿驚。」唐李周翰注：「此因山言之，故託猿鶴以寄驚怨也。」

⑦梅弄月黃昏：此句用宋林逋山園小梅「疏影橫斜水清淺，暗香浮動月黃昏」語典。

⑧松筠：見前注。竹有節，松經冬不凋，故以「松筠之節」喻指人有節操。隋書柳莊傳：「而今已後，方見松筠之節。」

⑨春暄桃李本無言：典出史記李將軍列傳論：「余睹李將軍悛悛如鄙人，口不能道辭。及死之日，天下知與不知，皆為盡哀。彼其忠實心誠信於士大夫也？諺曰：『桃李不言，下自成蹊。』此言雖小，可以喻大也。」唐司馬貞索隱：「姚氏云：『桃李本不能言，但以華實感物，故人不期而往，其下自成蹊徑也。』」亦作「桃李無言，下自成蹊」。意思是說桃樹、李樹雖然不開口，但是樹下卻因人來人往自然而然地形成小徑。比喻實至名歸。

⑩齊蟬：知了。因為蟬又名齊女，所以稱「齊蟬」。典出晉崔豹古今注問答釋義：「牛享問曰：『蟬名齊女者，何也？』答曰：『齊王后忿而死，屍變為蟬，登庭樹，嘒唳而鳴，王悔恨。故世名蟬曰齊女也。』」

⑪蜀鳥：即杜鵑，傳說杜鵑是蜀帝杜宇死後所變，所以稱杜鵑為「蜀鳥」。文選（張衡）南都賦唐李善注引蜀記：「昔有人姓杜，名宇。王蜀，號曰望帝。宇死，俗說云，宇化為子規。子規，鳥名也。蜀人聞子規鳴，皆曰望帝也。」

【譯文】

唱歌對跳舞，仁德對恩惠。

狗和馬對雞和豬。

龍池對鳳沼，雨集對雲聚。

劉向校書的地方是天祿閣，能拜訪李膺家被時人稱為「登龍門」。

鳴叫的鶴對哀啼的猿。

春日的柳樹在陽光下搖擺枝條，月下的梅樹在黃昏時舞動枝影。天氣寒冷，松樹和竹子顯得更有氣節；春光和暖，燦爛的桃花和李花本身是不會説話的。傍晚鳴叫的知了，每年秋天來的時候都會長鳴表達怨恨；半夜哀啼的杜鵑，年年春暮時分總是黯然傷魂。

上平十四寒

【題解】

本篇共三段，皆為韻文。每段韻文，由若干句對仗的聯語組成。每句皆押「平水韻」上平聲「十四寒」韻。

本篇每句句末的韻腳字，「難」「蟠」「鸞」「溥」「鞍」「灘」「彈」「端」「乾」「桓」「餐」「冠」「鄲」「寒」「壇」「盤」「寬」「丸」「欄」「闌」「官」「般」「肝」「安」等，在傳統詩韻（「平水韻」）裏，都歸屬於上平聲「十四寒」這個韻部。這些字，在普通話裏，韻母都含「an」（有些在「an」前有韻頭「u」）；聲調有讀第一聲的，有讀第二聲的。

需要注意的是：普通話「an」韻母的字，並不都屬於「平水韻」上平聲「十四寒」韻，也有可能屬於上平聲「十三元」韻、「十五刪」韻，或下平聲「一先」韻、「十三覃」韻、「十四鹽」韻、「十五咸」韻。尤需注意的是：「十四寒」韻的字，和上平聲「十三元」韻（一部分）、「十五刪」韻及下平聲「一先」韻是鄰韻。填詞時可以通押，寫近體詩時不可通押。但和下平聲「十三覃」韻、「十四鹽」韻、「十五咸」韻不是鄰韻，不僅寫近體詩時不可通押，填詞時亦不可以通押。這是因為，「十三覃」韻、「十四鹽」韻、「十五咸」韻，屬於閉口韻，即它們的韻母實際上是收[m]尾，而非[n]尾。在中古音系統裏，它們的韻尾不同。

（一）

多對少，易對難。

虎踞對龍蟠①。

龍舟對鳳輦②，白鶴對青鸞③。

風淅淅④，露漙漙⑤。

繡轂對雕鞍⑥。

魚游荷葉沼，鷺立蓼花灘⑦。

有酒阮貂奚用解⑧，無魚馮鋏必須彈⑨。

丁固夢松，柯葉忽然生腹上⑩；文郎畫竹⑪，枝梢倏爾長毫端⑫。

【注釋】

①虎踞：形容山勢雄偉，像老虎蹲踞一樣。龍蟠：亦作「龍盤」，如龍之盤卧狀。形容山勢雄壯綿延的樣子。唐李白金陵歌送別范宣：「鐘山龍盤走勢來，秀色橫分歷陽樹。」亦用以喻豪傑之士隱伏待時。三國志魏志杜襲傳：「襲避亂荊州，劉表待以賓禮。同郡繁欽數見奇於表，襲喻之曰：『吾所以與子俱來者，徒欲龍蟠幽藪，待時鳳翔。』」「虎踞龍蟠」四字常連用，形容地勢極峻峭險要。北周庾信哀江南賦：「昔之虎據龍蟠，加以黃旂紫氣。莫不隨狐兔而窟穴，與風塵而殄悴。」

②龍舟：專供帝王乘坐的船。穆天子傳卷五：「天子乘鳥舟龍舟，浮於大沼。」晉郭璞注：「舟皆以龍鳥為形制。今吳之青雀舫，此其遺象也。」隋書煬帝紀上：「八月壬寅，上御龍舟，幸江都。」鳳輦：天子乘坐的車駕，以金鳳為飾。唐王維奉和聖製與太子諸王三月三日龍池春禊應制：「明君移鳳輦，太子出龍樓。」唐錢起和李員外扈駕幸溫泉宮：「未央月曉度疏鐘，鳳輦時巡出九重。」

③白鶴：俗稱仙鶴，傳說中多為仙人坐騎。唐李白尋雍尊師隱居：「花暖青牛卧，松高白鶴眠。」青鸞：古代傳說中鳳凰一類的神鳥。赤色多者為鳳，青色多者為鸞。也有借指傳送信息的使者。唐李商隱相思樹上：「相思樹上合歡枝，紫鳳青鸞共羽儀。」

④淅淅：象聲詞。形容風聲或雨聲。唐白居易北亭：「江風萬里來，吹我涼淅淅。」

⑤溥溥：露水眾多的樣子。一說為露珠圓貌。詩經鄭風野有蔓草：「零露溥兮。」毛傳：「溥溥然盛多也。」

⑥繡轂：指裝飾華麗的車。轂，車輪的中心部位，周圍與車輻的一端相接，中有圓孔，用以插

軸。古詩文習用語。唐白居易和夢遊春詩一百韻：「羅扇夾花燈，金鞍攢繡轂。」雕鞍：雕飾有精美圖案的馬鞍。亦借指坐騎。古詩文習用語。唐駱賓王帝京篇：「寶蓋雕鞍金絡馬，蘭窗繡柱玉盤龍。」

⑦蓼花灘：為古詩文習用語。唐許渾朝臺送客有懷：「嶺北歸人莫回首，蓼花楓葉萬重灘。」宋楊萬里竹牀：「醉夢那知蕉葉雨，小舟親過蓼花灘。」蓼，一年生草本植物，葉披針形，花小，白色或淺紅色，果實卵形、扁平，生長在水邊或水中。

⑧阮貂：典出晉書阮孚傳：「（孚）遷黃門侍郎、散騎常侍。嘗以金貂換酒，復為所司彈劾，帝宥之。」阮孚酗酒，曾經解金貂換酒。後因以「阮（孚）貂」借指貰酒之抵押物，以「金貂換酒」作為名士曠達不羈、恣意縱酒之典故。阮，即阮孚（？—三二六），字遙集，陳留尉氏（今河南尉氏）人。阮咸子。避亂渡江，晉元帝時任安東參軍，蓬髮飲酒，常被彈劾。晉明帝立，升侍中，奉詔增益雅樂。從平王敦，賜爵南安縣侯。咸和元年（三二六）晉成帝即位，太后臨朝，政出舅氏（庾亮），阮孚認為大亂將至，苦求外出，轉廣州刺史。未至鎮，卒，時年四十九。次年，蘇峻謀反，識者以為知幾。貂，即金貂，皇帝左右侍臣的冠飾。漢始，侍中、中常侍之冠，於武冠上加黃金璫，附蟬為文，貂尾為飾，謂之趙惠文冠。漢書谷永傳：「戴金貂之飾，執常伯之職者皆使學先王之道。」晉潘岳秋興賦：「登春臺之熙熙兮，珥金貂之炯炯。」

⑨馮鋏：馮，指戰國時人馮諼。鋏，劍把，也代指寶劍。馮諼是孟嘗君的門客，他初到孟嘗君府中時，因為對待遇不滿，曾經彈着劍唱「沒有魚吃，長劍啊我們回去吧！」後因以「馮諼彈鋏」喻指懷才不遇、處境窘困而希望被賞識重用。典出戰國策齊策四：「齊人有馮諼者，貧乏不能自存。使人屬孟嘗君，願寄食門下。孟嘗君曰：『客何好？』曰：『客無好也。』曰：『客何能？』

曰：『客無能也。』孟嘗君笑而受之，曰：『諾。』左右以君賤之也，食以草具。居有頃，倚柱彈其劍，歌曰：『長鋏，歸來乎！食無魚。』左右以告。孟嘗君曰：『食之，比門下之客。』居有頃，復彈其鋏，歌曰：『長鋏，歸來乎！出無車。』左右皆笑之，以告。孟嘗君曰：『為之駕，比門下之車客。』於是乘其車，揭其劍，過其友，曰：『孟嘗君客我！』後有頃，復彈其劍鋏，歌曰：『長鋏，歸來乎！無以為家。』左右皆惡之，以為貪而不知足。孟嘗君問：『馮公有親乎？』對曰：『有老母。』孟嘗君使人給其食用，無使乏。於是馮諼不復歌。」

⑩「丁固夢松」二句：典出三國志吳書三：「（寶鼎）三年春二月，以左右御史大夫丁固、孟仁為司徒、司空。」南朝宋裴松之注引吳書曰：「初，固為尚書，夢松樹生其腹上，謂人曰：『松字十八公也，後十八歲，吾其為公乎！』卒如夢焉。」丁固曾經夢見自己肚子上長出松樹，對人說「松樹是十八公，十八年之後我要做三公」。十八年後，果然位居三公。後因以「夢松」為祝人登三公位的典故。丁固（一九八—二七三），本名密，字子賤，後改名固，山陰（今浙江紹興）人。孫休時任左御史大夫，孫皓時升任司徒。鳳凰二年（二七三）三月卒，年七十六。柯，樹枝。

⑪文郎：指北宋畫家文同（一〇一八—一〇七九），字與可，號笑笑先生，世稱「石室先生」「錦江道人」，梓州永泰（今四川鹽亭）人。仁宗皇祐元年（一〇四九）進士。歷知陵、洋、湖州。神宗元豐二年（一〇七九），卒於赴湖州任途中，年六十二。與司馬光、蘇軾相契。工詩文，善篆、隸、行、草、飛白，尤長於畫竹。有丹淵集。宋蘇軾文與可畫篔簹谷偃竹記云：「故畫竹，必先得成竹於胸中，執筆熟視，乃見其所欲畫者。」宋晁補之贈文潛甥楊克一學文與可畫竹求

詩云：「與可畫竹時，胸中有成竹。」成語「胸有成竹」即由此而來。

⑫倏爾：迅速，很快。毫：指筆。

【譯文】

多對少，容易對困難。

老虎蹲踞對巨龍盤曲。

皇帝坐的龍舟對后妃乘的鳳車，白色的仙鶴對青色的鸞鳳。

風聲細微，露水繁多。

裝飾華麗的車對配有雕鞍的馬。

魚在長滿荷葉的池塘游動，鷺鷥站在開滿水蓼花的灘邊。

有酒喝的時候，阮孚就不用再解下金貂換酒；沒魚吃的時候，馮諼必定會敲擊長劍唱出自己的要求。

東吳丁固夢見松樹，發現枝條和葉子忽然從自己肚子上長出；北宋文同擅長畫竹，竹枝迅速地在他筆下呈現。

（二）

寒對暑，濕對乾。

魯隱對齊桓①。

寒氈對暖席②，夜飲對晨餐③。

叔子帶④，仲由冠⑤。

郟鄏對邯鄲⑥。

嘉禾憂夏旱⑦，衰柳耐秋寒⑧。

楊柳綠遮元亮宅⑨，杏花紅映仲尼壇⑩。

江水流長，環繞似青羅帶⑪；海蟾輪滿⑫，澄明如白玉盤⑬。

【注釋】

①魯隱：即魯隱公（？—前七一二），姬姓，名息姑，一作息。春秋時魯國君主，在位凡十一年。春秋紀事，始於魯隱公。惠公長庶子。惠公死，魯人以惠公嫡子允年少，共立息姑攝政行君事，立弟允為太子。隱公十一年，公子翬勸隱公殺允而正式即位，隱公不允。翬乃反勸允殺隱公。齊桓：即齊桓公（？—前六四三），姜姓，名小白。春秋時齊國君主，為春秋五霸之首。齊襄公弟。襄公被殺，自莒歸國即位，任管仲為相，國力富強。以「尊王攘夷」為名，北伐戎

狄，南抑強楚。周惠王死，奉太子鄭即位，為周襄王。多次會合諸侯，訂立盟約，樹立威望。在位共四十三年，卒謚桓。

②寒氈：典出杜詩。新唐書鄭虔傳：「（鄭虔）在官貧約甚，澹如也。杜甫嘗贈以詩曰：『才名四十年，坐客寒無氈』云。」新唐書所引，出自杜詩戲簡鄭廣文虔兼呈蘇司業源明篇。是說廣文館博士鄭虔雖然才名滿天下，但家境貧寒，沒有氈子給客人坐。後以「寒氈」形容寒士清苦的生活，亦借指清苦的讀書人。暖席：亦作「煖席」，指久坐而留有體溫的座席，借指安坐閒居。淮南子修務訓：「孔子無黔突，墨子無煖席。」漢高誘注：「坐席不至於溫。」昭明文選答賓戲：「是以聖哲之治，棲棲遑遑，孔席不暖，墨突不黔。」唐李善注：「韋昭曰：暖，溫也，言坐不暖席也。文子曰：墨子無黔突，孔子無暖席，非以貪祿慕位，欲起天下之利，除萬民之害也。」

③夜飲：「長夜飲」之縮語，謂通宵宴飲。典出詩經小雅湛露：「湛湛露斯，匪陽不晞。厭厭夜飲，不醉無歸。湛湛露斯，在彼豐草。厭厭夜飲，在宗載考。」毛傳：「厭厭，安也。夜飲，私燕也。」韓非子說林上：「紂為長夜之飲，懼以失日，問其左右盡不知也。」史記魏公子列傳：「公子自知再以毀廢，乃謝病不朝，與賓客為長夜飲。」漢王充論衡語增則曰：「坐在深室之中，閉窗舉燭，故曰長夜。」晨餐：早飯，早晨吃飯。晉束皙補亡詩六首南陔：「馨爾夕膳，潔爾晨餐。」唐韋應物送張侍御祕書江左覲省：「晨餐亦可薦，名利欲何如。」

④叔子帶：指晉代羊祜（字叔子）的衣帶。晉書羊祜傳：「（祜）在軍常輕裘緩帶，身不被甲。」羊祜鎮守荊州時經常穿着裘衣鬆鬆地束着衣帶，不穿戰甲。後用「叔子帶」以形容裝束儒雅，風流平易。羊祜，見前注。

⑤仲由冠：孔子弟子子路（仲由，字子路）初見孔子時，戴的是雄雞冠。史記仲尼弟子列傳：「子路性鄙，好勇力，志伉直，冠雄雞，佩豭豚，陵暴孔子。孔子設禮稍誘子路，子路後儒服委質，因門人請為弟子。」子路好勇，雄雞公豬（豭豚）好鬥，故子路佩帶。

⑥郟鄏（jiá rǔ）：周朝東都，故地在今河南洛陽。左傳宣公三年：「成王定鼎於郟鄏。」楊伯峻注：「郟鄏即桓七年傳之郟，周之王城，漢之河南，在今洛陽市。楚世家索隱云：按周書，郟，洛北山名，音甲。鄏謂田厚鄏，故以名焉。」邯鄲：地名。戰國時期趙國都城所在地，在今河北省境內。

⑦嘉禾：生長奇異的禾苗，古人以之為吉祥的徵兆。亦泛指生長茁壯的禾稻。典出尚書微子之命：「唐叔得禾，異畝同穎，獻諸天子。王命唐叔，歸周公於東，作歸禾。周公既得命禾，旅天子之命，作嘉禾。」孔傳：「唐叔，成王母弟，食邑內得異禾也……禾各生一壟而合為一穗……異畝同穎，天下和同之象，周公之德所致。」唐孔穎達疏：「此以善禾為書之篇名，後世同穎之禾遂名為『嘉禾』，由此也。」漢王充論衡講瑞：「嘉禾生於禾中，與禾中異穗，謂之嘉禾。」

⑧衰柳：老朽衰殘的柳樹。古詩文習用語。唐王維輞川集孟城坳：「新家孟城口，古木餘衰柳。」

⑨楊柳綠遮元亮宅：此句說陶淵明（字元亮）家庭院裏綠柳成蔭，形容隱居之樂。典出陶淵明五柳先生傳：「先生不知何許人也，亦不詳其姓字。宅邊有五柳樹，因以為號焉。」及陶詩歸園田居五首其一：「榆柳蔭後園，桃李羅堂前。」元亮，見前注。

⑩杏花紅映仲尼壇：此句用孔子杏壇講學之典，形容教學之樂。典出莊子漁父：「孔子遊乎緇帷之林，休坐乎杏壇之上。弟子讀書，孔子弦歌鼓琴。」後人因莊子寓言，在山東曲阜孔廟大成

殿前，為之築壇、建亭、書碑、植杏。北宋時，孔子四十五代孫道輔監修曲阜祖廟，將大殿北移，於其舊基築壇，環植杏樹，即以「杏壇」名之。壇上有石碑，碑篆「杏壇」二字為金翰林學士党懷英所書。明隆慶間重修，並築方亭。仲尼，見前注。

⑪青羅帶：青色的羅帶。比喻色青流長的江河。古詩文習用語。唐韓愈送桂州嚴大夫：「江作青羅帶，山如碧玉篸（按：音義同「簪」）。」宋張孝祥水調歌頭桂林集句：「江山好，青羅帶，碧玉簪。」

⑫海蟾：指月亮。傳說月中有蟾蜍，又從海上升起，故稱月為「海蟾」。古詩文習用語。宋梅堯臣聞角：「高樹朝光動，城頭落海蟾。」

⑬白玉盤：借指圓月。唐李白古朗月行：「小時不識月，呼作白玉盤。又疑瑤臺鏡，飛在青雲端。」

【譯文】

寒冷對炎熱，潮濕對乾燥。

魯隱公對齊桓公。

寒天用的氈毯對被人坐暖和的席子，晚上飲宴對早晨吃飯。

羊祜束着鬆緩的衣帶，子路戴着雄雞狀的帽子。

周地郟鄏對趙國邯鄲。

長勢良好的禾苗經不起夏天的乾旱，凋零衰敗的柳樹耐得住秋天的寒冷。

碧綠的柳樹密密地遮着陶淵明的住宅，紅豔的杏花燦爛地掩映孔子講學的高臺。

源遠流長的江水，好像青羅帶一樣曲折宛轉；從海中升起的月亮，好像白玉盤一般皎潔明亮。

（三）

橫對豎，窄對寬。
黑誌對彈丸①。
朱簾對畫棟②，彩檻對雕欄③。
春既老④，夜將闌⑤。
百辟對千官⑥。
懷仁稱足足⑦，抱義美般般⑧。
好馬君王曾市骨⑨，食豬處士僅思肝⑩。
世仰雙仙，元禮舟中攜郭泰⑪；人稱連璧，夏侯車上並潘安⑫。

【注釋】

①黑誌：有時寫作「黑子」，比喻地域狹小。北周庾信哀江南賦：「地惟黑子，城猶彈丸。」誌，通「痣」。彈丸：用彈弓射的泥丸。彈丸之地，比喻地域狹小。戰國策趙策三：「誠知秦力之不

至，此彈丸之地猶不予也。」

②朱簾：紅色簾子。古詩文習用語。南朝梁江淹靈丘竹賦：「綺疏蔽而停日，朱簾開而留風。」畫棟：繪有各種彩色圖案的屋樑。古詩文習用語。唐王勃滕王閣詩「畫棟朝飛南浦雲，珠簾（一作「朱簾」）暮捲西山雨」，以「珠簾」「畫棟」作對；宋丁黼滿江紅壽江古心母詞「南浦西山開壽域，朱簾畫棟調新曲」，則是「朱簾」「畫棟」連用。

③彩檻、雕欄：有彩繪和雕刻的欄杆。檻，欄杆。唐鮑溶宿水亭：「雕楹彩檻壓通波，魚鱗碧幕銜曲玉。」朱簾畫棟、彩檻雕欄，常用於形容富貴人家富麗堂皇的房舍。

④春既老：春天即將結束。既，已。唐岑參喜韓樽相過：「三月灞陵春已老，故人相逢耐醉倒。」

⑤夜將闌：黑夜即將到頭。闌，闌珊，殘、將盡的意思。宋柳永尾犯：「秋漸老、蛩聲正苦，夜將闌、燈花旋落。」

⑥百辟：諸侯，也泛指公卿大官。國語魯語上：「其周公、太公及百辟神祇實永饗而賴之。」三國吳韋昭注：「辟，君也。」文選（張衡）東京賦：「然後百辟乃入，司儀辨等，尊卑以班。」三國吳薛綜注：「百辟，諸侯也。」千官：大小官員。唐王維敕賜百官櫻桃：「芙蓉闕下會千官，紫禁朱櫻出上闌。」

⑦懷仁：指鳳凰心懷仁德。宋書符瑞志：「鳳凰者，仁鳥也。」足足：象聲詞。相傳為雌鳳鳴聲。漢王充論衡講瑞：「案禮記瑞命云：『雄曰鳳，雌曰凰。雄鳴曰即即，雌鳴曰足足。』」唐段成式酉陽雜俎廣動植總敘：「鳳，雄鳴節節，雌鳴足足，行鳴曰歸嬉，止鳴曰提扶。」亦用以指鳳凰。明楊慎秇林伐山足足般般：「薛道衡文：『足足懷仁，般般擾義。』足足，鳳也；般般，麟也。」

⑧抱義：指麒麟胸懷仁義。般般：猶斑斑，形容獸皮燦爛多彩的樣子。史記司馬相如列傳：「般般之獸，樂我君囿；白質黑章，其儀可喜。」唐司馬貞索隱：「般般，文彩之皃（貌）也。音班。」據明楊慎秇林伐山足足般般：「薛道衡文：『足足懷仁，般般擾義。』足足，鳳也；般般，麟也。」則般般形容麒麟毛色有文彩。般，通「斑」。

⑨市骨：買千里馬的骨頭。典出戰國策燕策一：「昭王曰：『寡人將誰朝而可？』郭隗先生曰：『臣聞古之君人有以千金求千里馬者，三年不能得。涓人言於君曰：「請求之。」君遣之。三月得千里馬，馬已死。買其首五百金。反以報君。君大怒曰：「所求者生馬，安事死馬而捐五百金？」涓人對曰：「死馬且買之五百金，況生馬乎？天下必以王為能市馬，馬今至矣。」於是不能期年，千里之馬至者三。今王誠欲致士，先從隗始。隗且見事，況賢於隗者乎？豈遠千里哉？』於是昭王為隗築宮而師之。樂毅自魏往，鄒衍自齊往，劇辛自趙往，士爭湊燕。」郭隗給燕昭王講了一個故事：說有位愛馬的君王派人攜千金去買千里馬，到的時候，馬已經死了，使者便用五百金把馬骨頭買了回來。千里馬的主人得知這一消息，都爭相賣馬給這位君王。燕昭王於是禮遇郭隗。天下賢人爭相赴燕。後乃用「市骨」比喻招攬人才之迫切。

⑩食豬處士：典出後漢書周黃徐姜申屠列傳：「太原閔仲叔者，世稱節士，雖周黨之潔清，自以弗及也。黨見其含菽飲水，遺以生蒜，受而不食。……客居安邑。老病家貧，不能得肉，日買豬肝一片，屠者或不肯與，安邑令聞，敕吏常給焉。仲叔怪而問之，知，乃歎曰：『閔仲叔豈以口腹累安邑邪？』遂去，客沛。以壽終。」東漢隱士閔仲叔，年老家貧，每次買肉只買一片豬肝，賣肉的不肯賣他，安邑縣令知道後，派官吏每天給他送豬肝，他認為是以自己的口腹之欲拖累

別人，所以不肯接受。

⑪「世仰雙仙」二句：東漢名士郭泰與河南尹李膺交往密切。李膺曾經和郭泰同船渡河，送行的人遠遠望去，覺得他們好像神仙一樣。典出後漢書郭太（按：因范曄父名泰，故改郭泰為郭太）傳：「（太）乃遊於洛陽。始見河南尹李膺，膺大奇之，遂相友善，於是名震京師。後歸鄉里，衣冠諸儒送至河上，車數千兩。林宗唯與李膺同舟共濟，眾賓望之，以為神仙焉。」元禮，即東漢李膺，字元禮。見前注。郭泰（一二八—一六九），字林宗，太原界休（今山西介休）人。漢末名士，與許劭齊名，並稱「許郭」。又因曾被太常趙典舉為有道，故世稱「郭有道」。與李膺等交遊，名重洛陽，被太學生推為領袖。第一次黨錮之禍後，被士林譽為「八顧」之一。但無意仕宦，官府多次辟召，都不應命。雖然善於品評海內人士，但不為危言刻論，所以得免於黨錮之禍。閉門教授，弟子數千。及卒，蔡邕為撰碑文。

⑫「人稱連璧」二句：典出世說新語容止：「潘安仁、夏侯湛並有美容，喜同行，時人謂之連璧。」晉書夏侯湛傳亦云：「湛幼有盛才，文章宏富，善構新詞，而美容觀，與潘岳友善，每行止同輿接茵，京都謂之『連璧』。」連璧，並列的美玉。喻指並美的人或事物。是西晉士人對夏侯湛、潘岳兩位美男子的並稱。夏侯，指夏侯湛（二四三—二九一），字孝若，譙國譙縣（今安徽亳州）人。曹操手下大將夏侯淵之曾孫。年少時即以文章著名，又因容貌俊美，與潘岳友善，時稱「連璧」。曾為太尉掾。晉武帝泰始年間，舉賢良，對策中第，拜郎中；後補太子舍人，轉尚書郎，出為野王令。晉惠帝時，為散騎常侍。卒於元康初年。今存夏侯常侍集。潘安，即潘岳（二四七—三〇〇），字安仁，滎陽中牟（今河南中牟）人。少年時代即被世人譽為奇童。早

辟司空太尉府。舉秀才。出為河陽令，轉懷縣令。楊駿輔政時，引為太傅主簿。駿誅，除名。後累遷為給事黃門侍郎。性輕躁趨利，諂事賈謐，為「二十四友」之首。趙王司馬倫執政，岳與倫親信孫秀有宿怨，秀誣以謀反誅之。潘岳善詩賦，是西晉文壇代表作家。與陸機齊名，有「潘江陸海」之稱。今存潘黃門集輯本。

【譯文】

橫對豎，狹窄對寬闊。

像黑痣一樣狹小的地方對像彈丸一樣狹小的地方。

紅色的簾子對畫着圖案的屋樑，彩繪的欄杆對雕花的欄杆。

春天已到盡頭，長夜即將過去。

諸侯和官員相對。

懷有仁德的鳳凰發出「足足」的鳴聲，十分悅耳；胸懷道義的麒麟，皮毛看上去色彩斑斕。

喜歡駿馬的君王曾經花重金買回千里馬的骨頭，漢代的處士閔仲叔僅以一片豬肝滿足口腹之欲。

李膺和郭泰同船渡河，人們遠遠望去覺得他們好像兩個神仙；夏侯湛和潘岳一起乘車，人們把他們比作連在一起的美玉。

上平十五刪

【題解】

本篇共三段，皆為韻文。每段韻文，由若干句對仗的聯語組成。每句皆押「平水韻」上平聲「十五刪」韻。

本篇每句句末的韻腳字，「攀」「菅」「顏」「潺」「環」「刪」「關」「山」「慳」「鬟」「鷴」「還」「斑」「姦」「頑」「蠻」「斑」「閒」等，在傳統詩韻（「平水韻」）裏，都歸屬於上平聲「十五刪」這個韻部。這些字，在普通話裏，韻母都含「an」，韻頭有的是「i」，有的是「u」；聲調有讀第一聲的，有讀第二聲的。

需要注意的是：普通話「an」韻母的字，並不都屬於「平水韻」上平聲「十五刪」韻；也有可能屬於上平聲「十三元」韻、「十四寒」韻，或下平聲「一先」韻、「十三覃」韻、「十四鹽」韻、「十五咸」韻。尤需注意的是：「十五刪」韻的字，和上平聲「十三元」韻（一部分）、「十四寒」韻及下平聲「一先」韻是鄰韻。填詞時可以通押，寫近體詩時不可通押。但和下平聲「十三覃」韻、「十四鹽」韻、「十五咸」韻不是鄰韻，不僅寫近體詩時不可通押，填詞時亦不可以通押。這是因為，「十三覃」韻、「十四鹽」韻、「十五咸」韻，屬於閉口韻，即它們的韻母實際上是收[m]尾，而非[n]尾。在中古音系統裏，它們的韻尾不同。

（一）

興對廢，附對攀。露草對霜菅①。歌廉對借寇②，習孔對希顏③。山壘壘，水潺潺。奉璧對探環④。禮由公旦作⑤，詩本仲尼刪⑥。驢困客方經灞水⑦，雞鳴人已出函關⑧。幾夜霜飛，已有蒼鴻辭北塞⑨；數朝霧暗，豈無玄豹隱南山⑩。

【注釋】

①露草：沾露的草。唐李華木蘭賦：「露草白兮山淒淒，鶴既唳兮猿復啼。」霜菅：霜後枯萎的菅草。用以比喻白髮。宋蘇軾再用前韻（追餞正輔表兄至博羅賦詩為別）：「樂天雙鬢如霜菅，始知謝遣素與蠻。」菅，植物名。多年生草本，葉子細長而尖，花綠色。莖可作繩織履，莖葉之細者可以覆蓋屋頂。

②歌廉：典出後漢書廉范傳：「建初中，（廉范）遷蜀郡太守，其俗尚文辯，好相持短長，范每厲以淳厚，不受偷薄之說。成都民物豐盛，邑宇逼側，舊制禁民夜作，以防火災，而更相隱蔽，燒者日屬。范乃毀削先令，但嚴使儲水而已。百姓為便，乃歌之曰：『廉叔度，來何暮。不禁火，民安作。平生無襦今五絝。』」廉，指東漢大臣廉范，字叔度，京兆杜陵（今陝西西安）人。生卒年不詳。求學京師，受業於博士薛漢。後薛漢坐楚王劉英事誅，范獨往收殮，由是顯名。舉茂才，遷雲中太守。明帝永平十六年（七三）匈奴寇邊，范擊破之。後為武威、武都太守。章帝建初中遷蜀郡太守，百姓歌之。後免歸鄉里。善治產，好賑濟，世稱其義。借寇：典出後漢書寇恂傳：「七年，代朱浮為執金吾。明年，從車駕擊隗囂，而潁川盜賊群起，帝乃引軍還，謂恂曰：『潁川迫近京師，當以時定。惟念獨卿能平之耳，從九卿復出，以憂國可知也。』恂對曰：『潁川剽輕，聞陛下遠逾阻險，有事隴、蜀，故狂狡乘間相詿誤耳。如聞乘輿南向，賊必惶怖歸死。臣願執銳前驅。』即日車駕南征，恂從至潁川，盜賊悉降，而竟不拜郡。百姓遮道曰：『願從陛下復借寇君一年。』乃留恂長社，鎮撫吏人，受納餘降。」寇，指漢光武帝時大臣寇恂（？—三六），字子翼，上谷昌平（今北京昌平）人。初為郡功曹。王莽敗亡，說太

守耿況南歸劉秀，拜偏將軍。後任河內太守，行大將軍事；歷潁川、汝南太守。光武建武七年（三一）遷執金吾。從帝南征潁川群盜，降之，百姓遮道請於帝，願復借寇君一年。後從征隴西，逼隗囂餘部高峻降漢。名重朝廷，人稱長者。封雍奴侯，卒謚威。

③習孔：學習孔子。希顏：效法顏回。希，仰慕，以……為榜樣。顏回為孔門大賢，後人遂以「希顏」泛指仰慕賢者。晉書虞溥傳：「夫學者不患才不及，而患志不立。故曰：『希驥之馬，亦驥之乘；希顏之徒，亦顏之倫也。』」古人多以「習孔」「希顏」取名者。

④奉璧：指藺相如完璧歸趙事。見前注。探環：典出晉書羊祜傳：「祜年五歲時，令乳母取所弄金環。乳母曰：『汝先無此物。』祜即詣鄰人李氏東垣桑樹中探得之。主人驚曰：『此吾亡兒所失物也，云何持去！』乳母具言之，李氏悲惋。時人異之，謂李氏子則祜之前身也。」晉人羊祜五歲的時候曾經在鄰居李氏家的桑樹中掏到金環一枚。主人見到後認出金環是他死去的兒子的物品，於是認為羊祜是他的兒子轉世。後因以「探環」借指轉世。元張翥雜詩之二：「叔子鄰家兒，探環記前身。」

⑤公旦：即周公旦，西周王族。姬姓，名旦，亦稱「叔旦」。周文王子，武王弟。輔佐武王伐紂滅商。武王卒，成王幼，周公攝政。東平武庚、管叔、蔡叔之叛。復營洛邑為東都，作為統治中原的中心。又制定禮樂制度，分封諸侯，使天下臻於大治。成王長，還政於王。周公封國在魯，因留任中央輔佐成王，而使長子伯禽代為就封，故周公為魯國始祖。周公卒後，成王賜魯國天子禮樂以褒其德。後世尊周公為聖賢典範，生平事跡見史記魯周公世家。

⑥詩本仲尼刪：相傳詩經曾經孔子刪定。孔子刪詩說，出自史記孔子世家：「古者詩三千餘篇，

及至孔子，去其重，取可施於禮義，上採契、后稷，中述殷、周之盛，至幽、厲之缺，始於衽席，故曰『關雎之亂以為風始，鹿鳴為小雅始，文王為大雅始，清廟為頌始』。三百五篇孔子皆弦歌之，以求合韶、武、雅、頌之音。」

⑦灞水：河名。渭河支流。在陝西中部。關中八川之一。客：指唐代詩人孟浩然。相傳孟浩然常騎驢至灞橋踏雪尋梅，後人常以「灞橋風雪」「踏雪尋梅」形容文人雅士賞愛風景苦心作詩的情致。孟浩然騎驢灞橋踏雪尋梅事，見前注。

⑧雞鳴人已出函關：典出史記孟嘗君列傳：「齊湣王二十五年，復卒使孟嘗君入秦，昭王即以孟嘗君為秦相。人或說秦昭王曰：『孟嘗君賢，而又齊族也，今相秦，必先齊而後秦，秦其危矣。』於是秦昭王乃止。囚孟嘗君，謀欲殺之。孟嘗君使人抵昭王幸姬求解。幸姬曰：『妾願得君狐白裘。』此時孟嘗君有一狐白裘，直千金，天下無雙，入秦獻之昭王，更無他裘。孟嘗君患之，遍問客，莫能對。最下坐有能為狗盜者，曰：『臣能得狐白裘。』乃夜為狗，以入秦宮臧中，取所獻狐白裘至，以獻秦王幸姬。幸姬為言昭王，昭王釋孟嘗君。孟嘗君得出，即馳去，更封傳，變名姓以出關。夜半至函谷關。秦昭王後悔出孟嘗君，求之已去，即使人馳傳逐之。孟嘗君至關，關法雞鳴而出客，孟嘗君恐追至，客之居下坐者有能為雞鳴，而雞齊鳴，遂發傳出。出如食頃，秦追果至關，已後孟嘗君出，乃還。」孟嘗君夜裏逃跑到函谷關，無法出門，他手下賓客中有能學雞叫的，引得群雞一起打鳴，使得他可以順利逃脫。函關，指函谷關。秦國規定，函谷關雞鳴始開。

⑨蒼鴻：大雁。蒼，指青蒼色。明宋訥元方次韻見答復用韻酬之：「舍後伭山翔白鶴，門前淇水落蒼鴻。」

⑩玄豹：黑色的豹。其皮毛貴重，胎為美味。傳說南山有玄豹，有霧的時候就藏起來，七天不吃東西，以保全牠皮毛上的花紋和色彩。後人用玄豹來比喻隱居避世、潔身自好的人。典出列女傳卷二「陶大夫荅子之妻」條：「荅子治陶三年，名譽不興，家富三倍。其妻數諫不用。居五年，從車百乘歸休。宗人擊牛而賀之，其妻獨抱兒而泣。姑怒曰：『何其不祥也！』婦曰：『夫子能薄而官大，是謂嬰害。無功而家昌，是謂積殃。昔楚令尹子文之治國也，家貧國富，君敬民戴，故福結於子孫，名垂於後世。今夫子不然。貪富務大，不顧後害。妾聞南山有玄豹，霧雨七日而不下食者，何也？欲以澤其毛而成文章也。故藏而遠害。犬彘不擇食以肥其身，坐而須死耳。今夫子治陶，家富國貧，君不敬，民不戴，敗亡之徵見矣。願與少子俱脫。』姑怒，遂棄之。處期年，荅子之家果以盜誅。唯其母老以免，婦乃與少子歸養姑，終卒天年。」

【譯文】

興盛對衰廢，依附對攀援。

落滿露水的草對經霜打過的草。

百姓歌頌廉叔度對向朝廷借用寇恂，學習孔子對效法顏回。

山石磊磊堆積，河水潺潺流淌。

藺相如完璧歸趙對羊祜掏得金環。

周禮是周公旦制定，詩經由孔子刪訂。

遠行的人才剛剛經過灞水，他騎的驢子就已經非常疲勞了；等雞真正開始鳴叫的時候，孟嘗君已經通過函谷關了。

連着幾天夜裏落下寒霜，已經有大雁飛離北方邊塞；持續幾天早晨霧色昏暗，難道沒有黑色的豹子隱藏在南山？

（二）

猶對尚[1]，侈對慳[2]。

霧髻對煙鬟[3]。

鶯啼對鵲噪[4]，獨鶴對雙鷴[5]。

黃牛峽[6]，金馬山[7]。

結草對銜環[8]。

崑山惟玉集[9]，合浦有珠還[10]。

阮籍舊能為眼白[11]，老萊新愛着衣斑[12]。

棲遲避世人⑬，草衣木食⑭；窈窕傾城女⑮，雲鬟花顏⑯。

【注釋】

①猶：猶自，仍然。尚：尚且。

②侈：奢侈，浪費。慳（qiān）：吝嗇，節省。

③霧髻、煙鬟：形容女子髮髻蓬鬆美麗，遠望如煙似霧。亦用以比喻雲霧繚繞的峰巒。宋辛棄疾遊武夷作棹歌呈晦翁十首其三：「玉女峰前一棹歌，煙鬟霧髻動清波。」「霧鬟」較「霧髻」為更常見，宋姜夔湘月：「誰解喚起湘靈，煙鬟霧鬟，理哀弦鴻陣。」

④鶯啼：黃鶯鳴叫。古詩文習用語。唐白居易快活：「可惜鶯啼花落處，一壺濁酒送殘春。」鵲噪：喜鵲鳴叫。俗謂喜兆。西京雜記：「乾鵲噪而行人至。」禽經「靈鵲兆喜」，晉張華注：「鵲噪則喜生。」宋史孫守榮傳：「一日，庭鵲噪，令占之，曰：『來日晡時，當有寶物至。』明日，李全果以玉柱斧為貢。」

⑤獨鶴：孤鶴，離群之鶴。為古詩文習用語。唐杜甫陪鄭公秋晚北池臨眺：「獨鶴元依渚，衰荷且映空。」又「素琴獨鶴」為士大夫志行高潔、為政簡易之典故，源自北宋名臣趙抃以一琴一鶴自隨事。宋史趙抃傳：「神宗立，召知諫院。故事，近臣還自成都者，將大用，必更省府，不為諫官。大臣以為疑，帝曰：『吾賴其言耳，苟欲用之，無傷也。』及謝，帝曰：『聞卿匹馬入蜀，以一琴一鶴自隨，為政簡易，亦稱是乎？』未幾，擢參知政事。抃感顧知遇，朝政有未協者，必密啟聞，帝手詔褒答。」夢溪筆談校證人事一：「趙閱道為成都轉運使，出行部內，唯攜一琴

一鶴，坐則看鶴鼓琴。嘗過青城山，遇雪，舍於逆旅。逆旅之人不知其使者也，或慢狎之，公頹然鼓琴不問。」雙鷳：一雙白鷳。白鷳，鳥名。又稱「銀雉」。雄鳥的冠及下體純藍黑色，上體及兩翼白色，故名。雌鳥棕綠色。分佈於中國南部。西京雜記：「閩越王獻高帝石蜜五斛，蜜燭二百枚，白鷳、黑鷳各一雙。」白鷳因毛色潔白，深為歷代文人喜愛，有「閒客」「玄素先生」之雅稱。

⑥黃牛峽：即黃牛山，長江峽名。因南岸高崖如人牽黃牛而得名。以兇險聞名。在湖北宜昌西。南朝宋盛弘之荊州記：「宜都西陵峽中有黃牛山，江湍紆迴，途經信宿猶望見之，行者語曰：『朝發黃牛，暮宿黃牛。三日三暮，黃牛如故。』」北魏酈道元水經注江水二：「江水又東經黃牛山。下有灘名曰黃牛灘。南岸重嶺疊起，最外高崖間有石如人負刀牽牛，人黑牛黃，成就分明，既人跡所絕，莫能究焉。此巖既高，加以江湍紆迴，雖途經信宿，猶望見此物，故行者謠曰：『朝發黃牛，暮宿黃牛。三朝三暮，黃牛如故。』言水路紆深，回望如一矣。」

⑦金馬山：山名，因山上有金馬神祠得名。與碧雞山相對。在今雲南昆明附近。清顧祖禹讀史方輿紀要雲南二雲南府：「金馬山，府東二十五里，西對碧雞山，相距五十餘里，其中即滇池也。漢宣帝神爵元年，方士言益州金馬、碧雞之神可祠而至……即此。」「金馬碧雞」，典出漢書王褒傳：「後方士言益州有金馬、碧雞之寶，可祭祀致也。宣帝使褒往祀焉。」漢書郊祀志下：「或言益州有金馬、碧雞之神，可醮祭而致。」唐顏師古注引三國曹魏如淳曰：「金形似馬，碧形似雞。」後漢書郡國志五：「越嶲郡十四城……青蛉有禺同山，俗謂有金馬、碧雞。」北魏酈道元水經注淹水：「東南至蜻蛉縣。縣有禺同山，其山神有金馬、碧雞，光景倏忽，民多見之。漢

宣帝遣諫大夫王褒祭之，欲致其雞、馬，褒道病而卒，是不果焉。王褒碧雞頌曰：『敬移金精神馬、縹碧之雞。』故左太沖蜀都賦曰：『金馬騁光而絕影，碧雞倏忽而耀儀。』」

⑧結草：典出左傳宣公十五年：「魏武子有嬖妾，無子。武子疾，命顆曰：『必嫁是。』疾病，則曰：『必以為殉。』及卒，顆嫁之，曰：『疾病則亂，吾從其治也。』及輔氏之役，顆見老人結草以亢杜回，杜回躓而顛，故獲之。夜夢之曰：『余，而所嫁婦人之父也。爾用而先人之治命，余是以報。』」春秋時期，魏顆遵從父親魏武子清醒時的命令，在他死後，將他的寵妾嫁人；而不是遵從父親不清醒時的命令將寵妾殺死陪葬。後來打仗時，那個寵妾的父親把草編結起來，幫助他捉住了敵人。後因以「結草」為受厚恩而雖死猶報之典。三國志魏志高堂隆傳：「魂而有知，結草以報。」銜環：典出後漢書楊震傳唐李賢注引南朝梁吳均續齊諧記：「寶年九歲時，至華陰山北，見一黃雀為鴟鴞所搏，墜於樹下，為螻蟻所困。寶取之以歸，置巾箱中，唯食黃花，百餘日毛羽成，乃飛去。其夜有黃衣童子向寶再拜曰：『我西王母使者，君仁愛拯救，實感成濟。』以白玉環四枚與寶：『令君子孫潔白，位登三事，當如此環矣。』」楊寶即楊震父，因救過黃雀而使子孫得好報。後遂以銜環為報恩典。

⑨崑山：指崑崙山，在新疆、西藏之間，西接帕米爾高原，東延入青海境內，勢極高峻，多雪峰、冰川。崑崙山以出產美玉而聞名，是古代中國採玉的主要礦脈。晉潘尼贈侍御史王元貺：「崑山積瓊玉，廣廈構眾材。」集：匯集。

⑩合浦有珠還：典出後漢書循吏傳孟嘗：「（合浦）郡不產穀實，而海出珠寶，與交阯比境……先時宰守並多貪穢，詭人採求，不知紀極，珠遂漸徙於交阯郡界。於是行旅不至，人物無資，貧

者餓死於道。嘗到官，革易前敝，求民病利。曾未踰歲，去珠復還，百姓皆反其業。」漢代的時候，合浦太守過分貪婪，大肆捕撈珍珠，致使珍珠移往別處，後來孟嘗做合浦太守禁止搜刮百姓，改革以前的錯誤政策，於是珍珠又回到合浦。後來人們用成語「合浦還珠」比喻東西失而復得。合浦，地名。傳說那裏不長糧食但是出產珍珠。

⑪阮籍：見前注。眼白：露出眼白。表示鄙薄或厭惡。典出晉書阮籍傳：「籍又能為青白眼，見禮俗之士，以白眼對之。」晉代阮籍能為青白眼，他對那些謹遵禮法的俗人都以白眼相看，而對自己喜歡的人則用青眼相對。

⑫老萊：即老萊子，春秋時楚國隱士，極為孝順，年近七十，仍穿上五色衣服舞蹈使父母取樂。着衣斑：指穿（童子穿的）五色彩衣。藝文類聚引列女傳：「老萊子孝養二親，行年七十，嬰兒自娛，着五色采衣。嘗取漿上堂，跌僕，因卧地為小兒啼，或弄烏烏於親側。」

⑬棲遲：語典出自詩經陳風衡門：「衡門之下，可以棲遲。」毛傳：「衡門，橫木為門，言淺陋也。棲遲，遊息也。」比喻過簡樸的隱居生活。避世：逃避塵世，逃避亂世。亦可寫作「辟世」。典出論語憲問：「賢者辟世。」論語微子：「滔滔者天下皆是也，而誰以易之？且而與其從辟人之士也，豈若從辟世之士哉！」另莊子刻意：「就藪澤，處閒曠，釣魚閒處，無為而已矣。此江海之士，避世之人，閒暇者之所好也。」

⑭草衣木食：編草為衣，以樹木的果實充飢。比喻生活艱苦樸素。亦用以比喻隱士與世隔絕的樸素生活。南朝齊蕭子良陳時政密啟之二：「民特尤貧，連年失稔，草衣藿食，稍有流亡。」宋趙與時賓退錄：「梅聖俞如深山道人，草衣木食。王公大人見之，不覺屈膝。」遼史營衛志上：「上

古之世，草衣木食，巢居穴處，熙熙于于，不求不爭。」

⑮窈窕：聯綿詞，形容漂亮美好的樣子。詩經周南關雎：「窈窕淑女，君子好逑。」楚辭九歌山鬼：「子慕予兮善窈窕。」傾城：形容女子豔麗，容貌令全城人為之傾倒。典出詩經大雅瞻卬：「哲夫成城，哲婦傾城。」漢鄭玄箋：「城，猶國也。」唐孔穎達疏：「若為智多謀慮之婦人，則傾敗人之城國。」本用作女主擅權、傾覆邦國的典故。又漢書外戚列傳上孝武李夫人：「孝武李夫人，本以倡進。初，夫人兄延年性知音，善歌舞，武帝愛之。每為新聲變曲，聞者莫不感動。延年侍上起舞，歌曰：『北方有佳人，絕世而獨立，一顧傾人城，再顧傾人國。寧不知傾城與傾國，佳人難再得！』上歎息曰：『善！世豈有此人乎？』平陽主因言延年有女弟，上乃召見之，實妙麗善舞。由是得幸。」後遂以「傾城」用作形容女子有絕世美貌之典。

⑯雲鬢花顏：形容女子鬢髮如雲、容貌似花。唐白居易長恨歌：「雲鬢花顏（一作「花冠」）金步搖。」雲鬢、花顏，多拆開來用，皆為古詩文習用語。

【譯文】

仍然對尚且，浪費對節省。

凌亂的鬢髮對鬆散的髮髻。

黃鶯啼唱對鵲鳥鳴叫，一隻白鶴對兩隻白鷗。

黃牛峽，金馬山。

結草繩報恩對送玉環報恩。

崑崙山玉石堆集，合浦灣珍珠復生。

阮籍過去能為青白眼，老萊子近來愛穿色彩斑斕的衣服。

隱居避世的人衣食簡樸，容貌美麗的女子面如花朵髮如雲。

（三）

姚對宋①，柳對顏②。

賞善對懲姦③。

愁中對夢裏，巧慧對癡頑④。

孔北海⑤，謝東山⑥。

使越對征蠻⑦。

淫聲聞濮上⑧，離曲聽陽關⑨。

驍將袍披仁貴白⑩，小兒衣着老萊斑。

茅舍無人，難卻塵埃生榻上⑪；竹亭有客，尚留風月在窗間⑫。

【注釋】

①姚：指姚崇。宋：指宋璟。他們都是唐玄宗時期賢明的宰相。姚崇（六五一—七二一），字元之，本名元崇，因避開元年號而改名崇，陝州硤石（今河南三門峽陝州區）人。應下筆成章舉，授濮州司倉。武后朝，累遷至夏官侍郎、鳳閣鸞臺平章事。出為靈武道大總管，亳、宋、常、越、許等州刺史。睿宗立，拜兵部尚書、同平章事，進中書令。復出為申、徐諸州刺史。玄宗開元初復入相，遷紫微令，封梁國公。開元九年（七二一）卒，追贈揚州大都督，賜謚文獻（碑文作「文貞」）。崇長於吏道，號為名相，與宋璟並稱「姚宋」。生平見新、舊唐書本傳。宋璟（六六三—七三七），邢州南和（今河北南和）人。唐高宗調露年間，登進士第。武則天時，官至左臺御史中丞。中宗神龍元年（七〇五），為吏部侍郎，遷黃門侍郎。出為貝州刺史，轉杭州、相州刺史。睿宗即位，遷吏部尚書、同中書門下三品。貶楚州刺史，歷魏、兗、冀三州刺史等職，入為國子祭酒、東都留守。玄宗開元初，任京兆府尹，進御史大夫，出為睦州刺史，徙廣州都督。四年（七一六），由刑部尚書遷吏部尚書兼黃門監，居相位。五年，改號侍中。八年，以開府儀同三司罷政事，封廣平郡公。十七年，拜尚書右丞相。二十年致仕，卒贈太尉，謚曰文貞。生平見新、舊唐書本傳，顏真卿有唐開府儀同三司行尚書右丞相上柱國贈太尉廣平文貞公宋公神道碑銘。

②柳：柳公權。顏：顏真卿。他們都是唐代有名的書法家，人稱「顏筋柳骨」。柳公權（七七八—八六五），字誠懸，京兆華原（今陝西銅川耀州區）人。憲宗元和三年（八〇八），以狀元登進士第，又登博學宏詞科，釋褐祕書省校書郎。辟夏州節度掌書記。長慶中，官右拾遺、右補

闕。大和中，為司封員外郎，充翰林學士。後累遷中書舍人、諫議大夫、工部侍郎，均兼內職。武宗立，罷為右散騎常侍，左授太子詹事，改賓客。後累進至太子少師。咸通初，以太子太保致仕，卒。公權博貫經術，通音律，工詩文，其書法體勢勁媚，自成一家，極為時重，與顏真卿並稱「顏柳」。生平見新、舊唐書本傳。顏真卿（七〇九—七八四），字清臣，京兆萬年（今陝西西安）人。玄宗開元二十二年（七三四）進士及第，天寶元年（七四二）中文詞秀逸科，歷仕祕書省校書郎、醴泉尉、監察御史。八載（七四九）遷殿中侍御史，楊國忠怒其不附己，出為平原太守。安史亂起，起義兵抵抗。肅宗至德元載（七五六）拜憲部尚書、御史大夫，出為同、蒲、饒、升州刺史。代宗廣德二年（七六四）遷刑部尚書，封魯郡公（是以世稱「顏魯公」）。大曆三年（七六八）出為撫州刺史。八年（七七三）至十二年移刺湖州，十二年召為刑部侍郎。德宗建中三年（七八二）改太子太師，充淮寧軍宣慰使。興元元年（七八四），受命前往勸諭叛臣李希烈，為其所害，謚文忠。顏真卿工文詞，尤善書法。楷書雄渾，人稱「顏體」。生平見新、舊唐書本傳、令狐峘顏真卿墓志銘、殷亮顏魯公行狀。

③賞善：多與「罰惡」連用，意為賞賜善人善事、懲罰惡人惡事。毛詩序：「瞻彼洛矣，刺幽王也。思古明王能爵命諸侯，賞善罰惡焉。」漢書貢禹傳：「孝文皇帝時，貴廉潔，賤貪污，賈人、贅婿及吏坐贓者皆禁錮不得為吏，賞善罰惡，不阿親戚。」懲姦：多與「進善」連用，意為進用善良、懲治奸惡。唐周曇詠史詩虞舜：「進善懲姦立帝功，功成揖讓益溫恭。」亦作「進善懲惡」。唐白居易除武元衡門下侍郎平章事制：「弼違救失，不以尤悔為慮；進善懲惡，不以親仇自嫌。」

④巧慧：靈巧聰明。癡頑：愚蠢頑劣，愚蠢無知。有時用作謙辭。亦指藏拙，不合流俗。宋陸游雜感之二：「古言忍字似而非，獨有癡頑二字奇。」

⑤孔北海：指漢末孔融，曾任北海相，世稱「孔北海」。孔融（一五三—二〇八），字文舉，魯國（今山東曲阜）人。孔子二十世孫。性好學，有異才。初辟司徒楊賜府，大將軍何進舉高第，為侍御史。後辟司空掾，拜北軍中候，遷虎賁中郎將。以忤董卓，轉議郎。獻帝時為北海相，後任少府、太中大夫。孔融名重天下，自負才氣，觸犯曹操，為其所殺。文辭有名於世，為「建安七子」之一。後漢書有傳。

⑥謝東山：晉代謝安曾經隱居東山，世稱「謝東山」。謝安（三二〇—三八五），字安石，陳郡陽夏（今河南太康）人。少有重名，累辟不就。隱居會稽山陰之東山，與王羲之、許詢、支遁等放情丘壑。年四十餘始出仕，為桓溫司馬。孝武帝時，進中書監，錄尚書事。太元八年（三八三），謝安任征討大都督，其弟謝石與姪謝玄在淝水大敗前秦百萬大軍。謝安因功封建昌縣公，都督揚、江、荊等十五州軍事。時會稽王司馬道子專權，謝安受排擠，出鎮廣陵。太元十年（三八五）卒，年六十六，追贈太傅、廬陵郡公，謚文靖。晉書有傳。

⑦使越：出使南越。征蠻：征伐蠻夷。越和蠻，都是我國古代的少數民族。

⑧淫聲：放蕩的音樂。濮上：濮水一帶的地方。濮水在春秋時期衛國境內，傳說商紂王的樂工師延自沉於濮水，春秋時期鄭、衛二國流行靡靡之音，詩經中三衛之詩（邶風、鄘風、衛風）和鄭風多男女歡愛之詩，所以後世用濮上之音代指靡靡之樂、亡國之音。禮記樂記：「桑間濮上之音，亡國之音也。其政散，其民流，誣上行私而不可止也（按：史記樂書亦引此段）。」漢鄭玄

注：「濮水之上，地有桑間者，亡國之音於此之水出也。昔殷紂使師延作靡靡之樂，已而自沉於濮水，後師涓過焉，夜聞而寫之，為晉平公鼓之。」漢書地理志下：「衛地有桑間濮上之阻，男女亦亟聚會，聲色生焉。」

⑨離曲：送別時唱的歌。唐莊南傑湘弦曲：「滿堂怨咽悲相續，苦調中含古離曲。」陽關：古關名。在今甘肅敦煌西南古董灘附近，因位於玉門關以南，故稱陽關。唐代詩人王維渭城曲（又名送元二使安西）中有「勸君更盡一杯酒，西出陽關無故人」的句子，後人以此為名創作了陽關三疊的曲子，陽關三疊也因此成為古人送別時唱的歌。唐李商隱飲席戲贈同舍：「唱盡陽關無限疊，半杯松葉凍頗黎。」宋柳永少年遊：「一曲陽關，斷腸聲盡，獨自上蘭橈。」

⑩驍將：勇將，猛將。後漢書隗囂傳：「吳、耿驍將，雲集四境。」仁貴：指唐代大將薛禮（字仁貴），因為他常穿白袍，所以被稱為白袍將軍。薛禮（六一四—六八三），字仁貴，絳州龍門（今山西河津）人。少種田為業。太宗貞觀中應募入軍，從征遼東，着白衣持戟腰兩弓，以驍勇聞名全軍，遷右領軍中郎將。高宗永徽時帝幸萬年宮，山水暴至，仁貴救駕有功，賜御馬。顯慶中破高麗，擒契丹王，以功拜左武衛將軍。又擊突厥九姓於天山，發三矢，輒殺三人，於是虜懾皆降。軍中歌曰：「將軍三箭定天山，戰士長歌入漢關。」乾封初以降扶餘等四十城封平陽郡公。咸亨元年（六七〇）吐蕃入寇，唐軍敗，仁貴退守大非川，除名為庶人。未幾，高麗餘眾叛，仁貴起為雞林道總管，復坐事貶象州。會赦還，高宗思其功，起授瓜州長史，不久拜右領軍衛將軍，檢校代州都督。卒於官。

⑪卻：拒絕，阻止。

⑫風月：清風明月，泛指美景。唐呂巖《酹江月》：「倚天長嘯，洞中無限風月。」

【譯文】

姚崇對宋璟，柳公權對顏真卿。
獎賞好人對懲罰壞人。
處在愁中對睡在夢裏，乖巧聰明對愚笨頑皮。
孔融號北海，謝安號東山。
出使南越對征伐蠻夷。
濮水沿岸流行放蕩的樂曲，陽關三疊是送別所唱的歌。
勇猛的將軍披着薛仁貴征東曾穿過的那種白袍，小孩子穿着老萊子娛親穿的那種花衣服。
茅屋沒人居住，很難阻止灰塵落在座椅上；竹亭有客說笑，清風和明月還在窗戶間流連。

卷下　下平聲十五部

下平一先

【題解】

本篇共三段，皆為韻文。每段韻文，由若干句對仗的聯語組成。每句皆押「平水韻」下平聲「一先」韻。

本篇每句句末的韻腳字，「天」「川」「田」「弦」「錢」「蓮」「圓」「煙」「先」「妍」「淵」「編」「肩」「眠」「船」「乾」「年」「氈」「泉」「娟」「仙」等，在傳統詩韻（「平水韻」）裏，都歸屬於下平聲「一先」這個韻部。這些字，在普通話裏，韻母都含「an」，韻頭有的是「i」，有的是「u」，有的是「ü」；聲調有讀第一聲的，有讀第二聲的。

需要注意的是：普通話「an」韻母的字，並不都屬於「平水韻」下平聲「一先」韻，也有可能屬於上平聲「十三元」韻、「十四寒」韻、「十五刪」韻，或下平聲「十三覃」韻、「十四鹽」韻、「十五咸」韻。尤需注意的是：下平聲「一先」韻的字，和上平聲「十三元」韻（一部分）、「十四寒」韻、「十五刪」韻是鄰韻，填詞時可以通押，寫近體詩時不可通押。但和下平聲「十三覃」韻、「十四鹽」韻、「十五咸」韻不是鄰韻，不僅寫近體詩時不可通押，填詞時亦不可以通押。這是因為，「十三覃」韻、「十四鹽」韻、「十五咸」韻，屬於閉口韻，即它們的韻母實際上是收[m]尾，而非[n]尾。在中古音系統裏，它們的韻尾不同。

（一）

晴對雨，地對天。
天地對山川。
山川對草木，赤壁對青田①。
郟鄏鼎②，武城弦③。
木筆對苔錢④。
金城三月柳⑤，玉井九秋蓮⑥。
何處春朝風景好，誰家秋夜月華圓⑦。
珠綴花梢，千點薔薇香露；練橫樹杪⑧，幾絲楊柳殘煙。

【注釋】

①赤壁：長江邊上山名，著名的古戰場。指漢獻帝建安十三年（二〇八）孫權與劉備聯軍大破曹操軍隊處。一說在今湖北武昌西赤磯山。一說在湖北蒲圻西之赤壁山。一說在湖北黃岡赤鼻磯。青田：山名。在浙江青田西北境。山有泉石之勝，道教稱「三十六洞天」之一。素以產青田石、青田鶴聞名。

②郟鄏鼎：即定鼎於郟鄏，在郟鄏建都的意思。典出左傳宣公三年：「成王定鼎於郟鄏。」郟鄏，見前注。

③武城弦：孔子弟子子游在武城做官的時候，曾經以弦歌教化民眾。典出論語陽貨：「子之武城，聞弦歌之聲。夫子莞爾而笑，曰：『割雞焉用牛刀？』子游對曰：『昔者偃也聞諸夫子曰：「君子學道則愛人，小人學道則易使也。」』子曰：『二三子！偃之言是也。前言戲之耳。』」武城，春秋時魯國城邑名，地在今山東費縣西南。

④木筆：樹名。即辛夷。其花未開時，苞有毛，尖長如筆，因以名之。唐白居易營閒事：「暖變牆衣色，晴催木筆花。」苔錢：指苔蘚。苔點形圓如錢，故曰「苔錢」。古詩文習用語。南朝梁劉孝威怨詩：「丹庭斜草徑，素壁點苔錢。」

⑤金城柳：典出晉書桓溫傳：「溫自江陵北伐，行經金城，見少為琅邪時所種柳皆已十圍，慨然曰：『木猶如此，人何以堪！』攀枝執條，泫然流涕。」後遂用以為世事興廢之典。金城，地名。東晉時屬丹陽郡江乘縣（故址在今江蘇南京棲霞區一帶）。

⑥玉井蓮：古代傳說中華山峰頂玉井所產之蓮。唐韓愈古意：「太華峰頭玉井蓮，開花十丈藕如船。」錢仲聯集釋引宋韓醇曰：「華山記云：『山頂有池，生千葉蓮花，服之羽化，因曰華山。』」又引清方世舉注：「古樂府捉搦歌：『華陰山頭百丈井，下有泉水徹骨冷。』」玉井，指太華山上的玉井。一說，指華山西峰之下的深潭。九秋：指秋天。

⑦月華：月光，月色。亦指月亮。北周庾信舟中望月：「舟子夜離家，開舲望月華。」

⑧練：白絹，亦泛指絲織品。杪（miǎo）：樹枝的細梢。

【譯文】

天晴對下雨，大地對蒼天。

天地對山川。

山川對草木，赤壁山對青田山。

成王在郟鄏定鼎，子游在武城弦歌。

花苞如比的辛夷對點點似錢的苔蘚。

金城路邊三月的柳樹，華山玉井秋天的蓮花。

春天的早晨哪裏風景最好？秋天的夜晚何處月亮最圓？

薔薇花上有很多露水，好像珍珠綴在花枝；柳樹上籠着淡淡的煙霧，好像白色的緞帶橫掛樹梢。

（二）

前對後，後對先。

眾醜對孤妍①。

鶯簧對蝶板②，虎穴對龍淵③。

擊石磬④，觀韋編⑤。

鼠目對鳶肩⑥。

春園花柳地，秋沼芰荷天⑦。

白羽頻揮閒客坐⑧，烏紗半墜醉翁眠⑨。

野店幾家⑩，羊角風搖沽酒旆⑪；長川一帶⑫，鴨頭波泛賣魚船⑬。

【注釋】

①孤妍：獨秀的花。亦借指俊才。宋陳與義清平樂木犀：「楚人未識孤妍。離騷遺恨千年。」妍，美麗，美好。

②鶯簧：形容鶯的叫聲婉轉，像笙簧一類的樂器所發出的聲音。古詩文習用語。唐溫庭筠舞衣曲：「蟬衫麟帶壓愁香，偷得鶯簧鎖金縷。」蝶板：蝴蝶飛的時候兩隻翅膀搧動像在拍板一樣。明清以來古詩文習用語。明郭棐遊西樵山其三：「紅樹枝頭雙蝶板，綠蘿陰下一漁磯。」

③虎穴：虎所居之洞穴。比喻極危險的地方。典出後漢書班超傳：「超曰：『不入虎穴，不得虎子。』」龍淵：龍潛伏的深淵，古人以為深淵中藏有蛟龍，故稱。尸子：「清水有黃金，龍淵有玉英。」

④擊石磬：典出論語憲問：「子擊磬於衞，有荷蕢而過孔氏之門者，曰：『有心哉，擊磬乎！』既而曰：『鄙哉，硜硜乎，莫己知也，斯已而已矣。深則厲，淺則揭。』」孔子曾經在衞國擊磬，被一個隱者聽出了心思。磬，古代打擊樂器。狀如曲尺。用玉、石或金屬製成。懸掛於架上，擊之而鳴。

⑤觀韋編：典出史記孔子世家：「孔子晚而喜易，序彖、繫、象、說卦、文言。讀易，韋編三絕。曰：『假我數年，若是，我於易則彬彬矣。』」古代用竹簡書寫，用皮繩編綴稱「韋編」。後泛指古籍。相傳孔子讀易，由於翻閱過多，致使串連竹簡的皮繩多次斷裂。成語「韋編三絕」，形容讀書刻苦。

⑥鼠目：形容人的眼睛小而突出。舊時相士認為這是貧賤之相。金元好問送奉先從軍：「潦倒書生百戰場，功名都屬繡衣郎。虎頭食肉無不可，鼠目求官空自忙。」鳶肩：雙肩上聳，像鷹鴟一樣。國語晉語八：「叔魚生，其母視之，曰：『是虎目而豕喙，鳶肩而牛腹。』」三國吳韋昭注：「鳶肩，肩井斗出。」成語「鳶肩火色」，謂兩肩上聳像鷹鴟，面有紅光。舊時相術認為這是飛

黃騰達的徵兆。新唐書馬周傳：「岑文本謂所親曰：『馬君論事，會文切理，無一言可損益，聽之纚纚，令人忘倦。蘇、張、終、賈正應此耳。然鳶肩火色，騰上必速，恐不能久。』」

⑦芰荷：見前注。

⑧白羽：指羽扇，為文人雅士所喜愛。藝文類聚服飾部上扇引晉陸機羽扇賦曰：「昔楚襄王會於章臺之上，山西與河右諸侯在焉，大夫宋玉、唐勒侍，皆操白鶴之羽以為扇。」陸賦云宋玉、唐勒操白鶴之羽以為扇，自是假託。魏晉以下，以白羽扇為儒將標配，則是慣例。太平御覽引晉裴啟語林：「諸葛武侯與宣王（司馬懿）在渭濱將戰，武侯乘素輿，葛巾，白羽扇，指揮三軍，三軍皆隨其進止。」晉書陳敏傳：「敏率萬餘人將與卓（甘卓）戰，未獲濟，榮（顧榮）以白羽扇麾之，敏眾潰散。」南朝梁簡文帝賦得白羽扇詩：「可憐白羽扇，卻暑復來氛。終無顧庶子（顧榮），誰為一揮軍。」又稱「白旄」，本指古代軍中主帥所執的指揮旗，亦泛指軍旗。呂氏春秋不苟：「武王左釋白羽，右釋黃鉞，勉而自為繫。」尚書牧誓作「白旄」。孔子家語致思：「子路進曰：『由願得白羽若月，赤羽若日，鐘鼓之音上震於天，旍旗繽紛下蟠於地。由當一隊而敵之，必也攘地千里，搴旗執馘。』」魏晉以下，因諸葛亮、顧榮事，「白羽」遂進化為「白羽扇」，為儒將標配；又因陸機羽扇賦附會，乃成文人雅士標配。閒客：清閒的人。古詩文習用語。宋陸游白塔院時小雨初霽：「溪山屬閒客，隨意倚枯藤。」

⑨烏紗：黑色的紗帽，古代官員所戴。東晉成帝時宮官着烏紗帢。南朝宋始有烏紗帽，直至隋代均為官服。唐初曾貴賤均用，以後各代仍多為官服。五代馬縞中華古今注烏紗帽：「武德九年十一月，太宗詔曰：『自今已後，天子服烏紗帽，百官士庶皆同服之。』」宋書五行志一：「明帝

初，司徒建安王休仁……製烏紗帽，反抽帽裙，民間謂之『司徒狀』，京邑翕然相尚。」醉翁：嗜酒的老人。唐鄭谷倦客：「閒烹蘆筍炊菰米，會向源鄉作醉翁。」又為宋人歐陽修的別號。宋歐陽修醉翁亭記：「太守與客來飲於此，飲少輒醉，而年又最高，故自號曰醉翁也。」此句合用山簡、孟嘉、歐陽修等人的典故，說官員休閒時飲酒而醉，任官帽滑落而不知，喻清閒自得。世說新語載西晉征南將軍山簡鎮守襄陽時，經常喝醉酒，倒戴帽子。孟嘉為征西大將軍桓溫參軍，曾與桓溫九日龍山之會，風吹帽落，舉止自若。人遂以「落帽」喻瀟灑倜儻。

⑩野店：指鄉村酒店。

⑪羊角：旋風。典出莊子逍遙遊：「摶扶搖羊角而上者九萬里。」唐成玄英疏：「旋風曲戾，猶如羊角。」酒旆：古代掛在酒店門口用來招攬顧客的旗子。

⑫長川：長長的河流。古詩文習用語。三國魏曹植洛神賦：「浮長川而忘反，思綿綿而增慕。」一帶：一條帶子。常用以形容東西或景物看上去像一條帶子。唐冷朝陽登靈善寺塔：「華嶽三峰小，黃河一帶長。」

⑬鴨頭：鴨頭色綠，故用以形容水色。古詩文習用語。唐李賀同沈駙馬賦得御溝水：「繞堤龍骨冷，拂岸鴨頭香。」宋蘇軾送別：「鴨頭春水濃如染，水面桃花弄春臉。」

【譯文】

前對後，落後對領先。

很多醜陋的東西對獨自美麗的事物。

黃鶯鳴叫時像笙簧發出的聲音對蝴蝶飛舞時翅膀搧動像在拍板，老虎住的山洞對巨龍所處的水潭。敲擊狀如曲尺的石磬，翻看皮繩串起的竹簡。命賤之人長着老鼠一樣的眼對命貴之人有着蒼鷹一樣的肩。春天的庭園是鮮花和柳樹生長的地方，秋天是池塘中的蓮藕與菱角成熟的時候。悠閒自在的人坐在那裏，不時揮動白色的羽扇；喝醉酒的人睡着時，黑色的紗帽搖搖欲墜。野外有幾家酒店，羊角風吹動門口的酒旗；一條大河緩緩流動，賣魚的小船蕩起細小的波紋。

（三）

離對坎①，震對乾②。

一日對千年。

堯天對舜日③，蜀水對秦川④。

蘇武節⑤，鄭虔氈⑥。

澗壑對林泉。

揮戈能退日⑦，持管莫窺天⑧。

寒食芳辰花爛漫⑨，中秋佳節月嬋娟⑩。

夢裏榮華，飄忽枕中之客⑪；壺中日月，安閒市上之仙⑫。

【注釋】

①離：周易卦名。八卦之一。代表火，為南方之卦。又為六十四卦之一，離下離上。坎：周易卦名。八卦之一。坎象徵險難，代表水，為北方之卦。又為六十四卦之一，坎下坎上。

②震：周易卦名。八卦之一。象徵雷震，為東方之卦。又為六十四卦之一，震下震上。乾：周易卦名。八卦之一。代表天。又為六十四卦之一，乾下乾上。

③堯天、舜日：指生活在堯舜時代，是稱頌帝王盛德和太平盛世語。宋葉適代薛瑞明上遺表：「巖棲穴處，未嘗不戴於堯天；氣盡形銷，無復再瞻於舜日。」

④蜀水：蜀地的水。蜀，四川省簡稱蜀，為先秦時期古蜀國所在地。秦川：秦地的河。秦，陝西省簡稱秦，為先秦時期古秦國所在地。「秦川」作為一個專有名詞，是古地區名。泛指今陝西、甘肅的秦嶺以北平原地帶。此處，秦川與蜀水相對，是偏正詞組，不是專有名詞。

⑤蘇武節：蘇武出使匈奴時所持的節杖，他被匈奴扣留十九年，曾經持節牧羊，一直不肯投降。後以「蘇武節」用作忠臣的典故。蘇武，見前注。

⑥鄭虔氈：見前注（「寒氈」）。

⑦揮戈退日：語本淮南子覽冥訓：「魯陽公與韓構難，戰酣，日暮，援戈而撝之，日為之反三舍。」

後多用為力挽危局之典。

⑧持管窺天：從竹管裏看天空，比喻目光狹隘。典出莊子秋水：「子乃規規然而求之以察，索之以辯，是直用管窺天，用錐指地也，不亦小乎！」

⑨寒食：傳統節日名。相傳春秋時晉文公負其功臣介之推。介之推憤而隱於綿山。晉文公燒山逼令出仕，介之推抱樹焚死。人民同情介之推的遭遇，相約於其忌日禁火冷食，以為悼念。以後相沿成俗，謂之寒食。荊楚歲時記載：「去冬節一百五日即有疾風甚雨，謂之寒食，禁火三日。」即從上一年的冬至往後推一百零五日就是寒食節，一般在清明的前一天，大約是公曆每年四月五日前後。芳辰：美好的時光。多指春季。古詩文習用語。南朝梁沈約反舌賦：「對芳辰於此月，屬今余之遵暮。」唐陳子昂三月三日宴王明府山亭：「暮春嘉月，上巳芳辰。」爛漫：形容花朵鮮明燦爛的樣子。宋葉適祭林叔和文：「春筍秋花，爛熳窗幾。」

⑩嬋娟：姿態美好的樣子。可用以形容美女，亦可用以形容月色。宋張孝祥虞美人：「滿庭芳草月嬋娟。」「爛漫」對「嬋娟」，是聯綿字對聯綿字。

⑪「夢裏榮華」二句：傳說盧生曾在邯鄲客店中遇見仙翁呂道人，盧生感歎窮困，呂翁給了他一個枕頭讓他枕着入睡，盧生在夢裏享盡富貴榮華，醒來後才知道是一場夢，而他睡覺前店主人煮的黃粱飯此時還沒有熟。這就是「黃粱一夢」的故事，後來人們用「黃粱一夢」比喻富貴終歸虛空。事見唐沈既濟枕中記。飄忽，指變化莫測。宋范成大王希武通判挽詞之二：「遽為重壤去，淒斷十年鄰。物理真飄忽，家聲正隱轔。」枕中之客，枕着枕頭睡覺的人，指盧生。

⑫「壺中日月」二句：東漢費長房曾經遇到一個老人在集市上賣藥，賣完之後，自己就跳入壺中，

費長房於是請求和他一起進入壺中。進去之後才發現壺中玉堂華麗，完全是另外一個世界。後以「壺中日月」指神仙日子。事見後漢書方術列傳下：「費長房者，汝南人也。曾為市掾。市中有老翁賣藥，懸一壺於肆頭，及市罷，輒跳入壺中。市人莫之見，唯長房於樓上睹之，異焉，因往再拜奉酒脯。翁知長房之意其神也，謂之曰：『子明日可更來。』長房旦日復詣翁，翁乃與俱入壺中。唯見玉堂嚴麗，旨酒甘餚，盈衍其中，共飲畢而出。翁約不聽與人言之。後乃就樓上候長房曰：『我神仙之人，以過見責，今事畢當去，子寧能相隨乎？樓下有少酒，與卿為別。』長房使人取之，不能勝，又令十人扛之，猶不舉。翁聞，笑而下樓，以一指提之而上。視器如一升許，而二人飲之終日不盡。」

【譯文】

離卦對坎卦，震卦對乾卦。

一天對千年。

堯的時代對舜的時代，四川的江對陝西的河。

蘇武的節杖，鄭虔的氈毯。

山中的溝澗對樹林中的泉眼。

揮動長戈能使太陽後退，透過竹管沒法看全天空。

寒食節的時候花開得鮮豔繁盛，中秋節的時候月亮皎潔美麗。

盧生枕着仙枕，在夢中得到虛無縹緲的榮華富貴；集市上賣藥的神仙，壺中另有一個安閒自在的世界。

下平二蕭

【題解】

本篇共三段，皆為韻文。每段韻文，由若干句對仗的聯語組成。每句皆押「平水韻」下平聲「二蕭」韻。

本篇每句句末的韻腳字，「驕」「遙」「謠」「鵰」「消」「朝」「瀟」「橋」「昭」「韶」「瑤」「腰」「瓢」「簫」「嬌」「搖」「鼂」「宵」「苗」「髫」「鴞」等，在傳統詩韻（「平水韻」）裏，都歸屬於下平聲「二蕭」這個韻部。這些字，在普通話裏，韻母都含「ɑo」，有的帶韻頭「i」，有的沒有韻頭；聲調有讀第一聲的，有讀第二聲的。

需要注意的是：普通話「ɑo」韻母的字，並不都屬於「平水韻」下平聲「二蕭」韻，也有可能屬於下平聲「三肴」韻、「四豪」韻。它們在普通話系統裏，韻母雖然沒有區別，但在「平水韻」系統裏，卻是三個不同的韻部，只能算鄰韻，填詞時可以通押，寫近體詩時不可通押。

（一）

恭對慢①，吝對驕②。
水遠對山遙。
松軒對竹檻③，雪賦對風謠④。
乘五馬⑤，貫雙鵰⑥。
燭滅對香消⑦。
明蟾常徹夜⑧，驟雨不終朝⑨。
樓閣天涼風颯颯⑩，關河地隔雨瀟瀟⑪。
幾點鷺鷥，日暮常飛紅蓼岸⑫；一雙鸂鶒⑬，春朝頻泛綠楊橋⑭。

【注釋】

①慢：輕慢，因輕視而怠慢對方。
②吝：吝嗇，不以己才示人。驕：驕傲，恃才凌人。論語泰伯：「子曰：『如有周公之才之美，使

驕且吝，其餘不足觀也已。』」

③松軒：植有松樹的住所。古詩文習用語。南朝齊蕭子良遊後園：「蘿徑轉連綿，松軒方杳藹。」唐溫庭筠題陳處士幽居：「松軒塵外客，高枕自蕭疏。」軒，有窗的長廊或小屋。竹檻：竹欄杆。宋周邦彥拜星月慢秋思：「夜色催更，清塵收露，小曲幽坊月暗。竹檻燈窗，識秋娘庭院。」檻，欄杆。

④雪賦：南朝宋謝莊寫過雪賦。風謠：詠風的歌謠。晉書慕容德載記：「時魏師入中山，慕容寶出奔於薊，慕容詳又僭號。會劉藻自姚興而至，與太史令高魯遣其甥王景暉隨藻送玉璽一紐，並圖讖祕文，曰：『有德者昌，無德者亡。德受天命，柔而復剛。』又有謠曰：『大風蓬勃揚塵埃，八井三刀卒起來。四海鼎沸中山頹，惟有德人據三臺。』於是德之群臣議以慕容詳僭號中山，魏師盛於冀州，未審寶之存亡，因勸德即尊號。德不從。」慕容德是南燕開國皇帝，乃前燕文明帝慕容皝幼子、後燕成武帝慕容垂之弟。慕容垂卒，其子慕容寶嗣位，以慕容德為都督冀、兗六州諸軍事。鎮鄴。隆安元年（三九七），北魏軍隊攻入中山，後燕皇帝慕容寶出奔到薊，慕容詳自立為帝。當時有民謠唱：「大風蓬勃揚塵埃，八井三刀卒起來。四海鼎沸中山頹，惟有德人據三臺。」手下人勸慕容德自立為帝，而慕容德不肯。

⑤五馬：漢制，秩中二千石以上，駟馬之外，配右驂。後來用五馬指代太守。漢樂府陌上桑：「使君從南來，五馬立踟躕。」

⑥貫雙鵰：指一箭能射穿兩隻鵰，形容箭術極其高明。貫，貫穿，射穿。鵰，一種性兇猛的大鳥。北史長孫晟傳：「嘗有二鵰飛而爭肉，（攝圖）因以箭兩隻與晟，請射取之。晟馳往，遇鵰

相攫，遂一發雙貫焉。」又新唐書高駢傳：「事朱叔明為司馬，有二鵰並飛，駢曰：『我且貴，當中之。』一發貫二鵰焉。眾大驚，號『落鵰侍御』。」後因以「一箭雙鵰」形容射藝高明，亦用以比喻一舉兩得。

⑦燭滅：典出史記滑稽列傳淳于髡：「威王大說，置酒後宮，召髡賜之酒。問曰：『先生能飲幾何而醉？』對曰：『臣飲一斗亦醉，一石亦醉。』威王曰：『先生飲一斗而醉，惡能飲一石哉！其說可得聞乎？』髡曰：『賜酒大王之前，執法在傍，御史在後，髡恐懼俯伏而飲，不過一斗徑醉矣。若親有嚴客，髡帣韝鞠䐴，侍酒於前，時賜餘瀝，奉觴上壽，數起，飲不過二斗徑醉矣。若朋友交遊，久不相見，卒然相睹，歡然道故，私情相語，飲可五六斗徑醉矣。若乃州閭之會，男女雜坐，行酒稽留，六博投壺，相引為曹，握手無罰，目眙不禁，前有墮珥，後有遺簪，髡竊樂此，飲可八斗而醉二參。日暮酒闌，合尊促坐，男女同席，履舄交錯，杯盤狼藉，堂上燭滅，主人留髡而送客，羅襦襟解，微聞薌澤，當此之時，髡心最歡，能飲一石。』」另，「燭滅」後世亦喻死亡。唐李紳真娘墓：「愁態自隨風燭滅，愛心難逐雨花輕。」唐崔珏哭李商隱其一：「風雨已吹燈燭滅，姓名長在齒牙寒。」香消：喻美人的消瘦、萎靡。宋張先漢宮春：「玉減香銷，被嬋娟誤我，臨鏡妝慵。」古演義小說，多以「香消玉殞」比喻年輕美貌女子死亡。封神演義第三十回：「香消玉碎佳人絕，粉骨殘軀血染衣。」亦作「香消玉損」。

⑧明蟾：古代神話稱月中有蟾蜍，後因以「明蟾」為月亮的代稱。明劉基次韻和十六夜月再次韻：「永夜涼風吹碧落，深秋白露洗明蟾。」唐舒元輿坊州按獄蘇氏莊記室二賢自鄜州走馬相訪：「陽烏忽西傾，明蟾掛高枝。」徹夜：通宵，整夜。唐元稹獨夜傷懷贈呈張侍御：「寡鶴連天叫，寒

雞徹夜驚。」

⑨驟雨：暴雨。終朝：一整天。本句用老子二十三章「飄風不終朝，驟雨不終日」語典。

⑩颯颯：象聲詞，形容風吹動樹葉的聲音。楚辭九歌山鬼：「風颯颯兮木蕭蕭，思公子兮徒離憂。」

⑪關河：指函谷等關與黃河。史記蘇秦列傳：「秦四塞之國，被山帶渭，東有關河，西有漢中。」唐張守節正義：「東有黃河，有函谷、蒲津、龍門、合河等關。」亦泛指關山河川。後漢書荀彧傳：「此實天下之要地，而將軍之關河也。」

⑫紅蓼岸：開滿紅色蓼花的水岸。古詩文習用語。唐齊己鷺鷥二首其二：「忽從紅蓼岸，飛出白鷗群。」

⑬鸂鶒（xī chì）：一種水鳥，形狀像鴛鴦而稍大，毛多紫色，又稱「紫鴛鴦」。唐溫庭筠開成五年秋以抱疾郊野一百韻：「溟渚藏鸂鶒，幽屏臥鷫鵠。」清顧嗣立補注：「臨海異物志：『鸂鶒，水鳥，毛有五采色，食短狐，其在溪中無毒氣』。」

⑭綠楊橋：古詩文習用語。宋王安石送真州吳處厚使君：「江上齋船駐彩橈，鳴笳應滿綠楊橋。」

【譯文】

恭敬對輕慢，吝嗇對放縱。

水很遠和山很遠相對。

窗外有松樹的小屋對竹子做的欄杆，寫雪的辭賦對詠風的歌謠。

太守乘坐着五匹馬拉的車，英雄一箭能射穿兩隻大鵰。

蠟燭滅對香消滅。

明月能照耀整個晚上，暴雨下不了一整天。

天涼的時候，樓閣上有冷風吹過；遙遠的邊關，下着綿綿細雨。

傍晚的時候，常見幾隻鷺鷥在開着紅蓼花的河岸飛翔；春天的早晨，一對紫鴛鴦經常在種着綠楊樹的橋下游水。

（二）

開對落，暗對昭①。

趙瑟對虞韶②。

軺車對驛騎③，錦繡對瓊瑤④。

羞攘臂⑤，懶折腰⑥。

范甑對顏瓢⑦。

寒天鴛帳酒⑧，夜月鳳臺簫⑨。

舞女腰肢楊柳軟⑩，佳人顏貌海棠嬌⑪。

豪客尋春⑫，南陌草青香陣陣⑬；閒人避暑，東堂蕉綠影搖搖⑭。

【注釋】

①昭：光明，明亮。

②趙瑟：史記廉頗藺相如列傳記載戰國時期秦王和趙王在澠池相會，秦王曾令趙王鼓瑟。漢書楊惲傳：「婦，趙女也，雅善鼓瑟。」可見趙人有善於鼓瑟的傳統，因此有「趙瑟」之說。虞韶：指虞舜時的韶樂。漢班固幽通賦：「虞韶美而儀鳳兮，孔忘味於千載。」虞，虞舜。韶，虞舜所作樂曲名。

③軺（yáo）車：奉使者和朝廷急命宣召者所乘的車。亦指代使者。唐王昌齡送鄭判官：「東楚吳山驛樹微，軺車銜命奉恩輝。」驛騎（jì）：驛馬。亦指乘馬送信、傳遞公文的人。漢書高帝紀下：「橫懼，乘傳詣洛陽。」唐顏師古注：「傳者，若今之驛。古者以車，謂之傳車，其後又單置馬，謂之驛騎。」

④錦繡：見前注。瓊瑤：美玉。詩經衛風木瓜：「投我以木桃，報之以瓊瑤。」毛傳：「瓊瑤，美玉。」南史隱逸傳下鄧郁：「色豔桃李，質勝瓊瑤。」

⑤攘臂：捋起衣袖，伸出胳膊。常形容激奮貌。老子：「上禮為之而莫之應，則攘臂而扔之。」後世以捋袖伸臂為粗魯爭奪姿態。清戴名世齊謳集自序：「譬之盲僮跛豎，各以其意喜怒主人，而

揎腕攘臂於藩籬之外，而主人曾莫之知也。」

⑥折腰：晉陶淵明做彭澤縣令的時候，因為不滿官場應酬，說自己羞為五斗米折腰，於是辭官歸隱。典出晉書隱逸傳陶潛：「吾不能為五斗米折腰，拳拳事鄉里小人耶！」後以「折腰」為屈身事人之典。唐李白夢遊天姥吟留別：「安能摧眉折腰事權貴？使我不得開心顏。」

⑦范甑：見前注。顏瓢：典出論語雍也：「一簞食，一瓢飲，在陋巷，人不堪其憂，回也不改其樂。」後因以「顏瓢」為安貧樂道的典故。宋林逋雪詩之一：「獨有閉關孤隱者，一軒貧病在顏瓢。」顏，指顏回。他為人刻苦，安貧樂道。瓢，用葫蘆做成的舀水或是盛酒的器具。

⑧鴛帳：繡有鴛鴦圖案的帳幃。夫妻或情人的寢具。古詩文習用語。唐杜牧送人：「鴛鴦帳裏暖芙蓉，低泣關山幾萬重。」宋晁端禮雨中花：「荳蔻梢頭，鴛鴦帳裏，揚州一夢初驚。」

⑨鳳臺簫：即蕭史事。見前注。

⑩楊柳軟：形容女子的腰肢如春天的楊柳枝條一樣柔軟。唐杜甫絕句漫與九首其九：「隔戶（一作「戶外」）楊柳弱裊裊，恰似十五女兒腰。誰謂朝來不作意，狂風挽斷最長條。」太平廣記文章一白居易：「唐白居易有妓樊素善歌，小蠻善舞。嘗為詩曰：『櫻桃樊素口，楊柳小蠻腰。』」

⑪海棠嬌：形容女子的容貌如海棠花一般嬌豔。詳見前注「海棠春睡」。

⑫豪客：喜歡豪華奢侈、熱衷遊樂的人。唐許渾送從兄歸隱藍溪之一：「漸老故人少，久貧豪客稀。」

⑬南陌：南面的道路。古詩文習用語。南朝梁沈約鼓吹曲同諸公賦臨高臺：「所思竟何在，洛陽南陌頭。」

⑭東堂：東廂的殿堂或廳堂。古詩文習用語。

【譯文】

開放對凋落，陰暗對明亮。

趙人善長演奏的瑟對虞舜時期的韶樂。

使者乘的車對驛站的馬，漂亮的錦緞對名貴的玉石。

羞於捋起袖子積極入世，不願卑躬屈膝丟掉尊嚴。

范丹的空鍋對顏回的空瓢。

冷天在繡着鴛鴦的錦帳裏喝酒，月夜在鳳凰停過的高臺上吹簫。

舞女的腰像柳枝一樣柔軟，美女的容貌如海棠花一般嬌豔。

熱衷遊樂的人春天到處踏青，南面原野上的青草發出陣陣香氣；悠閒自在的人夏天躲避炎熱，東邊屋子旁的芭蕉搖動綠色的花影。

（三）

班對馬①，董對晁②。

夏晝對春宵③。

雷聲對電影④，麥穗對禾苗。八千路⑤，廿四橋⑥。總角對垂髫⑦。露桃勻嫩臉⑧，風柳舞纖腰⑨。賈誼賦成傷鵩鳥⑩，周公詩就託鴟鴞⑪。幽寺尋僧⑫，逸興豈知俄爾盡⑬；長亭送客⑭，離魂不覺黯然消⑮。

【注釋】

①班：指漢書的作者班固（三二—九二），字孟堅，扶風安陵（今陝西咸陽）人。著名史學家、文學家、經學理論家。繼承其父班彪的事業，撰成漢書（「八表」和天文志由妹班昭續成），是我國第一部紀傳體斷代史。善於作賦，所寫兩都賦為漢賦名篇。所撰白虎通義，是經學理論名著。和帝永元元年（八九），隨大將軍竇憲出擊匈奴。後竇憲專權被殺，他受牽連，死在獄中。

馬：史記的作者司馬遷（前一四五—？），字子長，左馮翊夏陽（今陝西韓城）人。著名史學家、文學家。早年從學於孔安國、董仲舒，遊歷各地，遍訪民間風俗，採集傳說。初任郎中，曾奉使巴、蜀、邛、筰、昆明等地，並隨武帝巡遊諸名山大川、重要都邑。元封三年（前一〇八），繼父任為太史令，得博覽皇室祕書。太初元年（前一〇四）與唐都等人改定太初曆。又繼父遺志，開始撰史。天漢二年（前九九），李陵降匈奴，司馬遷為之辯解，得罪下獄，受腐刑。出獄後任中書令。發憤輯理金匱石室之文獻，寫成太史公書（即史記）。史記是我國第一部紀傳體通史，記事上起黃帝，下至漢武帝太初年間，對後世史學、文學均有深遠影響。

②董：指西漢大儒董仲舒（前一七九—前一〇四），信都廣川（今河北景縣）人。經學大師。少治春秋，景帝時為博士。武帝時，以賢良對策，主張「罷黜百家，獨尊儒術」，為武帝採納，開此後兩千餘年以儒學為正統學術之先聲。曾任江都相、膠西王相。後託病辭官，專事修學著書。其學以儒學為中心，雜以陰陽五行，形成「天人感應」神學體系。以天道與人事相比附，謂君臣、父子、夫婦之道皆出於天意，「天不變，道亦不變」。代表作有春秋繁露、舉賢良對策等。晁：指西漢名臣晁錯（前二〇〇—前一五四），潁川（今河南禹州）人。習申不害、商鞅刑名之術。文帝時，以文學為太常掌故。奉命受今文尚書於伏生。累遷太子家令，為太子（即漢景帝）信用，號為智囊。遷中大夫。景帝立，任內史，遷御史大夫。力主削藩，景帝採納其意見，更定法令，削諸侯枝郡。吳楚七國以「誅晁錯，清君側」為名，舉兵反叛。景帝聽從袁盎之計，腰斬晁錯於東市。

③春宵：春夜。古詩文習用語。唐白居易長恨歌：「春宵苦短日高起，從此君王不早朝。」

④電影：閃電的影子，即閃電之光。古詩文習用語。唐李邕楚州淮陰縣婆羅樹碑：「雖電影施鞭，夸父杖策，罔可喻其神速，曷雲狀其豁快哉！」宋樓鑰浣溪沙雙檜堂：「電影雷聲催急雨，十分涼。」

⑤八千路：八千里路，極言路途遙遠。古詩文習用語。唐韓愈左遷至藍關示姪孫湘：「夕貶潮州（一作「潮陽」）路八千。」宋岳飛滿江紅：「八千里路雲和月。」

⑥廿四橋：又稱「二十四橋」。一說為橋名，故址在今江蘇揚州瘦西湖畔。一說為二十四座橋總稱。唐杜牧寄揚州韓綽判官：「二十四橋明月夜，玉人何處教吹簫？」方輿勝覽謂隋代已有二十四橋，並以城門坊市為名。宋韓令坤築州城，別立橋樑，所謂二十四橋或存或廢，已難查考。宋沈括夢溪補筆談雜誌：「揚州在唐時最盛。舊城南北十五里一百一十步，東西七里三十步，可紀者有二十四橋。最西濁河茶園橋……自驛橋北河流東出，有參佐橋，次東水門，東出有山光橋。」係指揚州城外西自濁河橋、茶園橋起，東至山光橋止，沿途所有的橋。清李斗揚州畫舫錄岡西錄則以為：「廿四橋即吳家磚橋，一名紅藥橋……揚州鼓吹詞序云：是橋因古之二十四美人吹簫於此，故名。或曰即古之二十四橋，二說皆非。」後用以指歌舞繁華之地。宋周邦彥玉樓春惆悵詞：「天涯回首一消魂，二十四橋歌舞地。」

⑦總角：古時兒童束髮為兩結，向上分開，形狀如角，故稱「總角」。詩經齊風甫田：「婉兮孌兮，總角丱兮。」漢鄭玄箋：「總角，聚兩髦也。」唐孔穎達疏：「總角聚兩髦，言總聚其髦以為兩角也。」後用以代指童年時期。晉陶潛榮木詩序：「總角聞道，白首無成。」垂髫（tiáo）：指兒童或童年。髫，兒童垂下的頭髮。晉陶潛桃花源記：「黃髮垂髫，並怡然自樂。」

⑧露桃：語本樂府詩集相和歌辭三雞鳴：「桃生露井上，李樹生桃旁。」後因用「露桃」稱桃樹、桃花。唐顧況瑤草春：「露桃穠李自成蹊，流水終天不向西。」又唐高蟾下第後上永崇高侍郎：「天上碧桃和露種，日邊紅杏倚雲栽。」則「露桃」亦可解釋成「沾着露水的桃花」。匀：塗抹

均匀，打扮。

⑨風柳：風中的柳樹。古詩文習用語。唐司空曙題江陵臨沙驛樓：「江天清更愁，風柳入江樓。」

⑩賈誼（前二〇〇—前一六八）：西漢名臣，河南洛陽人。年十八，即以文才出名。年二十餘，文帝召為博士，遷太中大夫。數上疏，言時弊，為大臣周勃、灌嬰等所毀，貶為長沙王太傅，遷梁懷王太傅。曾多次上書，主張重農抑商，建議削弱諸侯王勢力。以懷才不遇，憂鬱而死。所著政論陳政事疏、過秦論等，為西漢鴻文。世稱「賈太傅」，又稱「賈長沙」，亦稱「賈生」。有新書、賈長沙集。商鳥：指商鳥賦。賈誼被貶作長沙王太傅的時候，有商鳥飛到他的屋上，賈誼自以為壽不得長，悲而作商鳥賦。賦云：「異物來集兮，私怪其故，發書占之兮，策言其度。曰：『野鳥入處兮，主人將去。』」見史記屈原賈生列傳。後因以「賈誼商」為懷才不遇、命運多舛之典。商鳥，貓頭鷹一類的鳥。在古代被認為是一種不祥的鳥。

⑪周公：即周公旦。周武王之弟，周武王死後，輔佐年幼的成王治理國家。詳見前注。鴟鴞：為詩經篇名，屬豳風。周公曾遭人污衊，於是寫鴟鴞詩來表明自己的心志。該詩開篇云：「鴟鴞鴟鴞，既取我子，無毁我室。」宋朱子集傳：「鴟鴞，鵂鶹（按：即貓頭鷹），惡鳥，攫鳥子而食者也。」以鴟鴞比喻貪惡之人（管叔、蔡叔等）。毛傳云：「鴟鴞，鸋鴂也。」唐陸德明毛詩音義：「鸋鴂似黄雀而小，俗呼之巧婦（按：即鷦鷯）。」毛傳、鄭箋一派，與朱子理解不同。朱子與毛公、鄭玄對「鴟鴞」是何鳥，雖然理解不同，但對此詩背景理解則同。毛序曰：「鴟鴞，周公救亂也，成王未知周公之志，公乃為詩以遺王，名之曰鴟鴞焉。」即該詩寫作背景。尚書周書金縢：「武王既喪，管叔及其群弟乃流言於國曰：『公將不利於孺子。』周公乃告二公曰：

『我之弗辟，我無以告我先王。』周公居東二年，則罪人斯得。於後，公乃為詩以貽王，名之曰鴟鴞，王亦未敢誚公。」即其根據所在。

⑫幽寺：清幽的寺廟。古詩文習用語。唐賈島就可公宿：「十里尋幽寺，寒流數派分。」

⑬逸興：超凡脫俗的興致、超逸豪放的意興。唐李白宣州謝朓樓餞別校書叔雲：「俱懷逸興壯思飛，欲上青天覽明月。」俄爾：忽然，頃刻。此句暗用王子猷「興盡」之典。世說新語任誕：「王子猷居山陰，夜大雪，眠覺，開室，命酌酒。四望皎然，因起彷徨，詠左思招隱詩。忽憶戴安道，時戴在剡，即便夜乘小船就之。經宿方至，造門不前而返。人問其故，王曰：『吾本乘興而行，興盡而返，何必見戴？』」

⑭長亭：古時在城外路旁每隔十里設立的亭子，供行人休息或餞別親友。北周庾信哀江南賦：「十里五里，長亭短亭。」唐杜牧題齊安城樓：「不用憑欄苦回首，故鄉七十五長亭。」

⑮離魂：指遊子的思緒。宋柳永滿江紅（「匹馬驅驅」）：「兩兩棲禽歸去急，對人相並聲相喚。似笑我、獨自向長途，離魂亂。」黯然：形容神情沮喪的樣子。南朝江淹別賦：「黯然銷魂者，惟別而已矣。」

【譯文】

班固對司馬遷，董仲舒對晁錯。

夏日的白天對春天的夜晚。

打雷的聲音對閃電的光亮，小麥的穗子對穀物的幼苗。

八千里路，二十四橋。

總角指小孩對垂髫指幼童。

面容嬌嫩，像沾着露水的桃花；腰身柔軟，像隨風舞動的柳枝。

賈誼看到不吉利的鵩鳥，寫了鵩鳥賦抒發自己的傷感；周公被流言污衊，創作了鴟鴞詩表明自己的心志。

到幽靜的山寺尋訪僧人，哪知道很快就沒有興致了；在長亭送朋友遠行，心情不知不覺變得十分傷感。

下平三肴

【題解】

本篇共三段，皆為韻文。每段韻文，由若干句對仗的聯語組成。每句皆押「平水韻」下平聲「三肴」韻。

本篇每句句末的韻腳字，「爻」「蛟」「蛸」「哮」「膠」「茅」「嘲」「交」「巢」「苞」「郊」「包」「貓」「肴」「梢」「樵」「敲」「拋」等，在傳統詩韻（「平水韻」）裏，都歸屬於下平聲「三肴」這個韻部。這些字，在普通話裏，韻母都含「ɑo」，有的帶韻頭「i」，有的沒有韻頭；聲調有讀第一聲的，有讀第二聲的。

需要注意的是：普通話「ɑo」韻母的字，並不都屬於「平水韻」下平聲「三肴」韻，也有可能屬於下平聲「二蕭」韻、「四豪」韻。它們在普通話系統裏，韻母雖然沒有區別，但在「平水韻」系統裏，卻是三個不同的韻部，只能算鄰韻，填詞時可以通押，寫近體詩時不可通押。

本篇第一段五字對「蟋蟀對蠨蛸」這一句，清後期通行本聲律啟蒙撮要作「螵蛸」。但

「螵蛸」之「蛸」，詩韻（「平水韻」）在下平「二蕭」部；「蠨蛸」之「蛸」，詩韻（「平水韻」）在下平「三肴」部。今改「螵蛸」為「蠨蛸」，以合韻例。且「蟋蟀」「蠨蛸」，皆為詩經名物，自是工對。明涂時相本聲律發蒙，亦作「蠨蛸」。

（一）

風對雅①，象對爻②。
巨蟒對長蛟。
天文對地理③，蟋蟀對蠨蛸④。
龍夭矯⑤，虎咆哮。
北學對東膠⑥。
築臺須壘土⑦，成屋必誅茅⑧。
潘岳不忘秋興賦⑨，邊韶常被晝眠嘲⑩。
撫養群黎⑪，已見國家隆治⑫；滋生萬物，方知天地泰交⑬。

【注釋】

①風：即國風，與雅、頌並列，是詩經的一部分。大抵是周初至春秋間各諸侯國的歌謠。包括周南、召南和邶風、鄘風、衛風、王風、鄭風、齊風、魏風、唐風、秦風、陳風、檜風、曹風、豳風，也稱為「十五國風」，共一百六十篇。雅：與風、頌並列，是詩經的一部分。是周王畿內樂調，朝廷正樂。又分大雅、小雅。詩大序：「雅者，正也，言王政之所廢興也。政有小大，故有小雅焉，有大雅焉。」大雅三十一篇，多為西周王室貴族的作品，主要歌頌周王室祖先乃至武王、宣王等的功績，有些詩篇也反映了厲王、幽王的暴虐昏亂及其統治危機。小雅七十四篇，大抵產生於西周後期和東周初期。這時王政衰微，政治黑暗，諸多矛盾日益尖銳。故其中詩篇較多的是指斥朝政缺失，反映社會動亂，表現周室與西北戎狄部族以及東方諸侯各國之間的矛盾；也有少數是統治階級宴會的樂歌。

②象：周易學術語，即卦象。指周易每卦所象徵的事物及其爻位等關係。術數家視卦象以測天理、人事。周易卦象由六爻組成。周易各卦附有象傳。又分「大象」「小象」。「大象」，是以卦象為根據來解釋各卦的文辭。周易乾：「象曰：『天行健，君子以自強不息。』」唐孔穎達疏：「此大象也。十翼之中第三翼，總象一卦，故謂之大象。」「小象」，是說明每卦各爻的文辭。周易乾：「潛龍勿用，陽在下也。」唐孔穎達疏：「自此以下至『盈不可久』，是夫子釋六爻之象辭，謂之小象。」爻：周易中組成卦的符號，稱「爻」。爻有陰陽之分。「—」為陽爻，「--」為陰爻。每三爻合成一卦，可得八卦。兩卦（六爻）相重則得六十四卦，稱為別卦。爻含有交錯和變化之意。

③天文：日、月、星、辰等天體在宇宙間分佈運行等現象。古人把風、雲、雨、露、霜、雪等地文現象也列入天文範圍。周易賁：「觀乎天文，以察時變。」地理：土地、山川等的環境形勢。周易繫辭上：「仰以觀於天文，俯以察於地理。」唐孔穎達疏：「地有山川原隰，各有條理，故稱理也。」漢書郊祀志下：「三光，天文也；山川，地理也。」

④蠨蛸（xiāo shāo）：蜘蛛的一種，腳很長。通稱蟢子。詩經豳風東山：「伊威在室，蠨蛸在戶。」唐孔穎達疏：「蠨蛸，長踦，一名長腳。荊州河內人謂之喜母，此蟲來着人衣，當有親客至有喜也。幽州人謂之親客，亦如蜘蛛為羅網居之，是也。」清後期通行本聲律啟蒙撮要此處作「螵蛸（piāo xiāo）」。螵蛸，指螳螂的卵塊。亦可指螳螂。產在桑樹上的名桑螵蛸，可入藥。禮記月令「（仲夏之月）小暑至，螳蜋生。」漢鄭玄注：「螳蜋，螵蛸母也。」但「螵蛸」之「蛸」，詩韻（「平水韻」）在下平「二蕭」部；「蠨蛸」之「蛸」，詩韻（「平水韻」）在下平「三肴」部。二字雖同形但並不同音。佩文詩韻區分甚清。廣韻，「螵蛸」之「蛸」，收在下平「四宵」部；「蠨蛸」之「蛸」，收在下平「五肴」部。說明佩文詩韻有所本，在中古音系統裏，二字不同音。考之唐宋以來詩人作品實際用例，亦與韻書相合。因此，聲律啟蒙下平三肴篇不當有「螵蛸」，今改為「蠨蛸」，以合韻例。且「蟋蟀」「蠨蛸」，皆為詩經名物，自是工對。明涂時相本聲律發蒙，亦作「蠨蛸」。

⑤龍夭矯：語典出自淮南子修務訓：「木熙者，舉梧檟，據句枉，蝯自縱，好茂葉，龍夭矯。」夭矯，屈伸自如貌。史記司馬相如列傳：「長嘯哀鳴，翩幡互經，夭矯枝格，偃蹇杪顛。」唐張守節正義引晉郭璞曰：「皆猿猴在樹共戲恣態也。夭矯，頻申也。」

⑥北學：指周代設在京城的最高學府之一。相傳夏、商、周三代的最高學府內分東西南北四學和太學。大戴禮記保傅引學禮曰：「帝入東學，上親而貴仁，則親疏有序，如恩相及矣；帝入南學，上齒而貴信，則長幼有差，如民不誣矣；帝入西學，上賢而貴德，則聖智在位，而功不遺矣；帝入北學，上貴而尊爵，則貴賤有等，而下不逾矣；帝入太學，承師問道，退習而端於太傅，太傅罰其不則而達其不及，則德智長而理道得矣。」漢書賈誼傳亦引，文字大同小異。東膠：周代的大學。禮記王制：「夏后氏養國老於東序，養庶老於西序……周人養國老於東膠，養庶老於虞庠。虞庠在國之西郊。」漢鄭玄注：「東序、東膠亦大學，在國中王宮之東……西序在西郊。」東膠、西序本為夏周之小學、大學，後用以泛指興教化、養耆老的場所。陳書儒林傳沈不害：「故東膠西序，事隆乎三代；環林璧水，業盛於兩京。」

⑦築臺：建造遊觀之臺。國語周語中：「國無寄寓，縣無施舍，民將築臺於夏氏。」三國吳韋昭注：「臺，觀臺也。」

⑧成屋：建成房屋。誅茅：典出楚辭卜居：「寧誅鋤草茅，以力耕乎？」意為芟除茅草。引申為結廬安居。唐吳融和峽州馮使君題所居：「三年拔薤成仁政，一日誅茅葺所居。」

⑨潘岳：字安仁，西晉文學家。見前注。秋興賦：潘岳所作，賦中名篇。

⑩邊韶常被晝眠嘲：本句典出後漢書文苑列傳上：「韶口辯，曾晝日假臥，弟子私嘲之曰：『邊孝先，腹便便。懶讀書，但欲眠。』韶潛聞之，應時對曰：『邊為姓，孝為字。腹便便，「五經」笥。但欲眠，思經事。寐與周公通夢，靜與孔子同意。師而可嘲，出何典記？』嘲者大慚。」邊韶，字孝先，陳留浚儀（今河南開封）人。以文章知名，教授弟子數百人。桓帝時為太中大

夫，著作東觀。遷北地太守，入拜尚書令。後為陳相，卒於官。

⑪群黎：萬民，百姓。詩經小雅天保：「群黎百姓，偏為爾德。」漢鄭玄箋：「黎，眾也。群眾百姓。」宋朱子集傳：「群，眾也。黎，黑也，猶秦言黔首也。」

⑫隆治：指國家得到高度治理，已是太平盛世。

⑬泰交：語出周易泰：「天地交，泰。」謂天地之氣相交，物得大通。後因以「泰交」謂上下不隔，互通聲氣。

【譯文】

風是里巷歌謠對雅是朝廷樂歌，周易的卦象對爻辭。

大蛇對長龍。

天文知識對地理知識，蟋蟀對蜘蛛。

巨龍屈伸自如，老虎大聲吼叫。

同是上古學校的北學對東膠。

建高臺必須要先堆土，蓋房子必須要先割茅草。

潘岳不忘寫過的秋興賦，邊韶經常因為白天睡覺受到嘲笑。

愛民如子、教化群眾，已經看見國家繁榮太平的徵兆；輔助萬物生長，才知道什麼是天地之氣相交大吉大利。

（二）

蛇對虺①，蜃對蛟②。

麟藪對鵲巢③。

風聲對月色，麥穗對桑苞④。

何妥難⑤，子雲嘲⑥。

楚甸對商郊⑦。

五音惟耳聽⑧，萬慮在心包⑨。

葛被湯征因仇餉⑩，楚遭齊伐責包茅⑪。

高矣若天，洵是聖人大道⑫；淡而如水，實為君子神交⑬。

【注釋】

①虺（huǐ）：即腹蛇，劇毒。亦泛指蛇類。詩經小雅斯干：「維熊維羆，維虺維蛇。」唐孔穎達疏：「釋魚云：『蝮虺，博三寸，首大如擘。』舍人曰：『蝮，一名虺。江淮以南曰蝮，江淮以北

曰虺。』孫炎曰：『江淮以南謂虺為蝮，廣三寸，頭如拇指，有牙，最毒。』」

②蜃：一般認為是大蛤蜊。禮記月令：「雉入大水為蜃。」漢鄭玄注：「大蛤曰蜃。」古人認為蜃氣能幻化成樓閣，即海市蜃樓。史記天官書：「故北夷之氣如群畜穹閭，南夷之氣類舟船幡旗。大水處，敗軍場，破國之虛，下有積錢，金寶之上，皆有氣，不可不察。海旁蜃氣象樓臺，廣野氣成宮闕然。雲氣各象其山川人民所聚積。」但康熙字典引本草云：「蜃，蛟之屬，其狀亦似蛇而大，有角如龍狀，紅鬣，腰以下鱗盡逆，食燕子。能吁氣成樓臺城郭之狀，將雨即見，名蜃樓，亦曰海市。其脂和蠟作燭，香凡百步，煙中亦有樓閣之形。」康熙字典引本草即本草綱目，該書，「蜃」為「蛟龍」綱目之附錄。本草綱目實據宋陸佃埤雅釋魚蜃：「雜兵書曰：『東海出氣如鱉，渭水出氣如蜃。』蜃形如蛇而大，腰以下鱗盡逆。一曰狀似螭龍，有耳有角，背鬣作紅色。噓氣成樓臺，望之丹碧，隱然如在煙霧，高鳥倦飛，就之以息，喜且至，氣輒吸之而下。今俗謂之『蜃樓』，將雨即見。史記曰：『海旁蜃氣成樓臺，野氣成宮闕。』即此是也。世云雉與蛇交而生蜃，蓋得其脂，和蠟為燭，香聞百步，煙出其上，皆成樓閣之狀矣。又曰蛇之求於龜則為龜，求於雉則為雉，故三物常異而同感也。……筆談云：『登州海中時有雲氣，如宮室、臺觀、城堞、人物、車馬、冠蓋之狀，謂之海市。或云蛟蜃之氣。』」明謝肇淛五雜組亦引之。明清以來主流意見，不取蜃為大蛤之說，而取蜃為蛟之屬之說。本篇前句「蛇對虺」，「虺」為「蛇」屬之一種；本句「蜃對蛟」，「蜃」為「蛟」屬一種，方合行文體例。若以「蜃」為大蛤，則與「蛟」全無關係。

③麟藪：麒麟出沒的郊野草澤之地。毛詩麟趾序正義引唐傳（尚書大傳篇目）云：「堯時，麒麟在

郊藪。」禮記禮運曰：「故天不愛其道，地不愛其寶，人不愛其情。故天降膏露，地出醴泉，山出器車，河出馬圖，鳳凰麒麟皆在郊棷（通「藪」）。」漢桓寬鹽鐵論和親：「鳳皇在列樹，麒麟在郊藪，群生庶物，莫不被澤。」鵲巢：鵲的巢穴。詩經召南鵲巢序：「鵲巢，夫人之德也。國君積行累功，以致爵位，夫人起家而居有之，德如鳲鳩，乃可以配焉。」後遂以「鵲巢」指婦人之德。唐陸贄冊杞王妃文：「明章婦順，虔奉姆儀，克茂鵲巢之規，葉宣麟趾之美。」

④麥穗：舊時以麥穗兩歧（「歧」亦作「岐」，指一麥兩穗）為祥瑞，以兆豐年。亦用以稱頌吏治成績卓著。後漢書張堪傳：「（堪）乃於狐奴開稻田八千餘頃，勸民耕種，以致殷富。百姓歌曰：『桑無附枝，麥穗兩岐。張君為政，樂不可支。』」桑苞：即苞桑，根深柢固的桑樹。周易否：「繫於苞桑。」唐孔穎達疏：「苞，本也。凡物繫於桑之苞本則牢固也……桑之為物，其根眾也，眾則牢固之義。」後以「盤石桑苞」比喻安穩牢固。

⑤何妥難（nàn）：指隋朝大儒何妥以春秋經義為難國子祭酒元善事。事見隋書儒林傳元善：「善之通博，在何妥之下，然以風流醞藉，俯仰可觀，音韻清朗，聽者忘倦，由是為後進所歸。妥每懷不平，心欲屈善。因善講春秋，初發題，諸儒畢集。善私謂妥曰：『名望已定，幸無相苦。』妥然之。及就講肆，妥遂引古今滯義以難，善多不能對。善深銜之，二人由是有隙。」北史元善傳亦載此事。又，陳書袁憲傳及南史袁憲傳皆載何妥以學問詰難袁憲事。何妥，字棲鳳，西城（今陝西安康）人。其父細胡，本胡人，通商入蜀，遂家郫縣（今四川成都），事梁武陵王紀，主知金帛，因致巨富，號為西州大賈。何妥少有才名，年十七，以技巧事湘東王。後入北周，授太學博士，封襄城縣伯。再入隋，除國子博士，加通直散騎常侍，進爵為公。曾出任龍

州刺史，終於國子祭酒任。謚肅。何妥有口才，知樂律，好臧否人物。著有周易講疏、孝經義疏、莊子義疏四卷等，已佚。難，詰難，特指在學問義理方面進行詰辯論難。

⑥子雲嘲：指漢代揚雄曾經寫過解嘲一文。揚雄撰寫太玄一書，時人嘲笑他一事無成，揚雄作解嘲一文述淡泊之志。漢書揚雄傳下：「哀帝時丁、傅、董賢用事，諸附離之者或起家至二千石。時雄方草太玄，有以自守，泊如也。或嘲雄以玄尚白，而雄解之，號曰解嘲。」唐顏師古注：「玄，黑色也。言雄作之不成，其色猶白，故無祿位也。」揚雄（前五三—後一八），字子雲，蜀郡成都（今屬四川）人。少好學，為人口吃，博覽群書，長於辭賦。年四十餘，始遊京師，以文見召，奏甘泉、河東、羽獵、長楊等賦。成帝時任給事黃門郎。後仕於王莽，為大夫。校書天祿閣。著有太玄、法言、方言、訓纂篇。

⑦楚甸：猶楚地。古詩文習用語。唐李嶠茅：「楚甸供王日，衡陽入貢年。」唐劉希夷江南曲：「潮平見楚甸，天際望維揚。」甸，上古時代國都城外百里以內稱郊，郊以外稱甸。左傳襄公二十一年：「罪重於郊甸。」晉杜預集解：「郭外曰郊，郊外曰甸。」商郊：商朝都城的郊野。古詩文習用語。唐徐彥伯比干墓：「周發次商郊，冤骸悲莫殣。」

⑧五音：我國古代五聲音階中的五個音級，即宮、商、角、徵、羽。唐以後又名合、四、乙、尺、工。孟子離婁上：「不以六律，不能正五音。」漢趙岐注：「五音，宮、商、角、徵、羽。」亦指音樂。韓非子十過：「不務聽治而好五音，則窮身之事也。」

⑨萬慮：指各種思緒、各種考慮。唐韓愈感春之四：「數杯澆腸雖暫醉，皎皎萬慮醒還新。」包：包羅。

⑩葛：夏代的一個小國名。湯：商湯，商朝開國君王，上古聖君。仇餉：指殺人而奪去餉贈的食物。餉，用食物等款待。典出尚書仲虺之誥：「乃葛伯仇餉，初征自葛。」孔傳：「葛伯遊行，見農民之餉於田者，殺其人，奪其餉，故謂之仇餉。仇，怨也。」又孟子滕文公下：「湯居亳，與葛為鄰。葛伯放而不祀，湯使人問之，曰：『何為不祀？』曰：『無以供犧牲也。』湯使遺之牛羊。葛伯食之，又不以祀。湯又使人問之曰：『何為不祀？』曰：『無以供粢盛也。』湯使亳眾往為之耕，老弱饋食。葛伯率其民，要其有酒食黍稻者奪之，不授者殺之。有童子以黍肉餉，殺而奪之。書曰：『葛伯仇餉。』此之謂也。為其殺是童子而征之，四海之內皆曰：『非富天下也，為匹夫匹婦復仇也。』湯始征，自葛載，十一征而無敵於天下。」

⑪責包茅：春秋時期，齊桓公率兵攻打楚國，楚成王派使者問齊國為什麼攻打楚國，管仲用楚國沒有向周王朝進貢菁茅為借口。包茅，裹束成捆的菁茅，古代祭祀時用以濾酒。典出左傳僖公四年：「四年春，齊侯以諸侯之師侵蔡。蔡潰，遂伐楚。楚子使與師言曰：『君處北海，寡人處南海，唯是風馬牛不相及也。不虞君之涉吾地也，何故？』管仲對曰：『昔召康公命我先君大公曰：「五侯九伯，女實征之，以夾輔周室。」賜我先君履，東至於海，西至於河，南至於穆陵，北至於無棣。爾貢包茅不入，王祭不共，無以縮酒，寡人是征。昭王南征而不復，寡人是問。』」

⑫「高矣若天」二句：典出孟子盡心上：「公孫丑曰：『道則高矣，美矣，宜若登天然，似不可及也。何不使彼為可幾及而日孳孳也？』孟子曰：『大匠不為拙工改廢繩墨，羿不為拙射變其彀率。君子引而不發，躍如也。中道而立，能者從之。』」

⑬「淡而如水」二句：用「君子之交淡如水」典，出自禮記表記及莊子山木，或為戰國時期俗語。禮記表記：「故君子之接如水，小人之接如醴；君子淡以成，小人甘以壞。」漢鄭玄注：「接或為交。」唐孔穎達疏：「君子之接如水者，言君子相接，不用虛言，如兩水相交，尋合而已。」莊子山木：「且君子之交淡若水，小人之交甘若醴。君子淡以親，小人甘以絕。」晉郭象注：「無利故淡，道合故親。」

【譯文】

蛇中有一種劇毒的叫作虺，蛟龍中有一種能吐氣成樓閣樣子的叫作蜃。

麒麟出沒的沼澤對喜鵲居住的窩。

風聲對月光，小麥雙穗是豐年的徵兆對桑樹根深是國家穩固的象徵。

何妥喜歡以經義刁難別人，揚雄被人質疑而自我解嘲。

楚國的城外對商朝的郊野。

所有聲音只能用耳朵聽，一切想法都要放在心中。

成湯之所以攻打葛國，是因為他們殺死使者搶奪贈送給他們祭祀用的食物；楚國遭到齊國的攻打，是因為他們沒有向周王朝進貢祭祀時濾酒用的菁茅。

聖賢的大道像天一樣高遠，君子之間的交往像水一般淡泊。

（三）

牛對馬，犬對貓。旨酒對嘉肴①。桃紅對柳綠，竹葉對松梢。藜杖叟②，布衣樵③。北野對東郊④。白駒形皎皎⑤，黃鳥語交交⑥。花圃春殘無客到，柴門夜永有僧敲⑦。牆畔佳人，飄揚競把秋千舞⑧；樓前公子，笑語爭將蹴踘拋⑨。

【注釋】

①旨酒：美酒。詩經小雅鹿鳴：「我有旨酒，以燕樂嘉賓之心。」孟子離婁下：「禹惡旨酒，而好善言。」嘉肴：美味的菜餚。詩經小雅正月：「彼有旨酒，又有嘉殽。」禮記投壺：「子有旨酒

嘉肴，某既賜矣，又重以樂，敢辭。」漢王粲公宴詩：「嘉肴充圓方，旨酒盈金罍。」唐韓愈祭董相公文：「旨酒既盈，嘉肴在盛，嗚呼我公，庶享其誠。」

②藜杖：用藜的老莖製成的手杖。晉書山濤傳：「魏帝嘗賜景帝春服，帝以賜濤，又以母老，並賜藜杖一枚。」

③布衣：布製的衣服。借指平民。古代平民不能穿錦繡，故稱「布衣」。樵：樵夫，打柴的人。

④野：郊外。詩經魯頌：「暗暗牡馬，在坰之野。」毛傳：「邑外曰郊，郊外曰野。」

⑤白駒：白色的小馬。皎皎：形容顏色潔白。詩經小雅白駒：「皎皎白駒，食我場苗。」唐陸德明毛詩音義：「皎皎，潔白也。」

⑥黃鳥：黃雀。交交：象聲詞。鳥的鳴叫聲。詩經秦風黃鳥：「交交黃鳥，止於棘。」清馬瑞辰毛詩傳箋通釋：「交交，通作咬咬，謂鳥聲也。」毛傳云：「交交，小貌。」宋朱子集傳：「交交，飛而往來之貌。」本篇云「黃鳥語交交」，與馬瑞辰訓釋相合，說明明清以來主流意見，認為「交交」是象聲詞，不取經書古訓。另，「交交」為古詩文習用語，亦指鳥鳴聲。晉夏侯湛春可樂：「鸎交交以弄音，翠翾翾以輕翔。」唐薛濤十離詩燕離巢：「出入朱門未忍拋，主人常愛語交交。」

⑦「柴門夜永有僧敲」：這一句是說夜深了還有和尚敲門。夜永，夜深。唐賈島題李凝幽居：「鳥宿池邊樹，僧敲月下門。」此詩「敲」字，相傳是韓愈幫賈島選定。後蜀何光遠鑒戒錄賈忤旨：「（賈島）忽一日於驢上吟得：『鳥宿池中樹，僧敲月下門。』初欲著『推』字，或欲著『敲』字，煉之未定，遂於驢上作『推』字手勢，又作『敲』字手勢。不覺行半坊。觀者訝之，島似不見。

時韓吏部愈權京尹，意氣清嚴，威振紫陌。經第三對呵唱，島但手勢未已。俄為官者推下驢，擁至尹前，島方覺悟。顧問欲責之。島具對：『偶得一聯，吟安一字未定，神遊詩府，致衝大官，非敢取尤，希垂至鑒。』韓立馬良久思之，謂島曰：『作敲字佳矣。』」後因以「推敲」指斟酌字句。

⑧秋千：我國民間傳統體育運動。在木架或鐵架上懸掛兩繩，下拴橫板。人在板上或站或坐，兩手握繩，利用蹬板的力量身軀隨而前後向空中擺動。相傳為春秋齊桓公從北方山戎引入。一說本作千秋，為漢武帝宮中祝壽之詞，取千秋萬歲之義。後倒讀為秋千，又轉為「鞦韆」。見南朝梁宗懍荊楚歲時記、宋高承事物紀原歲時風俗。唐杜甫清明詩之二：「十年蹴踘將雛遠，萬里鞦韆習俗同。」清仇兆鼇注：「宗懍歲時記：寒食有打毬、鞦韆、施鈎之戲。古今藝術圖：以彩繩懸木立架，士女坐立其上，推引之，謂之鞦韆。一云當作千秋，本出漢宮祝壽詞，後人倒讀，又易其字為鞦韆耳。」

⑨蹴踘：我國古代的一種球類運動。用以練武、娛樂、健身。本為軍中娛樂，後流行於民間。傳說始於黃帝，戰國時已流行。史記扁鵲倉公列傳：「處（項處）後蹴踘，要蹷寒，汗出多，即嘔血。」漢書枚乘傳：「遊觀三輔離宮館，臨山澤，弋獵射馭狗馬蹵鞠刻鏤，上有所感，輒使賦之。」唐顏師古注：「蹵，足蹵之也。鞠以韋為之，中實以物，蹵蹋為戲樂也。」後漢書梁冀傳：「性嗜酒，能挽滿、彈棋、格五、六博、蹴鞠、意錢之戲。」唐李賢注引漢劉向別錄：「蹴鞠者，傳言黃帝所作，或曰起戰國之時。蹋鞠，兵埶（按：同「藝」）也，所以講武知有材也。」

【譯文】

牛對馬，狗對貓。

美酒對嘉餚。

桃花嫣紅對柳枝碧綠，竹子葉對松樹梢。

拄着枴杖的老人，穿着粗布衣服的樵夫。

北邊的田野對東邊的鄉郊。

白馬顏色純潔無瑕，黃鳥叫聲和諧悅耳。

暮春時，沒有人再到花園裏去；夜深時，還有僧人輕敲柴門。

美麗的姑娘動作輕盈，爭相在牆邊蕩秋千；貴族子弟嘻笑着，在樓前玩蹴鞠。

下平四豪

【題解】

本篇共三段，皆為韻文。每段韻文，由若干句對仗的聯語組成。每句皆押「平水韻」下平聲「四豪」韻。

本篇每句句末的韻腳字，「刀」「高」「袍」「醪」「猱」「繅」「桃」「篙」「褒」「蒿」「萄」「糟」「滔」「羔」「濤」「毛」「勞」等，在傳統詩韻（「平水韻」）裏，都歸屬於下平聲「四豪」這個韻部。這些字，在普通話裏，韻母都是「ɑo」，基本沒有韻頭「i」；聲調有讀第一聲的，有讀第二聲的。

需要注意的是：普通話「ɑo」韻母的字，並不都屬於「平水韻」下平聲「四豪」韻，也有可能屬於下平聲「二蕭」韻、「三肴」韻。它們在普通話系統裏，韻母雖然沒有區別，但在「平水韻」系統裏，卻是三個不同的韻部，只能算鄰韻，填詞時可以通押，寫近體詩時不可通押。

（一）

琴對瑟，劍對刀。地迥對天高①。峨冠對博帶②，紫綬對緋袍③。煎異茗④，酌香醪⑤。虎兕對猿猱⑥。武夫攻騎射，野婦務蠶繅⑦。秋雨一川淇澳竹⑧，春風兩岸武陵桃⑨。螺髻青濃⑩，樓外晚山千仞⑪；鴨頭綠膩⑫，溪中春水半篙⑬。

【注釋】

①迥：遙遠，僻遠。古詩文習用「地迥」「天高」作對。唐柳宗元渾鴻臚宅聞歌效白紵：「天高地迥凝日晶。」宋朱子同僚小集梵天寺坐間雨作已復開霽步至東橋玩月賦詩二首其一：「地迥衣裳

冷，天高澄霽還。」宋史季溫鼓山：「天高陡覺星辰近，地迥偏饒日月閒。」

②峨冠：高冠。峨，高。博帶：大帶。博，大。峨冠博帶，為古代儒生或士大夫的裝束。是元明以來詩詞習用語。元沈禧菩薩蠻：「峨冠博帶青藜杖，行行獨步青溪上。」明王漸逵石葵歌贈喬都閫：「峨冠博帶稱儒雅，賓客雍容列尊斝。」

③紫綬：紫色絲帶。古代高級官員用作印組，或作服飾。漢書百官公卿表上：「相國、丞相，皆秦官，金印紫綬。」唐李白門有車馬客行：「空談霸王略，紫綬不掛身。」緋袍：紅色官服。唐制，四品袍深緋，五品袍淺緋。唐白居易別草堂三絕句其二：「久眠褐被為居士，忽掛緋袍作使君。」酬元郎中同制加朝散大夫書懷見贈：「五品足為婚嫁主，緋袍着了好歸田。」唐制，中下州刺史是四品官，朝散大夫是從五品官。

④煎：烹茶。唐封演封氏聞見記飲茶：「自鄒、齊、滄、棣，漸至京邑，城市多開店鋪，煎茶賣之。」唐白居易山泉煎茶有懷：「坐酌泠泠水，看煎瑟瑟塵。無由持一碗，寄與愛茶人。」異茗：稀有的好茶。唐黃滔宿李少府園林：「嘗頻異茗塵心淨，議罷名山竹影移。」

⑤香醪（láo）：美酒。古詩文習用語。唐杜甫崔駙馬山亭宴集：「清秋多宴會，終日困香醪。」醪，汁渣混合的酒，又稱「濁酒」，也稱「醪糟」。

⑥虎兕：老虎與犀牛。比喻兇惡殘暴的人。論語季氏：「虎兕出於柙。」漢王逸九思逢尤：「虎兕爭兮於廷中。」兕，古代獸名，犀牛的一種。皮厚，可以製甲。一說，雌犀牛。猿猱（náo）：泛指猿猴。管子形勢：「墜岸三仞，人之所大難也，而猿猱飲焉。」唐李白蜀道難：「黃鶴之飛尚不得過，猿猱欲度愁攀援。」

⑦野婦：見前注。務：致力於，用心於。蠶繅（sāo）：亦作「蠶繰」。飼蠶繅絲。孟子滕文公下：「夫人蠶繅，以為衣服。」繅，從蠶繭上把絲抽出來。

⑧淇澳（yù）竹：即長在淇水邊的竹子。詩經衛風淇奧：「瞻彼淇奧，綠竹猗猗。」毛傳：「奧，隈也。」晉左思魏都賦：「南瞻淇澳，則綠竹純茂。」淇，淇水，黃河的支流，從河南浚縣淇門鎮流入黃河。澳，一作「奧」，水岸深曲的地方。

⑨武陵：地名。在今湖南常德。晉宋之際大詩人陶淵明著桃花源記，說有一個捕魚的武陵人沿着溪水前行，看見兩岸桃花盛開，花瓣紛紛落下，不知不覺中進入桃花源。

⑩螺髻：螺殼狀的髮髻，常用以比喻聳起如髻的峰巒。古詩文習用語。唐皮日休太湖詩縹緲峰：「似將青螺髻，撒在明月中。」宋辛棄疾水龍吟登建康賞心亭：「遙岑遠目，獻愁供恨，玉簪螺髻。」

⑪千仞：形容極高或極深。莊子秋水：「千里之遠不足以舉其大，千仞之高不足以極其深。」漢桓寬鹽鐵論刑德：「千仞之高，人不輕凌。」仞，古代長度單位。七尺為一仞。一說，八尺為一仞。

⑫鴨頭：見前注。膩：形容顏色濃重。

⑬春水半篙：形容春水深及撐船竹篙的一半。古詩文習用語。宋蘇轍泛潩水：「半篙春水花千片，八尺輕船酒一壺。」宋虞儔臨安泛舟：「桃源春水半篙穩，錦谷清溪幾曲通。」

【譯文】

古琴對寶瑟，寶劍對大刀。

大地遼闊對天空高遠。
高高的帽子對寬寬的衣帶，紫色的印帶對紅色的官袍。
煎煮珍貴的茶，倒上醇厚的酒。
老虎和犀牛對猿和猴。
軍中武士精通騎馬射箭，農村婦女致力養蠶抽絲。
淇水邊的竹子在秋雨中格外繁盛，武陵岸上的桃花在春風中十分妖嬈。
傍晚的時候，樓外的高山青得像女子的髮髻一樣濃重；春天的時候，溪中的淺水綠得像鴨子頭上的毛一樣細膩。

（二）

刑對賞①，貶對褒②。
破斧對征袍③。
梧桐對橘柚④，枳棘對蓬蒿⑤。
雷煥劍⑥，呂虔刀⑦。

橄欖對葡萄。

一椽書舍小⑧，百尺酒樓高⑨。

李白能詩時秉筆⑩，劉伶愛酒每餔糟⑪。

禮別尊卑⑫，拱北眾星常燦燦⑬；勢分高下，朝東萬水自滔滔⑭。

【注釋】

①刑、賞：刑罰與獎賞。周禮天官大宰：「七曰刑賞，以馭其威。」唐賈公彥疏：「謂有罪刑之，有功賞之。」北史杜弼傳：「天下大務，莫過刑賞二端。」

②貶、褒：貶低和讚揚。漢董仲舒春秋繁露威德所生：「春秋採善不遺小，掇惡不遺大，諱而不隱，罪而不忽，□□（原文缺二字）以是非，正理以褒貶。」晉杜預春秋經傳集解序：「春秋雖以一字為褒貶，然皆須數句以成言。」

③破斧：語本詩經豳風破斧：「既破我斧，又缺我斨。」斧、斨，泛指兵器。後以「破斧缺斨」形容戰爭中必須付出的代價。原典，「破」是動詞。此處，「破斧」與「征袍」對偶，則「破」為形容詞。征袍：出征將士穿的戰袍。唐李白子夜吳歌之四：「明朝驛使發，一夜絮征袍。」

④橘柚：是一種水果，產於我國南方，別名金柑。一說為兩種水果，即橘和柚。古詩文常見。梧桐對橘柚，本於唐李白秋登宣城謝朓北樓：「人煙寒橘柚，秋色老梧桐。」

⑤枳（zhǐ）棘：枳木與棘木。因其多刺而稱惡木。常用以比喻惡人或小人。亦用以比喻艱難險惡的環境。後漢書循吏列傳云：「枳棘非鸞鳳所棲，百里豈大賢之路？」（詳見前「主簿棲鸞」注）。蓬蒿：蓬草和蒿草。亦泛指草叢、草莽。借指荒野偏僻之處。漢桓寬鹽鐵論通有：「山居澤處，蓬蒿墝埆，財物流通，有以均之。」唐李白南陵別兒童入京：「仰天大笑出門去，我輩豈是蓬蒿人？」

⑥雷煥劍：晉代雷煥在豫章豐城監獄屋基掘得龍泉、太阿二柄寶劍。一把劍送給張華，另一把自己佩帶。張華被殺後他那把劍就不見了。雷煥去世後他的兒子佩着劍過延平津，寶劍忽從腰間躍出跳入水中，再找的時候，只見兩條龍在水中。事見晉書張華傳：「初，吳之未滅也，斗牛之間常有紫氣，道術者皆以吳方強盛，未可圖也，惟華以為不然。及吳平之後，紫氣愈明。華聞豫章人雷煥妙達緯象，乃要煥宿，屏人曰：『可共尋天文，知將來吉凶。』因登樓仰觀，煥曰：『僕察之久矣，惟斗牛之間頗有異氣。』華曰：『是何祥也？』煥曰：『寶劍之精，上徹於天耳。』華曰：『君言得之。吾少時有相者言，吾年出六十，位登三事，當得寶劍佩之。斯言豈效與！』因問曰：『在何郡？』煥曰：『在豫章豐城。』華曰：『欲屈君為宰，密共尋之，可乎？』煥許之。華大喜，即補煥為豐城令。煥到縣，掘獄屋基，入地四丈餘，得一石函，光氣非常，中有雙劍，並刻題，一曰龍泉，一曰太阿。其夕，斗牛間氣不復見焉。煥以南昌西山北巖下土以拭劍，光芒豔發。大盆盛水，置劍其上，視之者精芒炫目。遣使送一劍並土與華，留一自佩。或謂煥曰：『得兩送一，張公豈可欺乎？』煥曰：『本朝將亂，張公當受其禍。此劍當係徐君墓樹耳。靈異之物，終當化去，不永為人服也。』華得劍，寶愛之，常置坐側。華以南昌土不如華陰

赤土，報煥書曰：『詳觀劍文，乃干將也，莫邪何復不至？雖然，天生神物，終當合耳。』因以華陰土一斤致煥。煥更以拭劍，倍益精明。華誅，失劍所在。煥卒，子華為州從事，持劍行經延平津，劍忽於腰間躍出墮水，使人沒水取之，不見劍，但見兩龍各長數丈，蟠縈有文章，沒者懼而反。須臾光彩照水，波浪驚沸，於是失劍。華歎曰：『先君化去之言，張公終合之論，此其驗乎！』」

⑦呂虔刀：三國魏刺史呂虔有一寶刀，鑄工相之，以為必三公始可佩帶。呂虔以此刀贈王祥。王祥後位列三公。王祥臨終，復以此刀授弟王覽。覽後仕至大中大夫。後遂以「呂虔刀」為寶刀之美稱。事見晉書王祥傳：「初，呂虔有佩刀，工相之，以為必登三公，可服此刀。虔謂祥曰：『苟非其人，刀或為害。卿有公輔之量，故以相與。』祥固辭，強之乃受。祥臨薨，以刀授覽，曰：『汝後必興，足稱此刀。』覽後奕世多賢才，興於江左矣。」

⑧一椽（chuán）：一條椽子，亦借指一間小屋。魏書任城王傳：「居無一椽之室，家闕儋石之糧。」

⑨百尺樓：泛指高樓。典出三國志魏志陳登傳：「汜（許汜）曰：『昔遭亂過下邳，見元龍（陳登）。元龍無客主之意，久不相與語，自上大牀臥，使客臥下牀。』備（劉備）曰：『君有國士之名，今天下大亂，帝主失所，望君憂國忘家，有救世之意，而君求田問舍，言無可採，是元龍所諱也。何緣當與君語？如小人，欲臥百尺樓上，臥君於地，何但上下牀之間邪？』」

⑩李白：見前注。秉筆：執筆。國語晉語九：「臣以秉筆事君。」

⑪劉伶：字伯倫，生卒年不詳，沛國（今安徽淮北）人。魏晉之際名士，「竹林七賢」之一。魏末曾官建威參軍。酷愛喝酒，肆意放蕩，蔑視禮法，崇尚無為。晉書劉伶列傳：「劉伶，字伯倫，

沛國人也。身長六尺，容貌甚陋。放情肆志，常以細宇宙齊萬物為心。澹默少言，不妄交遊，與阮籍、嵇康相遇，欣然神解，攜手入林。初不以家產有無介意。常乘鹿車，攜一壺酒，使人荷鍤而隨之，謂曰：『死便埋我。』其遺形骸如此。嘗渴甚，求酒於其妻。妻捐酒毀器，涕泣諫曰：『君酒太過，非攝生之道，必宜斷之。』伶曰：『善！吾不能自禁，惟當祝鬼神自誓耳。便可具酒肉。』妻從之。伶跪祝曰：『天生劉伶，以酒為名。一飲一斛，五斗解酲。婦兒之言，慎不可聽。』仍引酒御肉，隗然復醉。」餔（bū）糟：飲酒，吃酒糟。酒糟，造酒剩下的渣滓。典出楚辭漁父：「眾人皆醉，何不餔其糟而歠其釃？」

⑫禮別尊卑：禮儀是用來區別地位高低的。此四字出自梁周興嗣千字文。

⑬拱北：指天上的星星環繞拱衛北極星。語出論語為政：「子曰：『為政以德，譬如北辰，居其所而眾星共之。』」

⑭朝東萬水：出自荀子宥坐：「孔子觀於東流之水，子貢問於孔子曰：『君子之所以見大水必觀焉者是何？』孔子曰：『夫水，大遍與諸生而無為也，似德。其流也埤下，裾拘必循其理，似義。其洸洸乎不淈盡，似道。若有決行之，其應佚若聲響，其赴百仞之谷不懼，似勇。主量必平，似法。盈不求概，似正。淖約微達，似察。以出以入，以就鮮潔，似善化。其萬折也必東，似志。是故君子見大水必觀焉。』」子貢問孔子為什麼看見大河就要觀看，孔子回答子貢，說是因為水流有多種優秀品質，其中一條為「其萬折也必東，似志」。又詩經小雅沔水云：「沔彼流水，朝宗於海。」漢樂府長歌行：「百川東到海。」故，宋李復戲酬楊次公詩云：「百川萬折必朝宗，東南到海無分別。」萬水，指數以萬計的河流。

【譯文】

懲罰對獎賞，批評對誇獎。

破舊的斧頭對出征穿的戰袍。

梧桐樹對橘柚樹，借喻處境艱難險惡的枳棘對借指居處荒遠蕭條的蓬蒿。

橄欖對葡萄。

雷煥獻寶劍給張華，呂虔送佩刀給王祥。

小小的書舍只有一間，高高的酒樓約有百尺。

李白擅長作詩，所以經常拿着筆寫；劉伶酷愛喝酒，往往啜飲濾酒之後的渣滓。

禮有尊卑的分別，閃爍的星斗都拱繞着北極星；地勢有高低的區別，滾滾江河都向東海奔流。

（三）

瓜對果，李對桃。

犬子對羊羔①。

春分對夏至②，谷水對山濤③。

雙鳳翼④，九牛毛⑤。

主逸對臣勞⑥。
水流無限闊，山聳有餘高。
雨打村童新牧笠，塵生邊將舊征袍。
俊士居官⑦，榮引鵷鴻之序⑧；忠臣報國，誓殫犬馬之勞⑨。

【注釋】

①犬子：幼犬。

②春分：二十四節氣之一。每年在公曆三月二十日或二十一日。此日，太陽直射赤道，南北半球晝夜長短平分，故稱。漢董仲舒春秋繁露陰陽出入上下：「至於仲春之月，陽在正東，陰在正西，謂之春分。春分者，陰陽相半也，故晝夜均而寒暑平。」夏至：二十四節氣之一。在公曆六月二十一日或二十二日。這天北半球晝最長，夜最短；南半球則相反。至，指陽氣至極，陰氣始至和日行北至。周禮春官馮相氏「冬夏致日」，漢鄭玄注：「夏至，日在東井，景尺五寸。」

③谷水：山谷間的流水。山濤：山澗中的洪水。此處，「山濤」與「谷水」相對，不是人名。

④雙鳳翼：一雙鳳凰（比翼齊飛）的翅膀。多用以比喻夫妻成雙成對。古詩文習用語。唐盧綸王評事駙馬花燭詩其四：「比翼和鳴雙鳳皇，欲棲（一作「玉梅」）金帳滿城香。」宋李之儀萬年歡：「須知最難得處，雙雙鳳翼，一對和鳴。」宋晁補之順之將攜室行而苦雨用前韻戲之：「王

郎行李望秋晴，莫污北飛雙鳳翼。」

⑤九牛毛：即九牛一毛，九條牛身上的一根毛，比喻極其微小，微不足道。語出漢司馬遷報任少卿書：「假令僕伏法受誅，若九牛亡一毛，與螻蟻何以異？」

⑥主逸、臣勞：君主安逸，臣下辛勞。為古代中國政治學所提倡。漢班固白虎通義天地：「君舒臣疾，卑者宜勞。」白虎通義日月：「而日行遲，月行疾何？君舒臣勞也。」

⑦俊士：周代稱選取入太學者。禮記王制：「命鄉論秀士，升之司徒，曰選士。司徒論選士之秀者，而升之學，曰俊士。」唐代為取士科目之一。新唐書選舉志上：「其科之目，有秀才，有明經，有俊士，有進士，有明法，有明字，有明算……此歲舉之常選也。」泛指才智傑出的人。荀子大略：「天下國有俊士，世有賢人。」

⑧鵷（yuān）鴻之序：鵷雛、鴻雁一起飛的時候排列有序，比喻朝臣百官的行列。南朝梁庾肩吾九日侍宴樂遊苑應令：「雕材濫杞梓，花綬接鵷鴻。」

⑨殫：盡，竭盡。犬馬之勞：願像犬馬那樣為君主奔走效力，表示心甘情願受人驅使，為人效勞。

【譯文】

瓜對果，李子對桃子。

小狗對小羊。

春分對夏至，山谷的小溪對山澗的大水。

一雙鳳凰比翼齊飛的翅膀，九頭牛身上的毛。

君主安逸對大臣辛勞。
流淌的河水十分廣闊，聳立的山峰非常高大。
雨點敲打着牧童的新斗笠，塵土落在邊關將士的舊戰袍上。
優秀的人做官，光榮地引領朝廷班行；忠臣報效國家，下決心竭盡自己的全力。

下平五歌

【題解】

本篇共三段，皆為韻文。每段韻文，由若干句對仗的聯語組成。每句皆押「平水韻」下平聲「五歌」韻。

本篇每句句末的韻腳字，「河」「蘿」「歌」「磨」「荷」「搓」「柯」「波」「多」「駝」「鵝」「科」「頗」「和」「蓑」等，在傳統詩韻（「平水韻」）裏，都歸屬於下平聲「五歌」這個韻部。這些字，在普通話裏，韻母是「o」「uo」或「e」；聲調有讀第一聲的，有讀第二聲的。

本篇第三段長對「林下風生，黃髮村童推牧笠；江頭日出，皓眉溪叟曬漁蓑」這一句中，「黃髮村童」四字連用。自先秦至唐宋詩文用例，「黃髮」皆指長壽老人。「黃髮」指幼童，則在明清以降。此亦可見聲律啟蒙語匯有明清時代烙印。

（一）

山對水，海對河。

雪竹對煙蘿①。

新歡對舊恨②，痛飲對高歌。

琴再撫，劍重磨。

媚柳對枯荷③。

荷盤從雨洗④，柳線任風搓⑤。

飲酒豈知欹醉帽⑥，觀棋不覺爛樵柯⑦。

山寺清幽，直踞千尋雲嶺⑧；江樓宏敞⑨，遙臨萬頃煙波。

【注釋】

①雪竹：雪中之竹。因竹在雪中更顯蒼翠，故名。古詩文習用語。唐鄭谷送進士韋序赴舉：「秋山晚水吟情遠，雪竹風松醉格高。」煙蘿：霧靄中的藤蘿隨風飄蕩，遠望與青煙渾然一體，故名。

②新歡：新的歡樂，新的歡快。南朝宋謝靈運道路憶山中：「懷故叵新歡，含悲忘春暖。」亦指新的情人或戀人。南朝陳後主同管記陸琛七夕五韻詩：「故嬌隔分別，新歡起舊情。」後一義項更為常用。但本篇與「舊恨」對偶，當取前一義項。舊恨：舊有的仇恨。

③媚柳：嫵媚的柳枝。因柳條嫵媚，故稱「媚柳」。古詩文習用語。宋張孝祥生查子：「遠山眉黛橫，媚柳開青眼。」

④荷盤：指荷葉。荷葉形圓，似盤，故名。古詩文習用語。宋陸游南堂與兒輩夜坐：「鵲影繞枝棲未穩，荷盤擎露重相扶。」從：任從。

⑤柳線：柳條細長下垂如線，故名。南朝梁范雲送別：「東風柳線長，送郎上河梁。」搓：因柳條細如絲線，故云風搓柳。古詩文習用語。宋陸游偶思蜀道有賦：「天回驛畔江如染，鳳集城邊柳似搓。」

⑥欹醉帽：喝醉酒後帽子歪斜半落。欹，歪，側。魏晉南北朝時人以縱情飲酒、不知帽子歪斜掉落為灑脫之象徵。世說新語載山簡倒戴帽子，晉書載孟嘉帽子被風吹落而不知，周書、北史載獨孤信側帽狩獵，皆為時人津津樂道。山簡事見世說新語任誕：「山季倫（山簡）為荊州，時出酣暢。人為之歌曰：『山公時一醉，徑造高陽池。日莫倒載歸，茗芋（酩酊）無所知。復能乘駿馬，倒着白接羅。舉手問葛強，何如并州兒？』」晉書山簡傳亦有記載。孟嘉事見晉書孟嘉傳：「後為征西桓溫參軍，溫甚重之。九月九日，溫燕龍山，僚佐畢集。時佐吏並着戎服，有風至，吹嘉帽墮落，嘉不之覺。溫使左右勿言，欲觀其舉止。嘉良久如廁，溫令取還之，命孫盛作文嘲嘉，着嘉坐處。嘉還見，即答之，其文甚美，四坐嗟歎。嘉好酣飲，愈多不亂。溫問嘉：『酒

有何好？而卿嗜之？』嘉曰：『公未得酒中趣耳。』」獨孤信事見周書獨孤信傳：「又信在秦州，嘗因獵日暮，馳馬入城，其帽微側。詰旦，而吏民有戴帽者，咸慕信而側帽焉。其為鄰境及士庶所重如此。」

⑦爛樵柯：典出南朝梁任昉述異記：「信安郡石室山，晉時王質伐木至，見童子數人，棋而歌，質因聽之。童子以一物與質，如棗核。質含之，不覺飢。俄頃，童子謂曰：『何不去？』質起視，斧柯盡爛。既歸，無復時人。」後以「爛柯」謂歲月流逝，人事變遷。柯，斧柄。

⑧千尋：形容極高或極長。古以八尺為一尋。古詩文習用語。晉左思吳都賦：「擢本千尋，垂蔭萬畝。」雲嶺：高聳入雲的山峰。古詩文習用語。晉江逌詠秋詩：「鳴雁薄雲嶺，蟋蟀吟深樹。」

⑨宏敞：高大寬敞。舊五代史晉書張筠傳：「及罷歸之後，第宅宏敞，花竹深邃，聲樂飲嫦，恣其所欲。」

【譯文】

青山對綠水，大海對小河。
雪中的竹子對如煙似霧的藤蘿。
眼前的歡喜對過去的仇恨，暢快地喝酒對大聲地唱歌。
再次彈奏琴弦，重新磨快寶劍。
柔媚的柳枝對乾枯的荷葉。
荷葉在雨中得到清洗，柳絲任由風兒吹拂。

喝酒的人，怎麼會知道自己的帽子歪斜了；看仙人下棋，不曾發覺自己的斧柄腐爛了。
清幽的佛寺坐落在高高的山上，寬敞的樓閣正對着無邊的江水。

（二）

繁對簡，少對多。
里詠對途歌①。
宦情對旅況②，銀鹿對銅駝③。
刺史鴨④，將軍鵝⑤。
玉律對金科⑥。
古堤垂嚲柳⑦，曲沼長新荷⑧。
命駕呂因思叔夜⑨，引車藺為避廉頗⑩。
千尺水簾，今古無人能手捲；一輪月鏡，乾坤何匠用功磨。

【注釋】

①里詠：里巷吟詠的詩歌。里，里巷。詠，聲調抑揚的唸誦或歌唱。途歌：路上所唱的歌謠。里詠、途歌，皆泛指在民間流傳廣泛的歌謠。南朝梁沈約齊故安陸昭王碑：「老安少懷，塗歌里詠。莫不歡若親戚，芬若椒蘭。」

②宦情：做官的志趣、意願。亦指做官的心情。古詩文習用語。唐柳宗元柳州二月榕葉落盡偶題：「宦情羈思共悽悽，春半如秋意轉迷。」旅況：旅途的情懷或景況。古詩文習用語。宋王安石沂溪懷正之：「世情紛可怪，旅況浩難安。」

③銀鹿：銀鑄的鹿。為奢侈品擺件。太平廣記奢侈二同昌公主：「咸通九年，同昌公主出降，宅於廣化里，錫錢五百萬貫。更罄內庫珍寶，以實其宅。而房櫳戶牖，無不以眾寶飾之。更以金銀為井欄藥臼、食櫃水槽、鐺釜盆甕之屬，縷金為笊籬箕筐。製水晶火齊琉璃玳瑁等為牀，搘以金龜銀鹿。更琢五色玉為器皿什物，合百寶為圓案。」資治通鑒後晉紀三：「（吳越恭穆夫人馬氏）常置銀鹿於帳前，坐諸兒於上而弄之。」古詩詞常以「銀鹿」用作婦女寵愛撫育兒孫之典。宋朱松記草木雜詩七首萱草：「諸孫繞銀鹿，採摘動盈把。」宋王邁賀新郎為後村母夫人壽：「人世福、夫人兼五。銀鹿諸孫來定省，對金屏、繡幕輝雲母。」另據唐李肇唐國史補：「顏魯公之在蔡州，再從姪峴家僮銀鹿始終隨之。」因顏真卿姪兒家僕人名「銀鹿」，後遂以「銀鹿」代指僕人。但此處，「銀鹿」與「銅駝」相對，不必解作僕人。銅駝：銅鑄的駱駝。西晉索靖預知天下即將大亂，曾經指着洛陽宮門口的銅駱駝說，將來會看到你在亂草叢中。後人用「泣銅駝」指對國家人民遭劫難感到悲傷。典出晉書索靖傳：「（索）靖有先識遠量，知天下將亂，指洛陽

宮門銅駝，歎曰：『會見汝在荊棘中耳！』」

④刺史鴨：唐杭州刺史李遠喜吃綠頭鴨，故云。宋王讜唐語林：「李遠為杭州刺史，嗜啖綠頭鴨。貴客經過，無他饋餉，相厚者乃綠頭鴨一對而已。」（類說語林題作嗜綠頭鴨）元辛文房唐才子傳：「遠，字求古，大和五年杜陟榜進士及第，蜀人也。少有大志，誇邁流俗，為詩多逸氣，五彩成文。早歷下邑，詞名卓然。宣宗時，宰相令狐綯進奏擬遠杭州刺史，上曰：『朕聞遠詩有「青山不厭千杯酒，白日惟銷一局棋」，是疏放如此，豈可臨郡理人？』綯曰：『詩人託此以寫高興耳，未必實然。』上曰：『且令往觀之。』至，果有治聲。性簡儉，嗜啖凫鴨。貴客經過，無他贈，厚者綠頭一雙而已。後歷忠、建、江三州刺史，仕終御史中丞。」舊注云：「韋應物為刺史，畜鴨，號鴨為綠頭公子」，恐非。

⑤將軍鵝：晉代書法家王羲之官至右將軍，生性愛鵝，故云。事見晉書王羲之傳：「性愛鵝，會稽有孤居姥養一鵝，善鳴，求市未能得，遂攜親友命駕就觀。姥聞羲之將至，烹以待之，羲之歎惜彌日。又山陰有一道士，養好鵝，羲之往觀焉，意甚悅，固求市之。道士云：『為寫道德經，當舉群相贈耳。』羲之欣然寫畢，籠鵝而歸，甚以為樂。其任率如此。」

⑥玉律、金科：即金科玉律，指不可變更的法令或規則。後多比喻不可變更的信條。

⑦嚲（duǒ）柳：垂柳。嚲，下垂。古詩文習用語。唐白居易酬鄭侍御多雨春空過詩三十韻：「楚柳腰肢嚲，湘筠涕淚滂。」

⑧曲沼：見前注。

⑨命駕呂因思叔夜：本句典出晉書嵇康傳：「東平呂安服康高致，每一相思，輒千里命駕，康友而

善之。」魏晉之際的呂安與嵇康關係很好，每當思念嵇康的時候，呂安就命人駕車，不遠千里去見他。命駕，命人駕車馬，也指乘車出發。呂，指呂安（？—二六二），字仲悌，東平（今屬山東）人。鎮北將軍呂昭次子，呂巽弟，與嵇康為好友。呂巽淫安之妻，又誣安不孝。呂安引嵇康為證明，為鍾會構陷，與嵇康同為司馬昭所殺。叔夜，指嵇康（二二三—二六二），字叔夜，譙郡銍（今安徽濉溪）人。其妻長樂亭主，為曹操曾孫女。齊王芳正始年間，嵇康任中散大夫，故世稱「嵇中散」。後隱居不仕，與阮籍等交遊，為「竹林七賢」之一。崇尚老莊，聲言「非湯武而薄周孔」，主張「越名教而任自然」，拒絕山濤推薦，自謂不堪做官。精音律，善鼓琴。友人呂安被兄呂巽誣陷，嵇康為之辯解，遭鍾會構陷，為司馬昭所殺。

⑩引車藺為避廉頗：本句典出史記廉頗藺相如列傳：「以相如功大，拜為上卿，位在廉頗之右。廉頗曰：『我為趙將，有攻城野戰之大功，而藺相如徒以口舌為勞，而位居我上，且相如素賤人，吾羞，不忍為之下。』宣言曰：『我見相如，必辱之。』相如聞，不肯與會。相如每朝時，常稱病，不欲與廉頗爭列。已而相如出，望見廉頗，相如引車避匿。」戰國時趙國大將廉頗忌恨藺相如官位在己之上，揚言要羞辱他。藺相如知道後，每次外出遇到廉頗便引車避讓。家人不以為然，相如說，這樣做不是因為怕廉頗，而是以國家利益為先，以個人恩怨為後。廉頗聽說後深感慚愧，於是負荊登門向藺相如請罪。引車，調轉車行方向。藺，藺相如，戰國時趙國相。見前注。廉頗，戰國時趙國名將，生卒年不詳。趙惠文王時為將，後升上卿。屢次戰勝齊、魏等國。秦趙長平之戰時，任趙國統帥，堅壁固守，使秦出師三年，勞而無功。後因趙中秦反間計，改用趙括為將，致遭大敗。趙孝成王十五年，燕發大軍攻趙，頗率軍反擊，殺燕將栗腹，

進圍燕都，燕割五城求和。因功封於尉文，為信平君，任假相國。趙悼襄王時，使樂乘代之。奔魏居大梁，後老死於楚。

【譯文】

複雜對簡單，少對多。百姓的詩對路人的歌。做官的情形對漂泊的境況，銀製的鹿對銅鑄的駱駝。唐朝刺史李遠喜歡鴨，晉代右將軍王羲之愛養鵝。固定的律法對不變的規定。古老的堤岸上種着垂柳，曲折的池塘裏長着荷花。呂安因為思念嵇康，所以教人準備車馬；藺相如為了躲避廉頗，所以讓車夫刻意避開。千尺長的水簾，從古到今沒人能夠捲起來；一輪明鏡樣的月亮，是天地間哪一位工匠打磨的？

（三）

霜對露，浪對波。

徑菊對池荷①。

酒闌對歌罷②，日暖對風和。
梁父詠③，楚狂歌④。
放鶴對觀鵝⑤。
史才推永叔⑥，刀筆仰蕭何⑦。
種橘猶嫌千樹少⑧，寄梅誰信一枝多⑨。
林下風生，黃髮村童推牧笠⑩；江頭日出，皓眉溪叟曬漁蓑⑪。

【注釋】

①徑菊：開在小徑邊的菊花。語本晉陶淵明歸去來兮辭：「三徑就荒，松菊猶存。」後遂成為古詩文習用語。宋楊萬里和同年李子西通判：「病身只作家山夢，徑菊詩葩兩就荒。」

②酒闌：謂酒筵將盡。史記高祖本紀：「酒闌，呂公因目固留高祖。」南朝宋裴駰集解引漢末文穎曰：「闌言希也。謂飲酒者半罷半在，謂之闌。」闌，殘，盡。古詩文習用語。唐杜甫魏將軍歌：「吾為子起歌都護，酒闌插劍肝膽露。」歌罷：指歌唱完了。古詩文習用語。五代前蜀毛文錫戀情深其二：「酒闌歌罷兩沉沉，一笑動君心。」

③梁父詠：即梁父吟，亦作梁甫吟，樂府楚調曲名。梁父，山名，在泰山下。梁甫吟，蓋言人死葬此山，亦為葬歌。三國志蜀志諸葛亮傳：「亮躬耕隴畝，好為梁父吟。」今傳諸葛亮所作梁父吟辭，乃述春秋齊相晏嬰二桃殺三士事；李白所作辭，則抒寫其抱負不能實現的悲憤。東漢張衡四愁詩：「我所思兮在太山，欲往從之梁父艱。」乃以梁父喻奸邪小人。諸葛亮好為梁父吟，應為寄託澄清天下之志。

④楚狂：指陸通，字接輿，春秋末年楚國人。因為楚昭王政令無常，所以他披髮裝狂不願做官，曾唱着歌經過孔子身邊。故人稱之楚狂。論語微子：「楚狂接輿歌而過孔子曰：『鳳兮鳳兮，何德之衰！往者不可諫，來者猶可追。已而已而！今之從政者殆而！』」

⑤放鶴：放飛仙鶴。世說新語言語：「支公好鶴，住剡東嶀山。有人遺其雙鶴，少時翅長欲飛。支意惜之，乃鎩其翮。鶴軒翥不復能飛，乃反顧翅，垂頭，視之如有懊喪意。林曰：『既有凌霄之姿，何肯為人作耳目近玩？』養令翮成，置使飛去。」又，宋人軼事彙編載：「林逋隱居孤山，常畜兩鶴，縱之則飛入雲霄，盤旋久之，復入籠內。逋常泛小艇，遊西湖諸寺。有客至，則一童子出應門，延客坐，為開籠放鶴，良久，逋必棹小舟返。蓋常以鶴飛為驗也。」古人養鶴之法，每於特定時間將鶴從籠中放出，任其自由活動一段時間。唐宋以來，「放鶴」成為隱居修道高雅生活的一種象徵。宋人蘇軾曾為張天驥著放鶴亭記。觀鵝：王羲之愛看鵝。見前注。

⑥永叔：即北宋歐陽修（一〇〇七—一〇七二），字永叔，號醉翁、六一居士，廬陵（今江西吉安）人。仁宗天聖八年（一〇三〇）進士。歷仕仁宗、英宗、神宗三朝，官至樞密副使、參知政事。早年曾支持范仲淹改革，晚年反對王安石新法。仁宗嘉祐二年（一〇五七）知貢舉，錄

取蘇軾、蘇轍、曾鞏等人，倡古文，排抑「太學體」，對北宋文風轉變有很大影響。歐陽修是北宋文壇古文運動的代表人物，詩詞文各體俱佳。亦擅史學，與宋祁等修新唐書，自撰新五代史。著作有歐陽文忠公集、集古錄、六一詞等。

⑦刀筆：古代書寫工具。古時書寫於竹簡，有誤則用刀削去重寫。借指文章，亦指法律案牘、訴訟文字。刀筆吏，指掌文案的官吏。蕭何（？—前一九三）：西漢開國功臣，泗水沛（今江蘇沛縣）人。初為沛主吏掾。從劉邦入關，收秦相府律令圖書藏之，以是知天下關塞險要，郡縣戶口。劉邦王漢中，以何為丞相。又薦韓信為大將。楚漢相拒，留守關中，轉輸士卒糧餉，使軍中給食不乏。劉邦稱帝，論何功第一，封酇侯。後定律令制度，協助高祖消滅陳豨、韓信、黥布等，封相國。高祖死後，事惠帝，病危時薦曹參繼相。卒謚文終。

⑧種橘：三國時期吳國丹陽太守李衡讓人在宅邊種千棵橘樹，他家後人因此生活富裕。三國志吳書三嗣主孫休傳：「又詔曰：『丹陽太守李衡，以往事之嫌，自拘有司。夫射鉤斬袪，在君為君，遣衡還郡，勿令自疑。』」南朝宋裴松之注引襄陽記曰：「衡每欲治家，妻輒不聽，後密遣客十人於武陵龍陽汜洲上作宅，種甘橘千株。臨死，敕兒曰：『汝母惡我治家，故窮如是。然吾州里有千頭木奴，不責汝衣食，歲上一匹絹，亦可足用耳。』衡亡後二十餘日，兒以白母，母曰：『此當是種甘橘也，汝家失十戶客來七八年，必汝父遣為宅。汝父恆稱太史公言：「江陵千樹橘，當封君家。」吾答曰：「且人患無德義，不患不富，若貴而能貧，方好耳，用此何為！」』吳末，衡甘橘成，歲得絹數千匹，家道殷足。」

⑨寄梅：據荊州記記載，陸凱曾經從江南寄梅花給在長安的范曄，並附詩一首，曰：「折花逢驛

使，寄與隴頭人。江南無所有，聊贈一枝春。」詳見前注。

⑩黃髮：本指長壽的老人。老年人頭髮由白轉黃，遂用以泛指老年人。詩經魯頌全宮：「黃髮台背，壽胥與試。」漢鄭玄箋：「黃髮台背，皆壽徵也。」尚書秦誓：「雖則云然，尚猷詢茲黃髮，則罔所愆。」自先秦至唐宋詩詞，黃髮皆指長壽老人。黃髮指幼童，則在明清以降。清蒲松齡聊齋志異董生：「君不憶東鄰之黃髮女乎？屈指移居者，已十年矣。爾時我未笄，君垂髫也。」

⑪皓眉：白眉。長壽老者之相。

【譯文】

霜花對露水，大浪對細波。

路邊的菊花對池中的荷花。

酒喝到沒有對歌唱到結束，太陽溫暖對風兒柔和。

諸葛亮隱居時吟的詩，楚國狂士唱的歌。

放飛白鶴對觀賞白鵝。

能寫史書的人才要推歐陽修，精通文書的官吏要數蕭何。

人們還嫌李衡種的千棵橘樹太少，誰也不會認為陸凱寄的一枝梅花是多餘。

樹林裏起風時，放牧的黃髮兒童戴上斗笠；太陽出來後，打魚的白眉老人在溪邊晾曬蓑衣。

下平六麻

【題解】

本篇共三段，皆為韻文。每段韻文，由若干句對仗的聯語組成。每句皆押「平水韻」下平聲「六麻」韻。

本篇每句句末的韻腳字，「麻」「衙」「鴉」「茶」「笳」「花」「紗」「琶」「凹」「涯」「沙」「瓜」「巴」「霞」「槎」「砂」等，在傳統詩韻（「平水韻」）裏，都歸屬於下平聲「六麻」這個韻部。這些字，在普通話裏，韻母都含「a」，有的帶介音「i」；聲調有讀第一聲的，有讀第二聲的。

需要注意的是：「凹」字，今音「āo」，詩韻（「平水韻」）收在下平「三肴」韻。但紅樓夢一書明確提到「凹」字「俗唸作『窪』」。「窪」字，詩韻恰在「六麻」部。又，廣韻、集韻等韻書，「凹」「窊」二字互訓。「窊」字，佩文詩韻收在「六麻」部。清人黃仲則夾石詩「雙城落天半，倒影辨窊凸」，泥塗歎詩「頓令如坻平，投足起窊凸」，皆以「窊凸」代「凹凸」。由此可知，清人有「凹」「窊」二字互相借代、讀「凹」作「窊」的慣例。聲律啟蒙在字音方面，亦有明清時代特色。

（一）

松對柏，縷對麻①。

蟻陣對蜂衙②。

頳鱗對白鷺③，凍雀對昏鴉④。

白墮酒⑤，碧沉茶⑥。

品笛對吹笳⑦。

秋涼梧墮葉，春暖杏開花。

雨長苔痕侵壁砌⑧，月移梅影上窗紗⑨。

颯颯秋風，度城頭之篳篥⑩；遲遲晚照，動江上之琵琶。

【注釋】

①縷：絲線。麻：麻繩。孟子滕文公上：「麻縷絲絮輕重同，則賈相若。」

②蟻陣：螞蟻爬行排成的隊列，猶如軍陣。蜂衙：指飛繞的蜂群或蜂巢。群蜂早晚聚集，簇擁蜂王，如舊時官吏到上司衙門排班參見。宋陸游睡起至園中：「更欲世間同省事，勾回蟻陣放蜂衙。」

③赬（chēng）鱗：魚的赤色鱗片，亦指鱗片赤色的魚。赬，紅色。列仙傳呂尚：「呂尚隱釣，瑞得赬鱗。」

④凍雀：寒天受凍的鳥雀。資治通鑒唐昭宗天佑元年：「（春正月）甲子，車駕至華州，民夾道呼萬歲，上泣謂曰：『勿呼萬歲，朕不復為汝主矣！』館於興德宮，謂侍臣曰：『鄙語云：「紇干山頭凍殺雀，何不飛去生樂處。」朕今漂泊，不知竟落何所！』因泣下沾襟，左右莫能仰視。」後因以「凍雀唐昭」為典，指處於窮途末路境地的帝王。昏鴉：黃昏時受冷的烏鴉。古詩文習用語。唐杜甫野望：「獨鶴歸何晚，昏鴉已滿林。」

⑤白墮酒：北魏河東人劉白墮善於釀酒，很多人不遠千里買他的酒饋贈親友，後世泛指美酒。北魏楊衒之洛陽伽藍記城西法雲寺：「市西有退酤、治觴二里。里內之人多醞酒為業。河東人劉白墮善能釀酒。季夏六月，時暑赫晞，以罌貯酒，暴於日中，經一旬，其酒味不動。飲之香美，醉而經月不醒。京師朝貴多出郡登藩，遠相餉饋，逾於千里。以其遠至，號曰鶴觴，亦名騎驢酒。永熙年中，南青州刺史毛鴻賓齎酒之藩，路逢賊盜，飲之即醉，皆被擒獲，因此復名擒奸酒。遊俠語曰：『不畏張弓拔刀，唯畏白墮春醪。』」

⑥碧沉：泛指好茶。唐李德裕（一說曹鄴）故人寄茶：「半夜招僧至，孤吟對月烹。碧沉（一作「流」）霞腳碎，香泛乳花輕。」清周貽繁木蘭花慢秋興：「無計除煩遣悶，碧沉聊試茶甌。」又，凡器物之濃綠或被漆、染為濃綠色者常冠以「綠沉」之名。唐杜甫重過何氏五首其四：「雨拋金鎖甲，苔臥綠沉槍。」後人詩詞，遂以「綠沉槍」為語典。又明清以來，南方人喜綠茶，謂茶初生之芽為槍，次生之葉為旗，最重一槍一旗，次重一槍二旗。故文人或以「綠沉槍」移指茶槍。明成鷲丹霞十二詠虹橋環翠：「淺碧有時成蘚陣，綠沉何處覓茶槍。」明末清初王夫之南嶽摘茶詞十首（己亥）其四：「一槍才展二旗斜，萬簇綠沉間五花。」明盧龍雲故人寄茶答黃將軍：「白墮每邀山月上，綠沉閒臥野花香。」以綠沉茶對白墮酒，或即本篇所本。

⑦笳：胡笳，中國古代北方民族的一種樂器，類似笛子。

⑧長：滋長，助長。苔痕侵壁砌：苔痕侵砌是古詩詞常見意象。砌，指臺階、門檻，或石砌的院牆。宋王洋和曾谹父庚伏書懷六首其一：「垣衣侵砌竹穿牆，日日蕭條氣運涼。」

⑨移：指月亮將花的影子投映到窗上。「月移花影」，是古詩詞常見意象。唐無名氏長信宮：「風引漏聲過枕上，月移花影到窗前。」或即所本。

⑩篳篥（bì lì）：即觱篥。來自古代少數民族的一種管樂器。多用於軍中。北史高麗傳：「樂有五弦、琴、箏、篳篥、橫吹、簫、鼓之屬，吹蘆以和曲。」宋莊季裕雞肋編卷下：「篳篥本名悲篥，出於胡中，其聲悲。亦云胡人吹之以驚中國馬云。」

【譯文】

松樹對柏樹，絲線對麻繩。

螞蟻爬行排成的隊列對蜜蜂護衛蜂王排成的隊伍。

紅鱗魚對白鷺鳥，挨凍的麻雀對黃昏的烏鴉。

劉白墮釀的美酒，名叫碧沉的香茶。

聽笛子對吹胡笳。

秋天一冷梧桐就開始落葉，春季剛暖和杏樹就早早開花。

在雨水的浸潤下，苔蘚在牆壁和臺階裏迅速生長；隨着月亮的移動，梅樹的影子映照到紗窗上面。

颯颯秋風中，有人在城頭吹起筆篥；柔和的黃昏中，江面上傳來彈琵琶的聲音。

（二）

優對劣，凸對凹①。

翠竹對黃花。

松杉對杞梓②，菽麥對桑麻③。

山不斷，水無涯。

煮酒對烹茶。

魚游池面水，鷺立岸頭沙。

百畝風翻陶令秫④，一畦雨熟邵平瓜⑤。

閒捧竹根⑥，飲李白一壺之酒⑦；偶擎桐葉⑧，啜盧仝七碗之茶⑨。

【注釋】

①凹（wā）：「凹」字讀wā，是後起俗音。廣韻、集韻皆不收此音。廣韻只收一音，是入聲「洽部」字。集韻收二音，平、入兩讀，平聲在「爻部」，入聲在「洽部」。則「凹」字平讀，詩韻當在下平「三肴」。唐歸仁酬沈先輩卷：「桂魄吟來滿，蒲團坐得凹。先生聲價在，寰宇幾人抄。」乃下平「三肴」韻。歷代詩詞用例，凡「凹」字在句末押韻，也都是下平「三肴」韻，而未見有「六麻」韻者。中原音韻收「凹」字三音，兩在「蕭豪部」，平、去二讀；一在「家麻部」，讀去聲。古籍明確提到「凹」字讀wā音（即在「六麻」部）的，有紅樓夢一書。該書第七十六回「凸碧堂品笛感淒清，凹晶館聯詩悲寂寞」，寫湘雲與黛玉議論詩中用「凹」字，以湘雲口吻說道：「這山上賞月雖好，終不及近水賞月更妙。你知道這山坡底下就是池沿，山坳裏近水一個所在就是凹晶館。可知當日蓋這園子時就有學問。這山之高處，就叫凸碧；山之低窪近水處，就叫作凹晶。這『凸』『凹』二字，歷來用的人最少。如今直用作軒館之名，更覺新鮮，

不落窠臼。可知這兩處一上一下，一明一暗，一高一矮，一山一水，竟是特因玩月而設此處。有愛那山高月小的，便往這裏來；有愛那皓月清波的，便往那裏去。只是這兩個字俗唸作『窪』『拱』二音，便說俗了，不大見用，只陸放翁用了一個『凹』字，說『古硯微凹聚墨多』，還有人批他俗，豈不可笑。」「窪」字，詩韻恰在「六麻」部。又，廣韻、集韻等韻書，「凹」「窊」二字互訓，廣韻「窊，凹也」，集韻「凹，窊也」。「窊」字，廣韻收二音，平、去二讀，平聲在「麻韻」，去聲在「禡韻」。佩文詩韻則只收一音，在「麻部」。由此可知，紅樓夢提及的「凹」字俗音「窪」，當是借「窊」字之音。「凹」「窊」二字既可互訓，古人或有以「窊凸」代「凹凸」入詩者，如清黃仲則，其夾石詩云：「雙城落天半，倒影辨窊凸」，泥塗歎詩云：「頓令如坻平，投足起窊凸。」結合紅樓夢的議論和黃仲則詩用例來看，清人有「凹」「窊」二字互相借代、讀「凹」作「窊」的慣例。

②杞梓：杞樹和梓樹，皆是優質木材。可用以比喻優秀人才。左傳襄公二十六年：「晉卿不如楚，其大夫則賢，皆卿材也。如杞梓、皮革，自楚往也。雖楚有材，晉實用之。」晉杜預注：「杞、梓皆木名。」晉書陸機陸雲傳論：「觀夫陸機、陸雲，實荊衡之杞梓，挺珪璋於秀實，馳英華於早年。」

③菽麥：豆與麥。菽，豆類的總稱。詩經豳風七月：「黍稷重穋，禾麻菽麥。」因菽（豆）和麥是極常見的農作物，故不辨菽麥用以比喻智力低下，缺乏基本認知能力。左傳成公十八年：「周子有兄而無慧，不能辨菽麥。」三國志蜀志彭羕傳：「愚夫不為也，況僕頗別菽麥者哉！」桑麻：桑樹和麻。植桑飼蠶取繭和植麻取其纖維，是古代中國布料的兩大來源，是極重要的農業經濟

活動。故用以泛指農作物或農事。為古詩文習用語。晉陶潛歸園田居詩之二：「相見無雜言，但道桑麻長。」

④陶令秫：陶淵明做彭澤縣令的時侯，曾經令公田全部種高粱用來釀酒。典出宋書隱逸列傳陶潛：「性嗜酒，而家貧不能恆得。親舊知其如此，或置酒招之，造飲輒盡，期在必醉，既醉而退，曾不吝情去留。……親老家貧，起為州祭酒，不堪吏職，少日，自解歸。州召主簿，不就。躬耕自資，遂抱羸疾，復為鎮軍、建威參軍，謂親朋曰：『聊欲弦歌，以為三徑之資，可乎？』執事者聞之，以為彭澤令。公田悉令吏種秫稻，妻子固請種粳，乃使二頃五十畝種秫，五十畝種粳。」晉書隱逸傳、南史隱逸傳亦載此事，而文字小有異同。陶令，指陶淵明。秫，黏高粱，多用以釀酒。

⑤一畦：古代稱田五十畝為一畦。邵平瓜：秦東陵侯邵平於秦亡之後，在長安城東種瓜，瓜味甜美，人稱「邵平瓜」。典出史記蕭相國世家：「漢十一年，陳豨反，高祖自將，至邯鄲。未罷，淮陰侯謀反關中，呂后用蕭何計，誅淮陰侯，語在淮陰事中。上已聞淮陰侯誅，使使拜丞相何為相國，益封五千戶，令卒五百人一都尉為相國衛。諸君皆賀，召平獨弔。召平者，故秦東陵侯。秦破，為布衣，貧，種瓜於長安城東，瓜美，故世俗謂之『東陵瓜』，從召平以為名也。召平謂相國曰：『禍自此始矣。上暴露於外而君守於中，非被矢石之事而益君封置衛者，以今者淮陰侯新反於中，疑君心矣。夫置衛衛君，非以寵君也。願君讓封勿受，悉以家私財佐軍，則上心說。』相國從其計，高帝乃大喜。」漢書蕭何曹參傳亦載此事。後世因以「邵平瓜」美稱退官之人的閒居生活。唐楊炯送李庶子致仕還洛：「亭逢李廣騎，門接邵平瓜。」

⑥竹根：這裏指竹根製作的酒器。北周庾信奉報趙王惠酒：「野爐然樹葉，山杯捧竹根。」唐李賀始為奉禮憶昌谷山居：「土甑封茶葉，山杯鎖竹根。」清王琦彙解：「太平寰宇記：『段氏蜀記云，巴州以竹根為酒注子，為時珍貴。』」

⑦李白一壺之酒：唐代詩人李白有「花間一壺酒，獨酌無相親」的詩句。

⑧桐葉：即銅葉，薄銅片。凡器物以薄銅片鑲嵌、製作者，皆可名「銅葉」。唐李肇國史補及宋王讜唐語林皆言及惠遠於廬山取銅葉製蓮花漏事。以銅葉盞為茶器，見宋人詩。宋蘇軾次韻蔣穎叔、錢穆父從駕景靈宮二首其二：「病貪賜茗浮銅葉，老怯香泉灩寶樽。」清王文誥輯注引宋趙次公曰：「銅葉，言茶盞也。」引清查慎行（蘇詩補注）曰：「程大昌演繁露：『御前賜茶，皆不用建盞，用大湯勁。其製像銅葉湯勁耳。銅葉，黃褐色也。』」宋魏了翁魯提干（獻子）以詩惠分茶碗用韻為謝：「銅葉分花春意鬧，銀瓶發乳雨聲高。」宋孔平仲夢錫惠墨答以蜀茶：「開緘碾潑試一嘗，尤稱君家銅葉盞。」皆可證之。但後人又往往將「銅葉」寫作「桐葉」，佩文齋詠物詩選本孔平仲詩，「銅葉」即作「桐葉」。明朱誠泳雪夜：「竹爐火正紅，玉碗浮桐葉」，亦作「桐葉」。可見明清人有將「銅葉」盞寫作「桐葉」盞的習慣。聲律啟蒙此處，既與「竹根」對偶，索性就將「銅葉」寫作「桐葉」了。

⑨盧仝七碗之茶：盧仝為中唐詩人，他寫過走筆謝孟諫議寄新茶一詩，說自己連喝了孟簡寄贈的新茶六碗，到第七碗就吃不得了，「唯覺兩腋習習清風生」。

【譯文】

優秀對糟糕，凸起對凹陷。
綠色的竹子對黃色的菊花。
松樹和杉樹對杞樹和梓樹，豆與麥對桑和麻。
山嶺連綿不斷，水流廣闊無邊。
煮酒對煎茶。
魚在池水中游動，鷺鷥在沙岸上停留。
風吹過陶淵明種的百畝高粱，雨催熟了邵平種的一畦瓜。
有空的時候就捧着竹根杯，像李白那樣在花間喝一壺酒；偶爾也舉着桐葉盞，像盧仝那樣啜飲七碗香茶。

（三）

吳對楚①，蜀對巴②。
落日對流霞。
酒錢對詩債③，柏葉對松花④。

馳驛騎⑤，泛仙槎⑥。

碧玉對丹砂。

設橋偏送筍⑦，開道竟還瓜⑧。

楚國大夫沉汨水⑨，洛陽才子謫長沙⑩。

書篋琴囊⑪，乃士流活計⑫；藥爐茶鼎⑬，實閒客生涯。

【注釋】

①吳、楚：皆先秦古國名。吳據有今江蘇、上海大部和安徽、浙江的一部分。楚國在戰國時期疆域最大，由湖北、湖南擴展到今河南、安徽、江蘇、浙江、江西和四川。

②蜀、巴：皆先秦古族、古國名。蜀，主要分佈在今四川西部。巴，主要分佈在今重慶及川東、鄂西一帶。

③酒錢：飲酒或買酒的錢。漢賈誼新書匈奴：「上乃幸自御此薄，使付酒錢。」宋蘇軾小兒：「大勝劉伶婦，區區為酒錢。」詩債：謂他人索詩或要求和作，未及酬答，如同負債。唐白居易晚春欲攜酒尋沈四著作先以六韻寄之：「顧我酒狂久，負君詩債多。」自注：「沈前後惠詩十餘首，春來多醉，竟未酬答，今故云爾。」

④松花：松樹的花。唐李白酬殷明佐見贈五雲裘歌：「輕如松花落金粉，濃似錦苔含碧滋。」明李時珍本草綱目木一松：「松花，別名松黃……潤心肺，益氣，除風止血。亦可釀酒。」

⑤驛騎：驛站的馬。見前注。

⑥仙槎：神話中能來往於海上和天河之間的竹木筏。典出晉張華博物志：「舊說云天河與海通，近世有人居海渚者，年年八月有浮槎去來不失期。」後亦借稱行人所乘之舟。古詩文習用語。

⑦設橋偏送筍：指南朝梁人范元琰為偷筍的人搭橋，使得小偷把筍又送回來一事。事見梁書處士傳范元琰：「家貧，唯以園蔬為業。嘗出行，見人盜其菜，元琰遽退走，母問其故，具以實答。母問盜者為誰，答曰：『向所以退，畏其愧恥。今啟其名，願不泄也。』於是母子祕之。或有涉溝盜其筍者，元琰因伐木為橋以渡之。自是盜者大慚，一鄉無復草竊。」南史隱逸傳亦載此事。

⑧開道竟還瓜：晉人桑虞為偷瓜的人開闢道路，使得小偷把瓜還了回來。晉書孝友傳桑虞：「虞有園在宅北數里，瓜果初熟，有人逾垣盜之。虞以園援多棘刺，恐偷見人驚走而致傷損，乃使奴為之開道。及偷負瓜將出，見道通利，知虞使除之，乃送所盜瓜，叩頭請罪。虞乃歡然，盡以瓜與之。」

⑨楚國大夫：指屈原，他曾是楚國的三閭大夫，因為與當權者政見不合，多次被貶謫，後來自投汨羅江而死。史記屈原賈生列傳載屈原「於是懷石遂自沉汨羅以死」。汨水：汨羅江，湖南北部的一條河。東源出於江西修水境，西源出於湖南平江境，流經汨羅，在湘陰入洞庭湖。

⑩洛陽才子：指漢代賈誼，因其是洛陽人，少年有才，故稱。語出晉潘岳西征賦：「終童山東之英妙，賈生洛陽之才子。」謫長沙：指賈誼曾被貶為長沙王太傅一事。史記屈原賈生列傳：「於是

天子議以為賈生任公卿之位。絳、灌、東陽侯、馮敬之屬盡害之，乃短賈生曰：『洛陽之人，年少初學，專欲擅權，紛亂諸事。』於是天子後亦疏之，不用其議，乃以賈生為長沙王太傅。」

⑪書篋：竹製書箱。

⑫士流：指文化人、讀書人。活計：賴以維持生計的手藝。

⑬茶鼎：煮茶爐的雅稱。古詩文習用語。唐司空圖偶詩五首其五：「中宵茶鼎沸時驚，正是寒窗竹雪明。」

【譯文】

吳國對楚國，蜀郡對巴地。

落山的太陽對飄散的雲霞。

買酒的錢對欠的詩債，柏樹葉子對松樹的花。

騎着驛站的馬飛奔，坐着小船游蕩。

綠色的玉對紅色的砂。

范元琰為偷筍的人搭橋，使得小偷把筍又送了回來；桑虞為偷瓜的人開闢道路，使得小偷把瓜還了回來。

楚國大夫屈原投汨羅江自殺，洛陽才子賈誼被貶謫到長沙。

讀書和彈琴是士大夫生活重要的部分，煉藥和煮茶是隱居者日常做的事情。

下平七陽

【題解】

本篇共三段，皆為韻文。每段韻文，由若干句對仗的聯語組成。每句皆押「平水韻」下平聲「七陽」韻。

本篇每句句末的韻腳字，「長」「香」「王」「塘」「妝」「堂」「霜」「陽」「湯」「唐」「腸」「黃」「莊」「楊」「廊」「鄉」「螂」「煌」等，在傳統詩韻（「平水韻」）裏，都歸屬於下平聲「七陽」這個韻部。這些字，在普通話裏，韻母大多含「ang」，介音（韻頭）有的是「i」，有的是「u」；聲調多數讀第一聲或第二聲。

需要注意的是：普通話「ang」韻母的字，並不都屬於「平水韻」下平聲「七陽」韻，有的屬於上平聲「三江」韻。「七陽」和「三江」屬於鄰韻，填詞時可以通押，寫近體詩時不可通押。「三江」韻字少，是窄韻；「七陽」韻字多，是寬韻。

（一）

高對下，短對長。
柳影對花香。
詞人對賦客①，五帝對三王②。
深院落，小池塘。
晚眺對晨妝③。
絳霄唐帝殿④，綠野晉公堂⑤。
寒集謝莊衣上雪⑥，秋添潘岳鬢邊霜⑦。
人浴蘭湯⑧，事不忘於端午；客斟菊酒⑨，興常記於重陽。

【注釋】

①詞人：狹義指善於填詞的人，廣義指擅長文辭的人。賦客：狹義指寫賦的文人，辭賦家；廣義指擅長寫作的人。古詩文習用語。宋晏殊示張寺丞王校勘：「遊梁賦客多風味，莫惜青錢萬選才。」

②五帝：上古傳說中的五位帝王，說法不一。周易繫辭下以伏羲、神農、黃帝、唐堯、虞舜為五帝。大戴禮記五帝德、史記五帝本紀以黃帝（軒轅）、顓頊（高陽）、帝嚳（高辛）、唐堯、虞舜為五帝。禮記月令以太昊（伏羲）、炎帝（神農）、黃帝、少昊（摯）、顓頊為五帝。書序、晉皇甫謐帝王世紀以少昊、顓頊、高辛、唐堯、虞舜為五帝。三王：指夏、商、周三代開國君王，即夏禹、商湯、周之文武。穀梁傳隱公八年：「盟詛不及三王。」晉范寧注：「三王，謂夏、殷、周也。夏后有鈞臺之享，商湯有景亳之命，周武有盟津之會。」孟子告子下：「五霸者，三王之罪人也。」漢趙岐注：「三王，夏禹、商湯、周文王是也。」

③晨妝：清晨梳妝。前蜀韋莊上春詞：「金樓美人花屏開，晨妝未罷車聲催。」

④絳霄：殿名。唐帝：指五代時後唐莊宗李存勗（八八五—九二六），小字亞子。五代時期後唐創建者。晉王李克用子，克用將死，授以三矢曰：「必報梁、燕、契丹之仇。」天祐五年（九〇八）嗣晉王之位。與後梁激戰十五年，終滅後梁。同光元年（九二三）即皇帝位，定都洛陽，史稱「後唐」。在位期間，耽於享樂，寵信伶人，朝政紊亂。同光四年，伶人郭從謙謀反，中流矢而卒。廟號莊宗。新、舊五代史有本紀。新、舊五代史均言後唐莊宗李存勗為流矢所傷，崩於絳霄殿之廡下。舊五代史唐書莊宗紀八：「俄而帝為流矢所中，亭午，崩於絳霄殿之廡下，時年四十三。」新五代史唐太祖家人傳：「郭從謙反，莊宗中流矢，傷甚，卧絳霄殿廊下，渴欲得飲，後令宦官進飧酪，不自省視。莊宗崩，後與李存渥等焚嘉慶殿，擁百騎出師子門。」新五代史伶官傳：「亂兵縱火焚門，緣城而入，莊宗擊殺數十百人。亂兵從樓上射帝，帝傷重，踣於絳霄殿廊下，自皇后、諸王左右皆奔走。至午時，帝崩，五坊人善友聚樂器而焚之。」

⑤綠野：即綠野堂，中唐名臣裴度在洛陽所建私家莊園。舊唐書裴度傳：「自是，中官用事，衣冠道喪。度以年及懸輿，王綱版蕩，不復以出處為意。東都立第於集賢里，築山穿池，竹木叢萃，有風亭水榭，梯橋架閣，島嶼迴環，極都城之勝概。又於午橋創別墅，花木萬株；中起涼臺暑館，名曰『綠野堂』。引甘水貫其中，釃引脈分，映帶左右。度視事之隙，與詩人白居易、劉禹錫酣宴終日，高歌放言，以詩酒琴書自樂，當時名士，皆從之遊。」新唐書裴度傳亦載。晉公：裴度封晉國公。裴度（七六五—八三九），字中立，河東聞喜（今山西聞喜）人。德宗貞元五年（七八九）登進士第，八年（七九二）登博學宏詞科，十年（七九四）復中賢良方正、能直言極諫科，授河陰縣尉。憲宗元和年間任中書舍人、御史中丞，力主削藩，被李師道所遣刺客斫傷，憲宗用之益堅，遂拜中書侍郎同中書門下平章事。十二年（八一七）督師討平淮西，封晉國公。十四年（八一九）出為河東節度使。穆宗長慶二年（八二二）及敬宗寶曆二年（八二六）曾兩次入相，後官至中書令。晚年留守東都（洛陽），築綠野堂以自適，與白居易、劉禹錫等唱酬甚密。生平見新、舊唐書本傳。

⑥寒集謝莊衣上雪：本句指宋武帝大明五年（四六一）正月戊午元日天降花雪（花雪即霰，雪珠），衛將軍謝莊下殿，雪積衣上，還白武帝，武帝以為是祥瑞之兆，公卿大臣紛紛作花雪詩。事見宋書符瑞志下：「大明五年正月戊午元日，花雪降殿庭。時右衛將軍謝莊下殿，雪集衣。還白，上以為瑞。於是公卿並作花雪詩。」唐李商隱對雪二首之一：「欲舞定隨曹植馬，有情應濕謝莊衣。」酬崔八早梅有贈兼示之作：「謝郎衣袖初翻雪，荀令熏爐更換香。」即用此典。謝莊（四二一—四六六），字希逸，陳郡陽夏（今河南太康）人。美容儀，宋文帝讚為「藍田生玉」。

初為諸王屬官，宋孝武帝時任侍中，遷左衛將軍。前廢帝時，官至金紫光祿大夫。卒謚憲。以詩賦名，所作月賦為南朝詠物寫景小賦的代表作。明人輯有謝光祿集。

⑦潘岳：字安仁，西晉著名文學家。見前注。鬢邊霜：指兩鬢斑白。潘岳秋興賦序：「余春秋三十有二，始見二毛。」

⑧浴蘭湯：舊有五月五日沐浴蘭湯之俗。大戴禮記夏小正五月目下：「蓄蘭。為沐浴也。」荊楚歲時記：「五月五日，謂之浴蘭節。」（舊題）隋杜公瞻注：「按，大戴禮記曰：『五月五日，蓄蘭為沐浴。』楚辭曰：『浴蘭湯兮沐芳華。』今謂之浴蘭節，又謂之端午。」

⑨斟菊酒：重陽節有飲菊花酒之舊俗。南朝梁吳均續齊諧記：「汝南桓景隨費長房遊學累年，長房謂曰：『九月九日，汝家中當有災。宜急去，令家人各作絳囊盛茱萸以繫臂，登高，飲菊花酒，此禍可除。』景如言，齊家登山。夕還，見雞犬牛羊一時暴死。長房聞之曰：『此可代也。』今世人九日登高飲酒，婦人帶茱萸囊，蓋始於此。」

【譯文】

高對下，短對長。

柳樹的影子對花的香氣。

詞人對賦家，傳說中的五帝對夏、商、周的三王。

幽深的院落，小小的池塘。

黃昏遠望對早晨梳妝。

後唐莊宗的絳霄殿，大唐晉公裴度的綠野堂。

寒冷的天氣使謝莊的衣服上落滿了雪，秋天的到來使潘岳鬢邊增多了像霜一樣的白髮。

端午的時候不會忘了煮蘭湯洗澡，重陽的時候總會記得和朋友喝菊花酒。

（二）

堯對舜，禹對湯。

晉宋對隋唐。

奇花對異卉①，夏日對秋霜。

八叉手②，九迴腸③。

地久對天長。

一堤楊柳綠，三徑菊花黃④。

聞鼓塞兵方戰鬥，聽鐘宮女正梳妝。

春飲方歸，紗帽半淹鄰舍酒⑤；早朝初退，袞衣微惹御爐香⑥。

【注釋】

①異卉：奇異的草。卉，草的總稱，亦指花。

②八叉手：兩手相拱為叉。唐朝詩人溫庭筠才思敏捷，每次參加考試，叉手構思，叉手八次而成八韻，時號「溫八叉」。五代宋孫光憲北夢瑣言：「（溫庭筠）工於小賦，每入試，押官韻作賦，凡八叉手而八韻成。」後以「八叉」喻才思敏捷。

③九迴腸：愁腸反覆翻轉。比喻憂思鬱結難解。典出漢司馬遷報任少卿書：「是以腸一日而九迴。」

④三徑：語本三輔決錄逃名：「蔣詡歸鄉里，荊棘塞門，舍中有三徑，不出，唯求仲、羊仲從之遊。」後因以「三徑」指歸隱者的家園。晉陶潛歸去來兮辭：「三徑就荒，松竹猶存。」

⑤鄰舍酒：古詩文習用語。唐杜甫草堂：「鄰舍喜我歸，酤酒攜胡蘆（一作「提榼壺」）。」宋黃庭堅寄朱樂仲：「故人昔在國北門，鄰舍杖藜對樽酒。」

⑥袞衣微惹御爐香：本句出自唐賈至早朝大明宮：「劍佩聲隨玉墀步，衣冠身惹御爐香。」袞衣，古代帝王及王公繡龍的禮服。

【譯文】

唐堯對虞舜，夏禹對商湯。

晉、宋兩代對隋、唐二朝。

奇特的花對別致的草，夏天的太陽對秋天的寒霜。

「八叉手」是説詩才敏捷，「九迴腸」是説感情纏綿。

大地長久對天空高遠。

整條大堤上的楊柳開始長出綠葉，院子三條小路旁的秋菊已經開出黃花。

保衛邊疆的士兵，聽到戰鼓才開始打仗；鐘響的時候，皇宮中的侍女正在梳妝。

春社飲酒才回來，帽子上浸透鄰家的酒漬；早朝剛退，官袍上沾染了皇宮裏燃燒的香料的味道。

（三）

荀對孟①，老對莊②。

軃柳對垂楊③。

仙宮對梵宇④，小閣對長廊。

風月窟⑤，水雲鄉⑥。

蟋蟀對螳螂。

暖煙香靄靄⑦，寒燭影煌煌⑧。
伍子欲酬漁父劍⑨，韓生嘗竊賈公香⑩。
三月韶光⑪，常憶花明柳媚⑫；一年好景，難忘橘綠橙黃⑬。

【注釋】

①荀：荀子（約前三一三—前二三八），名況，字卿。漢人避宣帝諱，稱孫卿。遊學於齊，齊襄王時三為稷下學宮祭酒。秦昭王四十一年（前二六六）至秦，讚秦政治清明。旋回趙，在趙孝成王前議兵。約楚考烈王八年（前二五五），任楚蘭陵令。後家蘭陵，著書授徒。荀子是戰國後期儒家學派代表人物，其學術源於儒而博採眾家之長。主「制天命而用之」，重視「徵知」，強調「解蔽」，「制名以指實」。主張性惡論，重視「化性起偽」。反對「法先王」，主張「法後王」，尊禮重教。韓非、李斯均從之受學。著有荀子。孟：孟子，名軻。戰國時期思想家，後世尊為「亞聖」，在儒家學派地位及影響僅次於孔子。詳見前注。

②老：老子，先秦思想家，道家學派創始人。詳見前注。莊：莊子，名周。戰國時期思想家，道家學派代表人物。詳見前注。

③彈柳：垂柳。見前注。

④仙宮：神仙住的宮殿。亦用以指皇宮。文選（江淹）雜體詩顏特進侍宴：「列漢構仙宮，開天製

寶殿。」唐呂向注：「言宮殿高大，上至天漢。」亦指道觀。南北朝沈約遊沈道士館：「既表祈年觀，復立望仙宮。」梵宇：佛寺。唐宋之問登禪定寺閣：「梵宇出三天，登臨望八川。」

⑤風月窟：欣賞清風明月的場所。風月，泛指美好的景色。古詩文常用語。宋方逢辰餞修史宮講吏部陳大著赴鎮贛州：「醉讀題詠呼坡翁，此是太守風月窟。」

⑥水雲鄉：水雲瀰漫、風景清幽的地方，多指隱者遊居之地。宋蘇軾南歌子別潤守許仲途：「一時分散水雲鄉，惟有落花芳草斷人腸。」宋傅榦注：「江南地卑濕而多沮澤，故謂之水雲鄉。」

⑦靄靄：形容雲霧密集的樣子。晉陶潛停雲：「靄靄停雲，濛濛時雨。」

⑧煌煌：形容明亮輝煌的樣子。詩經陳風東門之楊：「昏以為期，明星煌煌。」宋朱子集傳：「煌煌，大明貌。」

⑨伍子欲酬漁父劍：本句典出史記伍子胥列傳：「至江，江上有一漁父乘船，知伍胥之急，乃渡伍胥。伍胥既渡，解其劍曰：『此劍直百金，以與父。』父曰：『楚國之法，得伍胥者賜粟五萬石、爵執珪，豈徒百金劍邪！』不受。」伍子，即伍員（？—前四八四），字子胥。春秋末年楚國人。父親伍奢、兄長伍尚為楚平王所殺，隻身逃往吳國。助闔閭刺死吳王僚，奪取王位，為行人。佐吳王闔閭攻楚，五戰五勝，入楚都郢，掘平王墓，鞭屍三百。以功封於申，又稱「申胥」。吳王夫差時，敗越，越求和，力諫勿許，夫差不聽。吳攻齊，子胥諫，又不聽。後夫差信伯嚭讒，賜劍令子胥自盡。子胥死後九年，越滅吳。

⑩韓生嘗竊賈公香：本句典出世說新語惑溺：「韓壽美姿容，賈充辟以為掾。充每聚會，賈女於青瑣中看，見壽，說之，恆懷存想，發於吟詠。後婢往壽家，具述如此，並言女光麗。壽聞之心

動，遂請婢潛修音問。及期往宿。壽蹺捷絕人，逾牆而入，家中莫知。自是充覺女盛自拂拭，說暢有異於常。後會諸吏，聞壽有奇香之氣，是外國所貢，一着人則歷月不歇。充計武帝唯賜己及陳騫，餘家無此香，疑壽與女通，而垣牆重密，門紙急峻，何由得爾？乃託言有盜，令人修牆。使反，曰：『其餘無異，唯東北角如有人跡，而牆高非人所逾。』充乃取女左右婢考問。即以狀對。充祕之，以女妻壽。」晉書賈充傳亦載此事，而文字略有異同。西晉韓壽與賈充的女兒賈午私通。賈午偷了晉武帝賜予賈充的異香送給韓壽，賈充發覺之後，就把女兒嫁給了韓壽。韓生，指韓壽，字德真，生卒年不詳，南陽堵陽（今河南方城）人。賈充辟為司空掾。因長相俊美，為賈充之女賈午所愛慕。二人私通，被賈充察覺，賈充乃招其為婿。官至散騎常侍、河南尹。賈公，指賈充（二一七－二八二），字公閭，平陽襄陵（今山西襄汾東北）人。曹魏豫州刺史賈逵子。仕魏尚書郎，累官至大將軍司馬、廷尉，為司馬昭腹心。指使太子舍人成濟殺高貴鄉公曹髦，參與司馬氏代魏密謀。晉朝建立後，轉任車騎將軍、散騎常侍、尚書僕射，後升任司空、太尉等要職。更封魯郡公。咸寧末，為使持節、假黃鉞、大都督征討吳國。太康三年（二八二）卒，朝廷追贈太宰，謚武。賈充因一女（賈南風）為太子（司馬衷，即後來的晉惠帝）妃，一女（賈褒，一名荃）為齊王（司馬炎弟司馬攸）妃，極受晉武帝寵信，權傾天下。

⑪韶光：美好的時光，常指春光。古詩文習用語。南朝梁簡文帝與慧琰法師書：「五翳消空，韶光表節。」

⑫花明柳媚：形容春天綠柳成蔭、繁花似錦的景象。古詩文習用語。宋辛棄疾鵲橋仙賀余察院生

日：「東君未老，花明柳媚，且引玉塵沉醉。」

⑬「一年好景」二句：本句語典出自宋蘇軾贈劉景文：「一年好景君須記，正是橙黃橘綠時。」橙黃橘綠，是古詩文習用語，宋人尤其愛用。蘇軾詩句太過著名，乃至於宋人葉夢得鷓鴣天詞徑直借用此二句：「一曲青山映小池。綠荷陰盡雨離披。何人解識秋堪美，莫為悲秋浪賦詩。攜濁酒，繞東籬。菊殘猶有傲霜枝。一年好景君須記，正是橙黃橘綠時。」

【譯文】

荀子對孟子，老子對莊子。

垂柳對垂楊。

道教的廟宇對佛教的寺院，小巧的亭閣對長長的走廊。

清風明月好處所，行雲流水好地方。

蟋蟀對螳螂。

香爐裏散發出迷濛的煙氣，寒夜裏燭光明亮搖曳。

伍子胥想要把寶劍送給漁父，韓壽曾經偷過賈充的異香。

三月春光正好，最令人回憶的是鮮豔的花和柔媚的柳；一年的好景中，最難忘的是橘子泛綠橙子微黃時的秋色。

下平八庚

【題解】

本篇共三段，皆為韻文。每段韻文，由若干句對仗的聯語組成。每句皆押「平水韻」下平聲「八庚」韻。

本篇每句句末的韻腳字，「輕」「聲」「醒」「生」「行」「明」「傾」「賡」「迎」「庚」「鯨」「琤」「莖」「鶯」「耕」「箏」「營」「驚」等，在傳統詩韻（「平水韻」）裏，都歸屬於下平聲「八庚」這個韻部。這些字，在普通話裏，韻母有的是「eng」，有的是「ing」；聲調有讀第一聲的，有讀第二聲的。

需要注意的是：普通話「eng」「ing」等韻母的字，並不都屬於「平水韻」下平聲「八庚」韻，也有可能屬於下平聲「九青」韻、「十蒸」韻。下平聲「八庚」韻的字，和下平聲「九青」韻、「十蒸」韻是鄰韻，填詞時可以通押，寫近體詩時不可通押。

本篇第二段長對「腸斷秋閨，涼吹已侵重被冷；夢驚曉枕，殘蟾猶照半窗明」這一句，「涼吹」的「吹」是名詞，讀去聲。「涼吹」和「殘蟾」在聲律上對偶可以成立。

第三段五字對「雉城對雁塞」這句，「雉城」「雁塞」對偶，是借用「雉」本山雞之名的本義。此種對仗方式，為借對。

（一）

深對淺，重對輕。
有影對無聲。
蜂腰對蝶翅，宿醉對餘酲①。
天北缺②，日東生。
獨臥對同行。
寒冰三尺厚，秋月十分明。
萬卷書容閒客覽③，一樽酒待故人傾④。
心侈唐玄⑤，厭看霓裳之曲⑥；意驕陳主⑦，飽聞玉樹之賡⑧。

【注釋】

①宿醉：經過一夜尚未全醒的餘醉。古詩文習用語。南朝宋劉義慶世說新語文學：「司空鄭沖，馳遣信就阮籍求文，籍時在袁孝尼家，宿醉扶起，書箚為之，無所點定，乃寫付使，時人以為神筆。」唐白居易洛橋寒食日作十韻：「宿醉頭仍重，晨遊眼乍明。」餘酲（chéng）：酒醒後神志不清好像患病一樣的感覺。唐劉禹錫和牛相公題姑蘇所寄太湖石兼寄李蘇州：「煩熱近還散，餘酲見便醒。」

②天北缺：典出淮南子天文訓：「昔者共工與顓頊爭為帝，怒而觸不周之山。天柱折，地維絕。天傾西北，故日月星辰移焉；地不滿東南，故水潦塵埃歸焉。」

③萬卷：藏書萬卷，極言其多。古詩文常用語。唐張祜題朱兵曹山居：「朱氏西齋萬卷書，水門山閣自高疏。」

④傾：飲酒。唐白居易琵琶行：「春江花朝秋月夜，往往取酒還獨傾。」

⑤侈：放縱。唐玄：唐玄宗李隆基（六八五—七六二），謚曰明，故亦稱「唐明皇」。睿宗第三子，始封楚王，後封臨淄郡王。中宗景龍四年（七一〇），密謀匡復，起兵誅韋后，奉父睿宗即帝位。旋受禪為帝，在位四十四年。初以姚崇、宋璟為相，革除弊政，國力強盛，史稱「開元之治」。後寵楊貴妃，用李林甫、楊國忠相繼執政，吏治腐敗，又好聲色，奢侈荒淫，至天寶十四載（七五五），爆發安史之亂，避難奔蜀。太子李亨即位靈武，被尊為太上皇。返京居西內，左右悉遭貶逐，抑鬱而卒，謚至道大聖大明孝皇帝。事跡見新、舊唐書本紀。

⑥霓裳之曲：指霓裳羽衣曲。是唐代著名法曲。據說為開元中河西節度使楊敬述所獻。初名婆羅門曲。經唐玄宗潤色並製歌詞，後改用今名。傳說中亦有為唐玄宗登三鄉驛望女兒山及遊月宮密記仙女之歌歸而所作等說，雖荒誕不可信，但每被詩人搜奇入句。唐白居易長恨歌：「漁陽鼙鼓動地來，驚破霓裳羽衣曲。」唐劉禹錫三鄉驛樓伏睹玄宗望女兒山：「三鄉陌上望仙山，歸作霓裳羽衣曲。」明何景明聽琴篇：「忽然翻作廣寒遊，知是霓裳羽衣曲。」參閱新唐書禮樂志十二、宋沈括夢溪筆談樂律一、宋王灼碧雞漫志卷三。

⑦陳主：指陳後主陳叔寶（五五三—六〇四），字元秀，小字黃奴。南朝陳宣帝長子。在位時，大建宮室，終日與寵妃詞臣遊宴，不問政事，製作豔詞，被以新聲，如玉樹後庭花、臨春樂等。自恃長江天塹，隋軍大舉南下，仍縱酒賦詩不輟。隋軍入建康，俘送長安，詩酒如故，隋文帝言其「全無心肝」。病死洛陽。諡煬。

⑧玉樹之賡：指陳後主時宮廷樂曲玉樹後庭花。賡，繼續。引申為作歌唱和。事見陳書皇后列傳張貴妃：「後主自居臨春閣，張貴妃居結綺閣，龔、孔二貴嬪居望仙閣，並復道交相往來。又有王李二美人、張薛二淑媛、袁昭儀、何婕妤、江修容等七人，並有寵，遞代以遊其上。以宮人有文學者袁大舍等為女學士。後主每引賓客對貴妃等遊宴，則使諸貴人及女學士與狎客共賦新詩，互相贈答，採其尤豔麗者以為曲詞，被以新聲，選宮女有容色者以千百數，令習而歌之，分部迭進，持以相樂。其曲有玉樹後庭花、臨春樂等，大指所歸，皆美張貴妃、孔貴嬪之容色也。其略曰：『璧月夜夜滿，瓊樹朝朝新。』」

【譯文】

深對淺，沉重對輕鬆。

有影子對沒聲音。

蜜蜂的腰對蝴蝶的翅膀，隔夜的醉酒對沒醒的酒意。

天的西北有缺口，太陽從東方生出來。

單獨睡對一起走。

冬天的冰有三尺厚，秋天的月亮十分明。

有很多書可以供沒事的人看，有一杯酒期待和老朋友一起喝。

心意奢侈的唐玄宗，看厭了霓裳羽衣舞；意氣驕縱的陳後主，聽夠了玉樹後庭花。

（二）

虛對實，送對迎。

後甲對先庚①。

鼓琴對舍瑟②，搏虎對騎鯨③。

金匼匝④，玉瑽琤⑤。

玉宇對金莖[⑥]。

花間雙粉蝶，柳內幾黃鶯。

貧裏每甘藜藿味[⑦]，醉中厭聽管弦聲。

腸斷秋閨[⑧]，涼吹已侵重被冷[⑨]；夢驚曉枕[⑩]，殘蟾猶照半窗明[⑪]。

【注釋】

①後甲：指甲日之後的三日，即丁日。語本周易蠱：「元亨，利涉大川；先甲三日，後甲三日。」宋朱子本義：「甲，日之始，事之端也。先甲三日，辛也；後甲三日，丁也。前事過中而將壞，則可自新，以為後事之端，而不使至於大壞。後事方始而尚新，然更當致其丁寧之意，以監其前事之失，而不使至於速壞。」先庚：指庚日之前的三日，即丁日。周易巽：「先庚三日，後庚三日，吉。」宋朱子本義：「庚，更也，事之變也。先庚三日，丁也。後庚三日，癸也。丁，所以丁寧於其變之前；癸，所以揆度於其變之後。」宋薛季宣春霖未霽澍雨大作：「天占符後甲，人意失先庚。」即以後甲對先庚。

②鼓琴：彈琴。詩經小雅鹿鳴：「我有嘉賓，鼓瑟鼓琴。」舍瑟：放下瑟。典出論語先進：「鼓瑟希，鏗爾，舍瑟而作。」

③搏虎：打虎。亦以喻有勇力或氣勢磅　。語本孟子盡心下：「晉人有馮婦者，善搏虎，卒為善

士。」騎鯨：亦作「騎京魚」。文選（揚雄）羽獵賦：「乘巨鱗，騎京魚。」唐李善注：「京魚，大魚也，字或為鯨。鯨亦大魚也。」後因以比喻隱遁或遊仙。唐杜甫送孔巢父謝病歸遊江東兼呈李白：「若逢李白騎鯨魚（一作「南尋禹穴見李白」），道甫問信今何如？」後人又多以「騎鯨」用作詠李白之典。宋蘇軾和陶郭主簿：「願因騎鯨李，追此御風列。」明李東陽李太白：「人間未有飛騰地，老去騎鯨卻上天。」

④金匼匝（kē zā）：金製的馬絡頭。唐杜甫送蔡希魯都尉還隴右因寄高三十五書記詩之二：「馬頭金匼匝，駝背錦模糊。」清仇兆鼇注：「韻會：『匼匝，周繞貌。』此言金絡馬頭，其狀密匝也。」亦指罩在燈上的金絲絡。清程嗣章明宮詞之九三「細縠輕遮金縷鐙」自注：「宮中鐙多鏤金匼匝，雖烜麗而炬不外達。」匼匝，纏繞的樣子。

⑤瑽琤（cōng chēng）：象聲詞，形容玉石敲擊的聲音。宋袁褧楓窗小牘：「劍佩瑽琤，交映左右。」亦形容樂聲、水聲。清朱彝尊題汪檢討楫乘風破浪圖：「中山君長搓手迎，道旁張樂聲瑽琤。」

⑥玉宇：用玉建成的殿宇，傳說中天帝或神仙的住所。南朝梁蕭綸祀魯山神文：「金壇玉宇，是眾妙之遊遨；丹崖翠幄，信靈人之響像。」亦指華麗的宮殿。南朝宋劉鑠擬明月何皎皎：「玉宇來清風，羅帳延秋月。」金莖：用以擎承露盤的銅柱。文選（班固）西都賦：「抗仙掌以承露，擢雙立之金莖。」唐李善注：「金莖，銅柱也。」

⑦藜藿：藜和藿是兩種野菜。泛指粗劣的飯菜。古詩文習用語。韓非子五蠹：「糲粢之食，藜藿之羹。」文選（曹植）七啟：「予甘藜藿，未暇此食也。」唐劉良注：「藜藿，賤菜，布衣之所食。」

⑧秋閨：秋日的閨房，是最易引起秋思之所。古詩文習用語。南朝梁江洪秋風曲之二：「孀婦悲四時，況在秋閨內。」

⑨涼吹（chuì）：涼風。唐錢起早下江寧：「暮天微雨散，涼吹片帆輕。」重（chóng）被：好幾層被子。宋歐陽修一斛珠：「翠被重重，不似香肌暖。」

⑩曉枕：指清晨的殘睡。古詩文習用語。宋王安石鄭子憲（一本有「新起」二字）西齋：「曉枕不容春夢到，夜燈唯許月華侵。」

⑪殘蟾：殘月。古詩文習用語。宋黃裳壽安太君挽辭：「相伴勤田上，殘蟾與夕暉。」

【譯文】

虛空對實際，送行對迎接。

甲日的後三天對庚日的前三天。

演奏琴對放下瑟，打老虎對騎鯨魚。

金絲纏繞，玉石敲擊。

精美的建築對銅製的柱子。

花間有成對的粉蝶，柳樹裏藏着很多黃鶯。

貧窮的時候覺得野菜的味道也很好，醉酒後聽厭了管弦演奏的音樂。

秋天閨中的女子心境淒涼，涼風使人覺得蓋好幾牀被子也還是冷；早晨從夢中驚醒，殘月還淡淡地透過窗戶撒下清光。

（三）

漁對獵，釣對耕。玉振對金聲①。雉城對雁塞②，柳裊對葵傾③。吹玉笛④，弄銀笙⑤。阮杖對桓箏⑥。墨呼松處士⑦，紙號楮先生⑧。露浥好花潘岳縣⑨，風搓細柳亞夫營⑩。撫動琴弦，遽覺座中風雨至⑪；哦成詩句，應知窗外鬼神驚⑫。

【注釋】

①玉振：擊磬發出的聲音。金聲：撞擊銅鐘發出的聲音。金聲玉振謂以鐘發聲，以磬收韻，奏樂從始至終。語出孟子萬章下：「集大成也者，金聲而玉振之也。金聲也者，始條理也；玉振之也

者，終條理也。始條理者，智之事也；終條理者，聖之事也。」

②雉城：古代城牆上掩護守城人用的矮牆，也泛指城牆。雉，古代計量城牆面積的單位，長三丈高一丈為一雉。「雉城」「雁塞」對偶，是借用雉本山雞之名的本義。此種對仗方式，為借對。雁塞：山名。初學記引南朝齊劉澄之梁州記：「梁州縣界有雁塞山，傳云此山有大池水，雁棲集之，故因名曰雁塞。」其地當在今陝西漢中一帶。亦泛指北方邊塞。

③葵傾：葵花（按：乃錦葵、蜀葵之花，非向日葵）向日而傾。因以「葵傾」比喻嚮往思慕的心情。三國魏曹植求通親親表：「臣伏以為犬馬之誠不能動人，譬人之誠不能動天。崩城、隕霜，臣初信之，以臣心況，徒虛語耳。若葵藿之傾葉，太陽雖不為之回光，然向之者誠也。竊自比於葵藿，若降天地之施，垂三光之明者，實在陛下。」唐杜甫自京赴奉先縣詠懷五百字：「葵藿傾太陽，物性固莫（一作「難」）奪。」

④玉笛：玉製的笛子。西京雜記：「秦咸陽宮有玉笛長二尺三寸，二十六孔。吹之則見車馬山林，隱隱相次，息亦不見，名曰『昭華之琯』。」後用作笛子的美稱。亦泛指笛聲。古詩文習用語。唐李白春夜洛城聞笛：「誰家玉笛暗飛聲，散入春風滿洛城。」

⑤銀笙：即銀字笙。古笙的一種。笙管上標有表示音調高低的銀字。五代和凝山花子：「銀字笙寒調正長，水紋簟冷畫屏涼。」亦用作笙的美稱，或泛指笙音。古詩文習用語。唐李群玉臘夜雪霽月彩交光命家僕吹笙：「桂酒寒無醉，銀笙凍不流。」

⑥阮杖：即阮修杖。晉代阮修經常把錢掛在手杖上，到酒店喝酒。典出世說新語任誕：「阮宣子常步行，以百錢掛杖頭，至酒店，便獨酣暢。雖當世貴盛，不肯詣也。」阮修（二七〇—

三一一），字宣子，陳留尉氏（今河南尉氏）人。阮咸從子。好易、老，善清言。與王敦、謝鯤、庾嫪同為王衍「四友」。性簡任，不修人事。王敦以為鴻臚丞，轉太傅行參軍、太子洗馬。避亂南行，為賊所害。桓箏：即桓伊箏。晉代桓伊擅長彈箏，曾藉為晉孝武帝彈箏之際，為老臣謝安鳴不平。事見晉書桓伊傳：「時謝安女婿王國寶專利無檢行，安惡其為人，每抑制之。及孝武末年，嗜酒好內，而會稽王道子昏醟尤甚，惟狎昵諂邪，於是國寶讒諛之計稍行於主相之間。而好利險詖之徒，以安功名盛極，而構會之，嫌隙遂成。帝召伊飲宴，安侍坐。帝命伊吹笛。伊神色無迕，即吹為一弄，乃放笛云：『臣於箏分乃不及笛，然自足以韻合歌管，請以箏歌，並請一吹笛人。』帝善其調達，乃敕御妓奏笛。伊又云：『御府人於臣必自不合，臣有一奴，善相便串。』帝彌賞其放率，乃許召之。奴既吹笛，伊便撫箏而歌怨詩曰：『為君既不易，為臣良獨難。忠信事不顯，乃有見疑患。周旦佐文武，金縢功不刊。推心輔王政，二叔反流言。』聲節慷慨，俯仰可觀。安泣下沾衿，乃越席而就之，捋其鬚曰：『使君於此不凡！』帝甚有愧色。」後遂以桓箏為撫箏或心情悲憤之典。宋陸游夜聞湖中漁歌：「悲傷似擊漸離筑，忠憤如撫桓伊箏。」桓伊，生卒年不詳，字叔夏，小字子野（一作「野王」），譙國銍縣（今安徽濉溪）人。因軍事才能突出，被朝廷任命為淮南太守，晉職都督豫州之十二郡、揚州之江西五郡軍事、建威將軍。與謝玄共破前秦王鑒、張蠔，以戰功封宣城縣子，晉升為都督豫州諸軍事、西中郎將、豫州刺史。淝水之戰時，與謝玄、謝琰共破苻堅，以功封為永修縣侯，進號右軍將軍。後被朝廷任命為都督江州、荊州十郡、豫州四郡軍事、江州刺史。後受徵召回京，官拜護軍將軍，卒於任。朝廷追贈右將軍，加散騎常侍，謚號為烈。桓伊不僅是東晉名將，亦是名士、音樂家，以擅長吹笛、彈箏聞名。

⑦松處士：墨的雅稱。古代的墨大多以松煙製成，所以稱墨為松處士。處士，不出仕做官的人。

⑧楮先生：紙的雅稱。古代製紙多以楮樹為原料，因稱楮先生。唐韓愈毛穎傳：「穎與絳人陳玄、弘農陶泓及會稽楮先生友善，相推致，其出處必偕。」乃將筆、墨、硯、紙擬人化。後遂以楮先生為紙的別稱。

⑨浥：濕潤。潘岳縣：指河陽縣。白氏六帖：「潘岳為河陽令，種桃李花，人號曰：河陽一縣花。」

⑩亞夫營：西漢大將周亞夫駐軍細柳（今陝西咸陽西南渭河北），防禦匈奴，營中戒備森嚴。文帝親來勞軍亦不得入，及至以天子名義下詔令，始開營門。後因以「亞夫營」稱戒備森嚴的軍營。事見史記絳侯周勃世家：「文帝之後六年，匈奴大入邊。乃以宗正劉禮為將軍，軍霸上；祝茲侯徐厲為將軍，軍棘門；以河內守亞夫為將軍，軍細柳：以備胡。上自勞軍。至霸上及棘門軍，直馳入，將以下騎送迎。已而之細柳軍，軍士吏被甲，銳兵刃，彀弓弩，持滿。天子先驅至，不得入。先驅曰：『天子且至！』軍門都尉曰：『將軍令曰「軍中聞將軍令，不聞天子之詔」。』居無何，上至，又不得入。於是上乃使使持節詔將軍：『吾欲入勞軍。』亞夫乃傳言開壁門。壁門士吏謂從屬車騎曰：『將軍約，軍中不得驅馳。』於是天子乃按轡徐行。至營，將軍亞夫持兵揖曰：『介冑之士不拜，請以軍禮見。』天子為動，改容式車。使人稱謝：『皇帝敬勞將軍。』成禮而去。既出軍門，群臣皆驚。文帝曰：『嗟乎，此真將軍矣！曩者霸上、棘門軍，若兒戲耳，其將固可襲而虜也。至於亞夫，可得而犯邪！』稱善者久之。」周亞夫（？—前一四三），西漢名將，沛（今江蘇沛縣）人。周勃子。漢文帝時封條侯。文帝後元六年（前

一五八），匈奴侵邊，以河內太守為將軍，防守細柳。帝勞軍，不得入，於是遣使持節詔告將軍，成禮以去，稱其軍紀嚴明，乃拜為中尉。景帝前元三年（前一五四），吳、楚反，以太尉平七國之亂。拜丞相。後因諫廢栗太子等事觸犯景帝，梁孝王又言其短，致遭猜忌。後元元年（前一四三），其子為人告發盜買官器，受牽連入廷尉，不食嘔血死。

⑪「撫動琴弦」二句：用晉平公聽師曠彈奏清角而風雨大至典。事見韓非子十過：「平公提觴而起為師曠壽，反坐而問曰：『音莫悲於清徵乎？』師曠曰：『不如清角。』平公曰：『清角可得而聞乎？』師曠曰：『不可。昔者黃帝合鬼神於泰山之上……作為清角。今主君德薄，不足聽之，聽之將恐有敗。』平公曰：『寡人老矣，所好者音也，願遂聽之。』師曠不得已而鼓之。一奏之，有玄雲從西北方起；再奏之，大風至，大雨隨之，裂帷幕，破俎豆，隳廊瓦，坐者散走，平公恐懼，伏於廊室之間。晉國大旱，赤地三年。平公之身遂癃病。」遽（jù），倉猝，忽然。

⑫「哦成詩句」二句：用李白詩可泣鬼神典。吟詩使鬼神為之感泣，極言感人之深。唐杜甫寄李十二白二十韻：「筆落驚風雨，詩成泣鬼神。」宋李昉等太平廣記才名：「李太白初自蜀至京師，舍於逆旅。賀監知章聞其名，首訪之。既奇其姿，又請所為文，白出蜀道難以示之。讀未竟，稱歎數四，號為謫仙人。白酷好酒，知章因解金龜換酒，與傾盡醉，期不間日，由是稱譽光赫。賀又見其烏棲曲，歎賞苦吟曰：『此詩可以泣鬼神矣。』曲曰：『姑蘇臺上烏棲時，吳王宮裏醉西施。吳歌楚舞歡未畢，西山猶銜半邊日。金壺丁丁漏水多，起看秋月墜江波，東方漸高奈樂何。』或言是烏夜啼，二篇未知孰是。又烏夜啼曰：『黃雲城邊烏欲棲，歸飛啞啞枝上啼。機中織錦秦川女，碧紗如煙隔窗語。停梭向人問故夫，欲說遼西淚如雨。』」宋計有功唐詩紀事

李白，首錄李白烏棲曲詩，下云：「天寶初，賀知章見之，曰：『此詩可以泣鬼神矣』。」

【譯文】

捕魚對打獵，釣魚對耕田。
敲擊玉石的聲音對碰撞金屬的聲音。
都城對邊塞，柳絲迎風對葵花向日。
吹奏玉製的笛子，彈奏刻有銀字的笙。
阮修拄杖，桓伊彈箏。
墨被稱為松處士，紙被稱為楮先生。
露水打濕了潘岳在河陽縣種下的美麗的花，風吹動周亞父軍營細弱的柳。
師曠撥動琴弦，忽然覺得好像風雨來到座中；李白吟出詩句，窗外應該有被驚動的鬼神。

下平九青

【題解】

本篇共三段，皆為韻文。每段韻文，由若干句對仗的聯語組成。每句皆押「平水韻」下平聲「九青」韻。

本篇每句句末的韻腳字，「青」「扃」「經」「翎」「亭」「星」「醒」「霆」「蜓」「汀」「銘」「螢」「鴒」「蓂」等，在傳統詩韻（「平水韻」）裏，都歸屬於下平聲「九青」這個韻部。這些字，在普通話裏，韻母絕大多數是「ing」，個別是「iong」；聲調有讀第一聲的，有讀第二聲的。「醒」字在普通話裏只有一個音 xǐng，但在詩韻（「平水韻」）裏卻有三個音，平、上、去三讀，不別義。詩韻「醒」字，平讀在下平「九青」部，讀 xīng。

需要注意的是：普通話「ing」韻母的字，並不都屬於「平水韻」下平聲「九青」韻，也有可能屬於下平聲「八庚」韻、「十蒸」韻。下平聲「九青」韻的字，和下平聲「八庚」韻、「十蒸」韻是鄰韻，填詞時可以通押，寫近體詩時不可通押。

本篇第一段五字句「漁火對禪扃」，坊本多作「禪燈」。但「燈」字在下平「十蒸」韻，不在「九青」韻。今改「燈」為「扃」，以葉韻。長對句「倦繡佳人，慵把鴛鴦文作枕；吮毫畫者，思將孔雀寫為屏」，坊本多作「繡倦」，與下句「吮毫」不成對偶。今改為「倦繡」，則與下句「吮毫」皆是動賓結構，可以成為對偶。

（一）

紅對紫，白對青。

漁火對禪扃①。

唐詩對漢史②，釋典對仙經③。

龜曳尾④，鶴梳翎⑤。

月榭對風亭⑥。

一輪秋夜月，幾點曉天星。

晉士只知山簡醉⑦，楚人誰識屈原醒⑧。

倦繡佳人⑨，慵把鴛鴦文作枕；吮毫畫者⑩，思將孔雀寫為屏⑪。

【注釋】

①漁火：漁船上的燈火。古詩文習用語。唐錢起送元評事歸山居：「水宿隨漁火，山行到竹扉。」禪扃（jiōng）：佛寺之門。唐獨孤及題思禪寺上方：「攀雲到金界，合掌開禪扃。」亦指禪房。唐劉禹錫贈別約師：「師逢吳興守，相伴住禪扃。」此句，坊本多作「禪燈」。但「燈」字在下平「十蒸」韻，不在「九青」韻。又，涂時相本，此句作「執轡對揚舲」。

②唐詩、漢史：二者俱為一代文學之代表，故有「唐詩」「漢史」之稱。清李漁閒情偶寄詞曲上結構：「歷朝文字之盛，其名各有所歸，漢史、唐詩、宋文、元曲，此世人口頭語也。」

③釋典：指佛經。晉書何充傳：「性好釋典，崇修佛寺。」資治通鑒陳長城公禎明二年：「（沈后）唯尋閱經史及釋典為事。」元胡三省注：「釋典，佛經也。」仙經：泛指道教經典。晉葛洪抱樸子辨問：「仙經以為，諸得仙者，皆其受命偶值神仙之氣，自然所稟。」

④龜曳尾：語本莊子秋水：「吾聞楚有神龜，死已三千歲矣，王巾笥而藏之廟堂之上。此龜者，寧其死為留骨而貴乎？寧其生而曳尾於塗中乎？」後遂用作典故，以「龜曳尾」比喻自由自在的隱居生活。曳尾，拖着尾巴。

⑤梳翎：指鳥類梳理自身羽毛。唐鄭顥續夢中十韻：「日斜烏斂翼，風動鶴梳翎。」

⑥月樹：賞月的臺樹。古詩文習用語。南朝梁沈約郊居賦：「風臺累翼，月樹重栭。」風亭：指亭子，因通風而名。古詩文習用語。唐朱慶餘秋宵宴別盧侍御：「風亭弦管絕，玉漏一聲新。」古

人慣以風亭月榭連用或對偶。唐馮翊桂苑叢談賞心亭：「風亭月榭既已荒涼，花圃釣臺未愜深旨。」清黃景仁感舊雜詩：「風亭月榭記綢繆，夢裏聽歌醉裏愁。」

⑦山簡醉：西晉山簡，經常喝醉酒，人稱「醉山翁」。晉書山簡傳：「簡優遊卒歲，唯酒是耽。諸習氏，荊土豪族，有佳園池，簡每出嬉遊，多之池上，置酒輒醉，名之曰高陽池。時有童兒歌曰：『山公出何許，往至高陽池。日夕倒載歸，茗芋無所知。時時能騎馬，倒着白接䍦。舉鞭向葛彊，何如并州兒？』彊家在并州，簡愛將也。」山簡（二五三—三一二），字季倫，河內懷縣（今河南武陟）人。山濤子。初為太子舍人，累遷侍中，轉尚書。晉懷帝永嘉初，為尚書左僕射，領吏部。永嘉三年（三〇九），出為征南將軍、都督荊湘交廣四州諸軍事，鎮襄陽。優遊卒歲，唯酒是耽。加督寧、益軍事。匈奴劉聰攻洛陽，遣督護王萬率師往救，為流民所阻。後還夏口，招納流亡，江漢歸附，頗以「社稷傾覆，不能匡救」而流涕慷慨。

⑧屈原醒（xǐng）：語本楚辭漁父：「屈原既放，遊於江潭，行吟澤畔，顏色憔悴，形容枯槁。漁父見而問之曰：『子非三閭大夫與？何故至於斯？』屈原曰：『舉世皆濁我獨清，眾人皆醉我獨醒，是以見放。』」「醒」字，普通話只有一個音 xǐng，但是詩韻裏卻有三個音，平、上、去三讀，不別義。詩韻「醒」字，平讀在「九青」部，故此處注音 xǐng。屈原（前三三九？—前二七八），名平，字原，戰國時楚國丹陽（今湖北秭歸）人。楚公族。曾任左徒、三閭大夫等職。政治上主張舉賢授能，外交方面主張聯齊抗秦。初期深得楚懷王信任，後為令尹子蘭、上官大夫所讒，被懷王疏遠。流放沅、湘流域，投汨羅江自殺。著有離騷、九章、九歌等，開楚辭之體。

⑨倦繡：繡花繡累了。古詩文習用語。宋吳文英青玉案其二：「新腔一唱雙金斗。正霜落、分甘手。已是紅窗人倦繡。」此二字，坊本多作「繡倦」，與下句「吮毫」不成對偶。今改為「倦繡」，則與下句「吮毫」皆是動賓結構，可以成為對偶。又，涂時相本，此處作「刺繡佳人，勤把鴛鴦文作枕；丹青名士，善將孔雀寫為屏」。

⑩吮毫：猶含毫吮筆。借指構思為文或繪畫。古詩文習用語。宋歐陽修南獠：「吮毫兼疊簡，占作南獠詩。」

⑪孔雀屏：繪有孔雀的屏風。作為典故，則指竇毅招婿終得唐高祖李淵事。新唐書后妃傳上昭成竇皇后：「（竇毅）常謂主曰：『此女有奇相，且識不凡，何可妄與人？』因畫二孔雀屏間，請昏者使射二矢，陰約中目則許之。射者閱數十，皆不合。高祖最後射，中各一目，遂歸於帝。」後遂用作擇婿之典。

【譯文】

紅色對紫色，白色對青色。
漁船上的燈火對佛寺的門。
唐朝的詩歌對漢代的史書，佛教的典籍對道教的經書。
烏龜搖動尾巴，白鶴梳理羽毛。
賞月的臺榭對通風的涼亭。
一輪明月掛在秋夜，幾顆星星映在黎明的天空。

晉代人只知道山簡經常喝得大醉，楚國人有誰明白屈原的獨醒。繡花繡累了的女子，懶得把鴛鴦繡在枕套上；準備作畫的畫師，想將孔雀畫到屏風上。

（二）

行對坐，醉對醒。

佩紫對紆青①。

棋枰對筆架②，雨雪對雷霆。

狂蛺蝶③，小蜻蜓。

水岸對沙汀④。

天臺孫綽賦⑤，劍閣孟陽銘⑥。

傳信子卿千里雁⑦，照書車胤一囊螢⑧。

冉冉白雲⑨，夜半高遮千里月；澄澄碧水，宵中寒映一天星。

【注釋】

①佩紫：佩掛紫色印綬。漢代相國、丞相皆金印紫綬。因以「佩紫」借指榮任高官。南朝宋劉義慶世說新語言語：「吾聞丈夫處世當帶金佩紫。」紆青：佩帶青色印綬。漢代九卿青綬。紆，垂，繫。文選（揚雄）解嘲：「紆青拖紫，朱丹其轂。」唐李善注引東觀漢記：「印綬。漢制：公侯紫綬，九卿青綬。」佩紫紆青，借指地位顯赫。

②棋枰：棋盤，棋局。唐司空圖丁巳元日：「移居荒藥圃，耗志在棋枰。」

③狂蛺蝶：古詩文習用語。唐元稹酬樂天東南行詩一百韻：「晚花狂蛺蝶，殘蒂宿茱萸。」宋陸游見蜂採檜花偶作：「來禽海棠相續開，輕狂蛺蝶去還來。」

④沙汀：水邊或水中的平沙地。宋陸游小舟：「雲氣分山迭，沙汀蹙浪痕。」

⑤天臺：山名。在浙江天臺。孫綽賦：東晉孫綽曾經寫過天臺山賦。見前注。

⑥劍閣：或稱劍門，位於四川，為古蜀道要隘。劍門山即大劍山，古稱梁山、高梁山。山脈東西橫亙，七十二峰綿延起伏，形若利劍。峭壁中斷處，兩山相峙如門，故名劍門。唐人作詩詠之者甚多，如李白蜀道難詩云：「劍閣崢嶸而崔嵬，一夫當關，萬夫莫開。」杜甫劍門詩亦云：「惟天有設險，劍門天下壯。」三國時諸葛亮相蜀，曾設官戍守。關巔有姜維城，為姜維屯兵抗鍾會處，遺址至今猶存，今有劍門關石碑一座立於山口。孟陽銘：指張載（字孟陽）所作劍閣銘。晉書張載傳：「張載，字孟陽，安平人也。父收，蜀郡太守。載性閒雅，博學有文章。太康初，至蜀省父，道經劍閣。載以蜀人恃險好亂，因著銘以作誡曰：『巖巖梁山，積石峨峨。遠屬荊、

衡，近綴岷、嶓。南通邛、僰，北達褒斜。狹過彭、碣，高逾嵩、華。惟蜀之門，作固作鎮。是曰劍閣，壁立千仞。窮地之險，極路之峻。世濁則逆，道清斯順。閉由往漢，開自有晉。秦得百二，並吞諸侯。齊得十二，田生獻籌。矧茲狹隘，土之外區。一人荷戟，萬夫趦趄。形勝之地，非親勿居。昔在武侯，中流而喜。河山之固，見屈吳起。洞庭、孟門，二國不祀。興實由德，險亦難恃。自古及今，天命不易。憑阻作昏，鮮不敗績。公孫既沒，劉氏銜璧。覆車之軌，無或重跡。勒銘山阿，敢告梁、益。』益州刺史張敏見而奇之，乃表上其文，武帝遣使鐫之於劍閣山焉。」孟陽，即張載，字孟陽，安平（今屬河北）人。著名文學家，與弟張協、張亢並稱「三張」。作劍閣銘、榷論、濛汜賦等篇，為司隸校尉傅玄所稱賞。歷官著作郎、樂安相、弘農太守、長沙王記室督、中書侍郎。見世方亂，稱疾告歸。卒於家。

⑦子卿：即蘇武，字子卿。餘見前注。

⑧照書車胤一囊螢：本句典出晉書車胤傳：「胤恭勤不倦，博學多通。家貧不常得油，夏月則練囊盛數十螢火以照書，以夜繼日焉。」車胤（？—四〇一），字武子，南平（今湖南津市）人。少貧勤學，以練囊盛螢夜讀。桓溫辟為從事，遷征西長史，以博學顯於朝廷。孝武帝時，不滿司馬道子擅權，稱疾不出。安帝隆安初，累遷丹陽尹、吏部尚書。為司馬元顯逼令自殺。

⑨冉冉：此處形容白雲緩緩飄動的樣子。

【譯文】

走動對安坐，沉醉對清醒。

佩着紫色的印帶對垂着青色的印結。
棋盤對筆架，雨雪對雷霆。
飛舞的蝴蝶，小小的蜻蜓。
河岸對沙洲。
孫綽寫過天臺山賦，張載作過劍閣銘。
蘇武用大雁從千里之外送信，車胤用一囊螢火蟲照着讀書。
半夜的時候，緩緩飄動的白雲遮住了高高的明月；清澈的江水，在夜裏倒映着滿天星斗。

（三）

書對史①，傳對經②。
鸚鵡對鶺鴒③。
黃茅對白荻④，綠草對青萍⑤。
風繞鐸⑥，雨淋鈴⑦。
水閣對山亭。

渚蓮千朵白⑧，岸柳兩行青。

漢代宮中生秀柞⑨，堯時階畔長祥蓂⑩。

一枰決勝，棋子分黑白；半幅通靈⑪，畫色間丹青。

【注釋】

①書：此處特指史書。「二十四史」有多部史書名「某書」，如漢書、後漢書、舊唐書、新唐書。

②傳：注釋或解釋經義的文字，如春秋公羊傳。經：經書，儒家經典，如詩經、易經等。

③鶺鴒：鳥類的一屬。最常見的一種，身體小，頭頂黑色，前額純白色，嘴細長，尾和翅膀都很長，黑色，有白斑，腹部白色，吃昆蟲和小魚等。因詩經小雅常棣有「脊令在原，兄弟急難」句，後以「鶺鴒」比喻兄弟。

④荻：多年生草本植物，生在水邊，葉子長形，似蘆葦，秋天開紫花，莖可以編蓆箔。

⑤青萍：水生植物，浮萍的別稱。又寫作「青蘋」。

⑥風繞鐸：相傳唐朝岐王李範曾經在宮中的竹林內懸碎玉片。每當聽到碎玉片碰撞時發出的聲音，就知道起風了，號稱為「占風鐸」。見五代王仁裕開元天寶遺事占風鐸：「岐王宮中於竹林內懸碎玉片子，每夜聞玉片子相觸之聲，即知有風，號為占風鐸。」鐸，本為大鈴，形如鐃、鉦而有舌，古代宣佈政教法令用的，亦為古代樂器。盛行於中國春秋至漢代。後亦指懸掛的小鈴鐺。

⑦雨淋鈴：亦作「雨霖鈴」。相傳安史之亂時，馬嵬兵變，楊貴妃屈死；唐玄宗入蜀，經斜谷，走棧道，趕上連日大雨，聽見雨中鈴聲，在山谷中回應不絕，便創作了雨霖鈴樂曲，以紀念楊貴妃。唐鄭處誨明皇雜錄補遺：「明皇既幸蜀，西南行初入斜谷，屬霖雨涉旬，於棧道雨中聞鈴，音與山相應。上既悼念貴妃，採其聲為雨霖鈴曲，以寄恨焉。」「雨霖鈴」，本是唐樂坊曲調名，後用作詞牌名。

⑧渚蓮：水邊荷花。古詩文習用語。唐趙嘏長安晚秋：「紫豔半開籬菊淨，紅衣落盡渚蓮愁。」

⑨秀柞：預示祥瑞的柞樹。柞，是一種木質堅韌的樹。漢代有五柞宮，故址在今陝西周至東南。漢書武帝紀：「二月，行幸盩厔五柞宮。」唐顏師古注引漢末張晏曰：「有五柞樹，因以名宮也。」三輔黃圖甘泉宮：「五柞宮，漢之離宮也。」因宮內有五棵柞樹連抱而生，人們以為預示祥瑞，所以用以名宮。

⑩祥蓂（míng）：又稱「祥莢」，古代傳說中的一種瑞草。相傳堯時有蓂草生長在階畔，每月初一長出一莢，到十五的時候就有十五個莢，十五之後每天落一個莢，月末的時候就全落光了，如果那個月是小月，就會餘下一個莢，人們根據它來判斷日月。見竹書紀年帝堯陶唐氏：「又有草夾階而生。月朔始生一莢，月半而生十五莢。十六日以後日落一莢，及晦而盡。月小，則一莢焦而不落。名曰蓂莢。一曰曆莢。」又，漢班固白虎通義祥瑞：「日曆得其分度，則蓂莢生於階間。蓂莢，樹名也。月一日生一莢，十五日畢，至十六日一莢去，故莢階而生，以明日月也。」

⑪通靈：通於神靈。此處形容畫藝絕妙，到了超凡入聖的境地。

【譯文】

某書對某史，傳對經。
鸚鵡對鶺鴒。
黃色的茅草對白色的蘆荻，綠色的草對青色的浮萍。
風吹着鐸，雨打着鈴。
水邊的閣對山上的亭。
水中開着很多潔白的蓮花，岸上種着兩行碧綠的柳樹。
漢代的宮中，曾經長着預示祥瑞的柞樹；堯統治時，臺階旁曾經長過代表祥瑞的蓂莢。
一局決定勝負，棋子分為黑白兩種；一幅絕妙的畫，用了紅和綠兩種顏色。

下平十蒸

【題解】

本篇共三段，皆為韻文。每段韻文，由若干句對仗的聯語組成。每句皆押「平水韻」下平聲「十蒸」韻。

本篇每句句末的韻腳字，「升」「鷹」「冰」「罾」「鵬」「燈」「蠅」「僧」「朋」「興」「蒸」「滕」「登」「陵」「藤」等，在傳統詩韻（「平水韻」）裏，都歸屬於下平聲「十蒸」這個韻部。這些字，在普通話裏，韻母有的是「eng」，有的是「ing」；聲調有讀第一聲的，有讀第二聲的。

需要注意的是：普通話「eng」「ing」等韻母的字，並不都屬於「平水韻」下平聲「十蒸」韻，也有可能屬於下平聲「八庚」韻、「九青」韻。下平聲「十蒸」韻的字，和下平聲「八庚」韻、「九青」韻是鄰韻，填詞時可以通押，寫近體詩時不可通押。

本篇第一段五字句「燕雀對鶤鵬」，通行本聲律啟蒙撮要作「鵬鶤」，但「鶤」字在上平「十三元」韻，「鵬」字在下平「十蒸」韻，可知「鵬鶤」當是「鶤鵬」之倒文，今改作「鶤鵬」，以葉韻。且，明涂時相本作「鶤鵬」。

（一）

新對舊，降對升。白犬對蒼鷹。葛巾對藜杖①，澗水對池冰。張兔網，掛魚罾②。燕雀對鵾鵬③。爐中煎藥火，窗下讀書燈。織錦逐梭成舞鳳④，畫屏誤筆作飛蠅⑤。宴客劉公⑥，座上滿斟三雅爵⑦；迎仙漢帝⑧，宮中高插九光燈⑨。

【注釋】

①葛巾：用葛布製成的頭巾。宋書隱逸傳陶潛：「郡將候潛，值其酒熟，取頭上葛巾漉酒，畢，還復着之。」藜杖：見前注。

②魚罾（zēng）：漁網。罾，是一種用木棍或竹竿做支架的方形漁網，呈兜狀，內置魚餌，沉入水中，待魚蝦入網，將網提起捕捉。亦名「扳罾」。今南方水鄉仍用。唐杜甫寄劉峽州伯華使君：「林居看蟻穴，野食待魚罾。」

③燕雀：燕和雀。泛指小鳥。比喻卑微淺薄之人。史記陳涉世家：「陳涉少時，嘗與人傭耕，輟耕之壟上，悵恨久之，曰：『苟富貴，毋相忘。』庸者笑而應曰：『若為庸耕，何富貴也？』陳涉太息曰：『嗟乎，燕雀安知鴻鵠之志哉？』」鵾鵬：傳說中的大鳥名。語本莊子逍遙遊：「北冥有魚，其名為鯤，鯤之大，不知其幾千里也。化而為鳥，其名為鵬，鵬之背，不知其幾千里也。」鯤，後訛為「鵾」。常以「鵾鵬」比喻才能卓異、志向高遠的人。亦指鯤和鵬。唐白居易禽蟲十二章之二：「蛙跳蛾舞仰頭笑，焉用鵾鵬鱗羽多。」按，鱗指鵾言，羽指鵬言。鵾，當作「鯤」。本篇此句後二字，通行本聲律啟蒙撮要作「鵬鵾」，「鵾」字在上平「十三元」韻，「鵬」字在下平「十蒸」韻，可知當作「鵾鵬」。又，涂時相本聲律發蒙此句恰作「燕雀對鵾鵬」，可知「鵬鵾」當是「鵾鵬」之倒文。

④舞鳳：指錦上的鳳形圖案。此種錦，稱鳳皇（鳳凰）錦。初學記寶器部錦：「陸翽鄴中記曰：御府中有鳳皇錦、朱雀錦。」太平御覽布帛部二引鄴中記，雲織錦署有「鳳皇錦」。

⑤畫屏誤筆作飛蠅：本句典出三國志吳書南朝宋裴松之注引吳錄：「曹不興善畫，權使畫屏風，誤落筆點素，因就以作蠅。既進御，權以為生蠅，舉手彈之。」三國時畫家曹不興給孫權畫屏風，誤將墨點落在畫上，於是就畫成小蠅，孫權見了，以為是真蠅，用手來彈它。

⑥劉公：指劉表（一四二—二〇八），字景升，山陽高平（今山東微山）人。皇族遠支。少時

知名，名列清流「八俊」。獻帝初平元年（一九〇）為荊州刺史，得當地豪族支持，據有今湖北、湖南地方。李傕、郭汜入長安，以表為鎮南將軍、荊州牧，封成武侯。不參與混戰，愛民養士，從容自保。及曹操與袁紹相持於官渡，紹求助於表，表許而不至，亦不援曹操，欲觀時變。操敗紹後征表，未至，表病卒。子劉琮降曹。

⑦三雅爵：漢末劉表有大中小三號酒杯，大的叫伯雅，中等的叫仲雅，小的叫季雅，宴客的時候，供賓客隨意取用。太平御覽飲食部酒下引三國魏曹丕典論曰：「劉表有酒爵三：大曰伯雅，次曰仲雅，小曰季雅。伯雅容七升，仲雅六升，季雅五升。」太平廣記器玩亦引之。

⑧漢帝：指漢武帝劉徹（前一五六—前八七）。景帝中子。在位期間，行「推恩令」，使諸侯王分地與子弟為侯，削弱諸侯國勢力。設十三刺史部以加強控制。徵收商賈車船稅，行「告緡令」，徵收商賈資產稅，以抑制富商。採桑弘羊議，實行冶鐵、煮鹽、鑄錢官賣。設平準官、均輸官，官營貿易與運輸。行「代田法」，興修水利，移民屯田，發展農業。遣張騫通西域，派唐蒙至夜郎，建立西南七郡。又遣衛青、霍去病進擊匈奴，保障北方。用董仲舒策，「獨尊儒術」，兼用法術刑名，強化封建統治。行封禪，求神仙，大興土木，徭役繁重，以致農民流亡，天漢二年（前九九），關東農民紛紛起事，歷經數年。自建元至後元曾改年號十一次，為帝王有年號之始。在位五十四年。

⑨九光燈：相傳漢武帝曾在宮中點燃九光之燈以迎接西王母。初學記歲時部下引漢武帝內傳曰：「七月七日，乃掃除宮掖之內，張雲錦之帷，燃九光微燈。夜二唱後，西王母駕五色之班龍上殿。」太平御覽時序部亦引之。

【譯文】

嶄新對陳舊，下降對上升。

白色的狗對黑色的鷹。

葛布頭巾對藜條手杖，山澗中的水對池塘裏的冰。

張開捕兔的網，放好捕魚的罾。

胸無大志的燕雀對胸懷天下的鵾鵬。

爐子中燃着煎藥的火，窗下亮着讀書的燈。

織錦時，絲線隨着梭子飛舞，織成鳳凰圖案；畫屏時，因誤落墨點，畫成蒼蠅形狀。

劉表招待賓客，桌上三種型號的酒杯都倒滿美酒；漢武帝迎接西王母，在宮中點起九光燈。

（二）

儒對士，佛對僧。

面友對心朋[①]。

春殘對夏老，夜寢對晨興[②]。

千里馬③，九霄鵬④。
霞蔚對雲蒸⑤。
寒堆陰嶺雪⑥，春泮水池冰⑦。
亞父憤生撞玉斗⑧，周公誓死作金縢⑨。
將軍元暉，莫怪人譏為餓虎；侍中盧昶，難逃世號作飢鷹⑩。

【注釋】

①面友：貌合神離的朋友。漢揚雄法言學行：「朋而不心，面朋也；友而不心，面友也。」心朋：知心朋友。

②寢：睡。晨興：早起。

③千里馬：原指善跑的駿馬，可以日行千里。常用來比喻人才，特指有才華的青少年。

④九霄鵬：在高空翱翔的大鵬鳥，比喻非同尋常的人才。九霄，指天之極高處，高空。

⑤霞蔚：雲霞盛起。雲蒸：雲氣升騰。二者皆古詩文習用語。多連用，且多寫作「雲興霞蔚」。南朝宋劉義慶世說新語言語：「顧長康從會稽還，人問山川之美，顧云：『千巖競秀，萬壑爭流，草木蒙籠其上，若雲興霞蔚。』」金元好問范寬秦川圖：「雲興霞蔚幾千里，著我如在峨嵋巔。」

⑥陰嶺：背陽的山嶺。古詩文習用語。唐祖詠終南望餘雪：「終南陰嶺秀，積雪浮雲端。」唐許渾對雪：「陰嶺有風梅豔散，寒林無月桂華生。」

⑦泮（pàn）：冰面因天氣變暖而開裂、消解。

⑧亞父憤生撞玉斗：本句典出史記項羽本紀：「沛公已去，間至軍中，張良入謝，曰：『沛公不勝杯杓，不能辭。謹使臣良奉白璧一雙，再拜獻大王足下；玉斗一雙，再拜奉大將軍足下。』項王曰：『沛公安在？』良曰：『聞大王有意督過之，脫身獨去，已至軍矣。』項王則受璧，置之坐上。亞父受玉斗，置之地，拔劍撞而破之，曰：『唉！豎子不足與謀。奪項王天下者，必沛公也，吾屬今為之虜矣。』」鴻門宴上，劉邦脫身後，張良代替劉邦向項羽贈玉璧一雙，向范增贈送玉斗一雙。范增大怒，撞碎了玉斗。亞父，指項羽的謀士范增，項羽尊稱其為「亞父」，謂尊之僅次於父。范增（前二七七—前二〇四），居鄛（今安徽巢湖）人。善計謀。秦末農民起事時，勸項梁立楚國貴族後裔以廣號召。梁死，屬項羽，為羽主要謀士。使羽稱霸諸侯，被尊稱「亞父」。屢次勸羽殺劉邦，羽不聽。後劉邦使反間計，增為羽所疑，削職奪權，憤而離去，疽發背，卒於途。玉斗，玉製的斗型酒器。

⑨周公：即周公旦，武王弟，成王叔。見前注。金縢：尚書篇名。尚書周書金縢序：「武王有疾，周公作金縢。」唐孔穎達疏：「武王有疾。周公作策書，告神請代武王死。事畢，納書於金縢之匱，遂作金縢。」周武王生病時，周公曾經向三王祈禱，願以自己來代替武王去死，史官把他祈禱時的祝策收藏於金縢櫃中。後來周公被人污衊有異心，周成王打開了金縢之書，從而知道了周公的清白忠義。

⑩「將軍元暉」四句：典出魏書昭成子孫列傳第三：「（元暉）再遷侍中，領右衛將軍。雖無補益，深被親寵。凡在禁中要密之事，暉別奉旨藏之於櫃，唯暉入乃開，其餘侍中、黃門莫有知者。侍中盧昶亦蒙恩眄，故時人號曰『餓虎將軍，飢鷹侍中』。」元暉（？－五一九），北魏宗室，鮮卑族，字景襲。常山王拓跋遵曾孫。宣武帝時，為給事黃門侍郎。遷侍中，領右衛將軍。因生性貪婪，時人號曰「餓虎將軍」。遷吏部尚書，用官皆納賄，有定價，時稱「市曹」。出為冀州刺史，聚斂無極，百姓患之。孝明帝時，拜尚書左僕射，與任城王元澄、京兆王元愉等共決門下大事。卒謚文憲。盧昶（？－五一六），字叔達，小字師顏，范陽涿縣（今河北涿州）人。孝文帝太和初以太子中舍人、兼員外散騎常侍使南齊，有辱使命，歸遂罷黜。宣武帝景明初，除中書侍郎，累遷侍中、兼吏部尚書。深得寵信，時人號曰「飢鷹侍中」。出除鎮東將軍、徐州刺史。永平四年（五一一）表請取朐山，慘敗免官。未幾，復為雍州刺史，卒於任。謚號為穆，贈征北將軍、冀州刺史。

【譯文】

儒家對士人，佛教對僧人。
表面的朋友對知心的友人。
春天就要結束對夏天快到盡頭，晚上睡覺對早晨起牀。
能奔馳千里的駿馬，可以飛上九天的大鵬。
彩霞很多對雲朵密集。

寒天背陰的山嶺堆滿雪，春天池塘的冰融化。
亞父生氣撞碎了玉斗，周公作金縢書發誓願代替武王死。
將軍元暉兇狠殘暴，難怪人們譏刺他為飢餓的老虎；侍中盧昶貪婪成性，不可避免地被世人稱作飢餓的老鷹。

（三）

規對矩①，墨對繩②。
獨步對同登③。
吟哦對諷詠④，訪友對尋僧⑤。
風繞屋，水襄陵⑥。
紫鵠對蒼鷹⑦。
鳥寒驚夜月⑧，魚暖上春冰⑨。
揚子口中飛白鳳⑩，何郎鼻上集青蠅⑪。

巨鯉躍池，翻幾重之密藻；顛猿飲澗，掛百尺之垂藤。

【注釋】

①規：畫圓的工具。矩：畫方的工具。禮記經解：「規矩誠設，不可欺以方圓。」唐孔穎達疏：「規所以正圓，矩所以正方。」規矩，指禮法，法度。史記禮書：「人道經緯萬端，規矩無所不貫，誘進以仁義，束縛以刑罰。」

②繩：木工用的墨線，引申為標準、法則，又引申為按一定的標準去衡量、糾正。繩墨，木工畫直線用的工具。禮記經解：「故衡誠縣，不可欺以輕重；繩墨誠陳，不可欺以曲直；規矩誠設，不可欺以方圓。」喻規矩、準則。漢張衡思玄賦：「竦余身而順止兮，遵繩墨而不跌。」

③獨步：獨自行走。亦指獨一無二，超群出眾。慎子外篇：「（藺相如）謂慎子曰：『人謂秦王如虎，不可觸也，僕已摩其頂，拍其肩矣。』慎子曰：『善哉，先生天下之獨步也。』」後漢書逸民傳戴良：「我若仲尼長東魯，大禹出西羌，獨步天下，誰與為偶！」

④吟哦：有節奏地誦讀。亦指推敲詩句，寫作詩詞。諷詠：諷誦吟詠。

⑤尋僧：探望、拜訪僧人朋友。

⑥襄陵：大水漫上丘陵。語本尚書堯典：「湯湯洪水方割，蕩蕩懷山襄陵。」孔傳：「襄，上也。」

⑦鵠：天鵝。「黃鵠」是古詩文習用語，「紫鵠」相對罕見，清人詩文或有用之。陳維崧瀛臺賜宴詩序：「即或弋來紫鵠，落雋永於雲端。」

⑧烏寒驚夜月：本句為古詩文常見意象。宋辛棄疾西江月夜行黃沙道中：「明月別枝驚鵲，清風半夜鳴蟬。」宋施樞和東圃鄭震見寄：「月冷烏驚夜，霜明雞喚晨。」

⑨上春冰：語本禮記月令：「（孟春之月）東風解凍，蟄蟲始振，魚上冰，獺祭魚，鴻雁來。」

⑩揚子：指漢代文人揚雄。見前注。口中飛白鳳：西京雜記：「雄著太玄經，夢吐鳳凰，集玄之上。」後因以「吐鳳」稱頌文才或文字之美。

⑪何郎：指何晏（一九〇—二四九），字平叔，南陽宛（今河南南陽宛城區）人。何進孫。隨母為曹操收養。少以才秀知名。娶魏公主。美姿容，面白，人稱「傅粉何郎」。齊王芳正始中，曹爽輔政，累官散騎侍郎、尚書，典選舉，晉人傅咸謂其所用官吏皆能稱職。賜爵列侯。坐曹爽同黨，為司馬懿所殺。好老、莊，援老入儒，其說以貴無為本。與夏侯玄、王弼等倡玄學，事清談，形成一時風氣。撰有論語集解等。鼻上集青蠅：何晏夢見青蠅數十隻集在鼻端，管輅認為是凶兆。典出三國志魏書方技傳：「（正始九年）十二月二十八日，吏部尚書何晏請之，鄧颺在晏許。晏謂輅曰：『聞君著爻神妙，試為作一卦，知位當至三公不？』又問：『連夢見青蠅數十頭，來在鼻上，驅之不肯去，有何意故？』輅曰：『夫飛鴞，天下賤鳥，及其在林食椹，則懷我好音，況輅心非草木，敢不盡忠？昔元、凱之弼重華，宣惠慈和，周公之翼成王，坐而待旦，故能流光六合，萬國咸寧。此乃履道休應，非卜筮之所明也。今君侯位重山嶽，勢若雷電，而懷德者鮮，畏威者眾，殆非小心翼翼多福之仁。又鼻者艮，此天中之山（裴松之案：相書謂鼻之所在為天中。鼻有山象，故曰『天中之山』也），高而不危，所以長守貴也。今青蠅臭惡，而集之焉。位峻者顛，輕豪者亡，不可不思害盈之數，盛衰之期。是故山在地中曰謙，雷

在天上曰壯；謙則裒多益寡，壯則非禮不履。未有損己而不光大，行非而不傷敗。願君侯上追文王六爻之旨，下思尼父彖象之義，然後三公可決，青蠅可驅也。』」

【譯文】

圓規對矩尺，墨斗對墨線。

獨自領先對共同並列。

吟詩對誦文，拜訪朋友對探望僧人。

大風在房外吹，大水漫過丘陵。

紫色的天鵝對黑色的老鷹。

天氣寒冷，鳥在月夜鳴叫；氣溫變暖，魚兒躍出春天的薄冰。

揚雄曾經夢見自己的口中飛出白鳳，何晏曾經夢見自己的鼻子上停着蒼蠅。

大鯉魚從池塘中躍出，需要穿過多層茂密的水藻；山頂的猴子到山澗中喝水，需要扯住很長的藤條。

下平十一尤

【題解】

本篇共三段，皆為韻文。每段韻文，由若干句對仗的聯語組成。每句皆押「平水韻」下平聲「十一尤」韻。

本篇每句句末的韻腳字，「憂」「遊」「牛」「愁」「頭」「秋」「樓」「洲」「鳩」「舟」「鈎」「裘」「流」「幽」「疇」等，在傳統詩韻（「平水韻」）裏，都歸屬於下平聲「十一尤」這個韻部。這些字，在普通話裏，韻母都含「ou」，有的帶介音（韻頭）「i」；聲調有讀第一聲的，有讀第二聲的。

（一）

榮對辱，喜對憂。

夜宴對春遊。

燕關對楚水，蜀犬對吳牛①。

茶敵睡②，酒消愁。

青眼對白頭③。

馬遷修史記④，孔子作春秋⑤。

適興子猷常泛棹⑥，思歸王粲強登樓⑦。

窗下佳人，妝罷重將金插鬢⑧；筵前舞妓，曲終還要錦纏頭⑨。

【注釋】

①蜀犬：蜀地的狗。蜀地多霧，不常見日，每逢日出，狗皆疑而驚叫。唐柳宗元答韋中立論師道書：「屈子賦曰：『邑犬群吠，吠所怪也。』僕往聞庸蜀之南，恆雨少日，日出則犬吠。」後遂以「蜀犬吠日」比喻少見多怪。吳牛：吳地的水牛。吳地之牛畏熱，見月亦疑為日，喘息不已。太平御覽引漢應劭風俗通：「吳牛望見月則喘；使之苦於日，見月怖，喘矣！」後遂用作典故。南朝宋劉義慶世說新語言語：「滿奮畏風，在晉武帝坐；北窗作琉璃屏，實密似疏，奮有難色。帝笑之，奮答曰：『臣猶吳牛見月而喘。』」亦比喻因受某事物之苦而畏懼其類似者。

②茶敵睡：指飲茶可以讓人睡意全無，即戰勝睡魔。元明以來古詩文習用語。元末明初陶宗儀嚴寒次粟隱德上人韻二首其一：「茶敵睡魔浮玉乳，酒烘吟臉暈紅潮。」

③青眼：見前注。

④馬遷：指漢代司馬遷，他寫了史記。詳見前注。

⑤春秋：儒家經典，編年體史書名。相傳孔子據魯史修訂而成。所記起於魯隱公元年（前七二二），止於魯哀公十四年（前四八一），凡二百四十二年。敍事極簡，用字寓褒貶。為其作傳者，以左氏、公羊、穀梁最著，並稱「春秋三傳」。

⑥適興子猷常泛棹：本句典出世說新語任誕：「王子猷居山陰，夜大雪，眠覺，開室，命酌酒。四望皎然，因起彷徨，詠左思招隱詩。忽憶戴安道，時戴在剡，即便夜乘小船就之。經宿方至，造門不前而返。人問其故，王曰：『吾本乘興而行，興盡而返，何必見戴？』」王徽之（字子猷）與戴逵是好朋友，他住在山陰（今浙江紹興），有天晚上夜雪初停，月色非常好，他開始思念戴逵，於是當夜就乘着小船去探訪戴逵。當時戴逵在剡縣，子猷乘船走了一夜才到，結果到了戴逵門口的時候，他卻不進去又返回了山陰。人家問他原因，他說我本是乘着興致去，與致盡了就回來，為什麼必定要見戴逵呢？子猷，即王徽之（三三八？—三八八），字子猷，琅邪臨沂（今山東臨沂）人。王羲之子，王獻之兄。東晉名士，曾為大司馬桓溫參軍、車騎將軍桓沖參軍，官至黃門侍郎。為人任性放達，不樂居官，後遂辭官。

⑦王粲（一七七—二一七）：字仲宣，山陽高平（今山東微山）人。名門之後（太尉王龔曾孫、司空王暢之孫），少時即為名流蔡邕賞識。因關中騷亂，前往荊州依靠劉表，客居荊州十餘年，

因貌寢短小，不為所重。後歸曹操，辟為丞相掾，賜爵關內侯。遷軍謀祭酒。魏國既建，官侍中。博學多識，善屬文，有詩名，為「建安七子」之一。所作七哀詩、登樓賦頗著名。強：勉強。登樓：王粲滯留荊州的時候，意不自得，且痛家國喪亂，乃以「登樓」為題作賦，藉寫眼前景物，以抒鬱憤之情。後詞曲中常以「王粲登樓」喻士不得志而懷故土之思。

⑧金插鬢：指將金質首飾插在髮間。古詩文常用語。明王汝玉追賦楊氏夜遊其三：「插鬢金鸞小，填蛾翠雁斜。」

⑨錦纏頭：古代歌舞藝人演畢，客以羅錦為贈，置之頭上，謂之「錦纏頭」。後又作為贈送女妓財物的通稱。唐杜甫即事：「笑時花近眼，舞罷錦纏頭。」清仇兆鼇注引通鑑注：「舊俗賞歌舞人以錦彩，置之頭上，謂之錦纏頭。」

【譯文】

榮譽對羞辱，歡喜對憂愁。

夜晚宴客對春日出遊。

燕地的關塞對楚地的江水，四川地區對着太陽叫喚的狗對江南一帶對着月亮喘息的牛。

茶能使人睡不着，酒能讓人忘憂愁。

青眼眸對花白頭。

司馬遷寫了史記，孔子作了春秋。

隨心自在的王徽之經常划船出遊，思念故鄉的王粲勉強登樓遠眺。

窗下的佳人，梳妝好之後重新把金釵插到髮間；酒筵前歌舞的伶人，一曲結束後照例索要錦緞作賞賜。

（二）

脣對齒，角對頭。

策馬對騎牛①。

毫尖對筆底，綺閣對雕樓②。

楊柳岸，荻蘆洲③。

語燕對啼鳩④。

客乘金絡馬⑤，人泛木蘭舟⑥。

綠野耕夫春舉耜⑦，碧池漁父晚垂鈎。

波浪千層，喜見蛟龍得水；雲霄萬里，驚看鵰鶚橫秋⑧。

【注釋】

①策馬：用馬鞭抽打馬，驅馬使行。策，古代的一種馬鞭子，頭上有尖刺。古詩文習用語。唐韓愈送侯參謀赴河中幕：「策馬誰可適，晤言誰為應。」

②綺閣：華麗的樓閣。古詩文習用語。唐李世民初秋夜坐：「斜廊連綺閣，初月照宵幃。」雕樓：華麗的閣樓。雕，指雕樑畫棟。

③荻蘆洲：古詩文習用語。宋方惟深漁父：「買酒解衣楊柳岸，得魚吹火荻蘆洲。」荻，一種生在水邊的植物，和蘆相似但是葉子比蘆葉寬。

④語燕：鳴叫的燕子，像是人在呢喃低語，故稱「語燕」。古詩文習用語。唐王涯閨人贈遠五首其四：「啼鶯綠樹深，語燕雕樑晚。」啼鳩：啼鳴的斑鳩。古詩文習用語。宋鄒應龍遊寶林寺：「乳燕啼鳩三月暮，淡雲疏雨午時天。」

⑤金絡馬：指配金絡頭的良馬。金絡，指以黃金裝飾的馬籠頭。古詩文習用語。唐駱賓王帝京篇：「寶蓋雕鞍金絡馬，蘭窗繡柱玉盤龍。」

⑥木蘭舟：用木蘭樹造的船。南朝梁任昉述異記：「木蘭洲在潯陽江中，多木蘭樹。昔吳王闔閭植木蘭於此，用構宮殿也。七里洲中，有魯般刻木蘭為舟，舟至今在洲中。詩家云木蘭舟，出於此。」後常用為船的美稱。

⑦舉耜：指以耜耕地。耜，原始翻土農具「耒耜」的下端，形狀像今的鐵鍬和鏵，最早是木製的，後用金屬製。古詩文習用語。宋史樂志載郊廟朝會歌辭親耕藉田七首公卿耕藉：「率時農夫，舉耜載揚。」

⑧鵰鶚：兩種能飛的猛禽。唐杜甫奉贈嚴八閣老：「蛟龍得雲雨，鵰鶚在秋天。」橫秋：此處指猛禽飛行於秋天的高空。

【譯文】

嘴脣對牙齒，角對頭。

驅馬對騎牛。

筆尖對筆底，精美的閣對華麗的樓。

種着柳樹的堤岸，長滿蘆荻的沙洲。

呢喃的燕子對啼叫的斑鳩。

客人騎着用黃金裝飾絡頭的名馬，遊人蕩着木蘭做的船。

春天來了，農夫在綠原上耕地；傍晚時分，漁翁在池塘邊釣魚。

蛟龍在水中翻起千層波浪，令人心花怒放；鵰鶚直上萬里雲霄，讓人目瞪口呆。

（三）

庵對寺①，殿對樓。

酒艇對漁舟②。

金龍對彩鳳，豶豕對童牛③。
王郎帽④，蘇子裘⑤。
四季對三秋。
峰巒扶地秀⑥，江漢接天流。
一灣綠水漁村小，萬里青山佛寺幽。
龍馬呈河，羲皇闡微而畫卦⑦；神龜出洛，禹王取法以陳疇⑧。

【注釋】

①庵：佛寺，多指尼姑修行的寺院。

②酒艇：飲酒遊玩的小船。艇，輕便的小船。古詩文習用語。宋彭汝礪寄庭佐弟與潤之同作：「紅爐雙酒艇，清夜一詩篇。」

③豶（fén）豕：去勢（閹割）的大豬。周易大畜：「六五，豶豕之牙，吉。」童牛：無角之牛，小牛。周易大畜：「六四，童牛之牿，元吉。」唐陸德明釋文：「童牛，無角牛也。」

④王郎貌：典出晉書外戚傳王濛：「（王濛）奉祿資產常推厚居薄，喜慍不形於色，不修小潔，而以清約見稱。善隸書。美姿容，嘗覽鏡自照，稱其父字曰：『王文開生如此兒邪！』居貧，帽

敗，自入市買之，嫗悅其貌，遺以新帽，時人以為達。」晉代王濛長得非常英俊，帽子破了，自己去集市上買，賣帽子的老婦看他長得漂亮討人喜歡，就送了他一頂新帽子。王郎，指王濛（約三〇九—約三四七），字仲祖，太原晉陽（今山西太原）人。哀帝王皇后父。少放縱不羈，不為鄉曲所齒，晚節克己勵行，以清約見稱，善隸書。司徒王導辟為掾，補長山令，徙中書郎。長於清談，穆帝永和二年（三四六）司馬昱為會稽王輔政，貴幸之，與談客劉惔號為入室之賓。轉司徒左長史。年三十九病卒。

⑤蘇子裘：典出戰國策秦策蘇秦始將連橫：「（蘇秦）說秦王書十上而說不行，黑貂之裘弊，黃金百斤盡，資用乏絕，去秦而歸。羸縢履蹻，負書擔橐，形容枯槁，面目犁黑，狀有歸色。歸至家，妻不下絍，嫂不為炊，父母不與言。蘇秦喟歎曰：『妻不以我為夫，嫂不以我為叔，父母不以我為子，是皆秦之罪也！』」蘇子，指蘇秦，字季子，洛陽（今屬河南）人。戰國縱橫家，曾經遊說秦國，但是他的理論不被採用，生活非常困頓，穿的黑貂裘也已經破舊不堪。主張合縱攻秦。先奉燕昭王命入齊，進行反間活動，使齊疲於對外戰爭。齊湣王時任齊相。與趙國李兌一起約五國合縱攻秦，迫使秦歸還部分侵佔的魏、趙之地。齊亦乘機攻滅宋國。後來燕將樂毅聯合五國大舉攻齊，他的反間活動暴露，被車裂處死。

⑥峰巒扶地：指峰巒拔地而起。

⑦「龍馬呈河」二句：相傳龍馬自河中負圖而出，伏羲氏以之畫八卦。尚書顧命：「大玉、夷玉、天球、河圖，在東序。」舊題漢孔安國傳：「伏羲王天下，龍馬出河，遂則其文，以畫八卦，謂

之河圖。」周易繫辭上：「河出圖，洛出書，聖人則之。」北魏酈道元水經注河水一：「粵在伏羲，受龍馬圖於河，八卦是也。」羲皇，指伏羲氏，古三皇之一。闡微，闡明精微深奧的道理。

⑧「神龜出洛」二句：相傳神龜自洛水負書而出，夏禹據洛書寫洪範九疇。尚書周書洪範：「箕子乃言曰：『我聞在昔，鯀堙洪水，汩陳其五行。帝乃震怒，不畀洪範九疇，彝倫攸斁。鯀則殛死，禹乃嗣興，天乃錫禹洪範九疇，彝倫攸敍。初一曰五行，次二曰敬用五事，次三曰農用八政，次四曰協用五紀，次五曰建用皇極，次六曰乂用三德，次七曰明用稽疑，次八曰念用庶徵，次九曰向用五福、威用六極。』」孔傳：「天與禹，洛出書，神龜負文而出，列於背，有數至於九。禹遂因而第之，以成九類，常道所以次敍。」漢馬融注：「從『五行』已下至『六極』，洛書文也。」陳疇，獻謀。此處指貢獻洪範九疇。疇，類。指傳說中天帝賜給禹治理天下的九類大法，即洛書。

【譯文】

尼庵對佛寺，大殿對高樓。

遊玩的艇對打魚的船。

金色的龍對彩色的鳳，閹割過的大豬對沒長角的小牛。

王濛的帽子，蘇秦的貂裘。

四季對三秋。

山巒從地面高高聳起，長江和漢水似乎要流到天盡頭。

一灣碧綠的江水圍繞着小小的漁村，連綿的青山環繞着幽靜的佛寺。

相傳龍馬自河中負圖而出，伏羲氏根據牠畫成八卦；傳說神龜自洛水負書而出，夏禹據洛書寫洪範九疇。

下平十二侵

【題解】

本篇共三段，皆為韻文。每段韻文，由若干句對仗的聯語組成。每句皆押「平水韻」下平聲「十二侵」韻。

本篇每句句末的韻腳字，「心」「琴」「砧」「森」「參」「金」「陰」「今」「禽」「深」「襟」「吟」「霖」「針」等，在傳統詩韻（「平水韻」）裏，都歸屬於下平聲「十二侵」這個韻部。這些字，在普通話裏，韻母有的是「in」，有的是「en」；聲調有讀第一聲的，有讀第二聲的。

需要注意的是：普通話「en」「in」等韻母的字，並不都屬於「平水韻」下平聲「十二侵」韻，也有可能屬於上平聲「十一真」「十二文」「十三元」韻。尤需注意的是：下平聲「十二侵」韻的字，和上平聲「十一真」韻、「十二文」韻、「十三元」韻不是鄰韻，不僅寫近體詩時不可通押，填詞時亦不可以通押。這是因為，「十二侵」韻屬於閉口韻，即它的韻母實際上是收[m]尾，而非[n]尾。在中古音系統裏，下平聲「十二侵」和上平聲「十一真」「十二文」「十三元」韻，它們的韻尾不同。

本篇第三段五字句「素志對丹心」，亦是借對的一種。丹義為紅，素有白義。素志之「素」為平素、素來之義，借素白之義，與丹對偶。

（一）

眉對目，口對心。錦瑟對瑤琴①。曉耕對寒釣，晚笛對秋砧②。松鬱鬱，竹森森③。閔損對曾參④。秦王親擊缶⑤，虞帝自揮琴⑥。三獻卞和嘗泣玉⑦，四知楊震固辭金⑧。寂寂秋朝⑨，庭葉因霜摧嫩色；沉沉春夜⑩，砌花隨月轉清陰⑪。

【注釋】

①錦瑟：漆有織錦紋的瑟。唐杜甫曲江對雨：「何時詔此金錢會，暫醉佳人錦瑟旁。」清仇兆鼇注引周禮樂器圖：「飾以寶玉者曰寶瑟，繪文如錦者曰錦瑟。」瑟，一種弦樂器，有二十五根弦，一說本有五十弦。瑤琴：用玉裝飾的琴。古詩文習用語。南朝宋鮑照擬古詩之七：「明鏡塵匣中，瑤琴生網羅。」

②秋砧：秋日搗衣的聲音。砧，搗衣石。古詩文習用語。北周庾信夜聽搗衣：「秋砧調急節，亂杵變新聲。」

③森森：樹木繁密貌。古詩文習用語。晉潘岳懷舊賦：「墳壘壘而接壟，柏森森以攢植。」

④閔損（前五三六—前四八七）：字子騫，春秋時魯國人。孔子弟子。性至孝。以德行與顏淵並稱。魯季氏請其任費邑長官，辭不就。曾參（前五〇五—前四三六）：字子輿，春秋末年魯國南武城（今山東臨沂）人。與父曾皙子俱為孔子弟子。以孝行見稱，主張「慎終追遠，民德歸厚」。提出「吾日三省吾身」修養方法。在孔門之中地位崇高，論語一書裏即稱其為「曾子」。相傳著有大學，並傳其學於子思。子思門人以之傳於孟子。後世尊為「宗聖」。

⑤秦王親擊缶：本句典出史記廉頗藺相如列傳：「秦王使使者告趙王，欲與王為好會於西河外澠池。趙王畏秦，欲毋行。廉頗、藺相如計曰：『王不行，示趙弱且怯也。』趙王遂行，相如從。廉頗送至境，與王訣曰：『王行，度道里會遇之禮畢，還，不過三十日。三十日不還，則請立太子為王。以絕秦望。』王許之，遂與秦王會澠池。秦王飲酒酣，曰：『寡人竊聞趙王好音，請奏瑟。』趙王鼓瑟。秦御史前書曰『某年月日，秦王與趙王會飲，令趙王鼓瑟』。藺相如前曰：『趙

王竊聞秦王善為秦聲，請奏盆缶秦王，以相娛樂。』秦王怒，不許。於是相如前進缶，因跪請秦王。秦王不肯擊缶。相如曰：『五步之內，相如請得以頸血濺大王矣！』左右欲刃相如，相如張目叱之，左右皆靡。於是秦王不懌，為一擊缶。相如顧召趙御史書曰『某年月日，秦王為趙王擊缶』。秦之群臣曰：『請以趙十五城為秦王壽。』藺相如亦曰：『請以秦之咸陽為趙王壽。』秦王竟酒，終不能加勝於趙。趙亦盛設兵以待秦，秦不敢動。」缶，古代一種大肚子小口兒的盛酒瓦器，亦可用作打擊樂器。

⑥虞帝自揮琴：本句用舜帝彈五弦琴作南風歌典。孔子家語辯樂解：「昔者舜彈五弦之琴，造南風之詩，其詩曰：『南風之薰兮，可以解吾民之慍兮；南風之時兮，可以阜吾民之財兮。』」舜帝彈琴，歌南風，以求風調雨順，惠及百姓。虞帝，即舜帝，舜號有虞氏。

⑦三獻卞和嘗泣玉：本句典出韓非子和氏：「楚人和氏得玉璞楚山中，奉而獻之厲王；厲王使玉人相之，玉人曰：『石也。』王以和為誑，而刖其左足。及厲王薨，武王即位，和又奉其璞而獻之武王；武王使玉人相之，又曰：『石也。』王又以和為誑，而刖其右足。武王薨，文王即位，和乃抱其璞而哭於楚山之下，三日三夜，泣盡而繼之以血。王聞之，使人問其故，曰：『天下之刖者多矣，子奚哭之悲也？』和曰：『吾非悲刖也，悲夫寶玉而題之以石，貞士而名之以誑，此吾所以悲也。』王乃使玉人理其璞而得寶焉，遂命曰『和氏之璧』。」卞和是春秋時期楚國人，他發現了一塊玉璞，先後獻給楚厲王、楚武王，都被認為是欺詐。等到楚文王即位後，他抱着璞石在荊山下哭，後來楚文王使人對璞石進行加工，果然得到一塊美玉，稱為和氏璧。

⑧四知楊震固辭金：本句典出後漢書楊震傳：「（楊震）當之郡，道經昌邑，故所舉荊州茂才王密

為昌邑令，謁見，至夜懷金十斤以遺震。震曰：『故人知君，君不知故人，何也？』密曰：『暮夜無知者。』震曰：『天知，神知，我知，子知。何謂無知！』密愧而出。」東漢楊震赴任東萊太守途中，路過昌邑，昌邑縣令王密帶了十斤金子晚上送他，說沒人知道，楊震說天知道、神知道、我知道、你知道，怎麼能說沒人知道呢？拒絕了王密的賄賂。楊震（？—一二四），字伯起，弘農華陰（今陝西華陰）人。習歐陽尚書，明經博覽，時稱為「關西孔子楊伯起」。年五十始舉茂才，歷任荊州刺史、東萊太守、太僕、太常、司徒等職，安帝延光二年（一二三）為太尉，時帝乳母王聖與中常侍樊豐等貪橫驕侈，震屢上疏切諫，為樊豐所誣，免官，自殺。他的兒子楊秉、孫子楊賜、曾孫楊彪，也都官至太尉。弘農楊氏與汝南袁氏，並為東漢「四世三公」的名門。

⑨寂寂：寂靜無聲、蕭條蕭瑟的樣子。古詩文習用語。唐王維寒食汜上作：「落花寂寂啼山鳥，楊柳青青渡水人。」

⑩沉沉：形容夜深，萬物沉寂。古詩文習用語。唐李白白紵辭：「月寒江清夜沉沉，美人一笑千黃金。」

⑪砌花：種在階畔的花。古詩文習用語。唐宋之問宴鄭協律山亭：「砌花連菡萏，溪柳覆莓苔。」

【譯文】

眉毛對眼睛，口對心。

華麗的瑟對精美的琴。

早起耕地對寒天釣魚，傍晚的笛曲對秋天搗衣聲。
松樹茂盛，竹子細密。
閔損對曾參。
秦王親自演奏擊缶，虞帝親自彈琴。
三次進獻不成的卞和曾經抱着玉哭泣，認為有四者知道的楊震堅決拒絕賄金。
蕭瑟的秋朝，庭院中的花葉被寒霜凍變了顏色；沉靜的春夜，階畔的花隨着月亮移動影子。

（二）

前對後，古對今。
野獸對山禽。
犍牛對牝馬①，水淺對山深。
曾點瑟②，戴逵琴③。
璞玉對渾金④。
豔紅花弄色⑤，濃綠柳敷陰⑥。

不雨湯王方剪爪⑦，有風楚子正披襟⑧。
書生惜壯歲韶華，寸陰尺璧⑨；遊子愛良宵光景，一刻千金⑩。

【注釋】

①犍（jiān）牛：閹過的公牛。北史蠕蠕傳：「蠕蠕之人，昔來號為頑嚚，每來抄掠，駕牸牛奔遁，驅犍牛隨之。」亦有人以健釋犍，犍牛，即健壯的公牛。牝（pìn）馬：母馬。韓非子外儲說左下：「孫叔敖相楚，棧車牝馬，糲餅菜羹，枯魚之膳，冬羔裘，夏葛衣，面有飢色，則良大夫也。」「棧車牝馬」，後被用為居官清廉儉樸的典實。

②曾點瑟：典出論語先進：「『點！爾何如？』鼓瑟希，鏗爾，舍瑟而作。對曰：『異乎三子者之撰。』子曰：『何傷乎？亦各言其志也。』曰：『莫春者，春服既成。冠者五六人，童子六七人，浴乎沂，風乎舞雩，詠而歸。』夫子喟然歎曰：『吾與點也！』」有一次孔子問弟子志向，輪到曾點，當時他彈瑟正近尾聲，鏗的一聲將瑟放下，站起身作答。曾點，字皙，春秋末期魯國南武城（今山東臨沂）人。與其子曾參俱為孔子弟子，以狂狷知名。

③戴逵琴：典出晉書隱逸傳：「太宰、武陵王晞聞其善鼓琴，使人召之，逵對使者破琴曰：『戴安道不為王門伶人！』晞怒，乃更引其兄述。述聞命欣然，擁琴而往。」晉人戴逵善於彈琴，武陵王司馬晞一次召他彈琴，他不去，當着使者的面摔壞了琴，表示不作王門伶人。戴逵（？—三九五），字安道，譙國銍縣（今安徽濉溪）人。博學善談論。善屬文，能鼓琴，工人物、山

水，擅宗教畫，亦善雕塑。師事范宣。不樂當世，堅拒太宰武陵王司馬晞召其鼓琴之命。後徙會稽剡縣。王徽之曾雪夜訪之，到門未入。晉孝武帝時，累徵不至。

④璞玉、渾金：未經雕刻的玉，未經提鍊的金。比喻天然美質，未加修飾。南朝宋劉義慶世說新語賞譽：「王戎目山巨源如璞玉渾金，人皆欽其寶，莫知名其器。」

⑤弄色：顯現美色。宋蘇軾宿望湖樓再和：「新月如佳人，出海初弄色。」花弄色，是古詩文習用語。宋釋道潛次韻方平見寄：「黃花弄色近重陽，山果紅梨迴得霜。」

⑥敷陰：（樹木）鋪陳濃陰。柳敷陰，是古詩文習用語。宋陳棣次韻王有之主簿其一：「春歸滿目盡桑麻，岸柳敷陰荻有芽。」

⑦不雨湯王方剪爪：本句典出尚書大傳卷二：「湯伐桀之後，大旱七年，史卜曰：『當以人為禱。』湯乃剪髮斷爪，自以為牲，而禱於桑林之社，而雨大至，方數千里。」後遂以「剪爪」為祈雨之典實。另，呂氏春秋季秋紀順民：「昔者湯克夏而正天下。天大旱，五年不收，湯乃以身禱於桑林，曰：『余一人有罪，無及萬夫。萬夫有罪，在余一人。無以一人之不敏，使上帝鬼神傷民之命。』於是剪其髮，𨿅其手，以身為犧牲，用祈福於上帝。民乃甚說，雨乃大至。則湯達乎鬼神之化、人事之傳也。」商湯王時發生旱災，湯於是剪下自己的頭髮與指甲，到桑林祈禱，果然天降大雨。

⑧有風楚子正披襟：本句典出戰國宋玉風賦：「楚襄王遊於蘭臺之宮，宋玉景差侍，有風颯然而至，王乃披襟而當之曰：『快哉此風！寡人所與庶人共者邪？』」楚襄王遊於蘭臺之宮，有風吹來，襄王敞開衣襟對着風來的方向。楚子，指楚襄王，即楚頃襄王，前二九八年—前二六三年

在位。芈姓，熊氏，名橫，楚懷王之子。披襟，敞開衣襟。多喻舒暢心懷。

⑨寸陰尺璧：語本淮南子原道訓：「夫日回而月周，時不與人遊，故聖人不貴尺之璧，而重寸之陰，時難得而易失也。」比喻珍惜光陰，將一寸光陰看得比直徑一尺的玉璧還貴重。

⑩「遊子愛良宵光景」二句：用宋蘇軾春夜詩「春宵一刻值千金，花有清香月有陰」語典。光景，光陰，時光。唐李白相逢行：「光景不待人，須臾髮成絲。」一刻，表示時間。古以漏壺計時，一晝夜分為一百刻，至清初定為九十六刻。今用鐘表計時，一刻為十五分鐘。指短暫的時間，猶片刻。

【譯文】

前對後，古對今。

野外的動物對山上的飛鳥。

閹過的公牛對母馬，水清淺對山幽深。

曾點鼓瑟，戴逵彈琴。

未經剖分的玉石對沒有提純的金子。

花的顏色嬌豔鮮紅，柳樹的樹蔭濃郁深綠。

天不下雨，湯王才剪下指甲求雨；起風時，楚王就敞開長襟吹風。

讀書人珍惜青春時光，一寸光陰就等同一尺美玉；浪蕩子弟愛惜良夜，一刻就價值千金。

（三）

絲對竹①，劍對琴。

素志對丹心②。

千愁對一醉③，虎嘯對龍吟。

子罕玉④，不疑金⑤。

往古對來今⑥。

天寒鄒吹律⑦，歲旱傅為霖⑧。

渠說子規為帝魄⑨，儂知孔雀是家禽⑩。

屈子沉江，處處舟中爭繫粽⑪；牛郎渡渚，家家臺上競穿針⑫。

【注釋】

①絲、竹：分別代指弦樂器和管樂器。絲竹，代指音樂。

②素志：平素的志願。三國志魏志荀彧傳：「雖禦難於外，乃心無不在王室，是將軍匡天下之素志

也。」丹心：赤誠的心。三國魏阮籍詠懷詩之五一：「丹心失恩澤，重德喪所宜。」素志對丹心，亦是借對的一種。丹義為紅，素有白義。素志之「素」為平素、素來之義，借素白之義，與丹對偶。

③千愁：許許多多的憂愁。一醉解千愁，是俗語，古詩文多用之。元吳澄木蘭花慢：「神疑藐姑冰雪，又何須、一醉解千愁。」

④子罕玉：典出左傳襄公十五年：「宋人或得玉，獻諸子罕。子罕弗受。獻玉者曰：『以示玉人，玉人以為寶也，故敢獻之。』子罕曰：『我以不貪為寶，爾以玉為寶。若以與我，皆喪寶也。不若人有其寶。』稽首而告曰：『小人懷璧，不可以越鄉。納此以請死也。』子罕置諸其里，使玉人為之攻之，富而後使復其所。」子罕是春秋時宋國大夫，有人送給他寶玉，他不收，並說我以不貪為寶。子罕，春秋宋國人，名樂喜。任司城，亦稱「司城子罕」。魯襄公十七年（前五五六）秋，宋平公築高臺，妨於農時，子罕請求俟農閒時再建，平公未允。二十七年（前五四六），向戌以倡議諸侯弭兵成功，請求封邑，因子罕反對而罷。二十九年（前五四四），宋饑，子罕請出公粟借貸，使大夫都出粟借貸。

⑤不疑金：典出漢書直不疑傳：「直不疑，南陽人也。為郎，事文帝。其同舍有告歸，誤持其同舍郎金去。已而同舍郎覺，亡意不疑，不疑謝有之，買金償。後告歸者至而歸金，亡金郎大慚，以此稱為長者。」漢朝人直不疑，被人懷疑偷金，便用自己的金子還給了失主，後來失主知道了金子的去向，明白是自己冤枉了直不疑，因此感到非常慚愧。不疑，即直不疑（？—前一三八），南陽（今屬河南）人。文帝時為郎。治老子，為人善良，人稱長者。遷中大夫。吳楚

反，不疑將兵擊之，以功封塞侯。景帝後元年間拜御史大夫。謚信。

⑥往古：古昔，從前。來今：現今，現世。往古來今，猶言古往今來。鶡冠子世兵：「往古來今，事孰無郵？」淮南子齊俗訓：「往古來今謂之宙，四方上下謂之宇。」

⑦天寒鄒吹律：本句典出論衡寒溫：「燕有寒谷，不生五穀。鄒衍吹律，寒谷可種。燕人種黍其中，號曰黍谷。」傳說燕國有寒谷，天氣十分寒冷，莊稼不生，鄒衍於是吹動律管，天氣轉暖，萬物都開始生長。鄒，指鄒衍（約前三〇五—前二四〇），一作「騶衍」。戰國時齊國人。居稷下，曾歷遊魏、燕、趙等國，見尊於諸侯。燕昭王為築碣石宮，親往師之。好談天文，時人稱為「談天衍」。提出五德轉移說，認為每個朝代受土、木、金、火、水五行中一行支配，依五行相克順序而循環，而興亡又必有先兆。又提出大九州說，以天下為八十一州，中國僅為其中之一即赤縣神州，每九州為一單元，有小海繞之，大九州另有大海繞之，此外即為天地之邊際。

⑧歲旱傳為霖：本句典出尚書說命上：「命之曰：『朝夕納誨，以輔台德。若金，用汝作礪；若濟巨川，用汝作舟楫；若歲大旱，用汝作霖雨。啟乃心，沃朕心，若藥弗瞑眩，厥疾弗瘳；若跣弗視地，厥足用傷。惟暨乃僚，罔不同心，以匡乃辟。俾率先王，迪我高后，以康兆民。嗚呼！欽予時命，其惟有終。』」傳，指傳說。詳見前注（胥靡）。商王武丁以傳說為相，對他說，天若大旱，就以你為甘雨。意思是讓他為老百姓解決實際問題。

⑨渠說子規為帝魄：本句典出蜀記（昭明文選賦乙京都中（左思）蜀都賦唐李善注引）曰：「昔有人姓杜名宇，王蜀，號曰望帝。宇死，俗說云宇化為子規。子規，鳥名也。蜀人聞子規鳴，皆曰望帝也。」詳見前注（杜鵑）。渠，第三人稱代詞，他。子規，杜鵑鳥。傳說杜鵑是蜀王杜宇死後所化。

⑩儂知孔雀是家禽：本句典出世說新語言語：「梁國楊氏子，九歲，甚聰惠。孔君平詣其父，父不在，乃呼兒出，為設果。果有楊梅，孔指以示兒曰：『此是君家果。』兒應聲答曰：『未聞孔雀是夫子家禽。』」又，金樓子捷對：「楊子州年七歲甚聰慧，孔永詣其父，父不在，乃呼兒出，為設果，有楊梅。永指示兒曰：『此真君家果。』兒答曰：『未聞孔雀是夫子家禽。』」孔姓客人到楊家做客，桌上擺的水果中有楊梅。孔姓客人指着楊梅說：「這真是你家的果子啊。」楊家小朋友不假思索地回答說：「沒聽說過孔雀是您家裏養的鳥啊。」儂，我。儂在古詩文中作為人稱代詞，亦可指你，亦可泛指一般人。

⑪「屈子沉江」二句：屈原投江自殺後，人們為了紀念他，在端午節時，划龍舟競賽，並做粽子扔到江裏（後來往江裏投粽子演變為吃粽子）。荊楚歲時記「（五月五日）是日競渡」條下注：「按：五月五日競渡，俗為屈原投汨羅日，傷其死所，故命舟楫以拯之。」藝文類聚歲時中五月五日引續齊諧記曰：「屈原五月五日投汨羅而死，楚人哀之，每至此日，以竹筒貯米，投水祭之。漢建武中，長沙歐回，白日忽見一人，自稱三閭大夫，謂曰：『君當見祭甚善，但常所遺，苦蛟龍所竊。今若有惠，可以楝樹葉塞其上，以五采絲縛之，此二物蛟龍所憚也。』回依其言。世人作粽，並帶五色絲及楝葉，皆汨羅之遺風也。」

⑫「牛郎渡渚」二句：相傳農曆的七月七日是牛郎織女相會的日子，同時這一天也是民間的乞巧節，家家都會設高臺準備水果，年輕女子在暗處競賽穿針，以祈求自己能變得心靈手巧。渚，水中的小塊陸地。荊楚歲時記：「是夕人家婦女結彩縷，穿七孔針，或以金銀鍮石為針，陳幾宴酒脯瓜果於庭中，以乞巧。」

【譯文】

絲做的弦樂器對竹做的管樂器，劍對琴。

平素的志向對忠誠的心靈。

千種憂愁對一場大醉，虎的咆哮對龍的吟嘯。

子罕不貪圖別人的美玉，直不疑甘願拿出自己的黃金。

從前對現在。

苦寒之地，鄒衍就吹動律管；大旱年月，傅說就像百姓的甘雨。

人說杜鵑鳥是蜀帝杜宇死後魂魄所化，我曉得孔雀是您孔姓人家飼養的家禽。

每年屈原投江自殺的那天，到處都划龍舟，爭着繫粽子；牛郎過銀河與織女相會的時候，家家都在高臺乞巧，比賽穿針。

下平十三覃

【題解】

本篇共三段，皆為韻文。每段韻文，由若干句對仗的聯語組成。每句皆押「平水韻」下平聲「十三覃」韻。

本篇每句句末的韻腳字，「三」「南」「庵」「藍」「潭」「眈」「酣」「蠶」「堪」「覃」「柑」「慚」「談」「男」「甘」「嵐」「驂」等，在傳統詩韻（「平水韻」）裏，都歸屬於下平聲「十三覃」這個韻部。這些字，在普通話裏，韻母都是「an」；聲調有讀第一聲的，有讀第二聲的。

需要注意的是：普通話「an」韻母的字，並不都屬於「平水韻」下平聲「十三覃」韻，也有可能屬於上平聲「十三元」韻、「十四寒」韻、「十五刪」韻，或下平聲「一先」韻、「十四鹽」韻、「十五咸」韻。尤需注意的是：下平聲「十三覃」韻的字，和下平聲「十四鹽」韻、「十五咸」韻是鄰韻，填詞時可以通押，寫近體詩時不可通押。但和上平聲「十三元」韻（一部分）、「十四寒」韻、「十五刪」韻及下平聲「一先」韻不是鄰韻，不僅寫近體詩時不可通押，填詞時亦不可以通押。這是因為，「十三覃」韻、「十四鹽」韻、「十五咸」韻，屬於閉口韻，即它們的韻母實際上是收[m]尾，而非[n]尾。在中古音系統裏，它們的韻尾不同。

（一）

千對百，兩對三。

地北對天南。

佛堂對仙洞①，道院對禪庵②。

山潑黛③，水浮藍④。

雪嶺對雲潭。

鳳飛方翽翽⑤，虎視已眈眈⑥。

窗下書生時諷詠，筵前酒客日耽酣⑦。

白草滿郊⑧，秋日牧征人之馬；綠桑盈畝，春時供農婦之蠶。

【注釋】

①佛堂：指供奉佛像的堂殿、堂屋。仙洞：仙人的洞府。後蜀閻選浣溪沙：「劉阮信非仙洞客，嫦娥終是月中人。」借稱道觀。唐白居易春題華陽觀：「帝子吹簫逐鳳凰，空留仙洞號華陽。」原注：「觀即華陽公主故宅。」

②道院：道士居住的地方。五代王周道院：「白日人稀到，簾垂道院深。」

③潑黛：形容山色如一片墨綠。古詩文習用語。唐顧況華山西崗遊贈隱玄叟：「群峰鬱初霽，潑黛若鬟沐。」宋黃庭堅訴衷情：「山潑黛，水挼藍。」黛，一種青黑色的顏料，古代的女子用來畫眉。

④浮藍：形容天闊或水面呈一片蔚藍。古詩文習用語。明李昌祺幽居：「谷深寒鎖翠，溪闊暖浮藍。」

⑤翽翽（huì）：鳥飛動時發出的聲音。語本詩經大雅卷阿：「鳳凰于飛，翽翽其羽。」鄭箋：「翽翽，羽聲也。」

⑥眈眈：貪婪而兇狠地注視。語本周易頤：「六四，顛頤，吉。虎視眈眈，其欲逐逐，無咎。」

⑦耽酣：沉溺，愛好（喝酒）而沉醉其中。古詩文習用語。明蘇葵秋興二首其二：「耽酣量淺援陶止，欲賦才疏怯庾工。」

⑧白草：牧草。幹熟時呈白色，故名。漢書西域傳上鄯善國：「地沙鹵，少田，寄田仰谷旁國。國出玉，多葭葦、檉柳、胡桐、白草。」唐顏師古注：「白草似莠而細，無芒，其幹熟時正白色，

牛馬所嗜也。」唐岑參過燕支寄杜位：「燕支山西酒泉道，北風吹沙捲白草。」

【譯文】

千對百，兩對三。
大地的北方對天空的南部。
供佛的殿堂對神仙修練的洞府，道士居住的院子對禪僧修行的庵廟。
山青得像潑翻了綠色的顏料，水綠得像是漂浮着藍色的顏料。
堆滿積雪的山嶺對飄着雲氣的深潭。
鳳鳥才剛發出飛動的聲音，老虎已經露出兇狠的眼光。
窗下的讀書人不時朗誦，酒宴上的人們整日沉醉。
征戍的人秋天在長滿白草的郊外放馬，農婦春天在長滿綠桑的原野上摘桑葉餵蠶。

（二）

將對欲①，可對堪②。
德被對恩覃③。
權衡對尺度④，雪寺對雲庵⑤。

安邑棗⑥，洞庭柑⑦。
不愧對無慚⑧。
魏徵能直諫⑨，王衍善清談⑩。
紫梨摘去從山北⑪，丹荔傳來自海南⑫。
攘雞非君子所為，但當月一⑬；養狙是山公之智，止用朝三⑭。

【注釋】

①將：將要。欲：想要。作副詞用，與「將」同義。

②可：能。堪：能夠。

③德被：恩德廣佈，無不覆蓋。恩覃（tán）：與「德被」同義。覃，是蔓延、延伸到之義。德被、恩覃，一般用以歌頌天子之德，澤及萬方，無所遺漏。

④權衡：是稱量物體輕重的器具，引申為標準。禮記深衣：「規矩取其無私，繩取其直，權衡取其平。」史記范雎蔡澤列傳：「平權衡，正度量，調輕重。」權，秤錘。衡，秤杆。尺度：計量物體長度的定制，引申為規則、標準。

⑤雪寺：雪中的寺廟。古詩文習用語。唐司空曙過錢員外：「野園隨客醉，雪寺伴僧歸。」雲庵：

雲中的庵堂，多指建造在高山頂上的房舍。古詩文習用語。宋蘇軾初自徑山歸述古召飲介亭以病先起：「慣眠處士雲庵裏，倦醉佳人錦瑟旁。」清王文誥題注：「祖無擇所作介亭，在山之極巔排衙石處。」

⑥安邑棗：典出史記貨殖列傳：「安邑千樹棗……此其人皆與千戶侯等。」在安邑擁有一千棵棗樹，這種人的富裕程度可比千戶侯。安邑，古代都邑名，在今山西運城夏縣，是戰國時期魏國早期都城。自古以產棗聞名，一度作為宮廷貢品。藝文類聚果部下：「魏文帝詔群臣曰：『南方有龍眼、荔枝，寧比西國蒲萄、石蜜乎？酢且不如中國凡棗味，莫言安邑御棗也。』」太平御覽果部二亦引之。

⑦洞庭柑：即洞庭橘。洞庭湖一帶以盛產柑橘聞名。太平廣記果部三橘引山海經曰：「洞庭之山，其木多橘。」太平御覽飲食部餅引梁吳均餅說「洞庭負霜之橘」。史記貨殖列傳云「蜀、漢、江陵千樹橘」，亦指泛洞庭湖地區盛產柑橘。

⑧不愧：不感到羞愧。孟子盡心上：「仰不愧於天，俯不怍於人。」無慚：無所慚愧。南朝梁劉勰文心雕龍祝盟：「神之來格，所貴無慚。」

⑨魏徵能直諫：唐太宗時大臣魏徵，以敢於直言進諫出名。舊唐書魏徵傳：「徵狀貌不逾中人，而素有膽智，每犯顏進諫，雖逢王赫斯怒，神色不移。」新唐書魏徵傳：「徵狀貌不逾中人，有志膽，每犯顏進諫，雖逢帝甚怒，神色不徙，而天子亦為霽威。」魏徵（五八〇—六四三），字玄成，館陶（今屬河北）人。隋末隨李密起義，密敗，降唐，太子建成引為洗馬。太宗即位，擢為諫議大夫，封鉅鹿縣男。歷官尚書右丞、祕書監、侍中、左光祿大夫、太子太師等職，進

封鄭國公。敢於直諫，史稱諍臣。卒謚文貞。曾主持隋書、群書治要編撰，隋書總序及梁書、陳書、齊書總論，皆出其手，時稱良史。生平見兩唐書本傳。

⑩王衍善清談：西晉大臣王衍最善玄談。清談，謂魏晉時期崇尚老莊、空談玄理的風氣。亦稱「玄談」。晉書王衍傳：「衍既有盛才美貌，明悟若神，常自比子貢。兼聲名藉甚，傾動當世。妙善玄言，唯談老、莊為事。每捉玉柄麈尾，與手同色。義理有所不安，隨即改更，世號『口中雌黃』。朝野翕然，謂之『一世龍門』矣。累居顯職，後進之士，莫不景慕放效。選舉登朝，皆以為稱首。矜高浮誕，遂成風俗焉。」王衍（二五六—三一一），字夷甫，琅邪臨沂（今山東臨沂）人。王戎從弟。初為太子舍人。累遷黃門侍郎。妙善玄言，唯談老、莊，義理不安，隨即更改，時人稱為「口中雌黃」。趙王倫殺賈后，衍以賈氏戚黨，被禁錮。及倫篡位，衍佯狂斫婢以自免。「八王之亂」中累居顯職，官至尚書令、司空、太尉。不以經國為念，專謀自保。司馬越以為太傅軍司。懷帝永嘉五年（三一一），越卒，衍為石勒所俘，因勸勒稱帝，欲求自免，被勒所殺。

⑪紫梨：傳說中的一種名貴梨子，色紫，為仙界之物。藝文類聚果部上梨引尹喜內傳曰：「老子西遊，省太真王母，共食紫梨。」引洞冥記曰：「塗山之背，梨大如升，色紫，千年一花，亦曰紫輕梨。」後遂成為古詩文習用語。唐盧綸晚次新豐北野老家書事呈贈韓質明府：「數派清泉黃菊盛，一林寒露紫梨繁。」山北：古時泛指終南、太華二山以北之地。戰國策魏策三：「所亡乎秦者，山北、河外、河內大縣數百，名都數十。」元吳師道補正引史記正義：「山，華山也。」舊唐書竇建德傳：「請自滏口之道，乘唐國之虛，連營漸進，以取山北。」

⑫丹荔：荔枝。因色紅，故稱。古詩文習用語。唐戴叔倫春日早朝應制：「丹荔來金闕，朱櫻貢玉盤。」海南：舊指今海南島地區。亦泛指南部濱海地區。

⑬「攘雞非君子所為」二句：典出孟子滕文公下：「今有人日攘其鄰之雞者，或告知曰：『是非君子之道。』曰：『請損之，月攘一雞，以待來年然後已。』如知其非義，斯速已矣，何待來年？」孟子為了駁斥戴盈之的觀點，曾經講過一個寓言：有人每天都偷鄰居的雞，別人對他說：這不是君子應當有的行為。於是這個人就說：請准許我減少偷雞的次數，每月偷一隻雞，來年就不再偷了。比喻知道某件事情是不對的，卻並不馬上改正。

⑭「養狙是山公之智」二句：典出莊子齊物論：「狙公賦芧，曰：『朝三而暮四。』眾狙皆怒。曰：『然則朝四而暮三。』眾狙皆說。」狙，獼猴。莊子齊物論載：狙公養猴，分給猴子橡子，早上給三個晚上給四個，猴子都不高興；後來改成早上給四個晚上給三個，所有的猴子都很開心。成語「朝三暮四」因此指本質不變，用改換名目的方法使人上當。後來常指變化多端或反覆無常。

【譯文】

即將對想要，可以對能夠。

仁德覆蓋對恩義延及。

稱量輕重的工具對測量長度的工具，風雪籠罩的佛寺對雲霧繚繞的道庵。

安邑產蜜棗，洞庭有甜柑。

不羞愧對沒有愧色。

唐朝魏徵能夠直言進諫，晉代王衍善於清談玄言。

紫色的梨在山北摘去，紅色的荔枝從海南運來。

偷雞不是君子應有的行為，只能每月偷一隻；養猴子是山公的聰明行為，只需要每天早上給三個橡子。

（三）

中對外，北對南。

貝母對宜男①。

移山對浚井②，諫苦對言甘。

千取百③，二為三④。

魏尚對周堪⑤。

海門翻夕浪⑥，山市擁晴嵐⑦。

新締直投公子紵⑧，舊交猶脫館人驂⑨。

文達淹通，已詠冰兮寒過水⑩；永和博雅，可知青者勝於藍⑪。

【注釋】

①貝母：藥名。多年生草本植物。葉子長形，似韭，花黃綠色，下垂像鐘。鱗莖入藥有止咳祛痰等作用。宜男：即萱草，古人認為孕婦佩帶它則可以生男孩。齊民要術鹿蔥引晉周處風土記：「宜男，草也，高六尺，花如蓮。懷妊人帶佩，必生男。」

②移山：移動山嶽。典出列子湯問所載北山愚公舉家移太行、王屋二山的寓言。列子湯問：「太形、王屋二山，方七百里，高萬仞；本在冀州之南，河陽之北。北山愚公者，年且九十，面山而居。懲山北之塞，出入之迂也，聚室而謀，曰：『吾與汝畢力平險，指通豫南，達於漢陰，可乎？』雜然相許。其妻獻疑曰：『以君之力，曾不能損魁父之丘。如太形、王屋何？且焉置土石？』雜曰：『投諸渤海之尾，隱土之北。』遂率子孫荷擔者三夫，叩石墾壤，箕畚運於渤海之尾。鄰人京城氏之孀妻有遺男，始齔，跳往助之。寒暑易節，始一反焉。河曲智叟笑而止之，曰：『甚矣汝之不惠！以殘年餘力，曾不能毀山之一毛；其如土石何？』北山愚公長息曰：『汝心之固，固不可徹；曾不若孀妻弱子。雖我之死，有子存焉。子又生孫，孫又生子；子又有子，子又有孫：子子孫孫，無窮匱也。而山不加增，何苦而不平？』河曲智叟亡以應。操蛇之神聞之，懼其不已也，告之於帝。帝感其誠，命夸蛾氏二子負二山，一厝朔東，一厝雍南。自

此，冀之南、漢之陰無隴斷焉。」後多以比喻不怕困難、堅持不懈幹到底的頑強決心，或稱頌有志者事竟成的堅毅精神。北周庾信哀江南賦：「豈冤禽之能塞海，非愚叟之可移山。」浚井：典出孟子萬章上：「父母使舜完廩，捐階，瞽瞍焚廩。使浚井，出，從而掩之。」舜的父親和後母讓舜淘井，舜還在井裏，他們就填土塞井，想將舜活埋。浚，深挖，疏通。

③千取百：指大夫的所得，佔國君的十分之一。典出孟子梁惠王上：「萬乘之國，弒其君者，必千乘之家；千乘之國，弒其君者，必百乘之家。萬取千焉，千取百焉，不為不多矣。」宋朱子集注：「千乘之國，諸侯之國。百乘之家，諸侯之大夫也。弒，下殺上也。饜，足也。言臣之於君，每十分而取其一分，亦已多矣。」

④二為三：典出莊子齊物論：「天地與我並生，而萬物與我為一。既已為一矣，且得有言乎？既已謂之一矣，且得無言乎？一與言為二，二與一為三。自此以往，巧歷不能得，而況其凡乎！故自無適有以至於三，而況自有適有乎！」

⑤魏尚（？—前一五七）：內史槐里（今陝西興平）人。文帝時為雲中守，善治軍，軍市租盡給士卒，又出私俸錢，殺牛以饗軍吏，士卒咸效命，匈奴不敢近雲中。後坐上功首虜差六級，吏議削爵罰作。賴郎中署長馮唐進諫文帝，得赦復職。事見史記馮唐傳。周堪（？—約前四〇）：字少卿，齊國（今山東淄博臨淄區）人。從夏侯勝受今文尚書。宣帝時，參與石渠閣會議論定「五經」，因學識優異，為太子少傅。元帝即位，為光祿大夫，與太傅蕭望之並領尚書事，同心輔政。為中書令石顯等所譖，免官。後又為光祿勳，左遷河東太守，後復拜為光祿大夫，領尚書事。以受制於石顯，含恨而死。事見漢書儒林傳。

⑥海門：海口。內河通海之處。古詩文習用語。唐韋應物賦得暮雨送李胄：「海門深不見，浦樹遠含滋。」夕浪：夕陽照耀下的波浪。古詩文習用語。唐杜甫泊岳陽城下：「岸風翻夕浪，舟雪灑寒燈。」

⑦山市：山區集市。古詩文習用語。唐張籍送海客歸舊島：「竹船來桂府，山市賣魚鬚。」晴嵐：晴日山中的霧氣。古詩文習用語。唐鄭谷華山：「峭仞聳巍巍，晴嵐染近畿。」

⑧新締直投公子紵：本句典出左傳襄公二十九年：「（公子季札）聘於鄭，見子產，如舊相識，與之縞帶，子產獻紵衣焉。」新締，指剛剛訂交。公子，指春秋時吳公子季札，他和子產一見如故，於是贈給子產白色絲織的腰帶，子產回贈給他紵麻製的衣服。

⑨舊交猶脫館人驂（cān）：本句典出孔子家語：「孔子適衞，遇舊館人之喪，入而哭之哀。出，使子貢脫驂以贈之。」孔子到衞國時，遇到過去所住館所的人有喪事，就讓子貢解下拉車外套的馬驂幫助辦理喪事。後因用為以財助人之急的典實。館人，古代掌管館舍的人。左傳昭公元年：「不然，敝邑，館人之屬也，其敢愛豐氏之祧？」晉杜預注：「館人，守舍人也。」驂，駕車時在兩邊的馬。古時四匹馬駕車，中間的兩匹稱服，旁邊的兩匹稱驂。

⑩「文達淹通」二句：典出舊唐書儒學上蓋文達傳：「蓋文達，冀州信都人也。博涉經史，尤明「三傳」。性方雅，美鬚貌，有士君子之風。刺史竇抗嘗廣集儒生，令相問難，其大儒劉焯、劉軌思、孔穎達咸在坐，文達亦參焉。既論難，皆出諸儒意表，抗大奇之，問曰：『蓋生就誰受學？』劉焯對曰：『此生岐嶷，出自天然。以多問寡，焯為師首。』抗曰：『可謂冰生於水而寒於水也。』」文達，即蓋文達（五七八—六四四），字藝成，冀州信都（今河北冀州）人。博

涉群書，尤明「春秋三傳」。與宗人蓋文懿俱以儒學知名，時稱「二蓋」。刺史竇抗嘗集儒學大師劉焯、劉軌思、孔穎達等講論，文達與焉，依經辨舉，皆出諸儒意表，一座歎服。高祖武德中，授國子助教。太宗貞觀初，召為文學館直學士。十年（六三六），為諫議大夫。十三年（六三九），為國子司業。十八年（六四四），授崇賢館學士。尋卒。淹通，（學問）精通，貫通。

⑪「永和博雅」二句：典出北史李謐傳：「謐字永和，少好學，周覽百氏。初師事小學博士孔璠，數年後，璠還就謐請業。同門生為之語曰：『青成藍，藍謝青，師何常，在明經。』」本句及上句所涉語典，皆出自荀子勸學：「青，取之於藍而青於藍；冰，水為之而寒於水。」永和，即李謐（四八四—五一五），字永和，趙郡（今河北趙縣）人。李安世子。少好學，通諸經，覽百家書。初師事小學博士孔璠。數年後，璠還就謐請業。徵辟皆不就。卒謚貞靖處士。著有明堂制度論。

【譯文】

中間對外部，北方對南面。
貝母草對宜男草。
愚公移山對大舜淘井，勸誡的話很難接受對甜言蜜語讓人聽起來舒服。
孟子中有「千取百」的話，莊子中有「二為三」的句子。
同是漢代人的魏尚對周堪。
海口傍晚的時候翻騰起波浪，山市天晴的時候繚繞着煙氣。

吳公子季札和子產一見如故，子產回贈給他紵麻製作的衣服；孔子遇到過去所住館所的人有喪事，就讓子貢解下拉車外套的馬去贊助辦理喪事。

蓋文達博通經史，學識超過了他的老師，有人曾經說過冰由水形成卻比水冷；李謐博覽群書，他原來的老師反而向他請教問題，由此可想到青出於藍但顏色卻深於藍。

下平十四鹽

【題解】

本篇共三段，皆為韻文。每段韻文，由若干句對仗的聯語組成。每句皆押「平水韻」下平聲「十四鹽」韻。

本篇每句句末的韻腳字，「嫌」「蟾」「尖」「纖」「甜」「帘」「潛」「炎」「添」「簾」「鹽」「鐮」「簷」「恬」「瞻」「閻」「髯」「淹」「厭」「謙」「占」等，在傳統詩韻（「平水韻」）裏，都歸屬於下平聲「十四鹽」這個韻部。這些字，在普通話裏，韻母都是「an」（有些在「an」前有韻頭「i」）；聲調有讀第一聲的，有讀第二聲的。

需要注意的是：普通話「an」韻母的字，並不都屬於「平水韻」下平聲「十四鹽」韻，也有可能屬於上平聲「十三元」韻、「十四寒」韻、「十五刪」韻，或下平聲「一先」韻、「十三覃」韻、「十五咸」韻。尤需注意的是：下平聲「十四鹽」韻的字，和下平聲「十三覃」韻、「十五咸」韻是鄰韻，填詞時可以通押，寫近體詩時不可通押。但和上平聲「十三元」韻（一部分）、「十四寒」韻、「十五刪」韻及下平聲「一先」韻不是鄰韻，不僅寫近體詩時不可通押，填詞時亦不可以通押。這是因為，「十三覃」韻、「十四鹽」韻、「十五咸」韻，屬於閉口韻，即它們的韻母實際上是收[m]尾，而非[n]尾。在中古音系統裏，它們的韻尾不同。

本篇第一段三字對「風習習，月纖纖」這句後三字，清後期通行本聲律啟蒙撮要作「雨綿綿」，但「綿」字在下平聲「一先」韻，不在「十四鹽」韻，故改「綿綿」為「纖纖」。然「纖纖」不可以形容雨，故改「雨綿綿」為「月纖纖」。

（一）

悲對樂，愛對嫌。
玉兔對銀蟾①。
醉侯對詩史②，眼底對眉尖。
風習習③，月纖纖④。
李苦對瓜甜⑤。
畫堂施錦帳⑥，酒市舞青帘⑦。

橫槊賦詩傳孟德⑧，引壺酌酒尚陶潛⑨。

兩曜迭明⑩，日東生而月西出；五行式序⑪，水下潤而火上炎⑫。

【注釋】

①玉兔、銀蟾：都指月亮。詳見前注。

②醉侯：對好酒善飲者的美稱。一般指劉伶。古詩文習用語。唐皮日休夏景沖淡偶然作其二：「他年謁帝言何事，請贈劉伶為醉侯。」宋陸游江樓醉中作：「生希李廣名飛將，死慕劉伶贈醉侯。」宋史隱逸傳上種放：「性嗜酒，嘗種秫自釀，每曰『空山清寂，聊以養和』，因號雲溪醉侯。」

詩史：指能反映某一時期重大社會事件有歷史意義的詩歌。亦指能寫這種詩的人，特指杜甫。唐孟棨本事詩高逸：「杜逢祿山之難，流離隴蜀，畢陳於詩，推見至隱，殆無遺事，故當時號為詩史。」

③習習：微風和煦貌。出自詩經邶風谷風：「習習谷風，以陰以雨。」毛傳：「習習，和舒貌。」後遂為古詩文習用語。唐吳筠遊仙詩之十六：「靈風生太漠，習習吹人襟。」

④纖纖：形容月鈎尖細貌。南朝宋鮑照玩月城西門廨中：「始見西南樓，纖纖如玉鈎。」「月纖纖」是古詩文習用語。唐盧照鄰長安古意：「片片行雲着蟬鬢，纖纖初月上鴉黃。」唐許渾陪鄭史君泛舟晚歸：「羊公莫先醉，清曉月纖纖。」此處，清後期通行本聲律啟蒙撮要作「雨綿綿」，「綿」字在「一先」韻，不在「十四鹽」韻，故改「綿綿」為「纖纖」。然「纖纖」不可以形容雨，故

改「雨綿綿」為「月纖纖」。又，明涂時相本，此處作「風淅瀝，雨廉纖」。

⑤李苦：見前注。

⑥畫堂：古代宮中有彩繪的殿堂。泛指華麗的堂舍。錦帳：錦製的帷帳。亦泛指華美的帷帳。

⑦酒市：古代城中賣酒的市場。亦指酒家、酒店。青帘：舊時酒店門口掛的幌子。多用青布製成。古詩文習用語。唐鄭谷旅寓洛南村舍：「白鳥窺魚網，青帘認酒家。」

⑧橫槊賦詩：指軍旅征途中，在馬上橫着長矛吟詩。多形容能文能武的豪邁瀟灑風度。槊，長矛。橫槊、賦詩，一武一文，本為二事，為建安時期曹氏父子之特色。唐元稹唐故工部員外郎杜君墓係銘：「建安之後，天下文士遭罹兵戰，曹氏父子鞍馬間為文，往往橫槊賦詩，故其抑揚怨哀悲離之作，尤極與古。」宋蘇軾前赤壁賦則有將曹操橫槊賦詩坐實為赤壁之戰前實事之嫌，後經三國演義等通俗文學渲染傳播，廣為人知。孟德：即曹操（一五五—二二〇），字孟德，一名吉利，小名阿瞞，沛國譙（今安徽亳州）人。曹嵩子。少有權術。年二十舉孝廉為郎，遷頓丘令。拜騎都尉，參與鎮壓黃巾軍，遷濟南相。獻帝初平三年（一九二），任兗州牧，分化誘降黃巾軍，編其精銳為青州兵。建安元年（一九六），迎獻帝都許，用獻帝名義發號施令。先後破呂布、袁術、袁紹，逐漸統一北方。建安十三年（二〇八）進位丞相，率軍南下，在赤壁為孫權、劉備聯軍所敗。建安十八年（二一三），封魏公；建安二十一年（二一六），封魏王。建安二十五年（二二〇）卒，謚曰武王。同年，其子曹丕代漢，追尊其為武皇帝，廟號太祖。曹操是漢末傑出的政治家、軍事家、文學家。用人唯才，抑制豪強，加強集權，興修水利，以利於社會經濟之恢復與發展。精通兵法，著孫子略解、兵書接要等。曹操善詩文，其作品多抒發

政治抱負，反映東漢末人民苦難，辭氣慷慨。

⑨引壺酌酒尚陶潛：本句語本晉陶潛歸去來兮辭：「引壺觴以自酌。」引，取過來。酌，倒酒。

⑩兩曜：指日、月。日、月、星均稱「曜」，日、月、火、水、木、金、土七星合稱「七曜」。迭：交替的，輪流的。

⑪五行：指金、木、水、火、土。式序：按次第序錄功勞。出自詩經周頌時邁：「明昭有周，式序在位。」漢鄭玄箋：「用次第處位。」

⑫水下潤而火上炎：語本尚書洪範：「水曰潤下，火曰炎上。」（偽）孔傳：「言其自然之常性。」孔疏：「周易乾文言云：『水流濕，火就燥。』王肅曰：『水之性潤萬物而退下，火之性炎盛而升上。』『是』潤下』『炎上』，言其自然之本性……水既純陰，故潤下趣陰。火是純陽，故炎上趣陽。」謂水性就下以滋潤萬物，火性炎熱向上燃燒。

【譯文】

悲哀對快樂，喜歡對厭惡。
月宮中的白兔對月亮裏的蟾蜍。
被稱為「醉侯」的劉伶對被稱為「詩史」的杜甫，眼角對眉梢。
微風習習，新月纖纖。
李子苦對西瓜甜。
華麗的堂屋裏高高掛着錦緞帳子，賣酒的集市在風中舞動着青色的旗子。

曹操在赤壁橫槊賦詩的事廣為流傳，陶淵明拿着酒壺自斟自飲的生活讓人豔羨。太陽和月亮輪流照耀世界，太陽從東邊升起月亮打西邊出來；五行按次第序錄功勞，水向下流滋潤萬物而火往上燒帶來溫暖。

（二）

如對似，減對添。

繡幕對朱簾。

探珠對獻玉①，鷺立對魚潛。

玉屑飯②，水晶鹽③。

手劍對腰鐮④。

燕巢依邃閣⑤，蛛網掛虛簷⑥。

奪槊至三唐敬德⑦，弈棋第一晉王恬⑧。

南浦客歸⑨，湛湛春波千頃淨⑩；西樓人悄，彎彎夜月一鈎纖。

【注釋】

①探珠：即「探驪得珠」。詳見前注。獻玉：春秋時楚人卞和獻玉事。詳見前注。

②玉屑飯：傳說中以玉屑做的飯，食之可無疾。見酉陽雜俎天咫：「大和中，鄭仁本表弟，不記姓名，嘗與一王秀才遊嵩山，捫羅越澗，境極幽夐，遂迷歸路。將暮，不知所之。徙倚間，忽覺叢中鼾聲，披榛窺之，見一人布衣甚潔白，枕一襆物，方眠熟。即呼之曰：『某偶入此徑，迷路，君知向官道無？』其人舉首略視，不應，復寢。又再三呼之，乃起坐，顧曰：『來此！』二人因就之，且問其所自。其人笑曰：『君知月七寶合成乎？月勢如丸，日爍其凸處也。常有八萬二千戶修之，予即一數。』因開襆，有斤鑿數事，玉屑飯兩裹，授與二人，曰：『分食此，雖不足長生，無疾耳。』乃起，與二人指一歧徑：『但由此，自合官道矣。』言已不見。」

③水晶鹽：一種晶瑩明澈如水晶的鹽。亦作「水精鹽」。唐李白題東溪公幽居：「客到但知留一醉，盤中只有水精鹽。」水精鹽乃名貴之物。南朝梁蕭繹（梁元帝）金樓子志怪：「白鹽山，山峰洞澈，有如水精。及其映月（一本作日），光似琥珀。胡人和之，以供國廚，名為君王鹽，亦名玉華鹽。」魏書崔浩傳：「二年，司馬德宗齊郡太守王懿來降，上書陳計，稱劉裕在洛，勸國家以軍絕其後路，則裕軍可不戰而克。書奏，太宗善之。會浩在前進講書傳……太宗大悅，語至中夜，賜浩御縹醪酒十觚，水精戎鹽一兩。曰：『朕味卿言，若此鹽酒，故與卿同其旨也。』」北史、資治通鑑亦載此事。

④手劍：手裏拿着寶劍，持劍。公羊傳莊公十二年：「仇牧聞君弒，趨而至，遇之於門，手劍而叱之。」漢何休注：「手劍，持拔劍叱罵之。」腰鐮：腰上別着鐮刀。古詩文習用語。南朝宋鮑照

代東武吟：「腰鐮刈葵藿，倚杖牧雞豚。」

⑤邃閣：深幽的樓閣。見前注。

⑥虛簷：凌空的房簷。古詩文習用語。南朝齊王融三月三日曲水詩序：「飛觀神行，虛簷雲構。」

⑦奪槊至三唐敬德：本句典出舊唐書尉遲敬德傳：「敬德善解避槊，每單騎入賊陣，賊槊攢刺，終不能傷，又能奪取賊槊，還以刺之。是日，出入重圍，往返無礙。齊王元吉亦善馬槊，聞而輕之，欲親自試，命去槊刃，以竿相刺。敬德曰：『縱使加刃，終不能傷。請勿除之，敬德槊謹當卻刃。』元吉竟不能中。太宗問曰：『奪槊、避槊，何者難易？』對曰：『奪槊難。』乃命敬德奪元吉槊。元吉執槊躍馬，志在刺之，敬德俄頃三奪其槊。元吉素驍勇，雖相歎異，甚以為恥。」唐朝大將尉遲敬德，擅長使槊（長矛），與齊王李元吉比武時，曾經三次奪下齊王手中的槊。敬德，即尉遲恭（五八五—六五八），字敬德，朔州善陽（今山西神池）人。隋末從劉武周為將，後歸唐，屢立戰功。高祖武德初，授秦王府左二副護軍。武德九年（六二六）玄武門之變，助李世民奪取帝位。累官涇州道行軍總管、襄州都督，封鄂國公。晚年篤信方術，杜門不出。卒謚忠武。

⑧弈棋第一晉王恬：本句典出晉書王恬傳：「（王恬）多技藝，善弈棋，為中興第一。」王恬，琅邪臨沂（今山東臨沂）人，丞相王導次子。初字仲豫，因與父舊好裴康同字，改為敬豫。少疾學好武，不為導所重。襲爵即丘子。性傲誕，不拘禮法。晚乃好士。多才藝，善隸書，號稱東晉第一圍棋好手。歷官中書郎、後將軍，轉吳國、會稽內史，加散騎常侍。卒，贈中軍將軍，謚曰憲。

⑨南浦：南面的水邊。楚辭九歌河伯：「子交手兮東行，送美人兮南浦。」後遂為古詩文習用語，指稱送別之地。南朝梁江淹別賦：「春草碧色，春水淥波。送君南浦，傷如之何。」

⑩湛湛：形容水深而清澈的樣子。

【譯文】

好像對似乎，減少對增加。
錦繡織成的帷幕對朱紅色的簾子。
探驪得珠喻考試得中對進獻寶玉喻報效國家，鷺鷥立在岸上對魚兒潛在水中。
玉石粉末做成的飯，水晶一樣純淨的鹽。
手持寶劍對腰掛鐮刀。
燕子的巢建在深邃的樓閣上，蜘蛛網結在空蕩蕩的屋簷下。
唐朝的尉遲敬德曾經三次奪下齊王手中的長矛，晉代的王恬號稱是天下第一圍棋手。
遊子歸來時，南浦水浩浩千里清澈碧綠；夜裏沒有人說話，西樓外掛着一彎細細的新月。

（三）

逢對遇，仰對瞻。

市井對閭閻①。

投簪對結綬②，握髮對掀髯③。
張繡幕，捲珠簾。
石碏對江淹④。
宵征方肅肅⑤，夜飲已厭厭⑥。
心褊小人長戚戚⑦，禮多君子屢謙謙⑧。
美刺殊文⑨，備三百五篇詩詠⑩；吉凶異畫⑪，變六十四卦爻占⑫。

【注釋】

①市井：古代城邑集中買賣貨物的場所，亦指街頭。閭閻：里巷內外的門。後多借指里巷。泛指民間。閭為里巷大門，閻為里巷中門。

②投簪：丟下固冠用的簪子。比喻棄官。古詩文習用語。晉陸機應嘉賦：「苟形骸之可忘，豈投簪其必谷。」結綬：佩繫印綬。謂出仕為官。古詩文習用語。漢書蕭育傳：「（蕭育）少與陳咸、朱博為友，著聞當世。往者有王陽、貢公。故長安語曰『蕭、朱結綬，王、貢彈冠』，言其相薦達也。」

③握髮：語本韓詩外傳：「成王封伯禽於魯，周公誡之曰：『往矣！子其無以魯國驕士。吾文王之

子，武王之弟，成王之叔父也，又相天下，吾於天下亦不輕矣，然一沐三握髮，一飯三吐哺，猶恐失天下之士。』」史記魯周公世家亦記此事。後因以「握髮吐哺」比喻為國家禮賢下士，殷切求才。掀髯：笑時啟口張鬚，形容激動的樣子。古詩文習用語。宋蘇軾次韻劉景文兄見寄：「細看落墨皆松瘦，想見掀髯正鶴孤。」髯，兩腮的鬍子，亦泛指鬍子。

④石碏（què）：春秋時衛國大夫，以大義滅親聞名。衛莊公庶子州吁有寵好武，石碏進諫，莊公不聽。衛桓公十六年（前七一九），州吁與碏子石厚謀殺桓公而自立為君。厚向碏問安定君位之法，碏因誘州吁及厚往陳，陳執二人，衛使右宰醜殺州吁，碏使其家宰孺羊肩殺厚。時人稱碏大義滅親。事見左傳隱公四年。江淹（四四四—五〇五）：字文通，宋州濟陽考城（今河南商丘民權）人。南朝著名文學家，歷仕宋、齊、梁三朝。起家宋南徐州從事。曾因罪入獄，上書力辯得釋。蕭道成（齊高帝）輔政，聞其才，召為尚書駕部郎。入齊，官御史中丞。彈劾不避權貴。歷任祕書監、侍中、衛尉卿。後附蕭衍（梁武帝）。入梁，封醴陵侯，官金紫光祿大夫。梁武帝天監四年（五〇五）卒，謚憲伯。江淹少以文章顯，作詩善擬古，晚節才思微退，相傳夢一丈夫向之索還五色筆，時稱「江郎才盡」。傳世名篇有恨賦、別賦，今存江文通集輯本。另撰齊史十志，已佚。

⑤宵征：夜行。肅肅：走路很快的樣子。詩經召南小星：「肅肅宵征，夙夜在公。」毛傳：「肅肅，疾貌。」

⑥厭厭：形容飲酒安樂的樣子。詩經小雅湛露：「厭厭夜飲，不醉無歸。」毛傳：「厭厭，安也。夜飲，私燕也。」

⑦褊：氣量狹小。戚戚：憂愁悲傷的樣子。論語述而：「子曰：『君子坦蕩蕩，小人長戚戚。』」

⑧謙謙：形容君子溫和謙遜的樣子。周易謙：「謙謙君子，卑以自牧也。」

⑨美刺：稱美與諷惡。多用於詩文。南朝宋謝靈運山居賦：「篇章以陳美刺，論難以核有無。」毛詩召南甘棠序：「美召伯也。」唐孔穎達疏：「至於變詩美刺，各於其時，故善者言美，惡者言刺。」

⑩三百五篇：指詩經。詩經一共收錄三百零五篇詩。

⑪吉凶：指好運和壞運。畫：指周易卦象的陰爻和陽爻。

⑫六十四卦：指周易。周易共六十四卦。爻：周易組成卦象的橫畫符號，有陰陽之分。占：占卜。

【譯文】

相逢對遇見，仰視對前看。

市井對民間。

取下髮簪辭官對繫結印帶出仕，握髮禮賢對掀鬚而笑。

掛起錦繡的帷幕，捲起精美的簾子。

大義滅親的石碏對黯然魂銷的江淹。

夜裏趕路走得很快，晚上喝酒喝得飽足。

心胸狹窄的小人常常憂慮，禮數周全的君子總是謙恭。

讚美和諷刺各不相同的內容，構成了詩經的三百零五首詩；吉利和凶險不同的表現，演變出周易六十四種占卜的卦象。

下平十五咸

【題解】

本篇共三段，皆為韻文。每段韻文，由若干句對仗的聯語組成。每句皆押「平水韻」下平聲「十五咸」韻。

本篇每句句末的韻腳字，「鹹」「緘」「帆」「喃」「杉」「衫」「監」「賢」「珹」「函」「銜」「讒」「喦」「毚」等，在傳統詩韻（「平水韻」）裏，都歸屬於下平聲「十五咸」這個韻部。這些字，在普通話裏，韻母都是「an」（有些在「an」前有韻頭「i」）；聲調有讀第一聲的，有讀第二聲的。

需要注意的是：普通話「an」韻母的字，並不都屬於「平水韻」下平聲「十五咸」韻，也有可能屬於上平聲「十三元」韻、「十四寒」韻、「十五刪」韻，或下平聲「一先」韻、「十三覃」韻、「十四鹽」韻。尤需注意的是：下平聲「十五咸」韻的字，和下平聲「十三覃」韻、「十四鹽」韻是鄰韻，填詞時可以通押，寫近體詩時不可通押。但和上平聲「十三元」韻（一部分）、「十四寒」韻、「十五刪」韻及下平聲「一先」韻不是鄰韻，不僅寫近體詩時不可通押，填詞時亦不可以通押。這是因為，「十三覃」韻、「十四鹽」韻、「十五咸」韻，屬於閉口韻，即它們的韻母實際上是收[m]尾，而非[n]尾。在中古音系統裏，它們的韻尾不同。

本篇第二段「翠巘對蒼巖」句，清後期通行本聲律啟蒙撮要作「蒼崖」，但「崖」字在「平水韻」只有二音，一在上平「四支」韻，一在上平「九佳」韻，不在下平「十五咸」韻，故改「蒼崖」為「蒼巖」，以葉韻。

（一）

清對濁，苦對鹹。
一啟對三緘①。
煙蓑對雨笠，月榜對風帆②。
鶯睍睆③，燕呢喃④。
柳杞對松杉⑤。
情深悲素扇⑥，淚痛濕青衫⑦。

漢室既能分四姓⑧，周朝何用叛三監⑨。

破的而探牛心，豪矜王濟⑩；豎竿以掛犢鼻，貧笑阮咸⑪。

【注釋】

①啟：開啟，打開封口。三緘：「三緘其口」的略語。形容說話極其謹慎、不輕易開口。漢劉向說苑敬慎：「孔子之周，觀於太廟，右陛之側，有金人焉，三緘其口而銘其背曰：『古之慎言人也。』」後因指言語謹慎，少說或不說話。緘，封。

②月榜（bàng）：指月色裏行駛的船。榜，船槳，亦指船。廣雅：「榜，船也。」「月榜」作為成詞，古詩文實際用例很罕見。但月色裏行駛的小船這一意象，古詩文很常見。宋李彭歸舟：「夜榜時驚烏鵲喧，星光破碎月映門。」宋沈遼湖亭懷子美：「憶昔榜舟乘夜月，行觴數與君相酢。」風帆：指張帆乘風而行的船。古詩文習用語。唐韓愈岳陽樓別竇司直：「嚴程迫風帆，劈箭入高浪。」

③晛睆（xiàn huǎn）：美好的樣子，形容鳥聲清和圓轉貌。詩經邶風凱風：「晛睆黃鳥，載好其音。」毛傳：「晛睆，好貌。」宋朱子集傳：「晛睆，清和圓轉之意。」

④呢喃：燕子的叫聲。古詩文習用語。宋劉季孫題饒州酒務廳屏：「呢喃燕子語樑間，底事來驚夢裏閒。」

⑤柳杞（qǐ）：當指柳樹和杞樹。「杞柳」作為詞語，出自孟子告子上：「性猶杞柳也，義猶杯棬

也；以人性為仁義，猶杞柳為杯棬。」乃一種落葉喬木，枝條細長柔韌，可編織箱筐等器物。也稱「紅皮柳」。宋黃庭堅乙未移舟出：「安能詭隨人，曲折作杞柳。」但此處，「柳杞」與「松杉」對偶，當指柳樹和杞樹。

⑥情深悲素扇：此用漢班婕妤怨歌行典。文選樂府上怨歌行載班婕妤詩：「新裂齊紈素，鮮潔如霜雪。裁為合歡扇，團團似明月。出入君懷袖，動搖微風發。常恐秋節至，涼風奪炎熱。棄捐篋笥中，恩情中道絕。」玉臺新詠亦載此詩，題為怨詩，此前有序曰：「昔漢成帝班婕妤失寵，供養於長信宮。乃作賦自傷，並為怨詩一首。」潔白的團扇，一到秋風涼爽時，就被人拋棄在一旁。常用以比棄婦。

⑦淚痛濕青衫：此句用唐白居易琵琶行典。白居易琵琶行末句為「就（一作「座」）中泣下誰最多？江州司馬青衫濕。」後因用以形容悲傷淒切。

⑧四姓：一指東漢明帝時外戚樊、郭、陰、馬四姓。後漢書明帝紀：「為四姓小侯開立學校，置五經師。」唐李賢注：「為外戚樊氏、郭氏、陰氏、馬氏諸子弟立學，號『四姓小侯』，置五經師。以非列侯，故曰小侯。」漢以後諸朝，多有以四個名門貴族的姓氏合稱為四姓的，不一而足。二指以郡望或官位分為甲、乙、丙、丁四等，謂之「四姓」。南北朝時有此傳統。梁書張綰傳：「綰在郡，述制旨禮記正言義，四姓衣冠士子聽者常數百人。」新唐書儒學傳中柳沖：「郡姓者，以中國士人差第閥閱為之制……尚書、領、護而上者為『甲姓』，九卿若方伯者為『乙姓』，散騎常侍、太中大夫者為『丙姓』，吏部正員郎為『丁姓』。凡得入者，謂之『四姓』。」或謂此一傳統起於漢時。此處，既云「分四姓」，似當指以郡望或官位分為甲、乙、丙、丁四等。

⑨何用：何以，因何。三監：周武王滅商後，以商舊都封給紂子武庚，並以殷都以東為衞，由武王弟管叔監之；殷都以西為鄘，由武王弟蔡叔監之；殷都以北為邶，由武王弟霍叔監之；總稱「三監」。見漢鄭玄詩邶鄘衞譜。後三監反而幫助殷人叛周。一說指武庚、管叔、蔡叔。見漢書地理志下、清王引之經義述聞三監。漢代儒家依託周初三監的事，把三監作為周朝的通制。禮記王制：「天子使其大夫為三監，監於方伯之國，國三人。」

⑩「破的而探牛心」二句：典出世說新語汰侈：「王君夫有牛，名『八百里駁』，常瑩其蹄角。王武子語君夫：『我射不如卿，今指賭卿牛，以千萬對之。』君夫既恃手快，且謂駿物無有殺理，便相然可。令武子先射。武子一起便破的，卻據胡牀，叱左右：『速探牛心來！』須臾，炙至，一臠便去。」晉書王濟傳亦載此事，文字小有異同。晉人王濟，生活奢侈，曾經出千萬錢，與王愷賭射箭輸贏，要求王愷以「八百里駁」牛為籌碼。王濟先射一箭，正中靶心，於是立即命人將牛心割下炙烤，只嚐了一口就走了。破的，指射箭正中靶心。矜，驕傲，誇耀。王濟，字武子，太原晉陽（今山西太原）人。曹魏司空王昶之孫，司徒王渾次子，晉文帝司馬昭之婿。少有逸才，風姿英爽，好弓馬，勇力絕人。弱冠拜中書郎，遷侍中。善易、老、莊，長於清言，修飾辭令。武帝親貴之。以屢請武帝勿使齊王攸（武帝弟）歸藩，忤旨，左遷國子祭酒。數年，入為侍中。後被斥，外移北芒山下。性豪侈，麗服玉食，嘗以人乳蒸肫。善解馬性，有馬癖。後以白衣領太僕。年四十六卒，朝廷追贈驃騎將軍。

⑪「豎竿以掛犢鼻」二句：典出世說新語任誕：「阮仲容、步兵居道南，諸阮居道北。北阮皆富，南阮貧。七月七日，北阮盛曬衣，皆紗羅錦綺。仲容以竿掛大布犢鼻褌於中庭。人或怪之，

答曰：『未能免俗，聊復爾耳！』」南朝宋裴松之注引竹林七賢論曰：「諸阮前世皆儒學，善居室，唯咸一家尚道棄事，好酒而貧。舊俗：七月七日，法當曬衣，諸阮庭中，爛然錦綺。咸時總角，乃豎長竿，掛犢鼻褌也。」晉書阮咸傳亦載此事，文字小有異同。七月七日盛行曬衣，別人都把紗羅錦綺等華麗衣服拿出來曬，阮咸卻用竹竿掛大布犢鼻短褲晾在庭院中，並且說是「不能免俗」。犢鼻，即犢鼻褲、短褲。阮咸，字仲容，陳留尉氏（今河南尉氏）人。魏晉之際名士，曾官散騎侍郎，因與中書監荀勖論音律意見相左，遭其排擠，出為始平太守。精通音律，善彈琵琶。弦歌酣飲，不拘禮法。與叔父阮籍並稱「大小阮」，且同時列名「竹林七賢」。

【譯文】

清澈對渾濁，苦對鹹。

一次打開對三次封口。

下雨時披的蓑衣對雨霧中戴的斗笠，月色裏行駛的舟對張帆乘風而行的船。

黃鶯的叫聲很好聽，燕子的鳴叫像在細語。

柳樹和杞樹對松樹與杉樹。

情深之人深切地為白團扇秋天就被擱置的命運感到悲哀，傷心時流下的淚水打濕了青色的衣衫。

漢朝廷既然能將士族分為甲乙丙丁四等，周王室因何使負責監國的三位王叔叛變？

王濟誇耀富貴，賭箭時射中靶心之後就把牛心挖了出來；阮咸自嘲貧窮，曬衣日豎起竿子把粗布短褲掛出來。

（二）

能對否，聖對賢。衛瓘對渾瑊①。雀羅對魚網②，翠巘對蒼巖③。紅羅帳，白布衫。筆格對書函④。蕊香蜂競採，泥軟燕爭銜。凶孽誓清聞祖逖⑤，王家能乂有巫咸⑥。溪叟新居，漁舍清幽臨水岸；山僧久隱，梵宮寂寞倚雲巖⑦。

【注釋】

①衛瓘（guàn，二二〇—二九一）：字伯玉，河東安邑（今山西夏縣）人。三國魏末任尚書郎。轉廷尉卿，監鄧艾、鍾會軍伐蜀。蜀滅，鍾會據蜀反，瓘以計平之，並追殺鄧艾。入晉，累官

司空。武帝命瓘子宣尚繁昌公主。瓘性嚴整，以法御下，為政清簡，有聲譽。為楊駿所讒，遜位。惠帝立，與汝南王司馬亮共輔政，為賈后所殺。與尚書郎索靖俱善草書，時號「一台二妙」。追封蘭陵郡公，謚成。渾瑊（jiān，七三六—八〇〇）：本名日進，皋蘭州（今寧夏青銅峽）人。先世屬鐵勒族渾部，朔方節度留後渾釋之子。年十一，隨父入朔方軍。安祿山反，從李光弼定河北。又從郭子儀復兩京，討安慶緒。後又數破吐蕃軍，以功拜左金吾衞大將軍。德宗建中四年（七八三），朱泚叛亂，瑊護德宗堅守奉天。次年，與李晟等收復京師，平朱泚；又與馬燧平李懷光。官檢校尚書左僕射，同平章事，加侍中，封咸寧郡王，終邠、寧、慶副元帥、檢校司徒、兼中書令。卒謚忠武。

②雀羅：捕雀的網羅。羅，捕鳥網。

③翠巘（yǎn）：青翠的山峰。古詩文習用語。唐杜牧朱坡：「日痕絙翠巘，陂影墮晴霓。」蒼巖：青黑色的山巖。古詩文習用語。宋王之望題廣利院：「翠嶺蒼巖帶落霞，水雲平野一川斜。」清後期通行本聲律啟蒙撮要作「蒼崖」，但「崖」字在「平水韻」只有二音，一在上平「四支」韻，一在上平「九佳」韻，不在下平「十五咸」韻，故改「蒼崖」為「蒼巖」，以期葉韻。

④筆格：筆架。南朝梁吳均筆格賦：「幽山之桂樹……翦其片條，為此筆格。」書函：文書的封套。亦指書信。

⑤凶孽誓清聞祖逖：此句典出晉書祖逖傳：「帝乃以逖為奮威將軍、豫州刺史，給千人廩，布三千匹，不給鎧仗，使自招募。仍將本流徙部曲百餘家渡江，中流擊楫而誓曰：『祖逖不能清中原而復濟者，有如大江！』辭色壯烈，眾皆慨歎。屯於江陰，起冶鑄兵器，得二千餘人而後進。」

凶孽，兇徒，指敵人。祖逖（二六六—三二一），字士稚，范陽遒縣（今河北保定淶水）人。與劉琨同為司州主簿，中夜聞雞起舞，並有英氣。西晉末京師大亂，率親黨數百家南徙。晉元帝時拜豫州刺史，力求北伐。建興元年（三一三），率部渡江，中流擊楫，誓復中原。進屯雍丘，黃河以南盡為晉土。因晉室紛爭，國事日非，既傷朝廷命戴淵出鎮合肥牽制自己，又慮王敦與劉隗等構隙即將內亂，憂憤而死，追贈車騎將軍。晉書有傳。

⑥王家能乂有巫咸：此句典出尚書君奭：「巫咸乂王家。」乂，治理。巫咸，殷中宗時賢臣，大巫師。楚辭離騷：「巫咸將夕降兮，懷椒糈而要之。」漢王逸注：「巫咸，古神巫也，當殷中宗之世。」史記殷本紀：「巫咸治王家有成，作咸艾，作太戊。」

⑦梵宮：原指梵天的宮殿，後多指佛寺。唐朱慶餘夏日訪貞上人院：「流水離經閣，閒雲入梵宮。」

【譯文】

可以對不行，聖明對賢德。

衞瓘對渾瑊。

捕雀鳥的網對打魚的網，翠綠的高山對青色的山巖。

紅色羅緞製成的帳子，白色棉布製成的衣服。

放筆的架格對裝書的匣子。

花朵很香，蜜蜂競相前來採蜜；春泥很柔軟，燕子爭先銜回去築巢。

祖逖曾經發誓，要消滅分裂國家的割據勢力；商王室能夠治理朝政，是因為有巫咸這樣的賢臣。

清新幽靜的漁舍臨近水邊，那是漁翁的新房子；冷清寂寞的佛寺靠着高山，那是山僧長期以來隱居的地方。

（三）

冠對帶，帽對衫。

議鯁對言讒①。

行舟對御馬②，俗弊對民碞③。

鼠且碩④，兔多毚⑤。

史冊對書緘⑥。

塞城聞奏角⑦，江浦認歸帆⑧。

河水一源形瀰瀰⑨，泰山萬仞勢巖巖⑩。

鄭為武公，賦緇衣而美德；周因巷伯⑪，歌貝錦以傷讒⑫。

【注釋】

①議鯁：議論正直，不從眾。鯁，剛直。

②御馬：駕馭馬匹。漢荀悅申鑒政體：「自近御遠，猶夫御馬焉，和於手而調於銜，則可以使馬。」亦指乘馬、騎馬。北史魏紀三孝文帝：「帝戎服執鞭，御馬而出。」御，駕馭。

③民嵒（yán）：指民心不齊。尚書召誥：「王不敢後，用顧畏於民嵒。」唐孔穎達疏：「嵒，即巖也，參差不齊之意，故為僭也。」一說謂民情險惡。宋末元初陳澔集說：「嵒，險也。」

④鼠且碩：語本詩經魏風碩鼠：「碩鼠碩鼠，無食我黍，三歲貫女，莫我肯顧。」碩，大。

⑤兔多毚（chán）：語本詩經小雅巧言：「躍躍毚兔，遇犬獲之。」毛傳：「毚兔，狡兔也。」唐孔穎達疏：「倉頡解詁：『毚，大兔也。』大兔必狡猾，又謂之狡兔。」毚，毚兔，指大而狡猾的兔子。

⑥書緘（jiān）：書信。

⑦塞城：邊塞的城樓。古詩文習用語。唐韋應物送宣州周錄事：「英豪若雲集，餞別塞城島。」聞奏角：古詩文習用語。明江源次洪憲副宣之夜坐聯句韻四首其四：「五夜秦城聞奏角，十年燕市夢尋梅。」

⑧江浦：江濱。亦泛指江河。認歸帆：古詩文習用語。宋連文鳳送韓仲文歸京口其二：「夕陽何處認歸帆，野樹蒼煙隔飛鳥。」

⑨瀰瀰：形容水深而且滿的樣子。語本詩經邶風新臺：「河水瀰瀰。」毛傳：「瀰瀰，盛貌。」

⑩巖巖：形容山勢高聳的樣子。語本詩經魯頌全宮：「泰山巖巖，魯邦所詹。」

⑪緇衣：古代用黑色帛做的朝服。詩經鄭風有緇衣篇，相傳是周人為了讚頌鄭武公而做的。毛詩序：「緇衣，美武公也。父子並為周司徒，善於其職，國人宜之，故美其德，以明有國善善之功焉。」

⑫「周因巷伯」二句：語出詩經小雅巷伯：「萋兮斐兮，成是貝錦。彼譖人者，亦已大甚。」比喻奸人收集自己的過錯羅織成罪，就好像女工收集彩色的絲織成錦緞一樣。巷伯，是宦官的通稱，這裏指寺人孟子。他因為遭讒言誣害而受刑，於是就作詩來抒發自己的憤恨之情，詩用「貝錦」起興，所以稱「貝錦之詩」。貝錦，織成貝形花紋的錦緞。後人用以比喻故意編造讒言，陷害別人。

【譯文】

帽子對衣帶，帽子對衣服。

議論耿直和言語奉承相對。

行駛小船對駕馭馬車，風俗多弊對民心不齊。

老鼠很肥，兔子很大。

史冊對書信。

邊塞可以聽見吹奏畫角的聲響，江邊能夠看見歸家的帆船駛來。

一個源頭的黃河水浩浩蕩蕩，萬仞高的泰山氣勢巍峨。

鄭國人為鄭武公寫了緇衣詩，以歌頌他的高尚品德；周朝人因為巷伯的緣故，唱「貝錦」來抒發受到讒言污衊的傷感。

□ 責任編輯：楊安琪
□ 裝幀設計：鄧佩儀
□ 排　　版：黎　浪
□ 印　　務：劉漢舉

聲律啟蒙

□
譯注
檀作文

□
出版
中華書局（香港）有限公司
香港北角英皇道 499 號北角工業大廈一樓 B 室
電話：(852) 2137 2338　傳真：(852) 2713 8202
電子郵件：info@chunghwabook.com.hk
網址：http://www.chunghwabook.com.hk

□
發行
香港聯合書刊物流有限公司
香港新界荃灣德士古道 220-248 號
荃灣工業中心 16 樓
電話：(852) 2150 2100　傳真：(852) 2407 3062
電子郵件：info@suplogistics.com.hk

□
印刷
美雅印刷製本有限公司
香港觀塘榮業街 6 號海濱工業大廈 4 樓 A 室

□
版次
2021 年 12 月初版

□
規格
32 開（210 mm × 153 mm）

□
ISBN：978-988-8760-26-8

本書中文繁體字版由中華書局（北京）授權出版。